教师教育系列教材

儿童文学与儿童戏剧创编
(微课版)

刘雅静　主　编

清華大学出版社
北　京

内 容 简 介

本书内容分为上下两篇，上篇为儿童文学理论篇，主要阐述如何认识儿童文学，包括儿童文学基本原理、儿童文学的应用、儿童文学的体裁与儿童戏剧四大部分。下篇为儿童文学实践篇，论述儿童戏剧的创编及表演应注意的问题，并在附录部分加入儿童剧剧本，体现了本书内容的实用性。

本书配有教学视频、PPT 教学课件、教学大纲、案例素材等资源，以方便教师灵活采用不同的教学活动形式进行教学，从而达到优化教学的目的。

本书可供普通高等院校、高等职业院校儿童文学课程教师教学和学生学习使用，也可供幼儿园、小学一线教师开展文学教学活动及儿童文学爱好者自学使用。

图书在版编目(CIP)数据

儿童文学与儿童戏剧创编：微课版/刘雅静主编. —北京：清华大学出版社，2024.5
教师教育系列教材
ISBN 978-7-302-66231-0

Ⅰ. ①儿…　Ⅱ. ①刘…　Ⅲ. ①儿童文学—文学创作—中国—教材 ②儿童剧—编剧—教材　Ⅳ. ①I207.8 ②I053

中国国家版本馆 CIP 数据核字(2024)第 096759 号

责任编辑：陈冬梅
封面设计：杨玉兰
责任校对：吕春苗
责任印制：刘　菲
出版发行：清华大学出版社
　　网　　址：https://www.tup.com.cn, https://www.wqxuetang.com
　　地　　址：北京清华大学学研大厦 A 座　　**邮　　编：**100084
　　社 总 机：010-83470000　　**邮　　购：**010-62786544
　　投稿与读者服务：010-62776969, c-service@tup.tsinghua.edu.cn
　　质量反馈：010-62772015, zhiliang@tup.tsinghua.edu.cn
　　课件下载：https://www.tup.com.cn, 010-62791865
印 装 者：三河市龙大印装有限公司
经　　销：全国新华书店
开　　本：185mm×260mm　　**印　张：**15.25　　**字　数：**367 千字
版　　次：2024 年 7 月第 1 版　　**印　次：**2024 年 7 月第 1 次印刷
定　　价：49.80 元

产品编号：103118-01

前　　言

少年强则国强，少年进步则国进步。党的二十大以来，习近平总书记站在确保红色江山后继有人、中国特色社会主义事业薪火相传的战略高度，关心少年儿童成长成才，谋划少年儿童工作发展进步，激励新时代的少年儿童奋发有为、向阳成长。

“儿童文学”是儿童成长早期的教科书，在儿童的成长过程中发挥着至关重要的作用，孩子们在阅读儿童文学作品的过程中，不仅能感受到文学的魅力，还可以增长知识、开阔眼界、提升能力、凝练心智、陶冶情操，因此儿童文学是教师进行教育的重要载体。为了让读者更好地掌握儿童文学的知识体系，提升理论水平，掌握儿童阅读能力的发展规律，敏锐地把握作品的深层意蕴，不断提高对儿童文学作品的阅读品鉴能力，编者阅读了众多国内外优秀的儿童文学作品，学习先进理论，力争在编写中做到理论与实践的高度统一。

本书包括八个章节，第一章、第二章论述了儿童文学的基本原理及其应用，第三章论述了儿童文学各种体裁创作的基本理论并进行了相应的作品分析，第四章到第八章讲述了儿童戏剧的创编及表演应注意的问题，附录是儿童戏剧作品选读。本书主要有以下突出特点。

(1) 创新性强。本书努力将最新的、最有创新见解的学说选择性地整理收入教材，力争展现儿童文学的最新风貌。

(2) 条理性强。本书按照文学体裁分类讲述，简明扼要、通俗易懂地提炼儿童文学的相关理论知识，又兼顾了文体之间的关联度，条理清晰，易于掌握。

(3) 注重实践。本书将文学理论知识、案例赏析与品鉴实践、创编实践、创编思考有机地结合起来。

(4) 案例丰富。本书提供了丰富的各种文学体裁的经典作品赏析案例，供读者品鉴赏析。

我们努力面向当今社会的教育实际，认真做好理论阐释和作品分析这两个方面的工作。本书阐释了儿童文学各体裁创作的基本理论，再结合作品分析该体裁在思想内容与艺术表现上的特色，以此增强读者的感性认识，切实指导读者对各种体裁的儿童文学作品进行创作实践，进一步提高读者对儿童文学作品的分析、理解和创作能力。本书侧重于对理论和案例进行讲解，依据现代教育需要把儿童文学与儿童戏剧教育和家庭教育、学校教育中的语文教育结合起来，更加适应教学的需要，也更具特色。

我们真诚地希望得到各位专家、学者、同行以及读者的批评指正，以便我们进一步修改、完善。

编　者

目　　录

上篇　理　论　篇

下篇　实　践　篇

上篇　理　论　篇

所谓的儿童文学之所以存在，就是因为人们相信儿童与成人是不一样的——不一样到需要自己独特的文本……这些文本之所以特殊，是因为作者创作时脑海里就有一个儿童读者存在。

——佩里·诺德曼、梅维丝·雷默《儿童文学的乐趣》

第一章　儿童文学的基本原理

本章学习目标

- 理解儿童文学的含义。
- 掌握儿童文学的特点。
- 了解儿童文学的存在状态及层次。

重点与难点

- 理解儿童文学的作用。
- 理解儿童文学的美学特征和文本特征。

我是男子汉.mp4

案例导入

我是男子汉(节选)

傅天琳

如果今天夜里突然起风
不要害怕，妈妈
我是家里的男子汉
我已经六岁了，我是男子汉
我会举起长长的陀螺鞭子

把不听话的风
赶到没有灯光的角落
让它罚站
……

这首诗用儿童的口吻，写出了一个六岁的孩子想要保护妈妈的言行，塑造了一个勇敢机智又十分自豪的小小男子汉形象，表现了稚嫩、纯洁、美好的童真，充满童趣。纯真、幼稚是儿童的本性，因为童年有这种本性美，所以成为每个人最珍贵的记忆。

儿童文学是一种纯净、率真、奇妙的文学，诗人把它比作新月之国。在诗人眼中，儿童文学是一个独特而奇妙的审美世界。我们虽然没有诗人这样富有诗情画意的想象和生动形象的比喻，但是，优秀的儿童文学作品对我们的影响却是不容置疑的。

第一节　儿童文学概述

案例 1-1

小老鼠上灯台

小老鼠，上灯台；
偷油吃，下不来。
吱吱吱，叫奶奶；
奶奶不肯来，叽里咕噜滚下来。

《小老鼠上灯台》是一首非常流行的儿童歌曲，歌词简单，曲调活泼生动，妙趣横生，唱起来朗朗上口，富有教育意义，适合于刚开始学唱歌的小宝宝们。

儿童文学是我们对童年的美好回忆，是儿童的精神家园，它吸引着一代又一代的儿童，滋养、教育、启迪他们，使他们的童年异彩纷呈，给他们的童年增添了无穷的乐趣。

一、儿童文学的概念

儿童文学是一种具有深刻、特殊意义的文学门类。要想了解儿童文学，就得弄明白儿童文学究竟是什么。

关于儿童文学的概念，历史上曾经出现过种种不同的说法，归纳起来主要有以下几种。

(一)儿童本位的文学

“儿童本位论”是“五四运动”之后普遍流行的观点，其来源于美国教育家杜威的“儿童中心主义”教育理论，鲁迅、胡适、叶圣陶等人将这一理论应用到了中国的教育学上，他们认为，儿童文学是一种以儿童为中心的文学，它的艺术结构必须以儿童的心理特征为依据来进行设计。在“五四运动”时期，这种观点具有一定的积极意义。它发现并强调了作为阅读主体的儿童的独特心理需求，为中国儿童文学早期的发展提供了巨大推动力。但是，“儿童本位论”的儿童文学观，无论在理论上还是实践上，都存在着严重的缺陷。具体表现在：它重视儿童读者的个性，却忽视了成人作者的主体性地位；它强调了儿童世界的独立性，但却忽视了儿童生活与整个社会之间存在的密不可分的联系。

(二)为儿童创作的文学

为儿童创作的文学这一说法，是从创作目的、服务对象等方面来界定儿童文学的，虽然符合现代儿童文学创作的一般情况，但经不起严密的推敲。一方面，今天进入世界经典儿童文学作品行列的许多作品，最初并不是专为儿童读者创作的，如中国的“四大名著”。另一方面，如果仅仅有为儿童创作文学作品的动机，而没有对儿童特点应有的了解，那么作者也很难创作出真正的儿童文学作品。

(三)教育儿童的文学

从广义上来看，教育儿童的文学这一说法有一定的道理，但是，从儿童文学研究角度来看，停留在“教育”层面来谈论儿童文学显然不够深刻，如果不深入到“审美”层面，那么儿童文学与一般的思想政治教育、知识技能教育没有什么区别。

上述几种关于儿童文学概念的界定虽然不尽相同，但是有一点它们达成了共识，那就是它们都强调了“儿童”这一群体是儿童文学活动中的重要存在，这在一定程度上提醒了我们，离开了“儿童”，就无法准确地界定“儿童文学”的概念。

综上所述，儿童文学的概念有广义和狭义之分。广义上的儿童文学是为儿童所理解、所喜爱，有利于他们身心发展，以培养儿童的阅读兴趣与鉴赏能力为目的而创作出的适应儿童审美需求的文学。按照读者对象年龄阶段划分，儿童文学可以分为幼儿文学、童年文学、少年文学三个层次。而狭义的儿童文学则专指以上三个层次中的“童年文学”。

二、儿童文学的层次

不同年龄阶段的儿童的心理和生理发展各有不同的特征，需要的文学不论是在内容、形式上，还是在表现技巧上都有明显的差别。所以，20 世纪中叶以后，中国的儿童文学理论家将儿童文学分为三个层次：幼儿文学、童年文学和少年文学。这三个层次的服务对象在年龄和心理方面有很大的差异，这就决定了三个层次的文学在审美特征、题材内涵、艺术技巧等方面都有着自己的特殊性。因此作者若要想写出好的文章，就必须要对孩子们所处的环境和他们的生活有所了解。

(一)幼儿文学

幼儿文学是一种面向 3～6 岁儿童的文学，也可以称为“认识周围世界的文学”。这个时期的幼儿，身心正处于人生发展的初始阶段，他们缺少生活经验和认知能力，他们的基本活动就是玩耍。所以，为了适应幼儿的心理需要，幼儿文学需要特别注意内容与形式的娱乐性和趣味性，从而拓宽他们的视野，发展他们的想象力，训练他们的言语，让他们愉快地生活，并养成良好的行为习惯和道德品质。在美好的故事中丰富他们情感、帮助他们掌握语言；在奇幻的童话中训练他们的思维能力；在色彩和图形的刺激下帮助他们感知周围的多彩世界。

幼儿文学的主要文学体裁包括儿歌、图画文学、童话、儿童影视文学等。

(二)童年文学

童年文学是一种以 7～12 岁的儿童为受众的文学，也被称为“勇敢浪漫主义文学”。这个阶段的孩子们已经有了一定的生活经验和认知能力，开始了他们的学习生活，形成了自己的个性。他们不满足于已知的事物，喜欢新奇、爱探险、爱幻想，乐于通过自己的阅读获取更多的知识。为了适应他们的心理需要，童年文学要注重想象和认知，让他们在充满奇幻色彩的童话故事中发展想象力；在古灵精怪的机智故事中发展智力，养成爱动脑筋的好习惯；在各式各样的“历险奇遇”中激励他们崇尚勇敢、坚毅的精神，逐渐形成良好的性格。童年文学的主要文学体裁有儿歌、儿童诗、童话、寓言、儿童故事、儿童小说、儿童散文、图画文学、儿童科学文艺、儿童影视文学、儿童报告文学、儿童戏剧等。

(三)少年文学

少年文学是一种以 13～15 岁的儿童作为阅读对象的文学作品，被称为“面向社会的文学”。这一年龄阶段的少年们正处于半幼稚、半成熟的过渡时期，他们在认知、理解、记忆、逻辑、思维等方面得到了提升。在心理方面，由于少年处在由幼年期到青春期的过渡期，情感极其不稳定，性发育比较明显。所以，少年文学应该重视审美教育与指导，其写作方式应该是写实的，并且可以在一定程度上引入成人作品的表达手法。文学作品中以塑造具有当代意识的典型形象，突出角色深刻的性格内涵为主。其主要体裁有儿童诗、儿童散文、儿童小说、寓言、儿童报告文学等。

幼儿文学、童年文学和少年文学既有着各自的特征，又相互融合。因此儿童文学的创作和作品挑选要充分考虑孩子的年龄特征。如果将孩子们不喜欢的内容编入课本，或是用成年人的视角去教导孩子，那么这些都会影响孩子们的接受程度和鉴赏能力，也不符合孩子们的审美观念。要记得，优秀的成人文学作品不能与好的儿童文学作品相提并论。

三、儿童文学的属性

儿童文学在整个文学系统中与成人文学密切相关却又相对独立，它既具有成人文学的一般规律又具有自己的特殊性。儿童文学的读者主要是儿童，正是儿童的独特生理和心理特点，决定了儿童文学的特殊性。

首先，儿童文学具有一般文学的普遍性特点。

作为一种文学，儿童文学必须具有文学的一般特征，并与其基本的文学创作法则相适应。儿童文学也必须具备一定的文学性。一些被称为“儿童文学”的作品，由于是被教条化地创作出来的，所以缺乏吸引力、作品观念僵化、语言粗糙、缺乏艺术性。儿童天生就对文学有一种亲近感，文学可以使他们产生一种亲近、愉快的感觉，优秀的儿童文学不仅可以使他们得到很好的教育，也可以满足他们的审美需求。

文学是语言的艺术，儿童文学也不例外。艺术能表达思想和情感，但不是用抽象的方式表达，而是用形象生动的方式表达，这是文学最重要的艺术特征。形象是文学艺术与科学相区分的一个根本特点。儿童文学的形象表达尤为重要，这是由于儿童的思想发展有具体形象化的特点，他们更倾向于通过具体可感的形象来理解和感知世界。而对孩子们所读的文学，除了要具有趣味性、精确性、鲜明性、形象性这些基本要求之外，在语言层面也有特别的要求，如浅显、明晰、简洁、音乐性、动作性等。

其次，儿童文学应具有儿童属性。

儿童天真稚嫩，缺乏系统化、结构化的知识，他们对外部世界的认知是以直观表象的方式表现出来的。他们想象力非常丰富，但是其中无意想象占据主导地位。他们活泼好动，玩耍和游戏是最主要的一种行为。他们通过玩来感知世界，获得乐趣，培养想象力，发展思维，认知世界。他们用自己所熟知和喜欢的口头语言进行交际和表达。因此，儿童文学既要具备文学性，又要具备"儿童属性"。首先，儿童文学是为儿童服务的文学。成人文学作家可以在创作时，尽情地描写客观的生活，表达自己的思想，但是儿童文学作家则不能，儿童文学作家在写作的时候，一定要把儿童放在首位，他要知道，他的作品是为一批生理和心理还没有完全成熟的孩子们准备的，他们的思想和成年人的不同，他们的审美观也是不同的。高尔基说："想写儿童文学的作家应估计到读者年龄的一切特征。不然，他写的书会成为儿童和成人都不需要的无着落的东西。"其次，儿童文学是一种适宜于儿童阅读的文学。为儿童创作的文学作品必须满足其心理需求，让作品的深度与孩子对事物的认识规律以及欣赏作品的心理状态相一致。儿童文学的作者应对儿童心理学有一定的了解，他应该同时具有教育家、心理学家的科学性和文学家的艺术性，这样才能把科学的原理和文学的法则结合起来。

第二节　儿童文学的特征

案例 1-2

《蚂蚁搬虫虫》.mp4

蚂蚁搬虫虫

小蚂蚁，搬虫虫，
一个搬，搬不动，
两个搬，掀条缝，
三个搬，动一动，
四个五个六七个，
大家一起搬进洞。

这首儿歌用简洁而有韵律的语言，描绘了蚂蚁搬虫子的有趣场景，所选题材是儿童能够理解的，且充满儿童的情趣。

儿童独特的心理年龄特点，使其具有独特的美学趣味与习性，同时也使儿童文学形成了独特的美学特征——乐观、纯美、欢愉、变幻。

一、儿童文学的美学特征

儿童文学的美学特征有以下几方面。

(一)乐观

儿童文学在题材和情节上的表现都是积极乐观的。孩子刚来到这个世界，首先要使他们确信世界是美好的，未来是光明的，使他们有信心和勇气去成长和发展。因此，儿童文学的作者们更多的是用积极正面的方式来表达人生，描绘出美好而明亮的东西，表达人生的价值和快乐。即便主旨是揭露社会的问题，结局也要留有希望。《小王子》就是一个很好的例子，《小王子》是圣-埃克苏佩里的作品，它以一个小王子的冒险故事为主线，讲述了他与各种奇特行星居民的相遇与交流，虽然这本书通过小王子的冒险揭示了人类社会的问题和人性的复杂性，但它仍然是积极乐观的。尽管小王子在他的冒险中遇到了一些陷阱和困难，但他始终保持着积极的情绪和奋斗精神。《小王子》通过展示小王子的勇气、毅力和乐观精神告诉读者，在面对困难和未知时，我们应该保持信心和勇气，坚持追求美好与真实。

(二)纯美

儿童文学在感情和观念上是纯美的。儿童的世界永远都是纯洁而美丽的，因此，表现儿童生活的儿童文学也应该是纯美的。小孩子喜欢以天真和善良的视角去解读人生，而单纯地表达生命的美则更容易被儿童所接纳。作者笔下的儿童世界是纯美的。比如李其美的《鸟树》，把孩子纯洁美好的心灵和感情展现得淋漓尽致：冬冬、扬扬抓到一只鸟儿，非常开心，他们给它喂食，但小鸟莫名其妙地死去了。两个男孩很伤心，他们想让这只鸟儿重新活过来，于是将它埋在泥土中，然后将一株葡萄藤插在土堆上。后来葡萄藤上长出了嫩芽，“这就是鸟树！”冬冬和扬扬对他们的伙伴说，“这棵大树长大了，会开出很多很多的鸟花，鸟花结成很多很多鸟果，鸟果成熟了，裂开就跳出了很多很多小鸟……”。又比如孙文圣的《咒语》把孩子的童心展现得淋漓尽致：当贾佳在课堂上回答问题时，同学们都哈哈大笑，原来是张小强把两个纸团扎进了她的辫子里。贾佳在回家的途中碰到一颗红色的神奇石子，她愤怒地在上面留下了一句“张小强，你要做一条小狗！”，结果张小强就真的变成了一条白色的小狗。看到张小强化身为一条白色的小狗，贾佳心里很是难受，她很懊恼自己用魔法来对付他。在尝试了各种方法都无法让张小强变回人类后，她带着浓浓的愧疚和怜悯，在魔法石头上刻下了自己的愿望，即让自己成为一条小狗，这样可以一直和他在一起，可谁知道，诅咒被解开了，张小强又重新回到了人类世界。这本来是一段矛盾的纠葛，但它发生在孩子身上就变成了一件美好有趣的事情。在儿童文学的作者笔下，人性的追求是纯美的：在《海的女儿》中(插画见图 1-1)，小人鱼为了追求爱情和实现自己的愿望，不惜放弃自己的生命，最终化为海上的泡沫。

(三)欢愉

对欢乐的渴求是儿童的本性，儿童文学在情节安排、形象塑造、形式选择和语言使用上，都趋向于营造欢乐和愉悦的氛围，皮皮鲁的冒险，汤姆的探险，皮皮的淘气，都使小朋友开心地跳起舞来，大林的丑态，温尼·菩的傻笑，逗得小朋友笑个不停。在儿童文学中，常常运用夸张、比喻、对比、移用、反语、拈连、倒装、谐音、双关、反复等修辞手法，通过语言和情节的不和谐，造成喜剧的矛盾冲突，形成趣味和幽默效应，构成一种轻松、清新、隽永的欢乐美。张天翼是一位很有童趣的作家，他善于创造欢乐的故事，比如在《大林和小林》中，他不遗余力地为儿童提供“笑料”，有孩子气的想象：狐狸皮皮的帽子飞上天空，落在了月牙上，等着月亮圆了，才能把他的帽子夺回来；有滑稽的夸张：大林胖得指甲盖都快撑破了，他低下了头，连自己的脚也看不到了，和乌龟、蜗牛比赛跑了倒数第一；其间还穿插着滑稽可笑的儿歌，“三七四十八/四七五十八/爷爷头上种菊花/地板上有虫子爬/蔷薇公主吃了十个大南瓜。”

图 1-1 《海的女儿》插画

(四)变幻

孩子喜欢新鲜，喜欢改变，喜欢想象，喜欢创新。所以，儿童文学相较于普通文学往往更富有想象力，更富有魔力。儿童文学作家擅长讲述怪诞离奇的故事，擅长刻画奇妙多变的场面。在他们的作品中，有各种各样的情节，有各种各样的人物：皮皮鲁骑着“二踢脚”就能飞到天上去，拨动地球之钟，加快地球的转动；哈利·波特和他的同伴们乘坐着一把扫帚可以在天空中进行“魁地奇”竞赛，骑着鹰头马身的有翼兽在一座堡垒上飞行，韦斯莱家的安格里亚汽车的车厢可以魔术般地将座椅扩展成一条长椅；为了报复好友的恶作剧，白佳丽千方百计地买了一张可怕的假面，在万圣节那天让所有的人都大吃一惊，但是没想到，她的脸竟然得永远地戴着这个假面具。这些作品所塑造的滑稽有趣的人物形象，所描述的上天入地的情节，不仅仅展示了一种自由、活泼的现代美学心态，而且充分满足了儿童喜欢幻想，追求新鲜变化、刺激的审美心理和阅读趣味，充分展现了儿童文学的变幻之美。

二、不同层次儿童文学的特征

儿童文学既是与成人文学相区别的文学门类，也是一种根据儿童读者不同年龄阶段的文学接受能力而设计的综合体。实践表明，幼儿文学、童年文学和少年文学所具备的审美特性和思想艺术需求是由不同年龄段的儿童审美心态和接受能力所决定和限制的。

(一)幼儿文学的特征

幼儿文学是一种适合 3～6 岁儿童阅读和欣赏的文学。在幼儿时期，儿童天真而稚嫩，他们以直观的方式来理解外部世界，认知方式具有明显的具象特征。他们的想象力发展得更快，但是无意想象占据了很大的比重，而他们有时候难以区分想象和现实。他们很活跃，爱玩；他们通过玩来感知世界，获得乐趣，发展想象力。他们用自己所熟知和喜欢的口头语来进行交流以实现表达。因此，幼儿文学最显著的特征就是直观性、幻想性、游戏性和口语化。

1. 思想内容具体可感

幼儿学习的重点是对外界的具体感知，更多的是从表象中捕捉到事物的特性，因此，幼儿文学往往通过描绘表象世界让幼儿去了解事物的特性和一些基本原理。例如，童话《小蝌蚪找妈妈》中的各种形象描写，让小朋友了解到了“大眼睛”的金鱼、“雪白肚皮”的螃蟹、“四条腿”的乌龟、“大脑袋尖尾巴”的鱼，了解到了小蝌蚪与妈妈的区别，以及它们是如何进化的。《萝卜回来了》通过小白兔送出去的萝卜，最终在朋友们互相关心下又回到小白兔手上的故事，让孩子们懂得好朋友之间应当相互关心，相互爱护。儿童故事《好事情》讲述了尤拉的一些具体的举动：他一心想做好事，他想象着自己救出掉入水中的妹妹，打跑追着奶奶的大灰狼，捞出掉到了井里的哈巴狗，但现实是他拒绝和妹妹一起玩耍，不愿意帮奶奶收拾碗，不给哈巴狗喂水，这个故事是在告诫孩子们，想做好事不能空想，要从身边的小事做起。

2. 艺术构思充满幻想

幼儿拥有非凡的想象力。幼儿能够凭想象来行动。比如把小盒子当成了玩偶的床，用小石块做香皂。这一时期孩子们的想象力虽然还很不稳固，但是非常有创意。于是，在黄庆云的儿歌《摇篮》中，蓝天、大海、花园都变成了摇篮，摇动着星宝宝，鱼宝宝，花宝宝。美国小说家卡布雷尔的幼儿童话《七个喷嚏》就是一部奇幻的作品：一位捡破烂的拾荒者打了三个喷嚏，在一阵狂风中，突然出现了一些奇怪的现象，小白兔长了小猫的黑耳朵，小猫长了小白兔的白耳朵，小狗只能发出“喵喵”的声音，而小奶猫发出的则是“汪汪”的叫声。小兔子、小猫、小狗一起准备去找拾荒者，要他把它们的耳朵和叫声都换回来。一路上，它们碰到了四种荒谬的形象，分别是一头浑身赤裸的白鹅，一只尾巴上的羽毛长在头顶的公鸡，一个失去两条辫子的女孩，一个身上只披着半件上衣，脚上缠着一双鞋子的男孩，这一切都是那三个喷嚏造成的。儿童所熟悉的喷嚏竟然有如此神奇的力量，儿童熟悉的人和事物以如此奇异的形式呈现出来，这真是要归功于作者的想象力。

3. 故事架构妙趣横生

幼儿喜爱玩耍，无法脱离游戏，其思想与行为更是富有游戏精神。因而，幼儿文学往往带有明显的“游戏”色彩，从而使得其更富娱乐性和趣味性。例如柯岩的儿童诗、方轶群的童话、郑春华的故事，以及能用来儿童互动玩耍的儿歌，都充满了强烈的游戏性和娱乐感。郑春华的《大头儿子和小头爸爸》是当代儿童文学中富有游戏精神的代表作品。除了《大灰狼》和《好鬼》等专门讲述的游戏故事外，还有些情节和细节带有游戏性，比如围裙妈妈把一条长丝带系在自己的胸口，小头爸爸用衣架支撑着自己的礼服，大头儿子用花来引导盲人孩子们去学校。并且在每个情节中都强调了叙事方式的游戏化，极大地加强了作品的表达能力。比如在《两个人的小屋》里，大头儿子用一根羽毛，猛击了一下小头爸爸的脚掌；《两个人出门去》中，大头儿子给小头爸爸喂食花生，让小朋友觉得很有亲切感，于是，大头儿子和小头爸爸就成了他们最亲近的玩伴。

4. 遣词造句亲切自然

幼儿喜爱绚烂多彩的颜色，喜爱响亮多变的音调，并能在大自然的环境中亲近、感知一切。而幼儿文学大多采用口耳相传、图文并茂的形式，因此，幼儿文学多采用亲昵、天然的口语及带有韵律的声音和绚烂的颜色表达。不管是儿歌还是童话故事，都更注重语言的韵律感、节奏感，吟诵起来娓娓动听，很容易让人回味无穷；对颜色的描述也是十分明显的，能让孩子们感到愉悦，引起他们的兴趣。

(二)童年文学的特征

童年文学是一种适应7～12岁儿童的接受程度和审美观念的文学，是儿童文学的主体。这个阶段是儿童智力和心理快速发展的时期，是情感体验日益丰富和审美能力日益提升的阶段。一个情节，一个角色，一个场面，一种情感，都可以扎根在他们的心里。随着儿童生活范围的扩大，知识储备的增多，童年期儿童的视野也会增长，对世界的认知和感知能力也会增强。然而，与现实的密切联系，使得他们迫切需要从文学作品中获得更多的信息和更丰富的人生经验。他们对新鲜的东西有着强烈的好奇心，枯燥的日常，外在的约束，使他们更加向往奇妙的、奇异的东西。这个阶段的儿童，抽象思想和各类心理活动自觉发展，个性倾向和自我评价的独立性不断增强，并具备了一定的道德评价能力。因此，童年文学最显著的特点是知识性、趣味性和奇异性。

童年文学主要文学体裁有童话、寓言、儿童诗、儿童小说、儿童故事、儿童科学文艺、儿童电影等。

1. 题材广泛，内容丰富

童年期的儿童有着强烈的好奇心，这个阶段正是学习的好时机。为了推动儿童身心的健康发展，童年文学更加注重自然、生活、社交等方面的知识。作者们应尽量向儿童展示这个广阔的世界，从熟悉的家庭、学校到遥远的外部世界，让他们可以了解到广阔的天地和丰富多彩的生活，并能够获得生活所必备的技能。比如《爸爸的老师》中对启蒙老师的认识，《一行有一行的气味》揭露了劳动的含义，《木偶奇遇记》描写了成长的过程，《勇敢的小裁缝》赞扬了勇气，《豌豆上的公主》说明了真金不怕火炼，《谁是未来的中队长》对生活加以思考，诸如此类。作者的普遍期待是他们的作品可以让儿童获得丰富的知识和快速的发展。

2. 情节曲折，引人入胜

童年期儿童热爱故事，渴望了解故事的结尾，童年文学中的叙事性作品往往具有曲折、生动、发展迅速、引人入胜的特征。他们用“带劲”“紧张”和“惊险”来评判那些具有吸引力的优秀作品。在众多的故事中，他们尤其偏爱“历险记”和“奇遇记”这类的小说，因为这类作品能够满足他们对未知世界的好奇心和冒险精神。而“童话大王”郑渊洁的故事，更是以其丰富的想象力和独特的故事情节，成为他们心中的经典。同时，以悬念取胜的《三色圆珠笔》和《谁是未来的中队长》等作品，也深受他们的欢迎，因为其中的未知和谜题总能激发他们的好奇心和想象力。

3. 形式新颖，趣味无穷

童年期的孩子们对事物的喜恶以能否给他们带来快乐和欢愉为评判指标，文学也不例外。加拿大的教育家兰兹伯格指出，七八岁的孩子，特别是男孩，很有可能会因为失去乐趣而放弃阅读。孩子们对“热闹派”的故事感兴趣，表明了他们渴望从阅读中获得乐趣。瑞典作家林格伦的《长袜子皮皮》《小飞人》《淘气包艾米尔》这些作品之所以能够流传至今，也是因为它为儿童带来了欢乐。

(三)少年文学的特征

少年文学是一种适应 13～15 岁孩子的接受程度和欣赏趣味的文学。少年时期的孩子们处于半幼稚和半成熟的状态，少年时期是一个仍然有着强烈的儿童感和渴望超越儿童性的复杂阶段。生活阅历、文化知识的增加，尤其是身体素质的快速发展，使得他们的自觉性不断提高，在选择和鉴赏作品时，也逐渐加入了自己的判断和个人取向。在他们的眼中，少年文学已不只是一个有教诲作用的老师，它更像一扇敞开的窗户，一群伙伴，一颗硕大的果实。因此，少年文学具有开放性、探索性、现实性等突出的特征。少年读者偏爱儿童诗、生活小说、动物小说、少年报告文学、传记文学、科幻小说等。

1. 开放性

少年文学主题的选择范围较大，其内涵也较为丰富。少年时期的孩子们勇敢地脱离了成年人的庇护，更加自主地感知并体验与自己密切相关的现实生活，因此，少年文学必须更加客观、全面，更贴近生活，即使是孩子们最不愿接受的事情，也应当被表达出来，让孩子们对世界有更加清晰、客观的认识，比如工人受到的侮辱和虐待(安徒生的《她是一个废物》)，生活对人才的破坏和毁灭(显克微支的《音乐迷扬科》)，剥削者内心的自私和残忍(杰克·伦敦的《在甲板的天篷下面》)，在特定的情况下，人类的思想的畸变(常新港的《独船》)，诸如此类。

2. 探索性

少年文学有许多探索主题的作品。随着社会的迅速变化，青少年的心理会越来越脆弱，他们会接触到许多自己从来没有经历过的事件，也了解一些从未经历过的事件。20 世纪作九十年代，中国的少年小说在题材取向和艺术诉求上发生了很大的改变。主题上更加关注青少年的内心世界和成长过程，表现上从“故事化”向“情感化”转变，叙述结构由“线性叙事结构”向“主体叙事结构”转变，语言上开始追求更为真实、细腻和富有个性的语言表达。

3. 现实性

无论是写实性的作品还是虚构性的作品，少年文学的故事演绎和人物命运都更具有现实性。童年期的儿童热衷于“奇异”的故事，而少年期的儿童则热衷于“真实”的故事，他们期望感人的小说能够激发他们的激情，让他们看到更多的现实。与童年期儿童的快乐相比，他们更希望获得精神上的安慰和满足。他们已经不像小孩子一样漠视成年人的烦恼、不安和苦闷，他们自己也曾在艰苦的学业中、在艰难的考试和升学中体验过成功和失败、快乐和悲伤，期望懂得如何去正视和承担。因此，他们喜爱带有宿命感的文学，期望从中获得启示与启发，他们会在别人的命运遭遇中对照自己的生命轨迹。因此，这一时期的孩子们更喜欢秦文君的《女生贾梅》和《男生贾里》，曹文轩的《草房子》，程玮的《白色的塔》，沈石溪的《象冢》等。

年龄不同的儿童对文学作品的接纳程度和兴趣有差异，这就决定了每个年龄段的孩子都有一种特殊的接受空间。根据瑞士心理学家荣格的观点，每个生命的每个阶段都有自己的特点、价值和发展的使命。所以，我们必须将每个年龄段的孩子的接纳特性视为具有特殊价值的客体。同时，适合不同年龄段儿童的阅读能力和审美情趣的幼儿文学、童年文学、少年文学等，也具有各自的美学和艺术特征。正如儿童文学有着成年人文学不可取代的价值和审美特性一样，幼儿文学、童年文学、少儿文学同样不可取代。

第三节　儿童文学的意义及功能

案例 1-3

徒劳的寒鸦

宙斯想要为鸟类立一个王，他指定一个日期，要求众鸟全都按时出席，以便选他们之中最美丽的为王。众鸟都跑到河边去梳洗打扮。寒鸦知道自己没一处漂亮，便来到河边，捡起众鸟脱落下的羽毛，小心翼翼地全插在自己身上，再用胶粘住。指定的日期到了，所有的鸟都一齐来到宙斯面前。宙斯一眼就看见花花绿绿的寒鸦，在众鸟之中显得格外漂亮，准备立他为王。众鸟十分气愤，纷纷从寒鸦身上拔下本属于自己的羽毛。于是，寒鸦身上美丽的羽毛一下全没了，又变成了一只丑陋的寒鸦了。

《伊索寓言》讲的大多是动物故事，通过简短的小故事来揭示日常生活中那些不为我们察觉的真理，教人处世和做人的道理。这些小故事形式短小精悍，言简意赅，比喻恰当，形象生动，对儿童影响很大。《徒劳的寒鸦》这个故事告诉我们，借助别人的东西可以得到美的假象，但当那本不属于自己的东西被剥离时，就会原形毕露。

作为文学的一个分支，儿童文学同样具有文学的功能。但由于其接受对象的特殊性，儿童文学又具有自己独特的功能。儿童文学以贴近儿童的语言、生动的故事吸引着儿童，把孩子们引向他们幼小足迹难以到达的遥远国度，让他们增长见闻、开阔眼界，引导他们对人生进行思考，使他们懂得如何面对社会、人生，激发他们探索大千世界的热情，帮助他们了解和认识生活。

一、儿童文学的意义

优秀的儿童文学作品不但能增长儿童的见识、娱乐儿童的身心，还能培养他们的个性和品质，对他们未来的发展产生重要的影响。

(一)理想的传承

文学反映了人类的理想，是对人类精神追求的一种浓缩。高尔基曾说过："书籍是人类进步的阶梯。"儿童文学则更加鲜明地体现了人的理想，从格林童话对善良、勇敢和忠诚的赞美到安徒生赞美人的高尚的、永垂不朽的精神；从《汤姆·索亚历险记》中对自由的渴望到张石牙《独船》里对信仰的维护；从"匹诺曹"到"真正的小孩"到张嘎成为"真正的勇士"。儿童文学将人们美好的心愿传递到儿童身上，让他们感受、理解、接受这些，并逐步成为一个完美世界的缔造者。好的儿童文学是那些关心孩子成长的作者们为孩子们努力筑起的一段通往光辉人生的台阶。

理想的继承和培养具有极其深刻的社会意义，郭沫若提出为人类社会的根本改造和人的根本改造而重视儿童文学。曹文轩认为，儿童文学的作者们应该对民族性格的健全、民族素质的提高发挥自己应有的作用。儿童文学因其独特的形象性和深刻的情感，对于传承和培养理想的意义会更自然和持久。

(二)情感的传递

文学是文化瑰宝，传递着人类智慧的火花，传达着情感的共鸣，是人类留给自己和子孙后代的最美好的礼物。要培养对文学的热爱，最好从年少开始，这样可以在欣赏美的同时借助文学表达情感，得到心灵的慰藉，这也是文学最重要的意义之一。

喜爱文学首先要培养情感。如果一个儿童在襁褓的时候就能体会到一首摇篮曲的温暖，在牙牙学语时可以感受到儿歌的愉悦，后来在儿童诗、童话的奇异境地中体验到惊喜和美丽，他必定会主动地走进文学，愉快地享受文学所带来的一切。

对文学的理解和认识首先要从情感培养入手。文学是一位亲切而富于感情的友人，他能接受所有人，并与之友善地相处，但要真正深入文学的内心深处，体会它的魅力，我们需要学会如何解读其中蕴含的信息，从一首优美的摇篮曲、一首欢快的儿歌、一首充满情调的诗歌、一个神奇的童话故事、一个令人着迷的故事开始，孩子们逐渐熟悉、认识文学的美，逐渐掌握开启其文学心灵的钥匙。

儿童文学是文学领域中最灿烂的瑰宝，它是儿童的挚友，它是通往成人文学的一座桥梁。在儿童文学的滋润和熏陶下，孩子们将永远与文学相伴。

(三)经验的积累

儿童需要间接的生活经验。一个人的成长，需要不断地经历，不断地积累，不断地学习别人的经验，将别人的经验转化为自己的收获，这样才能快速地成熟。儿童文学为孩子们提供了最充实、最可靠的生活经验，使他们通过他人的经历和感受，更深入地了解生活，理解生活。

儿童渴求间接的经验。对孩子们来说，文学作品中未知的因素激发了他们对文学的好奇心，他们把阅读文学作品视为一次愉快的探险之旅，希望能体验到一些在现实生活中做不到的东西。

儿童文学能满足儿童不同的经验需要。一是“角色体验”。从老人到孩童，从大人物到凡夫俗子，从动物世界到植物王国，儿童在阅读过程中，能够设身处地地体验不同身份、经历不同处境、感受不同情感，从而在多元的体验中，深化对生活的理解和认识。二是“情感体验”。儿童文学包含了孩子所经历的种种悲欢离合，孩子从不同的情绪经验中品味到了生活的百般滋味，从而了解和体会到了感情的获取和奉献。三是“判断体验”。人类通过对人生的不断的判断来纠正自己，孩子的身体和精神发展的限制使得他们很少有能力去评价自己，而儿童文学则向他们展示和剖析别人的感受，让他们慢慢地认识到自己，学会反省。

对孩子来说，“经历人生”是很有价值的。首先，“体验生活”是一种弥补——弥补生活环境、生活内容和孩子自己身体和精神层面的限制，以满足孩子在成长中“上进”的愿望。其次，“体验生活”也是一种交流与沟通，与自我的沟通，与他人的沟通，通过角色体验、情感体验等沟通方式，使自己和同伴之间的关系得到进一步的发展，从而拥有常态的社交活动。

二、儿童文学的功能

儿童文学的功能是多方面的。目前，儿童文学理论研究学者们普遍认为，儿童文学具有认知功能、教育功能、审美功能和娱乐功能。

(一)认知功能

儿童文学可以让儿童开阔视野、增长见识，并帮助他们提高感知生活的能力。儿童文学的认知功能是指具有较高思想性和艺术性的儿童文学作品能帮助儿童认识社会、认识历史、丰富生活经验、增长认识、启迪心智。

儿童的全面发展要求他们从更宽广的角度去审视和探究人生，而儿童文学则可以使他们打破生存环境的限制，扩展他们的视野去认识世界。儿童文学作品蕴藏着丰富的人生哲理，可以引领儿童走进一个不熟悉的地方，比如国外，让他们增长见识，拓宽视野；可以使他们体验没有经历过的事件，如战争和革命，充实他们的生活阅历；还能将他们引入人的内心世界，使其对生活有更深刻的认识与反思；也能引领他们穿越时空进入神秘莫测的古代与将来，让他们去探寻和探索这个世界等。比如拉格洛芙《骑鹅旅行记》，描写了外国的风景和风俗；徐光耀的《小兵张嘎》和李心田的《闪闪的红星》，都描写了战争和革命；亚米契斯的《爱的教育》(封面见图 1-2)，常新港的《独船》表现了心灵的震荡；凡尔纳《从地球到月球》和威尔斯《时间机器》让孩子对科技充满了兴趣。开阔的眼界能让孩子获得更多的知识和情感，激发他们对这个世界的关心，以及对生命的理解和认识。

图 1-2 《爱的教育》封面

(二)教育功能

儿童文学的教育功能在于帮助儿童健康成长，使儿童在阅读、欣赏儿童文学作品的过程中，潜移默化地受到思想、品德方面的启发和教育。

儿童时期是个体身心发展最快的时期，也是接受培养和教育的最佳时期。儿童时期接受怎样的培养和教育，对一个人的志向、前途以及品格都有着重要影响。因此，儿童文学作为儿童成长过程中的伙伴，其教育功能不容小觑。

(1) 儿童文学具有增强儿童语言能力的作用。儿童文学中的语言不同于日常语言，其本身就有着巨大的魔力，可以使儿童从中学到正确的发音、积累大量的词汇、掌握规范的语法和多样化的语言表达方式，并能在阅读的基础上将熟悉的作品语言用于日常生活的口语表达中。

(2) 儿童文学对儿童性格、兴趣、爱好等个性特征的形成有着积极的影响。一个人的性格、兴趣、爱好，既受遗传因素的影响，也是通过生活实践逐步形成和发展起来的。既然是个性特征，就不可能千人一面。儿童文学包含了丰富的思想内容，儿童通过阅读儿童文学作品在了解各种事件发展和人物行为的同时也提高了辨别是非的能力，对其性格、兴趣、爱好等个性特征的形成产生了积极的影响。

(3) 儿童文学对发展儿童的想象力、训练他们的思维方式具有很好的启蒙作用。常言道：读书让人变得聪明，变得智慧。这一方面是指儿童从儿童文学作品中获得了知识，开阔了眼界，另一方面是指儿童通过儿童文学作品发展了想象和思考的能力。知识是智慧的基础，但如果不会想象和思考，知识就是一潭死水。儿童文学作品是儿童文学作家观察生活的产物，同时又是思考生活的结果，而想象力参与了整个创作过程。所以儿童文学对提升儿童想象力和思维能力发挥着重要作用。

(三)审美功能

文学可以为人们带来一种特殊的审美情趣，儿童文学也一样。从本质上讲，儿童文学是为满足儿童的美学需求而创作的。儿童文学具有独特的艺术魅力和纯正的感情，它既可以使孩子们的审美需要得到充分的满足，又可以使他们的审美趣味得到发展，从而提升他们的审美水平。

儿童文学之所以能够让儿童充分感受人具有的美好情感，是因为儿童文学本身就是真善美的文学。儿童文学作品中一些用优美的语言组织起来的美的景象会在儿童的脑海中留下印象。同时，儿童往往还通过儿童文学作品中的语言特点、节奏韵律等来感知作品的美感。因此，他们觉得色彩艳丽的是美的，朗朗上口的是美的，节奏明快的是美的，等等。此外，儿童作为弱小者，渴望强大、崇尚勇敢。因此，机智勇敢、不怕困难的人物形象都会丰富他们对美的理解。

(四)娱乐功能

儿童文学的娱乐功能，具体是指儿童通过阅读儿童文学作品获得愉悦感和舒适感，以及儿童文学用生动的语言介绍了较深的思想认识和道德教育的内容，起到寓教于乐的作用。

儿童文学作品无论在形式上还是内容上都满足了儿童对娱乐的需要，通常用音乐般的语言、生动的画面、曲折动人的情节、奇异的幻想世界让儿童获得身心的愉悦，帮助他们形成活泼开朗的性格。

此外，儿童文学作品中的艺术世界可以让儿童领略到自己生活中遇不到的各种情境和事件，可以跟着作品中的主人公参与各种奇异的冒险，感受各种喜怒哀乐。例如，美国迪士尼的动画片《狮子王》，主人公辛巴小时候的生活欢快无比，作品用明快的音乐、生动的画面、有趣的情节充分调动了儿童的情感，让他们感到愉悦和舒适。

本 章 小 结

1. 儿童文学是指以 3～15 岁的儿童为读者对象，为培养他们对文学的兴趣和鉴赏力而创作的适应儿童审美需要的文学。

2. 我国根据年龄阶段将儿童文学划分为三个层次：幼儿文学、童年文学和少年文学。

3. 一般来说，儿童文学具有以下特征：题材多样、新颖，主题明确、有意义；情节完整、有趣，结构清晰、有层次；人物形象生动、鲜明，符合儿童审美需要；语言简洁、规范，具有儿童化特征；内容富有情趣，充满奇妙幻想。

4. 儿童文学的功能包括认知功能、教育功能、娱乐功能和审美功能。

思考与练习

1. 结合一些儿童文学作品谈一谈你对儿童文学含义的理解。
2. 儿童文学具有哪些特征，请分别用你读过的一些文学作品进行分析。
3. 结合自己童年接触的一些儿童文学作品，谈一谈儿童文学的功能。

《诗》可以兴，可以观，可以群，可以怨。

——孔子《论语·阳货篇》

第二章　儿童文学的应用

本章学习目标

- 了解儿童文学在家庭教育当中的应用。
- 了解儿童文学在小学语文教育当中的应用。
- 了解儿童文学在校园文化建设方面的应用。

重点与难点

- 理解在现实生活中运用儿童文学的重要性。
- 学会在现实生活中应用儿童文学。

小西案例.mp4

案例导入

小西 7 岁时在某大学附属医院被确诊为抽动症，当时医生说没什么有效的治疗办法，所以没有进一步治疗。三年过去了，小西脾气越来越暴躁，抽动频繁发生。好胜心特别强，心胸狭隘，经常说同学或朋友的不好。小西学习成绩优异，但面对老师批评总是嬉皮笑脸的样子，表现得满不在乎。小西曾学过很多兴趣课，如尤克里里、围棋、跆拳道等，还爱看历史类、奇幻类的书。

父母再次求医。医生结合小西的特点分析其为 A 型人格，建议小西阅读一些儿童文学作品。回去后，父母给小西创造了多种读儿童文学作品的环境和条件，父母的包容和关心让小西感受到家庭的温暖并拥有足够的安全感，书中的宽容让他体会世界的温情并有信心和勇气面对未来和挑战。书籍的力量使小西最后战胜了抽动症。

(资料来源：本书作者整理编写)

由导入案例可见儿童文学对于儿童心理健康发展具有重要作用，儿童文学作品是依据儿童的心理创作的，又反作用于儿童心理，儿童文学是培养儿童创造力，丰富儿童情感，培养儿童自我意识，树立儿童自信心，帮助儿童克服困难的一种精神养料。

第一节 儿童文学与家庭教育

案例 2-1

为深入贯彻落实习近平总书记关于注重家庭家教家风建设重要论述，共建书香家庭，2023 年 8 月 19 日上午，无锡市旺庄街道开展充电计划系列“亲子共读会”主题活动，共有 37 组亲子家庭参加。孩子和父母在活动中共读、共赛、共创，与《木偶奇遇记》中的匹诺曹开展了一场奇妙冒险。

为激发孩子们对阅读故事的兴趣，活动开场，小红花社工准备了故事人物拼图游戏，在将人物海报碎片拼凑起来的过程中，孩子们对故事人物有了初步印象。

随后，小红花社工给大家布置了关于《木偶奇遇记》的问题，让家长带领着孩子们边阅读边思考。阅读结束后的默契大挑战环节，亲子家庭通力合作，家长“眼疾手快”按下抢答器按钮，孩子们则开动脑力，回答问题。在“亲子共创配音 show”上，孩子们化身为小配音员，勇敢地踏上舞台，为《木偶奇遇记》同名动画片段配音，过程中，孩子们也充分体会到匹诺曹勇敢、善良、无私的品质。

此次亲子共读会，不仅增进了亲子关系，更激发了孩子们的读书热情，营造了多读书、读好书、善读书的浓厚氛围。同时还大力弘扬了家庭文明新风尚，为家庭教育注入了生机与活力。

(资料来源：本书作者整理编写)

儿童文学是儿童早期接触的一种文艺形式，而家庭则是儿童尤其是幼儿的主要生活空间。因此，为孩子挑选合适的书籍，培养他们的阅读习惯，并通过阅读帮助他们养成美好的品德和性格，是家长义不容辞的责任。在儿童时期，尤其是学龄前阶段，儿童文学在家庭教育中起到了很大的作用。

新时期，我们要以党的二十大精神为准则，以社会主义核心价值观为引领，着力培养担当民族复兴大任的时代新人，坚守繁荣发展儿童文学的初心，肩负引领未来少年儿童成长的责任。

一、亲子阅读的重要性

家庭，作为儿童成长的摇篮，对孩子的全面发展起着至关重要的作用。在家庭中，亲子之间的情感交流尤为关键，它不仅影响孩子的人际交往能力，更深远影响孩子的性格与价值观。在众多交流方式中，亲子阅读以其独特的魅力，成为促进亲子关系、培养儿童阅读兴趣的重要桥梁。

亲子阅读，即父母或长辈陪伴孩子共同阅读书籍的活动(活动照见图 2-1)，它不仅有助于儿童语言的快速发展，还能在无形中培养孩子的阅读兴趣，减轻儿童心理压力。

儿童文学对儿童语言的发展有着重要的作用。1～1.5 岁的时候，宝宝会说一些简单的单字，比如“爸”“妈”，之后慢慢地会说双字词语，到了 6 岁的时候，语言表达已不成问题了，一般幼儿词汇量在1700个以上。在小学阶段，儿童的语言水平不断提高，但个体之间的差距却越来越大。有调查显示，在学龄期口头表达能力较强的孩子，后期的阅读能力和写作水平更高。儿童文学不但能为孩子们提供良好的语言范例，还能激发孩子们对于听说读写活动或根据故事进行角色扮演的活动的热情。儿童文学因提供了丰富的语言环境，丰富的词汇量和语言表现形式，使孩子的语言发展更加迅速。

图 2-1　四川省成都市成华区白莲社区组织“书香飘万家”亲子阅读会

二、优秀儿童文学作品的选取

目前，市面上有很多儿童读物，要为他们挑选适合自己的读物，绝非易事。好的儿童文学作品不但可以引起儿童的阅读兴趣，而且可以培养他们的多种技能；劣质书籍会对孩子的智力产生负面影响，尤其是对于那些阅读速度较慢的孩子来说，他们可能受到的损害更大。这类书籍思想单一，文笔粗糙，容易使读者产生懒散的心理。普通家长在选购儿童图书时，往往仅凭自己的阅历，因而经常会错选以下几类书籍。①单纯训练智力的书。这些书籍常常打着“智力开发”的幌子，其实都只是些“题目”。②机器喷涂上色的书。这种类型的书籍通常颜色鲜艳，非常吸引儿童。然而，粗糙的插图失去了手绘作品的优雅色彩和细腻线条，这会损害儿童的审美观。③识字卡。用识字卡来认字往往是无意义的，不是在具体的语境中掌握的字孩子们是难以理解的。④“实惠”的书籍。这类书籍文字量大，然而年纪越小的孩子，越需要借助图画来理解内容。

在挑选书籍时，父母一方面要多听取一些专业人士的建议，另一方面也要建立自己的评判准则。

在挑选书籍时，要掌握以下基本原则：①图画和文字要能相互交融，主题要能激起孩子们的阅读兴趣；②能够激发儿童的想象力和创造力；③书籍中的语言要具有文学色彩，而画面要具有艺术感；④书籍的封面应坚固耐用，印制得精美，字体尺寸与行间距要符合孩子们的阅读习惯；⑤要充分考虑到儿童的年龄和性别差异，随着孩子的成长，家长要对他们的决定表示尊重。每个儿童都有自己的爱好。因此在挑选书籍时，家长要尽可能地尊重他们的意见和选择。

三、亲子阅读的方法

在实践中，亲子阅读不仅仅是指与儿童一起阅读这一行为，还要求家长有一些方法和技巧，亲子阅读的方法包括朗读、讲故事、戏剧性表演。

(一)朗读

朗读是一种最常用的阅读方法。对儿童而言，听人讲故事是非常轻松的。通过“听赏”，儿童可以自然而然地学会使用语言。儿童听的故事越多，其见识越广博。由于没有强制要求，这样的教学方法更加高效，而且对于儿童来说也是一种愉快的体验。要做到流畅、自然、引人入胜地朗读，必须遵循以下几个原则。

(1) 挑选自己喜爱的书籍。朗读的第一步，就是要让自己对这一本书产生强烈的兴趣，这样才可以把书籍的魅力传达给孩子。

(2) 在朗读之前，预先练习几次。提前阅读可以帮助理解故事的情节，明确情节，把握情节的发展。这样才能避免由于对故事的理解不够透彻而出现停顿的现象。

(3) 揣摩朗读技巧。揣摩朗读技巧的目的在于能够更好地展现作品，使孩子们置身于一个真实的环境之中。其朗读技巧主要包括：语速语调、面部表情、身体动作等。

(4) 展示插图以辅助阅读。若朗读的是图画书，则应将书籍朝向儿童，或将其拥入怀中。

(5) 注意观察儿童的表现。朗读时要注意孩子在听故事时的反应，若他的注意力不集中，则说明他对所讲的故事不感兴趣，这时可以稍作休息，通过提问或其他方式询问孩子是否有兴趣。

(二)讲故事

讲故事是一项古老的活动。在文字尚未被创造出来时，讲故事就已经成为人们传播文化的一种手段。儿童在很小的时候，就会让家长给他们讲述一些关于他们的事情，因此，练习讲故事也是沟通亲子感情的一种方式。因为没有书籍可以作为说教的线索，所以它的困难程度要大于朗读，并且要做更多的预备工作。在叙述一个故事的时候，有以下事情要特别留意。

(1) 找一个合适的地方。讲故事的地点要选在儿童能看见或听见的位置。一个温暖的地方会增强孩子们的幸福感。家里的沙发、躺椅、床等都是合适的场所。

(2) 设计简单而特殊的开场。在故事开始的时候，气氛渲染是非常关键的。用一点小窍门可以把故事气氛渲染得更好。比如，你可以穿上与这个故事相关的服装，把与这个故事相关的照片放在一个墙角，或者变个魔术。开场不能过久，以免影响儿童的注意力。

(3) 与儿童保持目光交流，注意他们的回应。讲述一个故事时，应该和孩子有眼神交流，这样才能从孩子的反应中了解他们的感受。比如，根据他们的反应来判断故事是否有趣，或者讲得是否很快。

(4) 为儿童安排一些易于参与的活动。在讲述一个故事时，做一些简单的事情增强互动。比如，在讲《迟到大王》时，可以让孩子们一起朗读主人公“约翰·派克·罗门·麦肯席”的名字。

(5) 引导儿童进行思考与探讨。在听故事的时候，孩子也会思考，有时候会问一些问题，或者说一些自己的看法。家长们要严肃地回答孩子们提出的问题，有些问题若自己回答不好也可以先去查阅一下，再告诉他们。当故事讲完后，还可以向儿童提问。

(6) 避免死记故事内容。讲故事不等同于背故事，死记硬背常常会影响到整个气氛。在讲述前，要先对剧情进行剖析，理解矛盾与高潮，并揣摩人物性格，练习变换不同的语气来表达。在讲故事之前，要结合儿童的爱好，挑选适合的故事。

(三)戏剧性表演

每个孩子都喜爱在台上演出的戏剧。在家里，将一个故事改编为一家人共同演出的剧本，既能加深孩子对这个故事的了解，又能活跃家庭气氛。孩子在扮演不同角色的过程中，可以很轻松地融入其中，了解和体验到不同人物的个性特征和人生际遇。

戏剧演出要从挑选好的作品开始。幽默有趣的故事和动作性强的故事都适合改编成戏剧。比如《彼得兔》，这部经典的儿童文学作品讲述了彼得兔和其他小动物在农场中的冒险故事。故事情节充满了趣味性和动作性，人物角色各具特色，非常适合改编成家庭戏剧。孩子们可以扮演彼得兔、本杰明兔等角色，通过表演他们的冒险经历，感受勇气、智慧和友情的力量。这样的戏剧表演不仅能让孩子们更加深入地理解故事，还能促进他们之间的合作与交流，增强家庭的凝聚力。选好剧本后，还要按要求撰写对白。台词要与角色的个性特征相适应，语言表达要通俗易懂。家长可以根据自己的喜好，自行设计并制作适合自己的衣服。制作服装时要善于找到“替代品”，比如，用一顶带护耳的帽子、一副手指连在一起的手套和一条绳子，就可以扮成一只猫，用一件白袍配上贴着圆形锡箔盘的头带，就可以扮成大夫。舞台的布置要简单，可以画在一张大一点的纸上，也可以通过在硬纸板绘画来制造小型的背景，它们可以是立着的，也可以靠在椅子或者墙壁上。其他的小玩意儿也尽量减少，可以用玩具来替代电话、汽车等。戏剧角色也可以用木偶、手指偶来代替。

第二节　儿童文学与小学语文教育

案例 2-2

苏教版小学五年级上册的语文课本第 12 课收录了伊索寓言的《牧童和狼》，这篇寓言讲的就是牧童在放羊时几次欺骗村民狼来了，结果狼真的来了的时候，村民已经不再相信牧童的话，最后牧童丧失了生命。

(资料来源：本书作者整理编写)

这篇经典的儿童文学作品既告诫了学生要诚实，又产生了很深的教育意义。

儿童文学是庞大的文学体系的一个分支，而小学语文教育则是庞大的教育体系的一个分支，二者看似是分开的，实际二者之间存在着紧密的关系，他们有相同的服务对象和相似的功能。

儿童文学作品作为小学语文教育的重要资源，在小学语文教育中具有举足轻重的地位。叶圣陶是一位教育家，他曾说：“小学生既是儿童，他们的语文课本必是儿童文学，才能引起他们的兴趣，使他们乐于阅读，从而发展他们多方面的智慧。”

随着21世纪语文课程改革的深入，儿童文学在我国小学语文教育中的地位越来越重要。如《全日制义务教育语文课程标准(实验稿)》中就针对不同学段的阅读教学，给出了不同的教学对策。第一学段(1～2年级)，儿童的阅读材料被界定为较浅的故事、童谣、古诗词等，这表明，儿童文学作品已经成为小学生的主要阅读材料。在“关于课外读物的建议”一节，也列出许多儿童文学作品。在根据课程标准编制的教材中，儿童文学作品成为低年级课文的主要内容。单以人教版低年级课标实验语文教材为例，包含儿童文学作品的课文，小学一年级上册共15篇，占总课文的75%；一年级下册共25篇，占总课文的73%；二年级上册20篇，占总课文的58%；二年级下册17篇，占总课文的53%。除了课本里的儿童文学作品之外，许多优秀但没有被纳入教科书的儿童文学作品，也是非常值得我们去阅读的。比如《百年百部中国儿童文学经典书系》《我和小姐姐克拉拉》《亲爱的汉修先生》《夏洛的网》《小王子》《长袜子皮皮》等。除了儿童文学课文，还有其他一些经典的文学作品也可以运用到教学中去，比如最近几年在我国不断兴起的“班级读书会”(活动照见图2-2)就是一个很好的途径，班级读书会通过选书—阅读—讨论—拓展活动等环节扩展了学生的阅读范围，激发学生的阅读兴趣。

图2-2 “班级读书会”上介绍儿童文学名著

第三节 儿童文学与校园文化

案例2-3

为了给师生创设一个优美、和谐的学习生活环境，沈阳市某小学秉着“让每一块墙壁都会说话，让每一棵花草都能传情，让每一幅图画都能会意”的文化育人理念，近几年先后投资了100多万元美化校园环境，给每间教室都配备了图书柜，孩子们将自己喜爱的图书收集放在柜中，供大家一起阅读，这不仅优化了校园环境，还增添了浓厚的学习氛围。

(资料来源：本书作者整理编写)

校园文化是指以学生为中心，以课外活动为主要内容，以校园为活动中心，以校园精神为主要特征的一种特殊的文化和精神氛围。校园文化是学校的一种独特的教育力量，它对学生的素质和能力的培养起着重要的作用。校园文化对学生是一种“润物细无声”的影响，让学生在校园里随时随地都能感受到浓厚的文化氛围，在不知不觉中被感染、被影响。校园文化作为课堂教学的一种补充，具有不可取代的功能。学生正确的人生观、价值观、健康的审美情趣以及人格品质，都是由校园文化所塑造和影响的。在小学进行丰富多彩的校园文化活动，对于学生拓宽知识、发展智力、培养个性、陶冶情操、塑造人格、发展能力、提高素质等方面都有着积极的作用。课外阅读、朗诵、讲故事、课本剧等与儿童文学有关的课外阅读活动，都是活跃校园文化、营造健康高雅的校园文化氛围的良好途径。在这些校园文化活动中，儿童文学的阅读是最重要的。

儿童文学在校园文化中的应用.mp4

一、校园文化建设的方法

在校园文化的建设中，我们常使用的方法有以下几种。

(一)课外阅读活动

儿童的课外阅读活动以儿童文学为主体阅读材料。读书活动是小学校园文化中最重要的一项活动，也是开展素质教育的一个很好的切入点。一所学校也许样样俱全，但是如果没有人类的全面发展和丰富精神生活所必需的书籍，就不能被称为学校。可见，学校是很好的读书场所，让孩子们读书是一种很好的教育方式，尤其是在幼儿时期，读书对其一生的发展起着重要作用。然而，目前的教材无法满足儿童的阅读需求，尤其是他们的文学阅读需求，也没有达到国家培养学生人文素养的目标。《全日制义务教育语文课程标准(实验稿)》明确规定：小学课外阅读总量应为 145 万字。目的是让学生学习使用不同的阅读方式，以能初步理解、欣赏文学，体验崇高的情感，培养高雅的兴趣，培养人格，充实心灵。由此可见，在小学生的课外阅读中，文学阅读是一个非常重要的组成部分。小学生的发展，既涉及对知识和技巧的掌握以及智力的发展也涉及对健全个性和健康情感的培养。而健康的情感和健全的个性，则离不开文学艺术的滋养，获得人文艺术滋养的一个重要途径就是阅读与儿童情感发展需求相适应的优秀文学作品。当然，在小学阶段所读的文学作品，并不局限于教师们熟悉的唐诗宋词和中外名著。尽管这些作品具有较高的思想性和艺术性，但其所描写的内容和情感未必与小学生的接受能力、理解能力和鉴赏力相匹配。因此，新课标将儿童喜爱的童话、寓言、儿童故事、儿歌、儿童小说等作为小学生阅读的主要内容。儿童文学是一种欢乐的文学，读儿童文学作品可以使小学生在欣赏美的同时，充分释放儿童的快乐天性，发现读书的无穷乐趣。对于他们而言，因为选择了儿童文学，阅读已不再是一种负担，而成为一种轻松愉悦的享受。所以，一部贴近儿童心灵、富有想象力和儿童趣味的儿童文学作品，符合小学生的文学需求，最能被他们认可和接受，是小学阶段儿童阅读的首选。大量优秀的儿童文学作品，对小学生的思想起到了潜移默化的作用。

学校或班级可以借助儿童文学读书活动，为学生的精神成长构建理想的文化氛围，培养学生良好的读书习惯、美好的情怀与健康的人格，发展学生的审美和语言能力，提升他们的综合素质，为学生的终身发展积淀深厚的人文素养和文化底蕴，大连市金普新区金通小学举办的校园读书活动(活动照见图 2-3)，采用多种形式诵读《增广贤文》：自由朗读、全班齐读、小老师领读、个人展示读等。每日晨读已经成为大家的习惯，专注又富有激情的读书声成为教学楼中最悦耳的音乐，为班级和校园增添了浓浓的文化韵味。

图 2-3　大连金普新区金童小学开展“‘悦’读助成长，书香润童年”校园读书活动

为激发学生课外阅读的兴趣，学校可以组织各种形式的读书活动，通常是举办学校和年级的儿童文学作品读书节、读书月或主题读书活动。这是对日常读书活动的提升，能在校园中掀起阅读的热潮，使整个校园弥散着儿童文学的清香，使同学们共同享受阅读的快乐。学校的图书馆要为学生提供丰富的图书资源，并建立学校阅读网络；班内可设立班级图书角，营造班级读书气氛；在校园内可设立“阅读专栏”，介绍儿童文学经典读物和展示学生的优秀读书笔记。在小学生的儿童文学阅读活动中，教师特别是语文教师、班主任、大队辅导员要起到引领阅读的作用，帮助学生解决读什么、怎么读的问题。教师要根据不同年级学生的心理特点、接受能力、审美情趣等，向学生推荐中外优秀的儿童文学作品，包括经典的儿童文学作品和当下的热门儿童文学图书，也可以根据不同阶段、不同主题的教育需要来推荐作品。此外，教师还要帮助小学生制订读书计划并具体地指导他们阅读。目前，小学教师的儿童文学素养还比较缺乏，大多数教师对儿童文学阅读推广比较陌生，而且也不具备指导小学生阅读儿童文学的能力。因此我们必须加强对教师的培训，提升他们的儿童文学素养，这样他们才能引导学生进入多姿多彩的儿童文学艺术世界，使学生喜爱上文学，养成良好的读书习惯。有条件的学校可以邀请一些有影响力的儿童文学作家来学校做讲座，通过名人效应推动学生阅读活动的开展。

(二)朗诵

小学生朗诵的主要内容以儿童文学为主体。朗诵是一种很好的校园文化活动，它可以培养学生的高尚情操、良好的品格，促进学生健康成长；朗诵还也可以提升儿童的语言表达能力。在朗诵内容的选取上，儿童诗、儿童散文等儿童文学是小学生朗诵的主要内容。儿童诗是一种适合于儿童阅读和赏析的作品，它能真实地反映孩子的生活，表现出孩子们的天真和单纯。儿童诗中丰富的想象力和优美的节奏韵律，能为孩子们带来不同于成人诗歌的审美享受；儿童散文以其健康的情感、无限的儿童情趣、优美的意境、诗意的语言而受到广大小学生的喜爱。此外，学生也可以朗诵自己所写的儿童诗。朗诵通常是以朗诵活动或朗诵竞赛的形式，结合各类主题教育，如爱国主义、集体主义、尊师教育等主题，来发挥其思想教育功能。此外，在节庆的文艺表演中，朗诵往往以个别的形式出现，是最普遍、最具感染力的艺术活动，也是一种有效的教育方式。学生们用稚嫩的声音朗诵着优美的诗歌，让人如闻天籁。朗诵让校园里弥漫着浓郁的书香味，让孩子们的生命更有诗意，让孩子们的文学修养得到了提升。

(三)童谣创编与吟唱

童谣，也就是儿歌，是儿童最早接触的一种儿童文学形式，它的特征是简短、浅显、有趣、幽默、明快、朗朗上口、易记易诵。它不仅仅为儿童带来快乐，还可以帮助儿童形成健全的个性。然而，在小学校园中，经常会出现“灰色”的童谣，这对他们的身心健康造成不良影响。“灰色”的童谣，其内容具有负面的内涵、低俗的风格，会在不经意间污染孩子的纯洁心智，对其人生观和价值观造成不利影响。造成“灰色”童谣盛行的主要原因之一，是缺少适合小学生朗诵的健康儿歌。所以，要想抵制“灰色”童谣，就要创编出健康儿歌，让孩子们乐于传诵，让健康内容占据学校的文化阵地，使校园文化朝着健康、积极的方向发展。在学校里，每一个学生都是快乐、健康的创作者。学校可以在小学生中推广新的童谣，也可以引导他们进行童谣的创作。学生们自己创作的作品，更加接近现实，充满童趣。这些活动在活跃校园文化、提升学生的语言表达方面都有很大的帮助。由于健康的童谣可以在潜移默化中让孩子形成优秀道德品质，培养孩子美好的情感，让孩子养成良好的行为习惯。目前，很多学校都把创编、传唱与道德教育结合起来，在校园内进行童谣创作、朗诵、吟唱等竞赛活动，使同学在欢乐的活动中养成高尚的品德，以健康的校园文化来培育儿童的精神面貌。

(四)讲故事活动

讲故事是一种很受学生喜爱的校园文化活动。它既有利于学生的思想品德培养，又可以丰富学生的校园生活，还有利于培养学生的口头表达、写作和创造能力。儿童文学是讲故事活动的素材。主要来源于童话、寓言、儿童故事等。童话是最受小学生欢迎的一种体裁，它具有丰富的想象力，又有睿智与幽默的语言。校园活动中所讲的儿童故事包括适合于儿童阅读、聆听的民间故事，根据成人文学名著或儿童小说改编的适合儿童阅读欣赏的儿童生活故事、儿童历史故事等。儿童故事情节生动有趣，对儿童有强烈的吸引力，又因其有较强的思想性，能给儿童无穷的教益，所以在儿童教育上具有极高的价值。讲故事不是简单的故事情节复述，而是对所阅读的儿童文学作品的再创作，如故事情境的渲染、细节的补充、表情动作的设计等，这种活动对全面发展学生素质大有好处。讲故事不仅可以让小学生们在轻松愉悦的氛围中学习新知识和技能，还可以帮助他们培养各种能力，比如表达能力、创造能力等。因此，学校、班级可以运用讲故事这种活动形式，帮助小学生充分展现自身的才华和能力，同时促进他们全面发展。

(五)校园戏剧演出

孩子天生喜欢幻想，喜欢模仿，喜欢表演。因此，在学校里，戏剧表演是一种非常受欢迎的校园文化活动。课本剧是一种新的戏剧形式，在校园中活跃。课本剧可以服务于语文教学，使学生更直观地了解课文中的文学作品，丰富校园的文化生活，使他们能够感知美，辨别美，创造美，培养其创新精神，陶冶其道德情操，提升其语言技能。中国儿童剧导演容晓蜜表示，儿童戏剧会像种子一样扎根于儿童的心中在未来生根发芽。课本剧能让儿童了解戏剧，热爱戏剧，成为戏剧与儿童的沟通媒介。通过儿童的参与，增加了儿童对戏剧的了解，补充了课堂的内容。当然，课本剧不为语文学科所独有，物理、化学、生物、地理都可以有课本剧，不过大部分都是根据语文课本改编的。其中的童话、寓言、儿童小说、儿童故事、儿童诗等故事类的课文，都是可改编为课本剧的素材，根据这些作品改编的课本剧符合小学生接受能力和欣赏水平，主题也积极健康，自然深受小学生的喜爱。在课堂上，教师应鼓励学生将课外阅读的儿童文学作品编成小话剧、音乐童话剧等，这既能加深学生对原著的理解，又能使学生对戏剧产生浓厚的兴趣。在校园文化建设方面，课本剧和学生在课外阅读基础上创作的儿童戏剧，可以作为一种主要的读书系列活动，在学校或班上举办专题演出。少年儿童的身心特点决定了运用直观、形象、生动、活泼的儿童戏剧开展活动是班级工作的重要方法和内容，这样的形式使思想道德教育更加贴近儿童。在校园戏剧表演和欣赏中，孩子们不仅充分领悟了原作深刻的思想，感受到舞台艺术的魅力，而且也丰富了自己的生活、陶冶了情操、净化了心灵。现在，课本剧已走出课堂，融进了学生的课余生活，使校园文化更加绚烂多彩。

(六)文学社团

文学社团是一种有文学纲领、宣言和结社章程的组织形式，是供学生休憩的文学乐园。文学社团是校园文化中一道靓丽的风景。它聚集了一批思维敏捷、文笔较好的学生，为有文学专长或文学爱好的同学提供了一个很好的舞台，让他们可以自由发挥才能，交流思想，互相学习。文学社团的开展，既可以丰富学生的课外文化生活，又可以陶冶他们的道德情操，培养他们的文学兴趣，增强他们的创造力，提高他们的写作水平，使他们的文学修养得到提高。

文学社团的宗旨是提高社员的写作水平，培养新的文学人才。而要想提高写作水平，必须要有读书的经验。苏轼提倡“博观而约取，厚积而薄发”，读书是写作的根本。所以，要加强学生的文学阅读。优秀的儿童文学作品——童话、寓言、儿童诗、儿童小说等，最符合儿童的阅读习惯，最接近儿童的日常生活，充满了童真之情，语言浅显、优美、生动，非常适合文学社的小朋友。相对于成人名著，儿童在儿童文学中可以获得更多的创作灵感和材料。因此，开展儿童文学名家作品鉴赏活动是学校文学社团的一项重要工作。此外，由于小学生的文学创作是从“模仿”起步的，所以，文学社团可以组织成员开展模仿所读的儿童文学作品创作儿童诗歌、童话、寓言、小说、剧本等的活动。少年作家也许就是从他们中间诞生的。文学社团会定期举办读书交流会、讲故事、朗诵、征文、演讲大赛等活动，不但促进了课外文学的阅读，提升了学生的文学鉴赏能力，还丰富了学校的文化生活。

因此，以儿童为中心的儿童文学在构建小学校园文化中具有举足轻重的地位。在实际工作中，要不断挖掘儿童文学的资源，开展文化活动，让儿童文学滋养儿童，让儿童文学陶冶儿童，让儿童文学发展儿童。

本章小结

本章主要探讨了儿童文学在家庭教育、小学语文教育和校园文化建设方面的应用与意义。儿童文学的根本价值在于帮助儿童健康成长。

思考与练习

1. 儿童文学在家庭、学校、课堂方面的价值具体体现在哪里？
2. 思考在上述三种情境中应用儿童文学的价值和原则。

要是一个人的全部人格、全部生活都奉献给一种道德追求，要是他拥有这样的力量，一切其他的人在这方面和这个人相比起来都显得渺小的时候，那我们在这个人的身上就看到崇高的善。

——俄国作家 车尔尼雪夫斯基

第三章 儿童文学的体裁

本章学习目标

- 了解儿童文学的各种体裁。
- 掌握各体裁的概念、特点、代表作品。

重点与难点

- 掌握赏析儿童文学的方法。
- 感受不同体裁儿童文学的魅力。

案例导入

2020 年 4 月 22 日，教育部发布了《教育部基础教育课程教材发展中心 中小学生阅读指导目录(2020 年版)》(以下简称《指导目录》)，为实现德智体美劳全面培养的“五育”目标，《指导目录》所荐书目涵盖了人文社科、文学、自然科学和艺术四大类别。人文社科类图书约占 20%，文学类图书约占 50%，自然科学类图书约占 20%，艺术类图书约占 10%；囊括了众多儿童文学体裁，包括儿歌、儿童诗、童话、寓言……

《指导目录》尊重学生身心发展规律，根据青少年儿童不同时期的心智发展水平、认知理解能力和阅读特点，科学地选择适合不同学段、年龄段的青少年儿童读物，这些读物贴近学生的思想、学习、生活实际，趣味性突出。由此可见，不同种类的儿童文学体裁对儿童的成长和发展都具有重要意义。

在新中国成立以来波澜壮阔的历史进程中，儿童文学以光彩夺目的发展证明它是与祖国建设紧密相连而又独具魅力的事业。党的二十大报告既为国家未来发展描绘了宏伟蓝图，也为儿童文学高质量发展指明了新的方向。

(资料来源：本书作者整理编写)

第一节 儿 歌

案例 3-1

好孩子

张家有个小胖子，自己穿衣穿袜子，还给妹妹梳辫子。
李家有个小柱子，天天起来叠被子，打水扫地擦桌子。
王家有个小妮子，找了钉子找锤子，修好桌子修椅子。
周家有个小豆子，拾到一个皮夹子，还给后院大婶子。
小胖子，小柱子，小妮子，小豆子，他们都是好孩子。

《好孩子》这首儿歌语句通俗易懂、朗朗上口，非常适合儿童朗读。诗歌的结构整齐，每句以“子”字结尾，用自己穿衣、叠被子、修桌子等实例，形象地告诉小朋友该怎样做个好孩子。通过学习这首儿歌，孩子们可以从小树立自立意识，懂得劳动的光荣。

儿歌被誉为第一粒诗的种子、第一瓢美的甘露、第一束爱的光辉，是儿童健康快乐成长的金钥匙。它可以启发儿童的思维，丰富儿童的语言，引导儿童的想象力，锻炼儿童的表达能力。学习儿歌的目标，就是根据儿歌的特点和作用，有针对性地利用各类儿歌培养孩子的情感和心智，使孩子们在快乐地欣赏和诵读中获得快乐，获得成长。

一、儿歌的含义与特征

儿歌是以低幼儿童为主要接受对象的具有民歌风味的简短诗歌。在中国古代，儿歌通常被称作“童谣”，一些文献中所指的儿歌包括了“婴儿谣”“儿歌”和“孺子歌”等。传统的儿歌最初是由民间口口相传的歌谣，经后人搜集、梳理，形成书面记录。儿歌可以说是人类生活中最常见的一种文学形式，也是人一生中最早接触到的文学形式。从作品的创作主题上来讲，儿歌的作者可以分为两种：一是母亲或其他某些成年人，另一个是孩子本人。儿歌是一种独特的儿童文学体裁，在发展的历史进程中，已逐渐具备内在特征。

(一)注重韵律，朗朗上口

婴儿的听力发育比较迅速，对特殊的声响异常敏感，并具有很好的辨识能力。因而对具有强烈的音乐感的韵文尤为喜欢。而儿歌则很注重韵律节拍，其中声调的强弱、长短、轻重的变化、韵律的抑扬顿挫，使得儿歌有着鲜明的音乐性。

通常情况下，儿歌的节奏主要体现在句子的停顿所构成的节拍上。儿歌中最常用的节拍形式有三种：一是节拍和字数均一致，比如薛卫民的《公鸡和芝麻》；二是节拍一致，字数不同，例如传统儿歌《端豆花》；三是节拍不固定，比如郑春华的《吹泡泡》。因为现在接受者和创作者都喜欢杂言杂句式的作品，所以节拍不固定的儿歌数量众多。

押韵是儿歌具有音韵美的一个很大的因素。押韵是指儿歌特定的句末一词中有相同或相近的韵母。儿歌中的押韵方式主要有四种。①句句押韵。这种押韵方式较为规范，让儿歌朗朗上口，悦耳动听。它的不足之处在于，用韵的范围比较受限，看起来更呆板。②隔句押韵，每逢双句押韵，第一个句子可以有韵，也可以没有。这是一种比较常用的押韵方式，因为它的局限性比较小，比较好掌握。③不断变换韵脚，常用于“连锁调”上。通常每隔两句变换一次韵脚，这种押韵方式让儿歌节奏轻快，错落有致，易于朗诵。④用一个字押韵，称为“一字韵”。这是一种独特的押韵方式。它有三种不同的形式：一是用子、头、手等押韵；二是词尾儿化，从而形成了一种独特的“一字韵”；三是，以“喽”“了”“啦”等语气词押韵，颇具特色。

(二)简单明了，易于传唱

儿歌是面向幼儿的儿童文学体裁。“无意注意”是幼儿的主要心理特点，幼儿的注意维持能力很弱，不能有选择性地关注某个目标。因此，短小、简单、通俗易懂、易记易唱成为儿歌的特点。为了让幼儿容易记住，儿歌的内涵不宜过于复杂，要简洁、朴实。比如经典的儿歌《排排坐》：“排排坐/吃果果/你一个/我一个/弟弟睡了留一个”。整个儿歌只有 19 个词，句子很短，但内涵深刻，展示出孩子们吃水果、分水果、团结互助的整个过程，幼儿阅读起来非常容易。

(三)歌戏互补，趣味盎然

幼儿的主要活动是游戏，他们常常在游戏中认识、熟悉身边的环境。而团体的游戏，则是要有统一的动作、吸引人注意力的有节奏的口号。这些口号就是儿歌。所以，注重并寻求动态的游戏性，把游戏和儿歌相融合，使儿歌和游戏相互补充成为儿歌的显著特点。

儿歌与游戏相辅相成的特点，能够增加儿歌的趣味性与幽默感。幼儿的游戏在一定程度上具有很强的表演性。在表演中吟诵势必会增加游戏的趣味性。比如柯岩的《坐火车》，讲的是孩子们用长椅排成一排来模拟火车，再各自扮演乘务长、乘务员、妈妈和妈妈的孩子。“轰隆隆隆，轰隆隆隆，轰隆隆呜”一声长啸，火车穿过群山，穿过大河，到了火车站，“乘客们”取了票，“乘务员”吆喝着，好不热闹。这显然是一种适合于儿童的“表演游戏”，能使其在表演中学习生活技能。孩子们一边做游戏，一边朗诵儿歌“坐火车”，不仅能接受语言的锻炼还感受到朗诵和游戏的快乐。同理，某些特定的儿歌，例如绕口令、连锁调、字头歌等，一旦与游戏相融合，就会显现出自然的谐趣，使得儿歌的趣味更加凸显。

总的来说，儿歌具有很强的游戏性，也可以说是一首“游戏歌”，可以训练儿童的语言表达能力和思维能力。比如很多“摇篮曲”都是妈妈们在逗小孩时临时编出来的；“谜语歌”是孩子们在做猜谜游戏时相互吟诵的；“故事歌”和“数数谣”等，就是在给孩子们讲故事时或者让孩子们感知数字时，让他们跟着一起唱的歌。这就是儿歌和游戏的互补。

二、儿歌普遍的艺术形式

就外部形态而言，虽然儿歌的篇幅并无固定限制，但是儿歌面向的是幼儿，篇幅就不能太长。从构成上看，儿歌并无一成不变的模板，其构成形式千姿百态。

(1) 从分节来说，儿歌可以分节也可以不分，一般情况下，儿歌有一节、二节、多节等多种形式。①一节式的儿歌长度很短，给人一种简洁明了的感觉。②儿歌的内容分为两段表达的称为二节式儿歌，这一类型的儿歌往往运用了对比和重复的修辞手段，把两段的内容联系起来，使之形成一个整体，特点是生动活泼。比如张铁苏的《没耳朵变尖耳朵》就采用了对比的手法，而刘饶民的《海水》采用的就是重复的手法。这种对比与重复的技巧使得儿歌相互衔接，使其内容充分地表现作者的情感，同时也确保了其结构的严密性。③凡是超过三节的儿歌，都可以叫作多节式儿歌。它具有较为宽松的形式，可长可短，适合表现有更多内涵的儿歌。比如张继楼的《小蚱蜢》，就属于多节式儿歌。

(2) 从句式上看，儿歌的形式是多种多样的，有二言式、三言式、四言式、五言式、六言式、七言式和杂言式等。①二言式的儿歌，全句都是由两个字组成。这是儿歌中最早的一种形式，至今仍被一些儿歌作者使用，比如胡木仁的《娃娃长大了》等。②三言式的儿歌，每一句都是由三个字组成的，如李先铁的《看月亮》。③四言式的儿歌是由四个字组成一个句子的儿歌，也是儿歌中常见的形式，比如张峰德的《小鸭说大话》等。④五言式和七言式，在儿歌中使用得比较多，比如刘饶民的《海水》和杨子枕的《大轮船》。⑤六言式在诗词中很少使用，但是在儿歌中常见，比如传统儿歌《板凳板凳歪歪》。⑥杂言式以多种句式组合使用，是儿歌中使用最广泛的一种句式，它没有词量的约束，具有很强的灵活性，深受很多作家尤其是新作家的青睐，比如张继楼在《小蚱蜢》中使用的三三七句式，就具有很强烈的韵律性。

三、儿歌特殊的艺术形式

除了普遍的艺术形式外，在漫长的历史发展中，儿歌还形成了许多独特的艺术形式，现就其中的几种形式进行介绍。

(一)摇篮歌

摇篮歌又称摇篮曲，指的是哄孩子睡觉时由母亲吟诵的儿歌形式。摇篮歌的情感较为单纯，主要表现了对子女的关爱和安慰、父母对子女未来的希望等内容。在艺术表现上，摇篮歌表现出内容简单明了、形象鲜明、结构紧凑、旋律优美、语言柔和、表达流畅等特征。其对儿童的影响在于“声”而非“义”，它以轻柔歌声为儿童带来最初的美感。

(二)问答歌

问答歌，亦称对歌、盘歌、问答调，是一种以问答方式来指导儿童认知或理解某些事情和道理的传统儿歌形式。儿童朗诵问答歌可以激发儿童的联想思维，从而获得知识的启发，欣赏美丽的事物。

提问与回答是问答歌最根本的内容。比如广西传统儿歌《谁会飞》。

谁会飞？/鸟会飞。/鸟儿怎样飞？/扇扇翅膀去又回。/谁会跑？/马会跑。/马儿怎样跑？/四脚腾空仰天叫。/谁会游？/鱼会游。/鱼儿怎样游？/摇摇尾巴摆摆头。

再如唐鲁峰的《谁的耳朵》(插画见图 3-1)。

谁的耳朵长？/谁的耳朵短？/谁的耳朵遮着脸？/驴的耳朵长，/马的耳朵短，/象的耳朵遮着脸。/谁的耳朵尖？/谁的耳朵圆？/谁的耳朵听得远？/猫的耳朵尖，/猴的耳朵圆，/狗的耳朵听得远。

图 3-1　儿歌《谁的耳朵》插画

这两种儿歌，一种是一问一答，另一种是连问再答。通过对各种问题的介绍，帮助学生通过对比来理解和认识事物，从而提高他们的观察力和判断力。为方便儿童掌握，连问再答形式的儿歌一组问题通常不超过四个。

(三)连锁调

连锁调也称为连珠体、连环体、衔尾式，是一种运用顶针的修辞手法的儿歌形式。“顶针续麻”是连锁调的特征，即前面一句诗的末尾一词是后一句诗的开头一词，“中途换韵”，“随韵粘合”是它在押韵上的特色。

这种儿歌，上下两句虽然没有逻辑关系，但都是押韵的，是用韵律将两个毫无关系的语句连在了一块。由于采用了“随韵粘合”“中间换韵”的手法，儿歌在内涵表达上呈现了“跳跃式”的特征。

(四)颠倒歌

颠倒歌又叫古怪歌、滑稽歌，是一种以夸张为修辞手法，刻意地将自然界和社会生活中的一些事情或现象加以倒置，以其表面上的荒谬来表现事情本质的儿歌形式。

颠倒歌能够舒缓孩子的心情，让孩子在欢笑中拥有更多的想象力和幽默感，同时还可以提高孩子的认知力，培养他们从相反的角度去联想和思考问题的能力。

这种儿歌有意地将一切的正常联系和次序弄乱，用丰富的想象力，使人联想到大自然和社会活动中那些不可思议的事物和现象，呈现出荒诞不经的效果。

(五)数数歌

数数歌是一种把数字与图像相融合，通过数数朗诵来辅助孩子们认识数字的儿歌。

数数歌有许多不同的表达方式。有些是由一组简单的顺序号组成，比如《一二三，三二一》。

有些呈现较为显著的情节，比如樊发稼《答算题》。

一二三四五六七，/七个孩子答算题。 /七张白纸桌上摆，/ 七只小手握铅笔。/七双眼睛闪闪亮，/ 七颗心儿一样细。/七份答卷交老师，/七张小脸笑眯眯。 /几个小孩答对了？ /一二三四五六七。

有的反映倍数的概念，比如四川传统儿歌《数蛤蟆》。

数蛤蟆.mp4

一只蛤蟆一张嘴，/两只眼睛四条腿，/扑通一声跳下水。/两只蛤蟆两张嘴，/四只眼睛八条腿，/扑通，/扑通，/跳下水。

有些使用了比喻来表达数字，比如郭明志《数数歌》。

1 像铅笔细又直，/2 像小鸭水上漂，/3 像耳朵听声音，/4 像小旗随风飘，/5 像秤钩来卖菜，/6 像豆芽咧嘴笑，/7 像镰刀割青草，/8 像麻花拧一遭，/9 像勺子能吃饭，/0 像鸡蛋做蛋糕。

(六)绕口令

绕口令是一种由大量双声词或者发音相近的词语组成，具有浓郁韵味的传统儿歌形式。它把很多相近的双声、叠韵词语组合起来，或是把发音相近的词语集中起来，增加了朗读的难度，其目标是通过特定的语言构造来锻炼孩子的口齿，激活他们的思维，让他们享受到玩耍的乐趣。比如河南的一首民谣《门后有个盆》。

门后有个盆，盆里有个瓶，/忽听叮当一声响，/不知是盆碰瓶，/也不知是瓶碰盆。

这里，盆、碰、瓶三个字的声母都是一样的，而且都是双唇音，如果孩子们着急地吟诵，那就很难读对。但其双重音调与叠韵会产生一定的趣味。孩子们在趣味性的引导下，都能背得滚瓜烂熟，这对于他们的口语表达的培养是非常有好处的。

(七)时序歌

“时序歌”又称为“时令歌”，是一种以优美的韵律引导儿童根据时序变化初步认识和理解自然现象的儿歌形式。时序歌通常是根据季节、月份等的先后次序来引导孩子去感受自然界，了解各种季节的各种风景、农业生活和其他具有时序特色的东西。其时序的呈现方式有四种：一是春、夏、秋、冬四个季节；二是十二个月份；三是二十四节气；四是一日的时间序列。主要介绍的内容有蔬菜、水果、花卉、农业知识、民俗知识等。时序歌以时序为顺序来描写，同时也对各种知识进行了归纳。

除了上述不同的形式之外，儿歌还包括拼音歌、乐歌、游戏歌、对数谣、故事歌、物象歌、民俗歌、十字令等多种特殊的形式。

第二节 儿 童 诗

案例 3-2

《我想》(节选)

我想把小手，
安在桃树枝上。
带着一串花苞，
牵着万缕阳光，
悠啊，悠——
悠出声声春的歌唱。
我想把脚丫，
接在柳树根上。
伸进湿软的土地
汲取甜美的营养，
长啊，长——
长成一座绿色的篷帐
……

《我想》这首儿童诗，描绘了一个孩子一连串美妙的幻想，想把小手安在桃树枝上，把脚丫接在柳树根上，把眼睛装在风筝上，把自己种在春天的土地上。童年是多么美好和幸福。在儿童的眼里，世界是那么美丽，生命是那么自由。在他们看来，梦想可以无限飞翔，快乐可以无限传递。儿童诗展现了儿童丰富而奇特的想象力，也表达了孩子的一片纯真爱心。

儿童诗是专为儿童而写的诗歌，它符合儿童心理、美学特征和艺术感。这是一种富有情感、节奏、表现力的儿童文学体裁。

一、儿童诗的含义

作为诗歌王国一员，儿童诗具有所有诗歌的共性，也具有自身的特性。儿童在成长过程中，思想发展受到的限制较小，他们在对宇宙的一切事物的联想和猜测上也更大胆、更新奇、更具想象力。而儿童诗正是因为它丰富的想象力和充沛的情感适应了儿童的这一心理特征，同时因表现形式儿童化而区别于成人诗歌。

儿童诗所表现出的生活内涵、艺术观念、想象力，以及所使用的文学语言等，都要与儿童的年龄特点相适应，才能吸引儿童的兴趣，进而激发儿童的想象力、培养健康的情操、健全的美学观念和文学品位。都属于韵文体裁，虽然儿童诗和儿歌但两者仍有差异，儿歌重在“唱”，而儿童诗则重在“诵”。儿歌以表达情感为主，情趣、意境、节奏感等都是必不可少的元素。儿歌的创作，是以儿童为本位的；而儿童诗的创作，则更注重以诗歌本身的艺术性。曹文轩先生曾说过：“儿歌与儿童诗都是对大自然、对生活的艺术再现。”

这就是说，儿歌是诗人以文学创作的形式捕捉生活，其特点在于语言表现手法与技巧的创造性运用；而儿童诗则是诗人运用高度凝练而又富有想象力、表现力和艺术感染力的语言来表达生活、情感或思想，形成具有独特风格和审美或艺术价值的作品。这一点也是我们应当注意和认识到的。

二、儿童诗的艺术特征

儿童诗捕捉了儿童的情感和经验，反映了儿童的心理和精神状态。儿童诗所表现出的活泼天性、自由想象以及在成长中的种种情感，与成人诗歌的复杂、深沉、朦胧的特征截然不同。儿童诗的艺术特征主要有以下几个方面。

(一)表现儿童生活和内心世界

儿童生活是丰富多彩的。孩子们在自己的生活中观察世界，体验生命，获得精神上的愉悦和满足。他们用诗一般优美的语言描绘自己的生活，用生动的形象来表达对世界的感受和认知。有的孩子还用自己独特而鲜明的风格创作了富有诗意和哲理的诗篇。然而在当下这个多元时代，有不少成人作家对儿童诗存在误区，或者因一味追求唯美而偏离了正途。我们之所以说儿童诗是“诗之花”，不仅因为它具有诗性语言、韵律节奏等最基本的美感，更因为它传达了儿童独有的美好生命体验。这正是将儿童诗与其他文学形式区别开来的最基本也是最重要之处。

儿童诗不管是由成年人还是由孩子创作，都无一例外地传达了儿童的内心感受。它既是儿童心灵的诗意表达，又是儿童情感的自然流露。在儿童诗里，没有复杂的社会、人性、心理的纠葛，有的是天真而充满活力的儿童生活，还有儿童对这个世界的憧憬与幻想。例如，苏教版小学语文儿童诗《乡下孩子》(插画见图 3-2)如下写道。

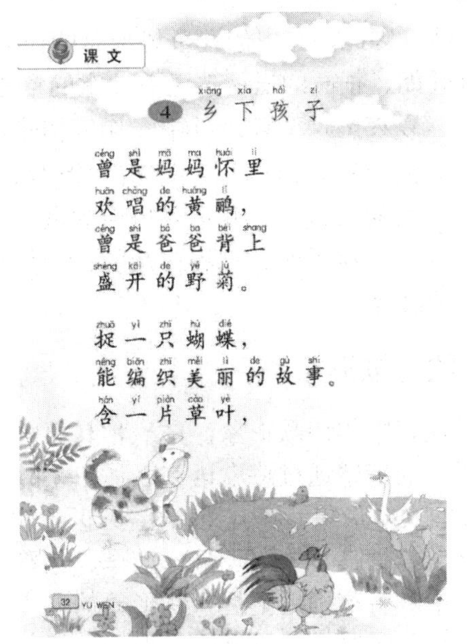
课文

4 乡下孩子

曾是妈妈怀里
欢唱的黄鹂，
曾是爸爸背上
盛开的野菊。

捉一只蝴蝶，
能编织美丽的故事。
含一片草叶，

32 YU WEN

图 3-2　苏教版小学语文教材第 4 课《乡下孩子》

《乡下孩子》.mp4

曾是妈妈怀里欢唱的黄鹂，曾是爸爸背上盛开的野菊。捉一只蝴蝶，能编织美丽的故事，含一片草叶，能吹出动听的歌曲。挖一篮野菜，撑圆了小猪的肚皮。逮一串小鱼，乐坏了馋嘴的猫咪。哦，乡下孩子，生在阳光下，长在旷野里。

从这部作品中，我们可以看到一个普通农村儿童的生活，这种生活被诗情画意所浸染，充满了美感。

再如，获得陈伯吹儿童文学奖的作品《十四岁，蓝色的港湾》，将十四岁的孩子的内心感受和愿望都表现得自然、贴切、生动、有趣。诗中有这样的句子："要说男孩子勇敢真是勇敢，就是枪子飞来也不眨眼；要说女孩胆小真够胆小，看见豆虫一蹦老远。希望多有几个叹号，叫大人们都刮目相看，可脑子里问号总也拉不直，古怪的问题常让老师为难……"。诗人用幽默诙谐的儿童诗语言将孩子们独有的内心世界和情感活动表达了出来。

(二)反映儿童独有的趣味和情调

儿童诗的作者大多是诗人，他们笔下流露出儿童特有的情趣和情调。我们在欣赏儿童诗时，很容易将其与成人诗区分开来，甚至会觉得两者在表现形式上有着明显差异。这是因为，儿童诗和成人诗作为诗歌艺术的两个分支，各自有不同的审美追求，表现形式上也必然有所不同。当然，儿童诗创作不能脱离孩子们生活本身。毕竟，孩子们的生活是丰富多彩、生动有趣，而作为艺术创作主体的诗人也应该是一个富有童心、童趣、创造力和想象力的人。

孩子们写给成人的儿童诗，除了再现生活之外，还有其独特之处：以一种独特、纯真、质朴而又富于童心和情趣的视角来表现自己对世界、生活的理解和看法。

我们都了解到，孩子对自己生活的看法与成人有很大的差异，这就导致了他们对生活的认识和追求的兴趣与成人不同。以表达内心感情为首要任务的儿童诗，必须反映出符合儿童的美学要求的情趣与趣味。因此，杰出的儿童诗人总能在适当的时候展现儿童的天真、真诚、活泼、顽皮，始终以开朗、正面的语调传达着儿童的童心和趣味。

在《水果们的晚会》和《夏夜》这两篇诗歌中，作家杨唤以孩子般的眼光仔细观察和思索这个世界。前篇是用奇异的想象力描写儿童熟知的各种水果在"另一世界"里的狂野表演，充满了聚会的热情和欢快的气氛，让儿童对自由的渴望得到了极大的满足。后篇用孩子的口吻描述了夏夜的雨水，用孩子的天真和稚嫩的语言描绘了自然的奥妙，生动而富有诗意的语言，让孩子们欢欣鼓舞。总而言之，儿童的美好情感在诗歌中得以完美的体现。

(三)塑造儿童视野里的诗歌形象

儿童诗所要塑造的儿童视野中的诗歌形象，是一种具象的形象，它来自诗人心灵深处的情感世界。当诗人内心涌动的情感通过诗歌语言表达出来时，他所塑造的人物、事件、景物等就成为一种可视可感的文学形象，在儿童心中激起了一种生命的律动。

这里所说的"可视可感"，指具有一定表情、动作、色彩或形体意义等形式特征。从儿童心理特征来看，他们还不具备准确地把握事物形象的能力，他们只能是模糊地感知。但由于他们语言发展还处于形象阶段，带有鲜明的形象性特征，这就使得他们可以对抽象难懂的事物做出形象化表达。

文学形象是文学作品理解和把握世界的一种独特方式。诗歌也需要通过诗歌形象来表达自己的感情，这样才能把握世界、反映生活。儿童的身体和心理发展是一个漫长的、循序渐进的发展历程，他们的身体和心理发展的特点，决定了他们能够更容易理解和接受直观的、形象的事物。在对文学的接纳上，他们更倾向于接受鲜活、生动、可感的文学形象，而对虚幻、神秘、模糊的意象自然地予以拒绝。因此，以儿童为主要读者的儿童诗，始终力求在儿童的视野中营造出一种特殊的诗歌形象，使孩子们在可视可感的图景中体验到诗意的美感。比如鲁兵的《不知道和小问号》：“有个小朋友，/名叫不知道。/一天大清早，/碰见小问号。”这个开头，让孩子们忍不住笑了起来。“不知道”和“问号”是两个比较抽象的词语，但在这位诗人的眼中，这两个词就像是两个孩子一样。这使得抽象的事物更加真实，激发孩子们继续阅读的兴趣。当抽象观念转化为可感知的形象时，诗歌中蕴藏着的情感会像磁铁般吸引孩子们。这正是诗歌形象的魅力所在。

诗歌形象的形成依赖于诗人孩子般的想象力和娴熟的艺术表现手法的运用。在儿童诗创作中，作者们始终以孩童的眼光观察世界，并倾注心血，以准确、精练的文字表达自己的情感；通过拟人、比喻、夸张等修辞手法来塑造人物，传递直观的感觉和体验，激发孩子们的审美情趣。正如管用和的《帆》：“拄着长长的拐杖，/穿着洁白的衣裳，/一个老人踩着波浪，/慢悠悠地走向远方。”诗人通过生动的比喻和拟人的修辞手法，巧妙地将白帆的运动特点和老翁的闲适姿态相结合，使普通的东西有一种特别的魅力，使诗歌的内涵更加深刻，使“帆”这个诗歌形象更加栩栩如生。

三、儿童诗的类型

与成人诗相比，儿童诗可能没有完整而明确的结构体系和严密细腻的情节设计，但其思想内容却同样深刻。它以奇想妙喻的修辞手法和浓郁清新的情感氛围作为支撑，使诗人与读者都沉浸在诗所描绘的理想世界里。同时，其特殊的结构形式，也决定了其叙事功能与抒情功能是并重的。

我们按其内容把儿童诗划分为以下类型。

(一)儿童生活诗

生活诗通常指以日常生活为题材，通过诗歌的形式来描绘、体验和反思人们的日常生活、情感、思想和观念的诗歌作品。其特点是感情真挚、诗体简洁、形式多样。儿童的生活是丰富多彩的。因此，儿童诗作者所创作的儿童生活诗歌都具有深刻的内涵。他们或用诗歌的形式描述孩子的日常生活，或用有节奏、有韵律的词语描述他们的思想和情感，或用诗歌表达他们的人生观念。但无论表达何种内涵，爱和美都是儿童生活诗的基础主题。

例如，乔羽创作的《让我们荡起双桨》，就以抒情性和诗性的方式描写了孩子在课外的快乐时光，表达了他对新生一代的喜爱与期望。又如苏联作家普罗科菲耶夫《我扶起了一棵小树》，给我们讲述了一个儿童的生活经历：“我扶起了一棵小树，/它横长在草地，/像掉队的战士，/和树林失去了联系。/它从来没有和天上的星星交谈，/也不曾欣赏夜莺歌喉的美丽。”在我们的日常活动中，扶起一棵小树是一件很简单但可能被忽略的事，但是，这位作者用浓重的笔墨，描绘了一个孩子对生长在大地上的树木的同情和帮助，表达了他对大自然的热爱。谢武彰的作品《梳子》，以一把平平无奇的梳子作为意象，传达出一种非同寻常的爱意："妈妈用梳子，/梳着我的头发；/我也用梳子，/梳着妈妈的头发；/风是树的梳子，/梳着树的头发；/船是海的梳子，/梳着海的头发。"在作者的笔下，梳子就是一只梭子，将人与自然、母爱和自然的爱交织在了一块。而风、树、船、海的拟人表达，更是将爱与美的感觉完美地传达出来。

诸如上述追求、歌颂人类爱之美丽的诗篇，在儿童生活诗中随处可见。

(二)儿童自然诗

自然诗是指运用诗的形式来描写自然界中的一切事物和现象的一种诗歌体裁。它把对自然世界的观察与感悟作为主要内容，以生动形象而又富于幻想的描绘作为表现手段，通过对自然现象或具有某些特征或属性的自然物所进行的客观描述而表达人对大自然与宇宙万物内在关系以及人类和社会生活之间关系的思考和体验。从内容上看，自然诗主要涉及自然界中动物、植物、非生命物及其运动形式和变化规律等方面。

在西方，儿童诗中一些优秀作品也属于自然诗范畴，如英国诗人奥顿《云》中那些描写云朵的诗句就是典型代表。从艺术形式上看，它主要运用比喻、象征、拟人等修辞手法表现诗歌所要表达的思想感情。

儿童自然诗通过意象的阐释来表达自然界的事物，把儿童对大自然的理解和困惑转化成优美生动的诗句，通过儿童的提问来展现大自然的奇妙，进而来表达对大自然的好奇和惊奇。英国诗人克里斯蒂娜·罗塞蒂的《谁看见过风？》充分体现了自然诗的特点。

谁看见过风？/你没有，我也不能。/不过当枝头的叶子瑟瑟抖动时，/风就在走过。/谁看见过风？/你没有，我也不能。/可是当叶子们垂下他们的面庞时，/风就在吹拂。

作者以孩童的眼光来看大自然，以孩子们的问题来解释大自然的现象。而对大自然的认识的诗化表达，更是像一阵轻柔的微风，传达着孩子们的思想，使孩子们在不经意之间走到了大自然的世界里，体会到了大自然的神奇。

孩子们有敏锐的观察力，他们能注意到大人们忽略的东西，他们对任何新的东西都感到惊讶，因此他们的世界里到处都是疑问和沉思。而当这一点被诗人写成了诗歌，儿童自然诗就会变得与众不同。就像管用和的《夜空》一样。

蓝蓝的夜空，/像个湖一样。/无数的银菱，/就在湖里长。/一条采菱船，/ 银光闪闪亮，/打从湖东岸，/划向湖西方。

作品通过对天空和星星所作的巧妙比喻，使孩子们思考大自然，探索大自然，儿童的天真和幼稚，儿童特有的想象力也在他的笔下浮现出来。

(三)童话诗

童话诗是一种以童话故事为题材的长篇叙事诗。童话诗可以分成两类，第一类是由童话故事改编成的诗歌，如根据安徒生的童话故事《丑小鸭》、格林兄弟的《格林童话》中的故事改编的诗歌。此类童话诗经过修改和加工童话故事而成，因此具有浓厚的文学性。这样，它既可以保留原故事所固有的艺术特色又具有较强的趣味性和较高的文学价值。第二类是由民间故事改编而成的诗歌，它们往往蕴含着丰富思想内容和深刻的寓意。比如根据民间传说改编的诗歌，或是与《伊索寓言》《一千零一夜》等经典故事集有相似主题和风格的童话诗。这类童话诗通过儿童喜闻乐见的形式，把其中蕴含的深刻道理讲述给儿童听，启发他们阅读思考，从而达到教育儿童、创造世界的目的。

故事完整、想象奇幻、人物形象拟人化、韵律优美、语言凝练，是童话诗的突出特点。童话诗朗朗上口，富有音乐性，因此深受小学生的喜爱，比如俄国诗人普希金的《渔夫和金鱼的故事》，我国诗人郭风的《油菜花的童话》，金逸铭的《字典公公家里的争吵》，鲁兵的《雪狮子》，阮章竞的《金色的海螺》，杨唤的《童话里的王国》等。

(四)儿童科技诗

科技诗最突出的特征是将大量的科技知识与诗歌的艺术精神相融合，一来表达科学思想、表达科学家们的科学发现探索精神，以及赞美科学家们为人类事业所做出的伟大贡献。科技诗是以诗歌作为艺术手法、以科学技术作为表现内容的一种艺术形式。可以说是对诗歌艺术在科学上应用的一种创新，主要通过描写和表现自然界或人类社会中某些现象或某个事物，来揭示其内在规律或原理，使读者在阅读中获得审美享受。同时它又具有诗所具有的独特的形象性、思想感情的深刻性等特点，因此也具有较强的文学表现力。

儿童科技诗是一种以简洁、精准的语言描述和表达科技知识的儿童诗。儿童科技诗具有的科学属性和文学属性，可以将孩子带入瑰丽、美好的科学世界，让孩子在欣赏科学的同时，也会受益于科学的发展。这对于培养儿童热爱科学、追求科学的情感具有重要的意义。代表作品有高士其的《我们的土壤妈妈》。

第三节　童　　话

案例 3-3

安徒生，丹麦作家、诗人，其代表童话包括《卖火柴的小女孩》《皇帝的新装》《拇指姑娘》《海的女儿》《丑小鸭》《坚定的锡兵》等。安徒生在世曾得到皇家的致敬，并被誉为“给全欧洲的一代孩子带来了欢乐”。他的作品已经被译为一百五十多种语言，成千上万册童话书在全球陆续出版发行。他的童话故事还被改编成舞台剧、芭蕾舞剧以及电影动画，被誉为“世界儿童文学的太阳”。

我国台湾地区女作家张晓风说过：“如果有人 5 岁了，还没有倾听过安徒生，那么他的童年少了一段温馨；如果有人 15 岁了，还没有阅读过安徒生，那么他的少年少了一道银灿；如果有人 25 岁了，还没有品读过安徒生，那么他的青年少了一片辉碧；如果有人 35 岁了，还没有了解过安徒生，那么他的壮年少了一种丰饶；如果有人 45 岁了，还没有思索过安徒生，那么他的中年少了一点沉郁；如果有人 55 岁了，还没有复习过安徒生，那么他的晚年少了一份悠远。”无论是儿童还是成人，童话都是呵护与滋养我们心灵的重要的精神食粮。正如安徒生在他的自传中所说：“人生就是一个童话，充满了流浪的艰辛和执着追求的曲折。我的一生居无定所，我的心灵漂泊无依，童话是我一生的阿拉丁神灯。”

(资料来源：本书作者整理编写)

安徒生童话在童话领域具有不可替代的地位和价值，其所具有的纯正而丰富的儿童文学艺术元素不仅深刻影响了中国现代儿童文学，而且成为中国儿童文学长期遵循的艺术典范。

童话是指以幻想、夸张等手法创作的故事，虽然这种说法并不是严格意义上的定义，但对其内涵的界定却具有重要意义。“童话”一词最早出现于日本，后通过翻译传入中国。据蒋风《中国儿童文学发展史》一书介绍，“童话”一词源自日语，原意为“滑稽”“滑稽可笑”之意。童话作为文学概念使用始于民国时期，最早是由鲁迅在《故事新编》中提出。此后，童话界对此类体裁有了一个约定俗成的称谓——童话。《儿童文学》杂志曾作出定义：“童话是以儿童为读者对象的文学作品。”

一、童话的文学特征

从安徒生时期起，童话就逐渐具有了现代性的自觉，即作家专门为儿童创作童话的意识开始觉醒。传统童话向现代童话的转型，不仅体现在其内涵的变迁上，更体现在儿童观念、作家意识、文学思想和当代生活状况的不断革新上，因而现代童话具有更为多样、丰富的艺术特性。

(一)想象奇特，夸张强烈

童话故事的迷人之处在于其丰富而奇特的想象。民间童话无所不包，其中不乏神奇的传说。童话折射着人们美好的愿望。作为一种象征性的存在，它与现实生活隔离，代表着人们对未来的向往。然而在现代童话里，日常生活开始被引入幻想世界。

随着真实世界逐渐向虚幻世界靠拢，精灵、巫婆和鬼魂的世界也逐渐远离我们。因此，在现代的童话故事里，我们可以看见更多人类的孩子。刘易斯·卡罗尔笔下的爱丽丝跌进了一个兔子洞，她是一个平凡的英国姑娘，喜欢探险，厌恶枯燥无味的没有任何插图的书，她所体验的那种奇妙的旅行，不过是夏天下午的一个梦罢了。尽管没有神仙，没有与女巫的苦战，爱丽丝也能为孩子们带来一种荒唐而又好玩的经历，让他们更加认同这个童话故事。

现代童话常常将故事背景放置于现代社会当中，这种做法很容易打破现实世界与幻想世界的界限，实现现实世界与童话世界并行的结构，《夏洛的网》(封面见图 3-3)和《时代广场的蟋蟀》就是两个很好的例子。两部小说中的主角都是动物，它们以一种发自心灵的真正力量，而非轻易获得的魔力，对那些与之相遇的真正的人产生了巨大的影响，并呼吁人们珍惜生命和友谊。可以说，现代童话通过让两个不同的时空进行交流与互动，使读者能够在经历惊心动魄的冒险的同时得到精神上的启发。

在现代童话中，作者能在多维视角和线索并存的开放式环境下，设定非凡的情节与童话形象，突破单一平面的线性结构，建构多元化的文学形态。

(二)风格多样、生动有趣

随着作者将个人风格、时代特征、具体的生活事物、生动有趣的对话和富有个性的人物引入到童话故事中，童话就逐渐走向了多元化的艺术方向。在故事的构成与叙述方式方面，现代童话很少采用常规的童话形式，具有难以复刻的特征。单纯的口头相传很难成为现代童话的流传方式，我们只能从自己的亲身阅读来理解。从某种意义上说，这反映出了现代童话文本传达的意义，现代童话的风格趋向个性化、多样化。

图 3-3　《夏洛的网》封面

现代童话的个性化、多样化风格在具体的作品中以整体的面貌呈现，它充分地张扬着童话的游戏性和娱乐功能，让孩子们在阅读中寻找他们的童真岁月，在游戏世界中感受快乐的情绪。瑞典作家阿斯特丽德·林格伦塑造的长袜子皮皮充满了游戏的快乐，她的性格和她的自由生命把孩子们被压抑的本性彻底解放出来，长袜子皮皮成为一代又一代的儿童的灵魂伙伴。有时这种欢乐伴随着伤感，如英国作家肯尼斯·格雷厄姆的《柳林风声》。作者一方面通过老鼠的视角，描绘了对自然的欣赏与留恋；而另一方面，则是用蟾蜍的视角来表达对孩提时代无尽激情的怀念和对时光流逝的无能为力。现代童话也同样注重现代人的感情与价值观，并能直接接触到人们的精神世界，从而使其能够对现代人类生活进行合理的思索。德国小说家米切尔·恩德的童话作品，以超乎寻常的想象洞察到了当代社会的真实，折射出了当代人类的感性和理智，以批判性和自省的心态来展现人类的本性，有着深厚的哲理意蕴，是德国儿童文学的根本特征。这些现代童话的内容各不相同，各具特点。

总之，现代童话不仅汲取了传统神话传说和民间童话的营养，而且融合了当代作者的思想和对文学的研究，因而从故事内容到叙事形式都具有与传统童话迥异的风格。

(三)情节曲折，形象生动

童话作品以儿童能够理解的人或事物为描写对象，往往把自然界社会化，并遵循一定的事理逻辑来展开浅显生动、曲折离奇的故事情节，造成浓郁的幻想氛围以及超越时空的美好境界，从而塑造出生动鲜明的形象以适应儿童的审美和接受能力。例如，洪汛涛在《神笔马良》中讲述了穷孩子马良凭着顽强的精神，刻苦学画，终于得到了一支能“变画为真”的神笔，他拿着这支笔，帮助贫苦大众，智斗财主、皇帝的故事，使人读后无不拍手称快。这篇童话的情节生动，马良的形象鲜明，具有一定的教育意义。

(四)语言活泼，手法多样

儿童文学作品在语言上有着特殊的要求，而童话这种特殊的体裁要求语言简洁、生动、形象、朴素，语言的表达要采用拟人、夸张、对比、反复等多种表现手法。《渔夫和金鱼的故事》中，普希金运用了多种表现手法来丰富故事情节和人物形象。普希金通过拟人手法，赋予了金鱼人类的情感和思想，使故事更加生动。将渔夫与老太婆的性格进行对比，突出了老太婆的贪婪与无知。夸张手法则体现在老太婆对金鱼提出越来越过分的要求上，加深了故事的戏剧性。此外，反复的手法体现在老太婆的多次要求和金鱼的回应上，强化了故事的主题，并加深了读者的印象。这些手法的运用，使得《渔夫和金鱼的故事》成了一部语言活泼、表现多样的经典童话作品。

二、童话的形象类型

按表达形式，童话形象可分为三种基本的类型：超人体、拟人体和常人体。

(一)超人体童话形象

超人体童话形象指的是一种具有神奇力量的，以超自然的面貌出现的童话角色，比如神仙、精灵、妖怪、巫婆等形象。这种童话形象是人们在长期社会活动中通过想象而创造的。这种形象不仅包括生命之物，还包括无生命的物体。比如《阿拉丁神灯》中阿拉丁所持有的神灯，普希金的《渔夫和金鱼的故事》中的金鱼，《宝葫芦的秘密》中的宝葫芦。

超人体童话形象往往是人类意愿和自然力量的象征，他们拥有着不可思议的力量，能助让主角实现自己的梦想，完成普通人做不到的事情。尽管这些童话形象的个性并不是特别鲜明，却往往成为连接角色与角色之间的纽带，并在剧情发展中发挥着重要的作用。在《木偶奇遇记》中，“仙女”姐姐的超人体角色是一种非常偶然的现象。1881 年，意大利作家卡洛·科洛迪为偿还债务，开始创作一个有关木偶匹诺曹的童话。当他写到第 15 章时，财务状况有所改善，科洛迪就想着用一只狡猾的狐狸和一只恶猫去吊死匹诺曹。但年轻的读者对匹诺曹的冒险奇遇情有独钟，纷纷向报社寄信，想让匹诺曹变成一个真正的孩子。这激发了科洛迪的灵感，他构思了一位仙女来拯救匹诺曹，使他变成了一个真正的男孩。因此，《木偶奇遇记》里的仙女对主角的人生起了根本的影响，之后她就成了匹诺曹的成长向导。这种人物在神话传说中也屡见不鲜，他们在主角处于危急关头展现了自己的力量，成为主角克服困难、获得胜利的重要途径。

(二)拟人体童话形象

拟人体童话形象是指用拟人化的手法加以塑造除人之外的一切事物的童话。这种手法在童话中很常见，而动物的拟人化则是最早出现的一种表现手法。从《列那狐的故事》《驴子的回忆》，再到《小意达的花儿》和《浪漫鼠德佩罗》，我们可以看出，动物拟人化形象在童话中非常普遍。这些形象既保留了动物的某些特征，同时也赋予动物人的思想和能力。拟人体童话故事是一种常见的童话形态，主要是因为恰好符合儿童泛灵论心理阶段的心理特征。此外，物性与人性的结合，也营造了一种陌生感，从而使得童话更具有吸引力。

拟人化的形象也可是非生物体，例如：玩具、家具等。非生物体由于没有生命，通常没有自主活动的能力，比植物和动物都要弱一些，因此在童话中占少数。它们往往是配角，与其他角色共同构成一个五颜六色的童话世界。当然，也有例外，如安徒生的《坚定的锡兵》，孙幼军的《小布头奇遇记》，汤素兰的《红鞋子》等，都是以非生物为主角的故事。此外，拟人体童话中的人物也可以包含抽象的事物、概念和自然现象等，如“春姑娘”“风伯伯”“时间老人”“真理仙子”等。严文井的《浮云》与《小溪流的歌》都是将自然现象直接塑造为人物形象。

(三)常人体童话形象

常人体童话形象指的是以平常人面貌出现在童话中的角色。例如，小红帽、灰姑娘、机灵的汉斯、阿拉丁……这些形象都是童话里的常人体形象，虽然常人体童话形象是生活中的本来面目，但因为身处童话的梦幻空间，它们呈现出与普通人不同的一面。这些差异的表现形式有以下三种。

(1) 普通人类的外表，看起来和普通人没有区别，但却与超自然生物、超自然世界有着千丝万缕的联系。在特定的情况下，他们会展现出超自然的力量。他们是连接真实与虚幻的桥梁。例如，英国的特拉弗斯所创作的随风而来的玛丽·波平斯阿姨，挪威的普廖申所塑造的小茶匙老太太，中国的孙幼军描绘的怪老头。他们不仅有着强烈的个人特色，而且因为他们可以在真实与虚幻之间自如穿梭，从而让人置身于一个既熟悉又陌生的世界中，体验到一种奇异的童话般的韵味。

(2) 常人体形象并没有超自然的能力，但他和超自然的生物、超自然事件有联系，因而他被置于一个非常态的场景中，远离了真实的时间和空间。很多童话故事中的主角都是这种特点，他们常常利用外部的力量来实现自己的任务。《5 月 35》中，林格尔胡特叔叔可以和黑马对话，并经历了一次太平洋之旅；《从罐头盒里出来的孩子》中巴达洛提太太偶然得到了一个罐头里的男孩；《“下次开船”港》中唐小西被安顿在一个沉寂黑暗的星球上，这些人物都是现代童话常人体形象的典型。而常人体形象与超自然事件相连接的是梦境或者幻境，比如《爱丽丝漫游奇境记》《宝葫芦的秘密》《南南和胡子伯伯》，这些作品的主角都是在机缘巧合下进入了幻想世界。由此他们接触到了一些奇异的超自然现象，并以自己的方式引导了故事的发展方向。

(3) 常人体童话形象没有任何超自然的力量，也未接触任何超自然的环境，看上去就像是一个普通人。例如，《皇帝的新装》里的每一个人都是普通人，他们的怪异行为都是有现实依据的。然而，他们的怪异思想和行为，却与一般的常识相去甚远。挪威的埃格纳笔下的豆蔑镇的居民和土匪，都是真实存在的。

值得注意的是，上述三种童话形象并非互相对立的，他们往往会在同一时间发生在一个童话角色的身上，比如宝葫芦就是拟人体与常人体的结合，而玛丽·波平斯阿姨则是常人体与超人体的混合体，孙悟空则是拟人体、超人体与常人体的混合体。现代童话的多元化发展决定了童话形象拒绝单一化，走向多样化的趋势。

第四节 寓 言

案例 3-4

狐狸和山羊

一只狐狸失足掉到了井里，不论它如何挣扎，都没法爬上去，只好待在那里。公山羊觉得口渴极了，来到这井边，看见狐狸在井下，便问它井水好不好喝？狐狸觉得机会来了，心中暗喜，马上镇静下来，极力赞美井水好喝，说这水是天下第一泉，清甜爽口，并劝山羊赶快下来，与它痛饮。一心只想喝水的山羊信以为真，便不假思索地跳了下去，当它咕咚咕咚痛饮完后，就不得不与狐狸一起共商上井的办法。狐狸早有准备，狡猾地说："我倒有一个方法。你用前脚扒在井墙上，再把角竖直了，我从你后背跳上井去，再拉你上来，我们就都得救了。"公山羊同意了它的提议，狐狸踩着它的后脚，跳到它背上，然后再从羊角上用力一跳，跳出了井口。狐狸上去以后，准备独自逃离。公山羊指责狐狸不信守诺言，狐狸回过头对公山羊说："喂，朋友，如果你的头脑像你的胡须那样完美，你就不至于在没看清出口之前就盲目地跳下去。"

山羊由于不了解狐狸的狡猾，没有弄清事实真相，最终上当受骗。这则寓言说明了一个道理，聪明的人应当事先考虑清楚事情的结果，然后才去做。寓言最基本的特点就是寓理于事，便于儿童理解和接受，寓言将一些做人做事的道理融入生动的故事中，对孩子来说更容易去理解。如果只是单纯地说教，孩子会感觉枯燥，但是在故事的代入感中去感受故事人物的心理变化和情节变化，能更生动地让孩子设身处地地去感受。

寓言起源于民间，是较早出现的文学形式之一。俄国寓言家陀罗雪维支认为寓言为"穿着外衣的真理"。法国寓言家拉·封丹也说："一个寓言可分为身体与灵魂两部分：所述的故事好比是身体，所给予人的教训好比是灵魂。"寓言是人类在与自然和社会斗争中逐渐积累的知识与经验，对于陶冶儿童的性情、启发儿童的智慧有着重要的作用。

一、寓言的含义

寓言是一种用假托的故事或者自然物的拟人手法，说明某个道理或教训的文学作品，常带有讽刺和劝诫的性质。德国作家莱辛在《汉堡剧评》中这样定义了寓言："将一条平凡的伦理箴言重新引入特定的事情，将真理与特定的事情结合起来，并以此为故事。在这个故事中，我们可以形象地认识这个普通的道德格言，那么这就是一则寓言"。我国学者认为，寓言包括两个要素，即教训和故事，两者缺一不可。

二、寓言的起源与发展

寓言最早是从民间流传下来的，它比神话、传说等文体更晚出现，随着人们的思维逐步走向成熟，寓言在继承、吸收和借鉴传统文化的过程中，打破了原始的愚昧观念，诠释了人类共同的普世哲理。在寓言故事中，人们自觉地通过联想和想象来体现人生体验与认识，逻辑严密地揭示了人的理智觉悟。在世界上，寓言有三个主要的起源地：古希腊、古印度、中国。古希腊是欧洲寓言的发源地，《伊索寓言》(封面见图 3-4)诞生于公元前 6 世纪，它开创了西方寓言的先河，标志着寓言文学的繁荣与成熟。古印度寓言也是世界上最古老的寓言之一，主要由民间寓言和佛经寓言构成，以《五卷书》《百喻经》为代表。中国的寓言起源于先秦，虽然当时只是作为散文的附属品，还没有真正独立，但其艺术手法已经十分完善，因此开创了中国寓言创作的黄金时代，寓言成为中国文学的一笔珍贵财富。从这一点可以看出，寓言从诞生之初便获得了很高的艺术水平，其成熟的文学观给后来的作家们带来源源不断的营养。寓言注重阐明哲学，表达经验，人们通常认为教育性是其最为重要的特点，趣味性次之。因此，为了传达作者的意图，难免会影响到作品故事层面的有趣性。许多中西的寓言作品，因其有意突出教育意义，没有受到当时读者的青睐。到了现代，寓言也越来越多地借鉴了童话的语言表达方式，运用了拟人化、象征化、夸张等艺术手法，在表达深沉含义的基础上，增添了故事的色彩。可以说，现代的寓言渐渐摆脱了传统的训诫、教育等束缚，并因其生动的人物与故事而深受青少年的喜爱。而寓言的精确、简洁的语言和正面的德育意义，使得它在汉语教学中具有举足轻重的地位。

图 3-4 《伊索寓言》封面

三、寓言的特征

(一)蕴含哲理的教育性

寓言的最终目的是阐明教训和哲理。因此，寓言具有明显的教育性，寓言的这种特征与其诞生之初所肩负的文学任务密不可分。它反映了作家对生命的感悟和思考，是人类智慧的集中体现，每个故事都可以说是人生经验教训的总结。

一则好的寓言，可以从一件小事中，揭露事物的真谛、内在联系或必然性，并从表象中渗透到实质，表现出极强的概括性和普遍适应性，其内涵不仅清晰明确，而且含蓄深沉，可以超越时空的局限，给予人们启示与教诲。例如，《伊索寓言》中的《龟兔赛跑》讲述了龟和兔子谁跑得更快的故事。它们约定好了比赛的时间和场地，兔子认为自己跑得快，肯定能赢，于是倒在路边睡觉。乌龟知道自己的步子很缓慢，但它并没有放弃，一直坚持向前。结果，乌龟跑在了熟睡的兔子前面，赢得了冠军。这个故事告诉我们，一个努力的人可以打败一个骄傲的人。这则寓言在最后直指寓意，“骄兵必败”的教诲也被世人奉为千古不变的真理。还有一则中国古代寓言《拔苗助长》，收录于《孟子·公孙丑上》，讲的是宋国一人担心自己的秧苗不会长高，所以就拔高秧苗，一天下来，他累得够呛，回家告诉家里人：“今天真是累死我了，我帮着秧苗长高了。”儿子听说后赶忙跑去地里，发现秧苗都枯萎了。这个寓言阐述了一个道理：不可以只凭自己的意志行事，如果违背了客观的法则，那么即使用心良苦，也会把事情搞砸。

(二)寓意于言的隐喻性

虽然寓言的直接目标是教育，但它常常是通过虚构的故事来进行寓意的，因此它的必然具有隐喻性。巧妙的隐喻是一则优秀寓言的重要保障。寓言的隐喻是通过拟人、夸张和象征等多种艺术手法来实现，其创作方法有两种。

(1) 运用真实的事件。寓言可以运用真实生活中的某一特定事件(包含历史事实)来创作，以及对真实生活加以想象、补充。例如，《伊索寓言》的《说谎的放羊娃》讲述了一个放羊娃经常向村民们谎称有狼来攻击他的羊群。有两三次，村子里的人都吓得马上跑过来，却被他的笑声弄得灰溜溜的。一天，狼真的来了，冲进了羊群。放羊娃对着村子大叫，村民们以为他还在撒谎，还在开玩笑。谁也没来救他。最后，他所有的羊都被狼给吃了。这个寓言通过放羊娃一再撒谎，最后村民们对他不再信任的故事，来隐喻一个经常撒谎的人即便说的是实话，也没有人会相信的道理。

(2) 运用拟人手法。寓言可以运用拟人化的手法创作，往往是把动物作为写作对象，使其具备人的性格与社交行为，最终把目标对准了真实的人与事。例如，《伊索寓言》的《猫和鸡》采用的就是这样的手法，它描述了一只猫用阴谋诡计吃了一只鸡的故事，以警告人们，不要对敌人抱有什么好的期望，因为它们只会给你带来更多的灾难。中国古代寓言《狐假虎威》，通过狐狸借助老虎的威势把百兽吓跑，然后从虎口逃生的故事，把狐狸的狡猾、老虎的轻信性格表现得淋漓尽致。

(三)辛辣尖锐的讽刺性

在艺术形式上，寓言的讽刺作用大都是直截了当的，即用负面的形象来表现消极的态度。例如，《伊索寓言》中的《蜜蜂与宙斯》，蜜蜂辛苦地采集蜂蜜，结果却被人抢走了。蜜蜂不肯轻易放弃，就去找宙斯，求他赐予力量，让它们可以用刺将靠近蜂巢的人毒死。宙斯被蜜蜂的恶毒请求所激怒，于是给它们下了一个诅咒：如果它们蜇人，尖刺就会脱落，而它们自己也会死亡。这个寓言讽刺那些居心叵测的人最终会自食恶果。

(四)言简意赅的概括性

寓言可以说是叙事性文学中篇幅最短的一种，这也是寓言深受儿童读者喜爱的重要原因。作家们常常从生活中提炼出最具有代表性的片段，将深奥的道理融入一个简短的故事中，有时仅仅用几句话就能使要表达的事物或讽刺的对象的性质得到充分的展示。因此，寓言具有很强的概括性。

例如，《伊索寓言》中的《鹅与鹤》：鹅与鹤在田野里寻找食物，突然猎人们来了，轻巧的鹤很快就飞走了。笨重的鹅还没来得及飞起，就被抓住了。这则故事反映的是一无所有的人无牵无挂，而拥有家财万贯的人会有负担。这个寓言虽然很短，但是它的寓意深刻，而且很有哲理。

四、寓言的类型

随着寓言的不断发展，寓言作品的数量越来越多，我们需要从多个角度对其进行分类，这样才能从宏观、整体上把握住寓言，避免片面性的解读，这对我们进一步深入地研究寓言具有重要的意义。目前，最常用的分类方法有下列几种。

《狐假虎威》.mp4

(一)根据寓言的形象分类

根据寓言中主人公形象的不同，寓言可以划分为人物寓言、动物寓言、植物寓言、非生物寓言。

(1) 人物寓言的主体形象是人物，以人物的言谈举止来阐释道理。例如，《郑人买履》《刻舟求剑》《东郭先生》《滥竽充数》《盲人摸象》等中国古代寓言。

(2) 动物寓言的主体形象是动物，实际上是通过拟人的手法，结合动物的习性，以动物的行为和言论来阐明深奥的道理。例如，《鹬蚌相争》《狐假虎威》《井底之蛙》《狐狸和乌鸦》《狼和羊》《狮子和野驴》《蚂蚁与蝉》等。动物寓言是一种很受孩子们喜爱的寓言。

(3) 植物寓言的主体形象是植物，运用拟人、比喻等手法，借植物阐明道理。例如，《树叶和树根》《橡树和芦苇》。孩子们对植物寓言的喜爱程度仅次于动物寓言。

(4) 非生物寓言是以无生命物质为主体的寓言，例如，《北风和太阳》《掩耳盗铃》等。

需要注意的是，一些寓言包含了两个或两个以上的形象，如《庖丁解牛》和《农夫与蛇》。很明显，这两个故事的主人公分别是“庖丁”和“农夫”，因此它们应该归类为人物寓言。

(二)根据寓言的含义进行分类

根据寓言的含义，寓言可以划分为说理性寓言、批评性寓言和赞美性寓言。

(1) 说理性寓言是常见的一种，作家们经常用简单的故事来阐述自己的政治观点和宗教信仰，或者讲述哲理、道德伦理、经验或者教训。例如，体现政治观点的《千金买马》《唇亡齿寒》等；《朋友的获得》《已经得到的东西的丧失》阐述了印度的佛教教义；《亡羊补牢》《惊弓之鸟》诠释了人生哲理。

(2) 批判性寓言多采用夸张的手法，通过幽默的语言，使人开怀大笑，并具有规劝和反讽的功能。例如，《叶公好龙》《守株待兔》《郑人买履》《狐狸和乌鸦》《狼和羊》等都是用夸张手法，批判了主人公的愚昧、虚伪和短视。

(3) 赞美性寓言通过故事赞美主角的精神和行为。例如，《铁杵磨针》《愚公移山》等。

(三)根据寓言的体裁进行分类

寓言根据体裁可分为诗体寓言、散文体寓言、童话体寓言、小说体寓言、笑话体寓言、戏剧体寓言、动画片寓言、电影寓言等。这里重点讲述前两种。

(1) 诗体寓言亦称为寓言诗，是一种以诗的方式书写的寓言。例如，拉·封丹根据《伊索寓言》创作的《寓言诗》。

(2) 散文体寓言是最常见的寓言类型，传统的寓言多为散文体，因此它通常被称为“寓言”，而不加“散文”二字。

总之，寓言的分类方法有很多，但是每一种分类方法都各有侧重，同一寓言也可以根据不同的分类标准进行归类。以《自相矛盾》为例，它既是人物寓言，也是批评性寓言还是散文体寓言。

五、童话与寓言的差异

童话和寓言中的故事都是虚构的，故事的主人公可以是人，也可以是动物、植物，或者是自然界中的其他非生命物。但是，两者之间又存在着显著的差异，主要体现在以下几个方面。

(一)读者的差异

童话是专门为孩子们设计的，它们所描写的人生和表达的内容更加接近于孩子们的生活。寓言并非只为儿童而写，它所呈现的社会生活十分宽广，甚至为儿童改编、创作的寓言也是人类智慧的结晶。

(二)文体特点的差异

童话形式多样，想象丰富，幻想奇特，抒情说理，寓教于乐，突出形象性，注重趣味性，讲究可读性。寓言由此及彼，托古讽今，小中见大，突出讽刺性，注重实用性，讲究哲理性和启发性。

(三)幻想表现的差异

童话故事中的大部分内容都是幻想的，充满了奇幻的色彩。从风雨到日月，从花草树木到鸟兽鱼虫，所有的自然之物，都能被具象化。寓言大多来源于真实的生活，其内容多是反映人们对人生的观点，或批判某些社会现象，或是对某些人的反讽和训诫。尽管它带有一定的虚构色彩，但它是对社会现象的一种精炼和总结。

(四)篇幅长短的差异

通常，童话是一个完整的故事，篇幅相对较长，故事更奇妙、更复杂。而寓言则具有结构简洁、篇幅短小、故事情节简单、引人深思的特点。

六、寓言的功能

寓言作为一种思想的重要载体，是人类智慧的结晶。历史上，许多政治家喜欢用寓言来表达他们的政治主张；游说者通过寓言来阐明自己的道理，以古讽今来达到自己的目的。寓言原为一种成人文学体裁，但由于受到儿童的欢迎，已逐步被儿童接受。因此，这里我们重点分析寓言作为儿童文学的重要体裁所具有的不可替代的教育作用。

(一)教育孩子辨别是非

寓言的内容非常丰富，通过生动的故事来说明生活的道理，让孩子们在听故事的时候得到启发。故事情节简单，人物形象鲜明，能让孩子们在不知不觉中受到影响、教育，了解什么是真、善、美，什么是假、恶、丑。例如，《伊索寓言》中的《农夫与蛇》，讲述了一位农民，在严冬看到一条蛇在冬眠，他误以为蛇冻死了，便捡了起来，小心地放在自己的胸口，用自己的体温给它取暖。这条蛇受到惊吓而醒来。当它完全清醒时，出于自我保护的本能，用锋利的獠牙咬住了农民，给农民造成了致命伤害。农夫在临终前忏悔道："我想做好事，可是学问太少，最后却落得如此下场。"这则故事告诫孩子们：人要分辨善恶，对坏人施以仁慈只能伤害自己。在现实中，不要轻易相信一个人，因为我们不了解他的真实身份，也不了解他的真实想法，坏人不会被我们的热情所打动。我们应该小心谨慎，但是对好人要给予帮助。

(二)引导儿童理解人生

哲理教育在幼儿的教育中占有举足轻重的地位，而寓言是很好的哲理教育手段，因为用生动的故事说明道理最容易让孩子们接受。《五卷书》以生动的比喻，帮助孩子们理解人生的意义、教训和做人的道理，并鼓励孩子们尽力去获得生活中的一切，宣扬团结、互助的精神。再如，《伊索寓言》中的《公牛与野山羊》里，一头公牛被一只雄狮追杀，跑到一个洞穴，里面有一群野山羊。虽然那些野山羊不断地向它乱踢乱撞，但公牛忍受着疼痛告诉它们："我之所以在这儿忍受这种屈辱，倒不是因为我怕你们，而是因为我怕那个站在门口的狮子。"这则寓言告诉孩子们，"小不忍则乱大谋"。总而言之，许多生活哲理都会在寓言中得到体现。多读寓言，是激发孩子思考人生、感悟人生的有效方式。

(三)促进儿童智力发展

寓言具有丰富的知识，可以帮助儿童发展智力、拓宽视野、增长知识。寓言故事在古希腊学校教育中的地位尤为显著，不管是多大的孩子，他们都是通过寓言来获得智慧的。从清朝废除科举、兴办学堂开始，我国对寓言的教育也十分重视，在中小学教材中加入了大量的寓言故事。

(四)丰富儿童词汇储备

我们国家的许多著名寓言，都被提炼成了成语或者谚语，如"南辕北辙""画蛇添足""杞人忧天""自相矛盾"等，这些成语言简意赅，在人们生活和学习中经常被用到。而有的寓言虽未被提炼成成语，却寓意深刻，家喻户晓，如《龟兔赛跑》《狐狸和葡萄》等。

这些寓言不仅有助于儿童学习语言，丰富词汇，而且在儿童的日常交际和书写中也发挥着重要的作用。

第五节 儿童故事

案例 3-5

鲁迅、阿长和《山海经》

鲁迅在《从百草园到三味书屋》一文中，用很长的篇幅写了阿长讲的“美女蛇”的故事。这个充满了神秘色彩的神话故事，深深地吸引着童年时代的鲁迅，给他的童年生活增添了绚丽的色彩和探险的欲望，一直牵引着他的好奇心，刺激着他的求知欲。

在《阿长与(山海经)》一文中，鲁迅重点写了三件事，其中两件与儿童故事有关，一件是阿长给他讲长毛的故事；另一件是阿长给他买《山海经》。这部绘有插图的《山海经》，画着人面的兽、九头的蛇、三脚的鸟、生着翅膀的人、没有头而以两乳为眼睛的怪物等。阿长以这些故事激发了鲁迅强烈的好奇心。从文中我们不难看出，阿长和《山海经》是鲁迅最早的精神导师，在他的成长道路上起着非常重要的作用。

儿时的故事虽然简单、短小，但它是一把启迪智慧的钥匙，能够温暖和滋润我们的心田，给我们前行的力量。生命中遇到的优秀儿童文学作品，会在不经意间深刻地影响着我们的成长，悄悄地改变着我们的人生轨迹。愿我们的孩子都有一个虽不完美但真诚、善良、仁慈的阿长，愿我们的孩子都能轻而易举地得到他们渴望阅读的童话图书和故事读本。

儿童故事由人类口头创作的故事发展而来，源远流长，经过长期的发展，不断地丰富、成熟、完善，成为一种具有自身特色的儿童文学体裁。

一、儿童故事的含义

故事是一种叙事文体，它注重叙述事件的过程，突出情节的完整性、连贯性、生动性和趣味性，适合口头叙述。传统意义上的故事往往泛指具有故事性的文学作品。

儿童故事是一种叙事类型，它的内容简单、篇幅较短、情节有趣、完整连贯，适合孩子们阅读和鉴赏。儿童故事的内容主要来源于①幼儿的家庭生活、校园生活和社会生活；②自然界的一切事物，特别是在动物世界里的事物；③古往今来的各种事情等。

二、儿童故事的特征

儿童故事是故事的一种，它的总体特征包括重视故事性和情节连贯性、叙述方式以叙述为主等。但是，由于受众的年龄特性，它必然具有适合儿童阅读与鉴赏的特征，主要表现为以下几个方面。

(一)事件完整简单

儿童故事通常要清楚地叙述事情的起因、发展、结果，整个情节都是完整的，它不需要对细节过度描述，也不需要复杂的人物背景或人物关系。为了适应孩子们总爱问“后来呢？”“最后呢？”的心理特点，儿童故事通常采用顺序的方式展开叙述，循序渐进、高潮鲜明、结尾鲜明、故事完整、脉络清晰。另外，大部分的儿童故事以单线形式发展，整个过程中不会有太多的分支。例如，我国作家杨福庆的作品《谁勇敢》只用了二百多个字，就将事情的起因、发展、过程和结果讲述得一清二楚。

(二)剧情引人入胜

孩子们的注意力很容易被分散，枯燥乏味的故事很难吸引他们的注意力，也很难将他们带入故事的具体场景。因此，儿童故事的情节通常生动、曲折、充满悬疑和起伏，具有很好的可读性和吸引力。例如，英国作家凯瑟琳的《煎饼帽子》，不仅情节完整、前后一致，还讲述了母亲如何制作薄饼、迈克成功制作“煎饼帽子”的过程，让人有一种身临其境的感觉。

(三)内容贴近生活

儿童故事要与儿童的生活密切相关，能反映儿童在家庭和校园内外的真实生活。很多儿童的作品都是从孩子的生活中选取一些有意义的镜头、片段或典型的例子来进行演绎，有些还会直接改编真实的故事。无论是以历史人物、事件为主题，还是以动物为主题，都要符合现实生活的逻辑，从孩子的接受能力和审美情趣出发。

例如，俄国小说家列夫·托尔斯泰的儿童故事《李子核》中，妈妈买来李子，放在盘子里，打算晚饭后再分给孩子们吃。瓦尼亚从来没有尝过李子，他不停地围着李子打转，一会儿闻闻，一会儿伸出手摸摸，很想马上就尝一个。

瓦尼亚黑溜溜的眼睛往四面转了一下，发现没人注意他，就踮起脚尖，抓起一只李子塞进嘴里，晚饭后，妈妈发现李子少了一个，她把这件事告诉了爸爸。爸爸就问孩子们是否吃了李子，大家都说没有。瓦尼亚脸红得像虾一样，也说没有吃。

爸爸看了下瓦尼亚，告诉孩子们，如果吞下李子核，可能会有生命危险。瓦尼亚吓得脸色发白，他摇晃着两只小手，结结巴巴地说把核扔到窗外了。一家人都笑了，而瓦尼亚却哭了。

这个故事仅选取了一个童年时期的小插曲，就将一个天真、幼稚、顽皮、可爱的孩子形象描绘得淋漓尽致。它像是一部真实的回忆录，完全是从生活中来的，生动地描述了一个小孩的心理，使孩子能够从瓦尼亚的一举一动中，理解他的心理。

(四)语言浅显易懂

儿童故事的语言有别于书面的文学语言，它既要符合儿童的语言能力，又要兼顾儿童的心理特征和理解能力，并且要进行艺术化的提炼和表达。儿童故事要适合儿童讲与听，其最显著的特点就是通俗易懂。儿童故事的语言多为短句、具象名词、简单动词、简单形容词等，朴实、通俗易懂，是最容易传播的。例如，望安的儿童故事《三个小朋友》采用了重复的结构，句式整齐，节奏感强烈，使用了大量的象声词、叠音词和动词，使故事更加生动有趣。

三、儿童故事的类型

根据不同的标准，儿童故事可以被划分成不同的类型。根据创作者的不同，可以将其分为儿童民间故事、儿童改编故事和儿童创作故事；根据内容的不同，可以分为儿童生活故事、儿童历史故事、儿童知识故事、儿童动物故事、儿童成语故事等。本文着重介绍一些常见的儿童故事类型。

《阿凡提的故事》.mp4

(一)儿童民间故事

民间故事是一种在民间广泛传播，带有一定的传奇色彩和想象色彩的口头文学形式。儿童民间故事的主题范围很广，它反映了各个时期的劳动人民的美好品质、聪明才智和对幸福的追求。这结故事以丰富的想象、神奇的情节、圆满的结尾而深受儿童的喜爱。

民间故事具有以下特征：一是时间和地点交代含糊，直接进入剧情的描写，开头往往是“从前”“古时候”“一处漂亮的地方”等；二是人物的类型化，往往用角色的身份来代替名字；三是故事简单、完整，情节类型化，例如，我国的《阿凡提的故事》，围绕着阿凡提这个聪慧的角色展开，赞美了劳动人民的无限智慧，语言诙谐，令人忍俊不禁。适合儿童阅读或欣赏的民间故事主要有儿童民间生活故事、儿童民间寓言故事、儿童民间益智故事、和儿童民间笑话故事。如《长发妹》《鲁班学艺》《巧媳妇》《一件红棉袄》等。

(二)儿童改编故事

儿童改编故事，也称为“儿童文学名著故事”，是一种根据古代和现代经典文学作品改编而成，适合孩子们阅读和欣赏的故事类型。世界上有许多具有教育性的优秀作品，但由于孩子们的文化程度和接受能力相对比较低，要使孩子们获得更多的教育，作家就必须根据自己的人生经历和对儿童心理特征的理解来进行改编。例如，李庶将英国作家江奈生·斯威夫特的作品《小人国和大人国》，翻译成中文作品(封面见图 3-5)。另外，《堂吉诃德》《大卫·科波菲尔》《三国演义》《西游记》等经典作品也被改编成了儿童故事。

图 3-5 《小人国和大人国》封面

儿童改编故事具有以下特征：①保留原著的故事梗概、主题思想和主要人物；②把原著的体裁转换成以叙事为主的故事体裁，突出故事性，强化情节；③将书面语言变为文学口语，同时又要兼顾原文的语言风格。

(三)儿童生活故事

儿童生活故事取材于儿童的生活，主要描写身边的人生事件，分为写人为主和写事为主的两种，但无论是哪一种，都是以儿童的生活为主题，都肯定美的精神，表现美的心灵。以苏联作家奥谢耶娃的作品《普通的老太太》为例。

(节选)一个男孩和一个女孩在大街上走，他们前面走着一个老太太。路很滑，老太太一不小心滑倒了。“请你帮我拿着书包！”男孩子说着就把书包交给了女孩，跑去扶老太太了，男孩回来的时候，女孩问他：“那是你的奶奶吗？”男孩回答：“不是！”“是你的妈妈吗？”女孩奇怪了。“不是！”“那么，是阿姨吗？”“也不是，”男孩笑着回答：“我不认识她，她不过是一位普通的老太太。”

这个故事是对儿童生活的一个片段的描述，它肯定并称赞了儿童纯洁的品德，对其他儿童有很好的教育效果。当然，在儿童的生活故事中，作者往往会运用诙谐、夸张的手法，来批判儿童的某些缺点和恶习，并通过描写其特有的窘态，巧妙地指出其中的错误，从而让孩子们从中获得启发。

(四)儿童历史故事

儿童历史故事是根据历史事实写成的，适合孩子们去欣赏和倾听，是历史与文学的融合。历史故事应尊重历史事实，不能任意编造，但可以通过语言的艺术手法进行加工处理。儿童历史故事分为儿童历史人物故事与儿童历史事件故事两大类。

(1) 儿童历史人物故事。这种历史故事是以历史中的真实人物为主要内容，以其历史活动为线索，对历史人物的思想、行为和历史功过进行描写和评价，使孩子们了解历史人物的性格和事迹，并体会主人公远大的理想、高尚的情操、坚强的意志等。如《李世民的故事》《雷锋的故事》等。

(2) 儿童历史事件故事。这类历史故事主要是以历史上具有重要意义的事件为主线，以简洁、生动的方式呈现历史事件的起因、经过和结果，使孩子了解历史知识，为日后正确理解和分析历史现象打下了坚实的基础。如田之的《晋国故事》、林汉达的《西汉故事》、朱仲玉的《中国历史故事》等，都有其独到之处。

(五)儿童知识故事

儿童知识故事，也称为儿童科学故事，以简单的科学知识为主线，以故事为载体，具有科学性和故事性。这些知识故事通过生动有趣、引人入胜的情节，使儿童在享受科学知识的同时，也能在不知不觉中接受科学教育。例如，广东省佛山市某幼儿园给孩子们讲的小故事《小花猫的胡子》从孩子的日常生活出发，通过孩子和母亲的精彩对话，使孩子们了解到猫咪的胡须和人类的胡须是不同的，猫咪胡须具有特别的功效等知识，不仅能使孩子们对该知识印象深刻，而且还能使孩子们养成仔细观察和思考的好习惯。

(六)儿童动物故事

儿童动物故事来源于动物的世界，以动物为主角，通过动物的形态、习性或交往来表现人的社会生活与社会关系。动物故事一般结构简单，篇幅短小，具有幻想性和趣味性。但是，动物故事又不像以动物为主题的科学作品，动物故事要有“人物”、有“情节”，而动物则常常带有象征意义。动物故事大致可分为以下两类。

(1) 解释型动物故事：这一类的动物故事对动物的生活习性进行了主观或客观的阐释。例如，法国著名作家黎达的《黎达动物故事集》，还有朱新望的《小狐狸花背》，还有一些荒诞、夸张地描述动物特征的故事，如民间故事《为什么兔子的尾巴很短》等。

(2) 象征寓言型动物故事：这种动物故事通过动物的形象来表现人的社会生活、社会关系，反映了人对善与恶、美与丑的看法。例如，俄国著名作家屠格涅夫《小鹌鹑》，西班牙民间流传的《狼和奶酪》《兔子和大象》，我国民间流传的《麻雀和老鼠打官司》《黄鼠狼给鸡拜年》等。

四、儿童故事的作用

儿童故事，纯真、有趣、生动，可以激发儿童的兴趣，滋润儿童的心灵，引发儿童的共鸣。它们让儿童在不知不觉中发展智慧、获得知识、理解真理、增强能力。因此，儿童故事在儿童成长过程中扮演了一个非常重要的角色。

(一)引导儿童学习语言

儿童故事将多种语言现象联系在一起，有助于孩子们掌握各种语言知识和技巧。在听故事的过程中，孩子们愿意去模仿故事中的语言、动作，随着时间的推移，他们的语言表达、表演技巧都会得到极大的提升。例如，苏联作家奥谢耶娃的《好事情》以丰富的语言叙述了整个故事，其中主人公表达对姐姐的不耐烦、对外婆的拒绝、对哈巴狗的无礼时所用的语言和语气各不相同，丰富的词汇、简短的句子、栩栩如生的人物，使孩子们情不自禁地去说、去模仿，这对孩子们的语言学习很有帮助。

(二)塑造儿童良好品格

儿童故事里有许多人生哲理和优良作风，能使孩子们对人、物、自己有一个正确的态度，培养出高尚的人格，树立正确的人生观和价值观。通过儿童故事，使孩子明白做人、做事的道理，远比简单的教育要有效得多。例如，俄国作家列夫·托尔斯泰的《谢谢你》，题目简单明了，但意义深远。对诚实的人来说是一种激励，对撒谎的人是一种积极的指导，具有说服力和教育的作用。

(三)满足儿童的求知欲

孩子的好奇心和求知欲是与生俱来的，而儿童故事题材广泛，正好能满足孩子们探索这个广阔世界的需求。在不同的故事中，孩子们能够看见现实的影子，体会到真实世界的有趣和美丽，他们的眼界也会越来越宽。例如，薛卫民的《酒瓶子吃了大鸭梨》，故事开头设置了悬念，激发了儿童的阅读兴趣，随着故事的发展，小读者找到了答案，满足了他们的好奇心。同时，文中的主人公灵灵善于观察、爱动脑筋、敢于实践的性格优点也被广大儿童所效仿。

第六节 儿 童 小 说

案例 3-6

《长腿七和短腿八(节选)》

长腿七的两条腿有七尺长，短腿八的两条腿只有一尺八寸长，长腿七住在第七村第七街第七号，短腿八住在第八村第八街第八号，长腿七和短腿八是好朋友。

长腿七喜欢穿长长的牛仔裤，短腿八喜欢穿短短的短裤，长腿七住的是高高的房子，短腿八住的是矮矮的屋子。

长腿七睡高床，用高桌子、高板凳。短腿八睡矮床，用矮桌子、矮板凳。

长腿七总是在每个月的第七天去找短腿八喝酒。短腿八也总是在每个月的第八天去找长腿七喝酒。

(资料来源：本书作者整理编写)

儿童小说作为儿童文学的一部分，用其独特的文学魅力吸引着儿童，对儿童的成长起到重要的作用。

一、儿童小说的含义

儿童小说是以塑造儿童形象为中心、以广大儿童为主要读者对象的散文体叙事性儿童文学体裁。儿童小说是以儿童为主体，依据其理解能力、心理特征、美学特征等创作儿童能够接受的小说。

关于儿童文学的内涵，我们应该注意到以下两个方面。

(一)儿童小说的本质是小说

儿童小说的本质是一部小说，其文学特征与其他小说并无二致。它的核心是对人物的描述，通过情节、环境等来反映生活，但不拘泥于现实世界，可以进行一些虚构和合理的想象。

(二)儿童小说的读者是儿童

尽管有一些儿童喜爱的小说属于成人小说，但是从作者的角度来看，儿童小说就是专门为孩子们创作的，无论是题材的选择、主题的提炼、人物的塑造，还是故事的编排和语言的运用，都要充分符合孩子们的阅读习惯。

二、儿童小说的特征

由于儿童小说受众是儿童，其不仅遵循普遍的艺术法则，而且具有特殊的艺术特征。

(一)主题鲜明积极

主题是儿童小说的灵魂。儿童小说以儿童为主要受众，而儿童处于成长和发育的初期阶段，思想水平、理解能力、文化水平都受到限制。因此，儿童文学的题材不能过于隐晦、消极、沉重，而是要鲜明、积极、正面。儿童文学又肩负着对下一代思想、知识、审美等方面的教育重任，因而其题材也应具有一定的目的性。以法国著名作家都德《最后一课》为例，尽管这本书的主人是一个淘气顽皮的孩子，但他通过自己的所见、所闻、所想，展现出了一种拒绝成为亡国奴的民族心理与精神，体现了一种鲜明而又强烈的爱国主义情感。

值得注意的是，虽然儿童小说的主题鲜明积极，目标明确，但这并不意味着不能反映出人生阴暗的一面或表达悲伤和愤怒的情绪。儿童小说可以反映出与孩子生活有关的方方面面，能表达孩子心灵世界的多种情感，但其表达的主题应该是正面积极的。

(二)题材深刻广泛

儿童小说主要是表现与孩子有关的社会现实，其内容的多元化与丰富性，使其主题更加丰富多彩。中外儿童小说作品涉及不同时代、不同民族的孩子们的生活。例如，李心田的《闪闪的红星》(封面见图 3-6)，讲述的是抗战时期孩子们跟随父亲和哥哥参加革命斗争的故事；匈牙利莫里兹的《七个铜板》，车培晶的《红麻山下的故事》，都讲述了社会底层儿童的悲惨生活；瑞典林格伦的《艾米尔的第 325 次恶作剧》，张之路的《坎坷学校》，讲述了儿童在家庭、学校、社会生活中的成长与发展；叶君健的《新同学》、程玮的《来自异国的孩子》等展现了各国、各民族儿童之间真挚的友谊。

图 3-6 《闪闪的红星》封面

尽管儿童小说多以孩子的生活为主题，但为了拓宽孩子的视野，创造可模仿的人物，儿童小说也可以选用成人的生活题材。实际上，儿童生活与成人生活密切相关。作者在表现此类主题时，若能以孩子的视角来描写成人生活，写作方式能符合儿童的心理，充满孩子的趣味，也会受到孩子们的喜爱。例如，吴承恩的《西游记》、西班牙塞万提斯《堂吉诃德》等都是成人的作品，但是他们所表现出来的人性的光辉，满足了孩子们对勇敢与探险的渴望，因此也受到了孩子们的喜爱。

值得指出的是，尽管儿童小说的主题范围很广，但并非所有主题都适合选取。儿童对是非、善恶、美丑的判断往往只停留在表面，辨别能力较弱，容易被错综复杂的事物所迷惑。因此，残忍、可怕的主题不适合在儿童小说中出现。

(三)人物性格鲜明

对角色进行全方位的细致刻画是儿童小说的基本特征。中外优秀的儿童小说，都以其个性鲜明的人物形象影响着一代又一代的儿童，起到了很好的心灵激励效果。例如，《小马倌和"大皮靴"叔叔》中在"大皮靴"叔叔的抚养下长大，经历了战争的洗礼后成长为一位出色的青年武士的小江；《小胖和小松》中憨厚可爱的小胖，还有好胜心强、活泼好动的小松等。

儿童小说是为儿童创作的，所以主角主要是儿童，可以是优秀的、普通的孩子，也可以是具有某种缺点或悲剧性质的孩子。需要注意的是，儿童小说中所描绘的人物并不排斥成年人。成熟、富有个性的人物，不仅能让孩子对其产生印象，而且能成为学习的榜样。例如，徐光耀《小兵张嘎》中的罗金保大叔，是一个聪明而又勇敢的侦探；曹文轩的《山羊不吃天堂草》中那个严厉、善良、孤独的木匠师傅。这些人物为孩子们树立了模仿的榜样。

(四)情节曲折生动

孩子们喜欢新鲜事物，活泼好动，有趣、活泼的事物更能引起他们的兴趣。因此，儿童小说的情节往往曲折生动、跌宕起伏、引人入胜，故事的发展往往迅速、新奇、出人意料。例如，在邱勋的《三色圆珠笔》里，小学生除小冬因曾掏过别人包被污蔑偷了圆珠笔，他百口莫辩，被逼到真的从文具店偷一支笔来偿还，并准备自己省钱还给文具店，最后误会解除、真相大白。故事情节紧凑，构思巧妙，结尾既不落俗套又在情理之中，既新奇，也引人深思。

(五)环境描写典型

环境是儿童小说中人物生活和成长的场景。为了使人物具有鲜明的个性特征，必须将人物置于一个具有代表性的情境中，并借助周围的背景和人物在各种情境中的语言、动作和心理活动，突出人物个性的多元化，使人物更加立体饱满；儿童生活环境、社会环境和自然环境的描述必须明确、清晰，要既能满足儿童的心理接受特征，又能让整个小说的发展自然、顺利和合理。例如，郝月梅的《小麻烦人儿的麻烦事》中的由由在家时把爸爸的鞋放进冰箱，在幼儿园跟老师顶嘴等，这些环境下的人物和情节自然生动，易使读者产生共鸣。

(六)语言准确生动

儿童小说的文字应恰当地描绘出人物、事物的形态、性质，使角色形象鲜明，使作品的意图清楚地传达出来。孩子们不喜欢堆砌辞藻或迂回的描写，儿童小说的语言要具体形象、生动有趣，人物和情节的描写要生动活泼。

三、儿童小说的类型

目前，我国有大量的儿童小说，可按照一定的标准对其进行归类。下面我们将重点阐述一些常见的划分标准及其划分出的类型。

(一)根据小说篇幅的长度来划分

儿童小说根据篇幅长度可以分为长篇儿童小说、中篇儿童小说和短篇儿童小说。

(1) 长篇儿童小说。这类小说篇幅较长，内涵丰富，故事曲折，角色丰富，人物、思想和个性错综复杂，以及对周围环境的描述也较为详尽。例如，美国作家马克·吐温的《汤姆·索亚历险记》，中国作家曹文轩的《草房子》(封面见图 3-7)，颜一烟的《盐丁儿》等。

图 3-7　《草房子》封面

(2) 中篇儿童小说。这一类型的小说在篇幅、内容情节完整性、人物关系、人物性格的发展、环境描写等方面介于长篇儿童小说与短篇儿童小说的中间。它们往往选取主人公生活中具有典型意义的事件，构成情节，表现人物的矛盾，从而体现特定时期的社会生活的本质与规律。例如，苏联作家盖达尔的《铁木儿和他的队伍》、李心田的《闪闪的红星》、程玮的《在航道上》等。

(3) 短篇儿童小说。这类小说篇幅较短、内容较简单、故事线较为单一、角色较少、角色之间的联系较单一、人物的想法较单纯、背景描述较简单。它们通常是以具有代表性的人生片段或主角的个人经历或遭遇来表现当时的社会面貌和时代精神。例如，高尔基的《没有冻死的男孩和女孩》、车培晶的《墨槐》等。

在短篇儿童小说中，字数在一千字以内的作品也被称为微型儿童小说。如木子的《长腿七和短腿八》等。

(二)根据小说的叙述方式划分

儿童小说可以根据叙述方式分为第一人称儿童小说和第三人称儿童小说。

(1) 第一人称儿童小说。这种类型的儿童小说以“我”为故事的叙述者。其特征是使读者感到亲切、真实，有利于直接展现“我”的内在世界。“我”有时候就是故事主角。自传体和书信体的儿童小说大多是第一人称小说。例如，苏联著名儿童文学作家班台莱耶夫的作品《诺言》，王路遥的作品《画春记》，王统照的作品《湖畔儿语》等。

(2) 第三人称儿童小说。这种类型的儿童小说以第三者的视角从侧面讲述故事。其特征是可以站在一个局外人的角度来描述和叙述。例如，常新港的《独船》等。

(三)根据小说的题材划分

儿童小说可以根据小说的题材分为生活类儿童小说、历史类儿童小说、惊险类儿童小说、动物类儿童小说、科幻类儿童小说、问题类儿童小说和知识类儿童小说。

(1) 生活类儿童小说。这种类型的作品多以儿童生活为题材，反映儿童家庭、学校和社会的日常。其特征是充满了活力、时代感、乡土情怀、儿童趣味，容易引发儿童的情绪共鸣。例如，陈丽的《纯洁的地方》，秦文君的《男生贾里》，罗辰生的《画彩虹的孩子》等。

(2) 历史类儿童小说。这一类型的小说以历史人物、历史事件为题材，表现特定时代的人生状态。通常需要对真实的历史事件进行还原再现，同时也要进行一些艺术上的虚构，从而塑造具有鲜明个性的历史人物。例如，管桦的《小英雄雨来》等。

《小英雄雨来》.mp4

(3) 惊险类儿童小说。这种类型的小说以儿童在异常的环境中体验到的种种真实或虚构的危险为题材，并以曲折刺激的情节来展现孩子的聪明与智慧。这种类型的作品可以分为三种：冒险类如刘先平写的《云海探奇》那样的；侦探类是如德国埃里希·凯斯特纳写的《埃米尔擒贼记》那样的；反特性类如李迪的《野蜂出没的山谷》等。

(4) 动物类儿童小说。这种作品多通过描绘动物来描绘人间，借动物表达人性情感。大致可分为两类：一类是纯粹描绘自然界中的各类动物的作品，如蔺瑾的《冰河上的激战》；另一类是以动物作为主角，描绘动物与人之间的联系，如沈石溪的《第七条猎狗》等。

(5) 科幻类儿童小说。这类小说以幻想的方式描述自然科学领域内容，其内容不能违背科学规律，不能凭空捏造，但也不必局限于现有的科学成果。这种类型的作品具有科学性、文学性和前瞻性等特征。例如，法国知名作家儒勒·凡尔纳的《海底两万里》、我国作家叶永烈的《小灵通漫游未来》等。

(6) 问题类儿童小说。这一类型的作品以表现孩子的生活中的冲突与问题为主，注重挖掘主角个性的形成原因，将其特殊的人生际遇与时代背景相关联，从而引发人们对深层社会问题的思考。例如，王安忆的《谁是未来的中队长》等。

(7) 知识类儿童小说。这类小说以丰富儿童各方面的知识为目的，题材广泛，通过具体生动的艺术形象，表现各类自然现象和社会现象，具有象征性、科学性、形象性、思想性等特点。例如，苏联作家普里什文的《太阳的宝库》等。

(四)根据小说的体裁划分

儿童小说可以根据小说的体裁分为童话体儿童小说、寓言体儿童小说、传记体儿童小说、书信体儿童小说。

(1) 童话体儿童小说。这种类型的小说以童话的艺术表现手法来设计情节，塑造人物形象，描绘社会生活。例如，李凤杰的中篇小说《公鸡和母鸡的故事》，迟子建的《北极村的童话》。

(2) 寓言体儿童小说。寓言体儿童小说是带有寓言性质的小说，它基于现实中某些客观事实，借题发挥，延伸内涵，通过描写典型的人物个性，揭露人生的种种冲突，从而反映人性的发展变化过程。例如蒲松龄的《聊斋志异》中的《黄英》等。

(3) 传记体儿童小说。传记体儿童小说是以小说的形式叙述人物的幼时经历，旨在凸显其个性发展过程。在这些作品中，有为他人作传的儿童小说，如贺宜的《刘文学》；还有为自己作传的儿童小说，如苏联著名作家高尔基的《童年》和《在人间》等。

(4) 书信体儿童小说。这种类型的小说是通过小说中人物的一封信或几封信，或两个人物往来的一组书信来描述情节、刻画人物并表现主题。例如，张天翼的《罗文应的故事》、马烽的《韩梅梅》等作品。

四、儿童故事与儿童小说的区别

儿童故事与儿童小说都是叙事类文体，都包含人物、情节、环境、主题等内容，但它们是不同类型的儿童文学体裁，它存在显著差异。

(一)叙述方式不同

儿童故事多采用第三人称叙述，作家以第三人称视角来进行描述，具有较强的客观性；而在儿童小说中叙述方式较为自由，可以采用第三人称，也可以采用第一人称，作者可以是旁观者，也可以是参与者，甚至可以是主角。

(二)叙述重点不同

儿童故事注重情节的完整性和趣味性，要求清楚交代事件的起因、经过和结果，并以情节的描述来反映生活；儿童小说更加注重塑造典型的角色，深入发掘主题。

(三)人物塑造不同

在儿童故事中，人物的性格大多扁平、单一，更注重情节的发展，情节重于人物；儿童小说中人物性格丰富、复杂，更注重人物的性格，人物胜过情节，人物性格是推动情节发展的重要因素。

(四)故事结构不同

儿童故事情节较为简单，线索单一，故事情节多按事件发生顺序展开：而儿童小说情节更为曲折，线索错综复杂。

五、儿童小说的作用

儿童小说在儿童成长过程中所发挥的作用主要表现在以下几个方面。

(一)对儿童的教育作用

儿童小说以儿童为主要受众，在题材的选择和角色的刻画上，均以儿童为中心。一部优秀的儿童小说，可以通过对典型角色的刻画，展开故事情节，向读者展示出一些有价值的东西。正面角色可以为孩子树立一个好的人生观、价值观，故事的发展可以使孩子们受到正确的教育，从而避免孩子们做出错误的决定。因此，儿童小说对孩子们的教育意义是非常深刻的。

(二)对儿童的审美作用

儿童小说给儿童的审美体验表现在意象美与言语美两方面。优秀的儿童小说作品，可以将作者的情感和所描写的景物、环境有机地融合，从而激发儿童的遐想和联想，让儿童仿佛置身于其中，得到一种艺术的美感。在语言上，可以通过叙述与描写的巧妙结合，使情节曲折动人，扣人心弦，让儿童体会到情感的起伏律动，享受艺术体验。

(三)对儿童的娱乐作用

儿童小说既可以给人带来审美的愉悦，又可以让人感到心旷神怡，特别是一些作品，它们的风格既轻松又诙谐，令人心情愉悦。例如，郝月梅的小说《小麻烦人儿的麻烦事》，当孩子们看到主角做了许多既符合儿童年龄又出人意料的“麻烦”的事情时，都忍不住哈哈大笑起来。

第七节 图 画 文 学

案例 3-7

2016 年 6 月，国家图书馆、蒲公英童书馆、牛牛文化共同主办的“巧遇全球最美插画”巡展在国家典籍博物馆启动。在国家图书馆少儿馆馆长王志庚看来，此次展出的近 400 幅博洛尼亚插画奖获奖作品，对于中国的图画书读者和出版者来说，既是一次艺术的启蒙，也将带来理念的革新。

(资料来源：本书作者整理编写)

在当下这个读图时代，视觉读写能力已经成为阅读素养的重要组成部分，图画书是锻炼和培养儿童视觉读写能力的最好读物，常看图画书的孩子比其他孩子表现出更强的视觉敏感度和思维能力。

图画文学是幼儿常见的一种儿童文学体裁，通常以书籍的形式存在，因而被称为“图画书”。

绘本《彩虹色的花》.mp4

一、图画文学的含义

图画文学是一种通过图画与文本互相衬托的方式来表达内容的文学作品。图画文学主要是一种故事类作品，是一种很好的儿童读物。图画文学是从有插图的阅读材料发展而来的，但是现代的图画文学与附有插图的文学读物有着很大区别。要真正掌握图画文学的含义，就得搞清楚它与有插图的文学读物之间的区别。

(一)有插图的文学读物

有插图的儿童文学读物主要以文本为主体，而插图则仅作为一种补充工具来表达其作品的内涵。出现在作品中的图画意义是不连续的，它的功能是对文本进行直观的演绎、补充或说明，以引起人们的关注，并帮助读者展开文学想象。

(二)图画文学

图画文学的主要内容是具有强烈表现力的图画，但是它并不否认文字的作用。文字与图画一起组成了一个完整的艺术体系，共同叙述某一个故事。可以说，在图画文学中，画面与文字相互影响共同构成和表达的总体氛围与情节内涵，可以产生超越文字本身的美学效果，其效果远远大于画面与文字的叠加效果。

由此可见，有插图的文学读物与图画文学的差异，决定了它们在儿童文学作品中的地位也是不同的。在有插图的文学读物中，插图因为对故事的讲述仅起到辅助作用而从属于原文，处于次要地位；而在图画文学中，图画承担着直接表达的任务，所以它在整个作品中占据了重要的地位。

二、图画文学的特征

图画文学是一种用图画叙事抒情的文学体裁，与其他类型的儿童文学体裁不同，它除了具备儿童文学的基本特征之外，还具有以下特征。

(一)形象可视

图画文学的作者采用了视觉化的语言叙述故事，图画文学用和谐的色彩、独特的构图、富有动感的图像组成了一个富有内涵的情节，从而将作品的内容以直观的形式表现出来。

这一点与纯粹的语言艺术完全不同。图画文学要求作者具有丰富的创造技能，力求新颖、新奇，符合儿童的审美水平和接受能力。美国作家大卫·香农在《大卫不可以》的每张图片中，都用了“大卫，不可以”这样的文字。该作品中的画面简洁、生动，让小朋友们觉得大卫就是自己，而孩子们能通过视觉上的画面来理解这个故事的内涵，尽管没有大量的说教，但它还是有很强的启发性。

(二)构图连续

图画文学的表现方式主要是图像，而图像具有静态、凝固的特点，要使故事具有动态、变化的特点，则需要图画文学作者运用图像之间的配合来达到故事的连贯性，以画面与画面的衔接推进故事情节的发展，并最终形成内容连贯、情节完整的故事。例如，英国作家山姆•麦克布雷尼和安妮塔•婕朗的作品《猜猜我有多爱你》，就通过一系列的兔子的动作把不同的图片联系在一起。

(三)画面有趣

“趣”是孩子们读书的驱动点，生动活泼的图画文学往往能让孩子们百看不厌。“趣”是图画文学中的一种生命力，它对图画文学的艺术吸引力具有十分重要的影响。因此，图画文学的作家在创作时，往往会根据孩子的阅读需求和接受能力，创作一些能够吸引孩子的作品。

在图画文学中，作者往往运用拟人、特写、夸张等手法，对动物和植物进行拟人化的艺术加工；把主角的某个细节进行特写放大；夸大了一些重要的或者有特色的事情。这些艺术手法，使作品与真实的东西拉开了一定的差距，使年轻观众有一种独特的观感，从而形成一种强烈的吸引力。例如，英国作家佩特•哈群斯的《母鸡萝丝去散步》里，一只名叫萝丝的母鸡在四处溜达，总是有一只狐狸在后面盯着它看，而那只母鸡却毫无察觉，母鸡与狐狸神情的对比，以及狐狸屡败屡战的情景都妙趣横生。

(四)颜色鲜艳

在图画文学中，作者通过对颜色的精心加工，可以创造出一种独特的色彩语言。颜色的明亮与黯淡、浓与浅，都可以给图画带来不同的情绪和风格，让小读者们为之倾倒。总体而言，对于绘画中的明朗性，应当从以下两个角度去认识。

(1) 色彩鲜明。图画文学要呈现生动多彩的画面，以引导儿童欣赏。大部分图画作品都有此特征，如鲁兵的《365夜故事》。

(2) 色彩协调。色彩与小说内容是和谐一致的，也就是说，作者要依据小说的情节，运用不同的色彩、笔法来绘就鲜明的形象。如美国画家加思•威廉斯的《黑兔与白兔》，兔子后面的蒲公英是黄色的，其余的则用黑色、淡绿色和白色，周围是没有盛开的花和草。由于这部作品描述的是两只生活在大森林中的白兔与黑兔的恋爱故事，所以沉稳的色彩与故事的宁静氛围更相衬，如果在故事的背景上添加红色的花朵与绿色的树木，那就不会产生温馨安静的故事氛围。

(五)表述完整

在图画文学作品中，文本和图片要有一种融合的感觉，使其能完全传达出故事的内涵。图画文学的整体性体现在文本与图片之间的密切关系以及封面、封底、扉页等方面的完整性。在图画文学作品中，每幅图片的文字可多可少，可长可短，但是也要有一定的灵活性，情节人物的变化也要给人一种整体感。要注重图片与图片的连接，保持其连贯性和完整性。画面中文字和图片相互映衬、相互渗透，表现出图画文学的整体性。

三、图画文学的分类

科技的进步使得图画文学的表达方式得到了全面的发展，因此出现了布质书、立体活动书、音响图书等，游戏化、玩具化是图画文学发展的新趋势。通常，图画文学可以根据图文搭配的比例不同，划分为有文图画文学和无文图画文学。

(一)有文图画文学

有文图画文学，用图画和文字共同表现故事内容，此类型在图画文学中比较普遍。在这类图画文学作品中的图画与文本各自扮演着不同的角色，却又相互渗透、相互影响。用线条、色彩和形状来表现作品的内涵，传达文字所不能表现的意蕴；而文字则以清晰的语言描述表达了图画所无法表达的内容。二者的完美组合有助于孩子们全面了解作品内容。例如，英国作家毕翠丝・波特的《彼得兔的故事》、日本作家上野纪子与中江嘉男合著的《鼠小弟的小背心》、日本作家佐野洋子的《活了 100 万次的猫》等。

(二)无文图画文学

无文图画文学，即没有文字的图画文学，只靠图画来表达故事内容。这种形式的作品，内涵简单、题材单一、充满了童趣，其特点是单纯以绘画来表达全部内容。孩子们在阅读过程中要观察、分析、理解这些图画，这样既能享受到阅读的乐趣，又能培养他们的想象能力。例如，英国作家雷蒙・布力格的《雪人》，瑞士作家妮克・弗利克斯的《字母》、德国漫画家埃・奥・卜劳恩的《父与子》(插画见图 3-8)。

图 3-8　《父与子》插画

应当注意的是，此类图画文学必须具有较强的表现力，才能够使儿童通过图画了解其内容。

四、图画文学的作用

在儿童文学的世界里，图画文学的产生与发展，不仅仅是方便大人给孩子们讲故事或者让孩子们亲身体验故事，而且蕴藏着丰富的文艺意境、作家的想象力与聪明才智。优秀的图画文学作品可以使儿童在感受图像的同时，获得最早期的审美情趣，这对于儿童的健康发展起着重要的促进作用。

(一)培养儿童的阅读兴趣

孩子们的知识面较窄，对外部世界的认知能力较弱，思想的直觉性和形象性较强，这使他们在学习和阅读时容易出现对一些不懂的东西感到迷茫的情况。图画文学是用视觉语言来叙述故事的，这与儿童的心理发展特征相适应。因此，孩子通过图画来了解故事更容易、更有趣，这样更容易引起孩子的阅读兴趣，使得他们接受审美教育，并获得最初的文学艺术启蒙。

(二)培养儿童的观察力和想象力

孩子的感知能力发展得很快，随着年龄的增长，他们的观察能力越来越强，思想也越来越活跃，而他们的审美行为往往是依靠情感意象来进行的。孩子通过翻书、看书或听故事来获得知识，在翻书时，常常会被其感兴趣的事物所吸引，从而观察书中的内容，获得更多的乐趣，养成读书时的观察力。孩子们在阅读和聆听图画故事时，他们需要根据自己的思想和想象，把静止的图像转化为动态的情节，这一过程发展了孩子的想象力和思考的能力。

(三)培养儿童的审美情趣

儿童因为缺少对事理的认知，所以在阅读作品时，只能够从情感上去理解内容。因此，情感意象是儿童的全部审美对象。图画文学是一门兼具美学与文学双重属性的综合性艺术。作品中直观生动的形象能够激发孩子的审美意识，让孩子逐渐地掌握艺术美学；作品中的内容虽然表面上很简单，但实际上包含着深刻的哲学内涵，能让孩子得到心灵和情感上的愉悦。可见，图画文学中所包含着大智、大善和大美，在培养儿童的审美情趣中起着举足轻重的作用。

(四)培养亲子之间的感情

图画文学是“亲子共读”的最佳材料，也是家长对儿童进行文学启蒙的最佳材料。儿童的活动区域以幼儿园及家中为主，而他们的阅读活动大多也是在这两种情境下进行的。孩子在家阅读时，经常会有家长陪同。家长和小孩一起看图画书，一起来理解某一个故事。在亲密交流中，家长和孩子之间形成了一种天然的亲切感。同时，家长对图画作品的表述，也使孩子们在倾听时，可以体会到语言的丰富性和趣味性。作为亲子互动的桥梁，图画文学可以发挥其联结亲情的作用，让儿童与家长一起观看，一起探索，在温馨的家庭氛围和有效的亲情沟通中，获得学习和阅读的乐趣，增进亲子之间的感情。

第八节 儿 童 散 文

案例 3-8

《吴然教你读散文》是一本儿童散文集。书中的散文既有对大自然的细致观察和倾心歌唱，小到一朵花、一只虫子，大到山川湖海、森林草原，作家都细致着色，精心描绘。也有对社会人生的感怀和睿智思考，童年的快乐与忧伤，人世的艰辛、奋斗与温情，都在作家笔下一一呈现，令人过目难忘。这些作品风格各异，或壮美沉雄，阳刚健拔；或温润柔软，风姿绰约。不论是写人记事，描山绘水，还是抒情议论，传播知识，字里行间都闪耀着文学之美，读来满目光华，口齿噙香。

(资料来源：本书作者整理编写)

散文既有广义的，也有狭义的。从广义上说，散文包括报告文学、传记文学、杂文、随笔、游记、科学小品、文艺通讯等；从狭义上来讲，散文是指以叙事和抒情为主，短小灵活、语言自由的文体。《吴然教你读散文》中的散文涵盖了写人记事、抒情议论等方面的作品，是典型的狭义散文，体现了儿童散文的基本特点。这一节介绍的是狭义的儿童散文。

秋天的雨.mp4

一、儿童散文的特征

儿童散文是适合儿童阅读，写人、叙事、写景、状物、抒情或言志，篇幅短小，文情并茂的文章。儿童散文以儿童为主要受众，在题材选择、审美视角、情感色彩和语言风格上体现着对儿童的适应性，又具有自己的独特特征。

(一)具有与儿童情感相契合的抒情性

儿童散文的主题多种多样，可以是儿童的生活、作者的童年和作者所描绘的自然界。儿童散文在内容上要有鲜明的儿童性，与孩子的日常生活相联系，使他们感受到其中的真实并与之产生共鸣。

冰心的《吹泡泡》内容真实、描写细致、感情真挚，使孩子们阅读时有一种体味人生的感觉，很容易引起孩子们的共鸣。从作者对儿时的追忆中既能看出作者的童心，又能看出作者对人生的态度与艺术修养。

(二)富有儿童情趣的本真性

儿童散文饱含着浓厚的童趣，以孩童的独特视角记事、用孩子特有的情感抒情，从孩子们所熟知的日常生活中找寻美丽，表现出孩子们的童趣。

经绍珍的《小池塘》用一系列的比喻来描述池塘的美丽。在作者笔下，春风和池塘就像两个可爱的孩子；水波，芦苇，是孩童闪烁的双眼；白云、太阳、新月、星星都化作孩子们所熟知的动物和玩具，真实生动的画面与天真烂漫的想象，构成了一幅充满童真童趣的画面。

朱自清的《春》描绘了春日的生机勃勃，吴然的《珍珠雨》描绘的是夏日的山间雨景，二者皆以儿童梦幻般的视角观赏世间之美，生动再现了童真趣味，于平凡中创造出一种真实超凡的美。

(三)带有叙事方式的故事性

儿童散文要想吸引儿童的兴趣，必须有趣，新颖。作者往往借用诗歌、童话和小说的各种表达方法，使得故事生动有趣。

俄国作家屠格涅夫的《麻雀》生动展现了小麻雀的可爱又可怜的模样，及老麻雀救小麻雀的紧张场面，让孩子们在阅读时，会不由自主地屏住呼吸，静静地等待着下一个故事的到来；黄秋云的《高士其伯伯的故事》以孩子们喜爱的说书形式叙述，让作品变得生动有趣；任大霖的《多难的小鸭》通过描述小鸭的种种经历，使孩子们跟随着它去体验生活中的种种情况，从而激发孩子们对生活的热爱和激情。

(四)追求语言精练的简洁性

儿童散文的语言在美中体现质朴，在生动中体现简洁，在规范中表达自然，用儿童化的语言来营造美的意境，抒发美的情感，展现美的趣味，以此牢牢地抓住儿童的眼球，让他们反复地阅读，在优美的语言气氛中得到美的享受和启发。例如，桂文亚在《感觉的盒子》里描写了一位穿着木屐、闭着眼睛行走、“与自己玩耍”的少女，文字简洁、自然、轻松，充满童趣。

二、儿童散文的类型

根据不同的分类标准，可以将儿童散文划分为许多不同的类型。根据内容，儿童散文可以分为叙事型、写景型、状物型儿童散文等；根据表现形式，可以划分为抒情型、说理型和童话型儿童散文等。下面将介绍几种常见的儿童散文类型。

(一)叙事型儿童散文

叙事型儿童散文主要描写人物和事件，重点描写儿童的生活，可以是故事的完整情节，也可以是故事的片段。叙事型儿童散文的题材广泛，可以是幼儿园、家庭、乡村、都市、学习等各个领域的活动或所见所闻，常常具有现场感和生活气息。例如，望安的《小太阳》，讲述了一个孩子在阳光下和一个刚康复的姥姥分享橘子的感人故事。吴润生的《套狗》，吴然的《老陀轶事》，高洪波的《陀螺》，滕毓旭的《一朵会说会笑的山菊花》，都是叙事型儿童散文中的佳作。

(二)写景型儿童散文

在儿童散文中，写景型的儿童散文所占比重较小，因为儿童普遍不太喜欢单纯描绘景物的作品，认为单纯的景物描述常常缺乏生活情趣。但是，有些儿童散文却像诗歌一样，聚焦于一个小地方，努力发掘诗情画意，潜移默化地影响孩子们的审美。例如，望安的《夏天》描写了夏日景色，就是写景型儿童散文。

夏天的雨是金色的。不信，你看：
场院里，脱粒机扬洒着麦粒，千颗，万颗，连成金色的雨。
夏天的风是喷香的。不信，你闻：
村子里，家家户户磨了面，在蒸甜糕，飘出一阵阵香味。
夏天的路爱唱歌，不信，你听：
小路“吐吐吐”，大路“嘀嘀嘀”，拖拉机、大卡车，一辆接一辆，忙着去卖粮。

在写景型儿童散文中，也有一种叫作“游记体”的文章类型，它侧重描写中外的风景名胜、风土人情，以及儿童在旅行过程中的所见所闻。与成人阅读的游记体散文不同，这些游记体文章在视角结构上追求多样性，穿插着许多有趣的故事和典故。例如，刘兴诗的《我爱哈尔滨的冬天》，中间这样写道。

公园里，一盏盏冰灯都亮了。高高的宝塔，神秘的城堡，还有桥呀，火箭呀，都是透明的冰块雕刻的，映出了黄澄澄、绿油油的灯光，真像一个童话世界。

我最喜欢逛冰迷宫，在高高低低的冰墙里转圈儿。爸爸喜欢喷水池上的冰天鹅，瞧，它伸着长长的脖子，张开翅膀像是要冲天飞去……

文章以儿童的口吻讲述了观看冰灯的过程，给小朋友们展现了北方冬季的美丽风光。另外，郭风的《松坊溪》、林清玄的《宝蓝的花》，都是这类儿童散文的代表作。

(三)抒情型儿童散文

抒情型儿童散文注重表现儿童对人物、事件、景物的单纯、美好的情感。其具体表现形式有直接抒情和间接抒情两种，后者往往把感情融到场景中，前者则多采用先写景后抒情的形式。不管是哪一种形式的抒情，都是力求将自然美、生活美呈现给儿童，使他们感受到美，从而激发他们对大自然和生命的热爱。例如，金波的《我心中的秋天》，它是一部充满童趣的抒情散文，描绘了“红枫叶”“秋日的太阳”“空巢的燕窝”等秋景，以此抒发了对秋天的赞颂、对师长的崇敬、对春天的向往。文章充分调动儿童的视觉、触觉和听觉，使儿童进入一个充满活力、欢乐和爱的世界。冰心的《寄小读者》(封面见图 3-9)，韦苇的《小松鼠，告诉我》等都是这一类型的儿童散文的代表作。

(四)说理型儿童散文

说理型儿童散文以文学手法来阐述简单道理。它常常通过具体可感的人、事、物、景的叙述，向孩子们传达一些道理，用故事或图像来吸引他们，又借这个故事或形象说明道理，例如，方轶群的《冬爷爷的图画》。文章以生动的方式将“冰花”的形成条件和形成过程置于一个有趣的故事情节之中。以散文的形式来表达，使得文章更具可读性。另外，曹文轩的《不可缠绕的心灵》、樊发稼的《桃树与矮脚树》、杜风的《城市变树林》，都是这类儿童散文的代表作。

图 3-9 《寄小读者》封面

(五)童话型儿童散文

童话型儿童散文是童话和散文的结合体，通过童话的意境和想象，以散文的方式描述拟人化的形象。它所描述的情节比童话简单，人物之间的关系和矛盾冲突也要比童话简单得多。童话型儿童散文语言清新、生动、活泼、可爱。例如，彭万洲的《荷叶》。

荷叶儿伸出水面，顶着一片蓝蓝的天，
蜻蜓飞来了，高兴地说："这是我的机场。"
青蛙跳上去，高兴地说："这是我的唱片。"
鱼儿游过来，高兴地说："这是我的雨伞。"
滴滴答答，真的下雨了，我把荷叶当斗笠，顶着雨跑回家了。
奶奶取下荷叶，高兴地说："多香的叶儿啊！"
一会儿，奶奶让我吃叶儿粑，那粑粑就是用荷叶包的，清香绵软，真好吃！
哇，打嗝都有一股荷叶味儿……

这是一篇充满童趣的散文，作者运用了拟人化的手法，赋予荷叶、蜻蜓、青蛙、鱼儿等人性之美，使孩子更容易接受，阅读时也能感受到其中的乐趣。郭风的《花的沐浴》《初次的拜访》，佟希仁的《花儿的闹市》，都是这类儿童散文的代表作。

三、儿童散文的作用

儿童散文的风格和孩子们感兴趣的风格很相近，可以让孩子从心底感受到亲切。因此，儿童散文对孩子产生了深刻的影响，具体主要表现为以下几个方面。

(一)深化儿童情感，陶冶情操

儿童散文以情感人，抒发了母爱的真挚、友谊的纯真、对动物的怜悯、以及对大自然的热爱。例如，刘半农的一篇名为《雨》的儿童散文。

妈！我今天要睡了，要靠着我的妈妈早些睡了。听！后面草地上，早没有一点声音，是我的小朋友们，都靠着他们的妈妈早些去睡了。

孩子的心灵世界是极其丰富的。他们在阅读的时候，会把自己的感情和作品中的感情相互对照，相互印证，重新理解，从而加深感情，培养情操。

(二)启发儿童思考，增长智慧

儿童散文的立意诚挚，作者都是有感而发，往往寓情于理，言简意远，富有哲理性和思想性，能给孩子生动形象的教育，启发他们思考，增长他们的智慧。例如日本儿童作家冈本良雄的作品《大海那边》，文章以三个小螃蟹面对大自然的各种猜测，激发孩子们对世界的期待、憧憬、好奇、探究，从而引起他们对生命与前途的思考。

(三)提高语言技巧，培养能力

儿童散文语言简单明了，易于被孩子们所理解和模仿。但其优美的比喻、生动的拟人等修辞手法无处不在，可以在不知不觉中对孩子产生影响，从而使他们的语言技能得到提升。例如，望安的《鸟岛》，文中的语言文字优美、生动、想象力丰富。儿童正是从这样的作品中，找到了对美的体验，享受着美所带来的愉悦，并将美好的事物、美妙的词句铭记在心里。随着时间的推移，孩子们对语言的理解会逐渐渗透到他们的情感和思想中，从而提高他们的语言表达能力。

第九节　儿童报告文学

案例 3-9

“想当政治家”的阳光少年胡俊豪(节选)

去年夏天，上海少年胡俊豪(日常照见图 3-10)有三喜临门，一喜，当选为上海市优秀少先队队长；二喜，以 602.5 的高分被延安中学录取；三喜，在少先队建队 61 周年被授予上海市“四好少年”标兵称号。

图 3-10　胡俊豪日常照

胡俊豪迅速引起了关注，因为他生活在一个贫困的低保之家：妈妈是安徽外来媳，没有固定工作，爸爸是下岗再就业的工人，收入微薄。让人们敬佩的是，胡俊豪不仅意志顽强、成绩优异，而且乐于助人、志向远大，是一个“长大想当政治家”的阳光少年。

“看见老人受伤了不能不管啊！”

胡俊豪出生于 1994 年 10 月 17 日，他的家在上海市杨浦区五角场的一个小区里。他生性活泼好动。上小学五年级的一个假日，他约了伙伴踢足球。孩子们把小区里的花园当成足球场，把花园的入口当成球门，就像举行世界杯一样踢开了。他们拼命地争抢着，就连守门员也激动地冲上来，不知是谁飞起一脚，把球有力地射向球门，然而就在这个节骨眼上，一位老奶奶颤颤巍巍地出现在花园入口，飞来的足球狠狠地击在她的脸上，老人一声哀叫倒在地上。孩子们一见闯了大祸，吓得魂飞魄散，迅速逃窜而去。

然而，瘦弱的俊豪没有离去，他快步走向入口，把老奶奶扶起来，含泪说：“奶奶，对不起，我错了！”老奶奶的脸肿了，但神志还清醒，她看了看俊豪，叹了口气。俊豪安慰道：“奶奶，您放心，我们全家都会照顾您的，我这就回家告诉爸爸妈妈。”妈妈迅速赶来了，马上陪老人去医院检查身体，并及时治疗，又买来慰问品。等这位独居的老人康复后，还帮助她把家里打扫得干干净净。第三次要陪老人去医院时，老人谢绝了，并感动地去居委会表扬胡俊豪一家，说：“我喜欢俊豪这孩子。当时，我也看不清是谁踢的球，可是就他过来道歉。”俊豪也吸取了教训，与伙伴们改去附近的复旦大学运动场踢球。

事后，有人觉得俊豪很冤，问他：“这球是你踢的吗？”他憨憨地笑笑：“我是中队长，就算是我踢的吧，看见老人受伤了不能不管啊！”俊豪从小跟着当中医的奶奶长大，天天跟着奶奶学做家务，关心帮助人渐渐成为他的习惯。

据杨浦区五角场小学班主任朱琦明老师回忆，胡俊豪同学很朴实也很细心，是一个有责任感的孩子。他发现班里有些同学带饮料来学校，易拉罐随处乱扔，觉得很可惜，就带一个袋子随时回收，卖了钱当做班费使用，比如买来开展活动用的奖品和公用的墨水等，并把账目记得清清楚楚。少先队大队辅导员张石筠老师说，胡俊豪尊敬老师，小学毕业 4 年，他年年约同学一起回来看望老师。考上理想的高中后，还带着苹果来向老师报喜。

俊豪还有关心别人的好习惯，乘公共汽车时不仅主动让座，还向司机叔叔阿姨问好。有一次，全家到外滩公园去玩，俊豪突然朝一个警察跑去，把父母吓了一跳，不知发生了什么事情。那位警察也以为这孩子遇到什么困难，弯下腰问他有什么事。只见俊豪端端正正行了一个队礼，笑眯眯地说：“警察叔叔，您辛苦了！”那位警察叔叔也欣慰地笑了，并且回礼。

(资料来源：本书作者整理编写)

儿童报告文学是一种新型的儿童文学体裁，尽管它比儿歌、童诗、童话、寓言等体裁年轻很多，但其清新活泼、纪实的风格，却为青少年读者所喜爱。从数量和质量两方面来看，儿童报告文学在儿童文学中占有举足轻重的位置。

一、儿童报告文学的特征

儿童报告文学通常采用多种艺术手法，以儿童喜爱的文学语言，生动的故事和典型的细节，迅速、及时地“报告”儿童在真实世界的所作所为和所关注的真实事件。

报告文学是一种纪实文学，它通过文学形式来表达新闻中的人物和事件，其突出特征是新闻性、真实性和文学性。儿童报告文学在这三个方面与普通报告文学具有相同的特征，但由于受众是儿童，因此在主题和表达方式上又有自己的特征。

(一)文学内容反映儿童现实生活

儿童报告文学的主要内容反映当代儿童生活中具有文学性、真实性和新闻性的人物和事件。例如，孙云晓的《少年巨人》中的主角，大多是科技、文艺、体育等领域的"小尖子"或"小名人"；刘保法的《星期日的苦恼》一书揭露了学生的家庭作业负担过重的问题。

(二)表达方式符合儿童理解特点

儿童报告文学的受众是儿童，其作品既反映了现实，又反思了生活，表现了当代典型的儿童形象，采用了多种艺术手法，在适应孩子们的理解能力，同时满足了孩子们的艺术兴趣、审美需要，使作品实现了美与真、情与理的和谐统一。

儿童报告文学必须做到真实、有时效性、不能虚构，同时又要以艺术手法来表现文学性、可读性，以达到吸引读者的目的。总体上讲，儿童报告文学要使故事情节新颖、人物形象典型、环境服务于人物的塑造，才能从多个角度刻画出鲜活的人物，对孩子们产生震撼和影响。

(三)思想教化适应儿童接受能力

儿童报告文学具有很强的思想教育和说理作用，但是它的思想教育却是通过文学形象的描写和表达来完成的，而不是流于空洞的、单纯的说教，它要像其他儿童文学类型一样，体现出童真、童趣。同时，作品中理性探究的视角与深度也要与孩子的接受能力相适应，揭示问题时既要明确态度，又要表现出对孩子的关心，避免让孩子感到压抑、失望或迷茫等。例如，李楚城的《生活的斗士》，讲述了残障儿童与病魔和困难抗争，最终取得辉煌成就的故事，并对其坚韧不拔的精神和毅力给予了高度赞扬。

二、儿童报告文学的类型

儿童报告文学的产生时间较短，且还处在一个发展的时期，目前还很难对其进行深入的分类，但是根据其表现形态的差异，可以分为以下三大类。

(一)通讯报告体

通讯报告体是一种以形象化、典型化为手段，创作出符合儿童审美需求的文艺性通讯报告。例如，孙云晓的《夏令营中的较量》等。

(二)人物特写体

人物特写体围绕着人物的思想、性格、才干和作风展开。例如，李楚城的《生活的斗士》，刘保法的《迷恋》等。

(三)社会调查报告体

社会调查报告体不以人物为中心或主线，而是将一定材料进行综合比较来分析特定的社会现象，从而揭示特定的社会问题。这些社会现象和社会问题都与儿童有千丝万缕的联系。如秦文君的《失群的中学生》、庄大伟的《出路——当代农村少年心态录》、孙云晓的《青春阶梯》等。

三、儿童报告文学的作用

儿童报告文学在教育、文献、认知等方面具有非常重要的作用。

(一)教育作用

儿童报告文学的教育作用，包括思想和审美两个层面。不少儿童报告文学作品，通过讲述优秀儿童的英勇事迹，宣扬其良好的性格；同时，在表达方式上儿童报告文学也是与其他文学体裁相一致的，既是纪实的，也是艺术的。因此，儿童报告文学中的思想与审美教育常常是并存的。

(二)文献作用

儿童报告文学的文献作用，是指其所描述的人物、事件、社会现象等都是真实可靠的，其对社会生活、风土人情、历史事件的记载，具有一定的史料价值和参考价值。

(三)认知作用

儿童报告文学中所蕴含的是作家对孩子情感的分析，以及对孩子们眼中现实世界的剖析，从而在认知上对儿童也起到了很大的促进作用。

第十节　儿童科学文艺

案例 3-10

《细菌的衣食住行》是一部让人百读不厌的经典科普作品，作者为高士其，于 2010 年 7 月 1 日由北京出版社出版。作者在书中运用浅显易懂的语言，拟人化的写作手法，让小读者认识到地球上生活着一种用肉眼无法看见的生物——细菌，见识了丰富多彩的细菌世界，了解那些人们时时接触的微生物，进入神秘的细胞世界，并认识那些看不见的病毒。

(资料来源：本书作者整理编写)

科学文艺是科技与文学的结合，它既能反映严谨的科学主题，也体现文学的价值。其创作主旨是介绍科学知识，展示科学的世界观，宣传科学的思想和方法，然而，它与普通的科学文献、科普书籍不同，它是通过艺术的想象力和构思，用生动的语言来表达科学知识。

一、儿童科学文艺的含义

儿童科学文艺是指以诗歌、童话、寓言、小说、小品等艺术形式来描述、表现、普及科学的文学作品的总称。其中适合儿童阅读和欣赏的那一部分，便是儿童科学文艺，儿童科学文艺是为了培养孩子从小热爱科学、学习科学、使用科学，提高孩子的科学素养，采用不同的艺术手法来表达科学、反映科学、把科学知识融入文学艺术之中的文学作品。

二、儿童科学文艺的特征

儿童科学文艺作为一种儿童文学，既有儿童文学的普遍性特征，又有如下自身独有的特征。

(一)科学性与文学性的结合

(1) 科学性。儿童科学文艺是以科学实验为基础，反映事物自身的特点，揭示其本质和事物关系的法则与规律。儿童科学文艺所提供的科学知识必须准确，即便是科幻小说也要有科学根据。科学性是儿童科学文艺最突出的特征。

(2) 文学性。儿童科学文艺应具有形象感，以艺术的方式来传达科学的内涵。要用生动的形象，引人入胜的构思，精雕细琢的描述，才能挖掘出科学自身的魅力。例如，科学童话应该具有童话色彩，科学诗歌要有诗意，科幻小说要有小说的味道。因此，文学性是儿童科学文艺的形态特征。

儿童科学文艺作品既要具有科学性，又要具有文艺性。例如，方惠珍、盛璐德的《小蝌蚪找妈妈》，其科学性体现在让孩子们知道了青蛙是由蝌蚪进化而成的，认识到金鱼、螃蟹、乌龟等动物的不同特点，而其文学性则体现在其营造的童话意境和想象，以及引人入胜的故事情节上。

(二)客观性与幻想性的结合

(1) 客观性。儿童科学文艺肩负着向儿童普及科学知识、进行客观描述和分析科学知识、再现科学事实的使命。因此，客观性是儿童科学文艺的一项重要原则。

(2) 幻想性。儿童科学文艺中有相当一部分作品带有幻想性，这类幻想主要有两种情况，一种是建立在科学研究基础上的，例如，法国的科幻作家凡尔纳对他所处的年代的科技成果十分敏感，他不仅用科学证明了自己的想象力，而且把它提升到了有朝一日可以达到的高度，在《海底两万里》中，“鹦鹉螺号”的出现要比人类第一艘潜水器早10年。另一种是建立在科学的逻辑之上的。例如，美国作家威尔斯的科幻作品《月球上最早的人类》里，主角驾驶着一架发射器登上了月球，并用无线电把他的发现传回了地球。

儿童科学文艺作品具有客观性和幻想性的双重特征。例如，19世纪法国科幻作家凡尔纳的著作《从地球到月球》中就有许多关于太空飞行的奇妙之处，如人体在太空中失重的现象。但在他创作这部作品时，还没有人离开过地球。如今，这些异想天开的奇想全都变成了真实存在的事情。现在，科学上有了很多新的发现，这些新的成果是以前无法想象的。

因此，作者可以超越时空的界限，让他的想象力自由驰骋。

(三)教育性和趣味性的结合

(1) 教育性。儿童科学文艺描绘对科学的探究过程、关注科学现状与未来，因此必然会展现出科学家们敢于探索的勇气与智慧，展现科学家们所创造的各种奇迹，并具有深刻的教育性。在充满了科学知识的文学描写中，也体现了一定的哲理。科学文艺的思想性集中体现在作品的主题上。例如，方惠珍与盛璐德的《小蝌蚪找妈妈》(插画见图 3-11)，小蝌蚪误以为“大眼睛”的是母亲，于是就将金鱼当作了母亲；想着“白肚皮”的是母亲，就把螃蟹当作了母亲；认为“四条腿”的是母亲，就认为乌龟是母亲。通过小蝌蚪的错误理解，使孩子们了解自然科学，揭露作品的主题，生动地教育孩子们认识事物不能只看到事物的一面，不能用部分来代替整体的哲理。

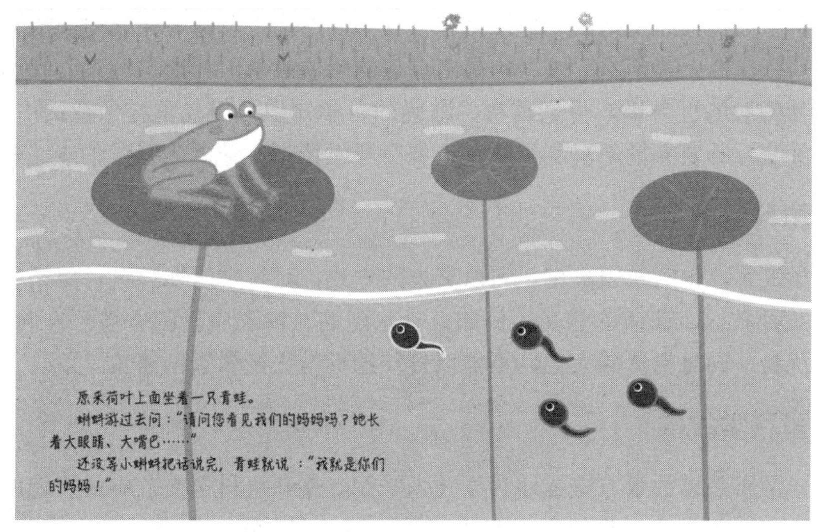

图 3-11　《小蝌蚪找妈妈》插画

(2) 趣味性。科学是一种充满乐趣的艺术，儿童科学文艺作家应该挖掘出有趣的科学素材，并用生动的文字来描写。例如，科学作家叶永烈，在《奇怪的病号》中描写了一位“来历不明的患者”潜入“益虫医院”，经过一番波折，最终被一位医生发现的故事。

儿童科学文艺作品既要有教育性，又要有趣味性。举例来说，法国科学家法布尔的作品《昆虫记》在全世界享有盛名，作品中蝴蝶、蝉、黄蜂等小型生物都表现出与人类相同的特征，昆虫世界成为人类获取知识、趣味与美感的天地。

三、儿童科学文艺的类型

儿童科学文艺是一种特殊的儿童文学体裁，它能与其他儿童文学体裁融合，形成了各式各样的类型，常见的儿童科学文艺类型有以下几种。

(一)儿童科学诗歌

儿童科学诗歌是一种用优美的诗句描述科学内容、用充满情感的意境表达科学知识的儿童文学体裁，它的特征是将科学知识与诗歌相结合。儿童科学诗歌应遵循儿童诗歌创作的普遍规律，内容应诗情画意、意境优美、语言简洁、讲究节奏、朗朗上口，能让孩子获得艺术的愉悦。同时，要以生动的方式叙述科学知识，引导孩子们进入绚烂多彩的科学世界，从而让孩子获得丰富的科学知识。优秀的儿童科学诗歌情理并茂，具有科学情趣，能陶冶情操，提高审美意识，是值得提倡和发展的儿童科学文艺类型。

(二)儿童科学童话

儿童科学童话，也叫知识童话或自然童话，是一种以童话的方式向人们展示科学知识的儿童文学体裁。儿童科学童话的主要读者为学前的儿童，其特征是将科学内涵与童话构思相结合，将知识的阐释与虚构的故事相融合；具有科学知识内容丰富和情节结构简单明了的特点；运用丰富的幻想，拟人化的手法，使科学知识得到普及。

儿童科学童话是按照童话的创作法则来设计的，不是简单地将科学内容填充到童话中，而是要运用夸张、拟人等艺术手法，构思出有趣的想象故事，营造出动人心魄的童话氛围，让孩子们在梦幻般的世界里，得到真实、准确的科学知识。但儿童科学童话中的幻想、夸张、拟人等手法，既要立足于真实生活，也要有科学依据，还要为科学的表达服务。

(三)儿童科学寓言

儿童科学寓言，也叫知识寓言，它以寓言的方式，对科学的知识进行概括和生动描述，从而传达出某种教导、训诫的意义。例如，叶永烈的《钟表店里的争吵》，向读者展示了电子手表的优势，同时也提醒人们，不能以传统的标准去衡量新的事物。

(四)儿童科学故事

儿童科学故事是以故事方式描述科学技术知识，是儿童科学文艺中最普遍的一种体裁。儿童科学故事把科学技术知识描写得有头有尾，不仅有人物、情节、趣味性，而且内容丰富，长短不一，文体生动活泼。

孩子的天性就是喜欢听故事，科学故事内容五花八门，包括科学发现、发明、发展、自然现象、动植物生活习性、科学史等，篇幅可长可短，形式自由。例如，萧建亨的《影子的故事》，讲述了如何利用影子来确定时间、判断历史事件发生的时间、测量月亮、制造现代化精密仪器部件，十分新颖动人。

(五)儿童科幻小说

儿童科幻小说是以小说形式展望科学发展远景，以及人们对探索大自然奥秘的渴望，通过科学理论来说明小说中虚构事物存在的合理性，并对其未来的发展进行预测和设想。

(六)儿童科学小品

儿童科学小品，也叫知识小品或自然小品，主要描写科学知识的某一方面，内容精练，结构自由，篇幅短小。儿童科学小品是儿童科学文艺作品中数量最多、最普遍的一种，其特点有以下几方面。

(1) 主题广泛。儿童科学小品的主题范围很广，能在一定程度上反映自然科学、社会科学及其他科学的内容；对科学的思考方式、科学与社会生活的联系进行了论述。例如，顾均正的《北京来到了我的面前》，以火车到站、去车站接朋友等日常事件为开头，以两位老友的精彩讨论为主线，深入阐述了物理学中的重要科学理论——相对论。

(2) 创意新颖。儿童科学小品中没有虚构成分、曲折情节、人物形象描写，它的独特之处就在于题材新颖、思想巧妙。例如，高士其的《灰尘的旅行》一书，通过捕捉空气中尘埃的流动和其与人之间的联系，使读者产生一种焕然一新的感觉。

(3) 文辞优美。儿童科学小品以小见大，大多是千字文，优美的辞藻、精妙的语言是必不可少的。例如，高士其的《细菌是怎样发现的？》仅有1200多字，却生动地描述了荷兰看门工人发现细菌的故事。

总之，儿童科学小品短小精悍，能及时、快速反映新事物、新思想、新动态，被称为科学文学的轻骑兵。其受众范围不局限于儿童，有不少此类作品也可供成人阅读。

(七)儿童科学相声

儿童科学相声以传统相声为载体，以幽默诙谐的语言普及科学知识，是一种新颖独特的艺术形式。它的特点是通过一逗一捧的对话手法，巧妙揭露科学知识内涵，达到了知识性和娱乐性的统一。

儿童科学相声可以供孩子们欣赏，也可以让他们一起表演。通过演出，更能体现出作品的视觉效果和感染力。例如，《1加1等于几》用相声的方式，从不同的角度，对“1加1”这一简单的数学问题进行了分析，对二进制中“1加1等于10”“一群羊和一群羊合起来还是一群羊”进行了生动的诠释，既能让知识变得更加有趣，又能启发孩子们进行发散性的思考。

(八)儿童科学谜语

儿童科学谜语指谜底是某科学现象、科学器械、科研成果的谜语。儿童通过思考、推理和猜想，加深对科学现象、科技仪器的使用、研究结果影响的认识，从而获得多方面的知识、对事物的判断能力和学习的兴趣。儿童科学谜语具有知识性、形象性、逻辑性和启发性并存的特点。例如，谜题“有个红公公，天亮就出工，一天不出来，下雨或刮风。”谜底是太阳，让儿童了解了太阳的外表形态和作用。又如，谜题“一座军营百个兵，列好队伍等命令，一旦需要就出去，牺牲自己换光明。”谜底是火柴，让儿童了解到火柴的作用。

(九)儿童科教电影

儿童科教电影是一种“有声有色”的科学艺术形式。改编自《十万个为什么》的《知识老人》最具影响力，获得了“百花奖”最佳儿童科教片奖。另外一部作品《一支铅笔》，它用生动的故事讲述了每一支铅笔的来之不易，并教导小观众如何爱护铅笔。

四、儿童科学文艺的作用

儿童科学文艺对儿童有培养与教育的重要作用，具体体现在以下几个方面。

(一)增长科学知识

儿童科学文艺体裁的内容涵盖了科学的各个领域，通过与孩子们阅读兴趣相契合的表现形式，将各种科学知识呈现给孩子们，让他们在轻松愉快的阅读中，获得更多的知识。例如，苏联儿童作家维·比安基的《雪地里的吃奶娃娃》，通过科普兔子的习性，让孩子们在轻松、温暖的阅读中，了解兔子的生活习惯，感受母爱的伟大。

(二)培养科学兴趣

儿童科学文艺作品将科学知识的描述变得生动有趣，它不仅可以满足孩子们对科学的好奇心、培养他们的求知欲，又可以把少年儿童的好奇心和幻想引导到爱好科学、学好科学、探索科学的道路上。兴趣是最好的教师，在科学和艺术的正确指导下，孩子们可以不断积累、发现和探索。

(三)开发儿童潜能

儿童科学文艺包含的科学知识、原理、应用范围、发展方向等都建立在科学理论和基础上，具有科学的智慧。通过阅读和欣赏这些作品，孩子们可以获得丰富的科学知识，进而促进他们的想象力发展，激发他们的求知欲、探索精神和创造力。

第十一节　儿童影视文学

案例 3-11

《家有儿女》(剧照见图 3-12)，是由林丛执导的儿童系列情景喜剧，荣获第 26 届电视剧飞天奖少儿电视剧一等奖、“五个一工程”优秀电视剧奖，第 7 届金鹰节最佳少儿电视剧奖。

图 3-12　《家有儿女》剧照

剧中采用重组家庭作为故事展开的背景。父亲夏东海和母亲刘梅都富有爱心，关心孩子的成长，期望“整合”两人的爱心和智慧，培养出快乐生活的下一代，而夏雪、刘星、夏雨姐弟三人有着迥然不同的个性和爱好。生活在同一屋檐下的这一家五口，由于性格各异、习惯不同，孩子和父母之间、孩子们之间、父亲和母亲之间，难免有争执和冲突。再加上他们的爷爷、姥姥、生父、生母时常介入，更是“你方唱罢我登场”，热闹非凡、妙趣横生。在形式风格上，该剧喜剧色彩浓郁，人物语言幽默诙谐，富有个性，剧情让人忍俊不禁，体现了家庭温馨、和睦的主题。

(资料来源：本书作者整理编写)

电影与电视的制作方式虽有差异，但两者的创作方式却有相同之处，因此常将两者合称为“影视”。影视文学也具有独立的阅读价值。

儿童影视文学是指为拍摄儿童影视作品而创作的剧本，它是儿童影视创作的文学基础，也是导演再创作的依据。儿童影视文学既是一种影视艺术类型，也是一种儿童文学体裁。

一、儿童影视文学的特征

儿童影视作品中的直观、逼真的屏幕图像，都是根据剧本中的文字语言拍摄而来的。因此，优秀的儿童影视必须有优秀的儿童影视文学作为支撑。总体而言，儿童影视文学应该具备以下特征。

(一)主题明朗集中，有教育性

儿童影视文学的题材大多明快、集中，能满足儿童的审美水平；同时，由于儿童影视作品的主要目的在于教育孩子，因此儿童影视文学在教育方面的要求也比较突出。例如，《鸡毛信》歌颂了儿童团团长海娃的勇敢、机智、不畏困难、乐观向上的品质；《小铃铛》是一部教育孩子拾金不昧的故事。这些儿童影视作品主题简单明了，容易被小观众所接受。

(二)结构线索单纯，富有悬念

儿童影视文学的结构简单，其主要矛盾的发展与化解应当突出，而儿童的理解、接受能力有限，不宜采用过多的含蓄、影射等手段。因此，儿童影视文学必须具有一定的悬念性，让小观众们时刻关注人物的命运起伏。例如，伊朗影片《小鞋子》的故事情节，就非常符合孩子们的审美心理。故事的主线也很简单，围绕着一双小鞋子展开，形成“修鞋丢鞋—兄弟换鞋上学—发现小鞋子无法要回—参加越野赛”这样完整而有序的情节线索，但作品也不是平铺直叙地展开，而是设置了许多悬念：妹妹的鞋丢了怎么办？万一被人看到了，那可如何是好？在越野比赛中能获得一双鞋子吗？种种悬念使得故事的发展一波三折，让观众着迷。

(三)故事曲折新奇，重视开头

儿童影视文学中的故事情节要新颖、曲折，以满足儿童的审美需求。要引起儿童的兴趣，就必须有一种新奇的感觉。例如，美国电影《小鬼当家》，其故事情节奇特，吸引了一大批年轻观众。这部电影围绕 8 岁男孩智斗两名匪徒的主题展开，通过大胆的夸张和奇异的想象力，创造了一个超越现实、战胜敌人、创造奇迹的小英雄形象，这与儿童对英雄的崇拜、幻想自己无所不能的心理相吻合。

另外，在故事设定方面，儿童影视文学非常注重开头的设定，通常采取直截了当的方式，如《小鞋子》一开始，就有一双老手在缝补一双童鞋。当镜头定格在那只鞋上的时候，所有人都开始猜测，这是一双什么样的鞋。而在结尾处，则采取了一种“大团圆”的形式，既能满足孩子们的审美需求，又能满足孩子们的审美期待。

(四)人物个性鲜明，动作性强

儿童影视文学所塑造的人物形象，具有鲜明的性格特征。例如，在《小兵张嘎》中，张嘎经常很认真地向孩子们讲述八路军游击队的故事，但张嘎惹了麻烦后会耍赖，耍赖不成会堵别人的烟囱，然后见别人咳嗽他还当着所有人的面哈哈大笑，虽然这只是一个描写小孩子的恶作剧情节，但是张嘎鲜明的性格就这样被塑造出来。因为孩子生性活泼，所以在塑造角色时，不能过于死板地去刻画人物的内心世界，而是要着重刻画角色外表和性格。

(五)感情基调明快，有趣味性

儿童生性活泼，沉闷、呆板、忧郁的氛围和情感与其本性不符。因此，要使儿童影视文学符合儿童的审美心理，必须使之具有鲜明的格调、轻松幽默的语言。儿童影视作品的趣味性通常以幽默、夸张、诙谐、反转等艺术手法表现出来的，但不论采用哪一种手法，其最终目的都是为了张扬童心。在美学追求上，也要使作品与孩子的审美趣味协调一致。例如，日本动画片《樱桃小丸子》，从孩子的角度去观察日常小事，轻松自然，洋溢着孩子的天真童趣。

二、儿童影视作品的类型

儿童影视文学是为拍摄儿童影片而创作的剧本，剧本的类型决定了影视作品的类型。因此，根据儿童影视文学的类型，大体上可以将儿童影视作品分成以下三类。

(一)儿童故事片

儿童故事片是指以儿童为对象，以各种形式展现儿童生活的影片。此类儿童影视作品既能充分反映儿童的不同年龄段的心理特点，又能满足儿童的审美趣味和理解能力，可以促进儿童的身心发展。

根据所反映的年代，可以将其分为儿童历史片和儿童现代片。儿童历史片以历史故事为主题，如《鸡毛信》等；儿童现代片以当代儿童的生活为主题，塑造具有时代气息的儿童形象，表现出一定的时代特征，比如《背起爸爸上学》等。

根据风格样式，可将其分为儿童喜剧片和儿童惊险片。儿童喜剧片以制造笑声效果为特色，如《宝葫芦的秘密》；儿童惊险片如《小鬼当家》《警门虎子》等，反映儿童在非正常的环境中体验到的种种真实或虚构的危险经历。

根据表现的内容，可将其分为儿童生活片、儿童童话片和儿童科幻片。儿童生活片主要从真实的角度出发，描写儿童的日常生活，如《我的九月》；儿童童话片通过想象营造童话情景和意象，曲折反映生活真相，使儿童在获得快乐的同时得到启发，如《精灵鼠小弟》；儿童科幻片根据目前所了解的科学原则和科学成果，想象未来世界的情景，如《外星人》《珊瑚岛上的死光》等。

(二)儿童电视剧

儿童电视剧是一种以电视为载体，符合儿童审美情趣的影视作品类型。按照剧本的长度，可将其分为以下三类。

(1) 儿童单本剧。儿童单本剧由一个完整的故事或情节构成，并且一次就可以演完，相当于儿童文学作品中的短篇小说，或者戏剧作品中的独幕剧。此类儿童题材的电视剧通常构思巧妙、情节简洁，故事常以小见大。按照我国国家广播电视总局的规定，3 集以内的电视剧都是单本剧，如《三个和尚》《鹬蚌相争》等。

(2) 儿童连续剧。儿童连续剧是指人物情节连贯，以分段形式播出的儿童系列电视剧。通常情况下，超过 3 集的都是一部连续剧，它的特征是整个故事是完整的整体，前一集是下一集的铺垫，下一集承接上一集。例如，由郑春华的《紫罗兰幼儿园》改编的《跑跑的天地》以及 52 集的儿童连续剧《哪吒传奇》等。

(3) 儿童系列剧。儿童系列剧是指以若干角色为主线，但情节不连续的儿童电视连续剧。此类儿童戏剧中的角色通常都是定型的，他们在不同的环境中演绎着不同的故事，通过角色的人格魅力和整个戏剧的风格来吸引观众。例如，《天线宝宝》《家有儿女》等。

(三)美术片

美术片是一类以多种艺术手法塑造人物、展示环境、表现故事情节的影视作品。这种影视作品的图像都是以胶片、录像带或数码资料的形式逐格记录下来的；影像的“动作”是虚幻的，并非真实存在。因此，美术片更多是通过虚构、夸张、象征、比喻等手法来表现生活的本质。根据所运用的美术要素，可以将其分成下列类型。

(1) 动画片。动画片又叫卡通片，是美术片中最主要、最普遍、最受儿童欢迎的影视形式。它以绘画为主要表现手法，有特定的剧情，采用逐格摄影手法，先对人物动作进行分解，再逐格连续播放形成动态的影像。如《大耳朵图图》《猫和老鼠》《喜羊羊与灰太狼》等。另外，由于 3D 绘图与加工技术的发展，3D 动画以其逼真、立体造型而深受孩子们青睐，如《熊出没》《功夫熊猫 2》等。

(2) 木偶片。木偶片是按照剧本设计制作出各种人物角色的人偶，再经过一系列的摄影或连续拍摄而成的。《神笔》《孔雀公主》《阿凡提》等作品因其具有强烈的立体感和夸张性而深受孩子们的欢迎。

(3) 水墨片。水墨片是一种以中国水墨的艺术形式，对人物和周围的空间进行造型的影视形式。水墨片采用了一种特殊的动画摄影技术，打破了传统线条构图方式，运用墨的浓淡、虚实来表现优美、诗意的故事。如《牧笛》《鹿铃》《小蝌蚪找妈妈》等。

(4) 剪纸片。剪纸片是在民间剪纸、皮影艺术的基础上发展而来的，通过平面雕刻的方式对人物、动物造型，在拍摄时将纸人放在玻璃板上，通过逐格摄影把分解的动作逐一拍摄下来。如《渔童》《金色的海螺》《猪八戒吃西瓜》等。

(5) 折纸片。折纸片以折纸的手工劳动为基础，以折纸形式表达故事情节，以简洁的情节和丰富童趣为特征，特别适合低龄儿童观看。有《聪明的鸭子》《三只狼》《小鸭呷呷》等代表作品。

三、儿童影视文学的作用

在当代，儿童影视以其独特的优势，在儿童教育中发挥着举足轻重的作用。儿童影视文学是儿童阅读的材料，其功能主要体现在以下几个方面。

(一)寓教于乐

儿童影视文学的故事曲折离奇，孩子们可以从中得到乐趣；同时，其中所包含的丰富知识和优良品德，可以让孩子们在潜移默化中接受教育。儿童影视作品实现了教育性与娱乐性的完美结合，因此具有教育性和娱乐性的双重属性。

(二)发展儿童智力

儿童影视文学中蕴藏着丰富的知识和信息，能够让孩子们学到在家庭、幼儿园里难以接触到的知识。在阅读儿童影视文学的过程中，孩子的表达能力、写作能力、想象力、创造力等都会得到极大的提升。

(三)启发儿童审美

儿童影视文学中的人物形象生动、感人，这能够让儿童感受到人物的情感变化，获得极大的精神享受和审美愉悦，这对他们的审美能力的发展、审美水平的提升起到了不可估量的作用。

本 章 小 结

1. 儿歌是以低幼儿童为主要接受对象的具有民歌风味的简短诗歌。

2. 儿童诗是指以儿童为主体接受对象，适合儿童欣赏、阅读和朗诵的诗歌。

3. 童话是指符合儿童想象方式的、富有幻想性的奇妙故事。

4. 寓言是含有讽喻意义的简短故事。世界上的三大寓言发祥地分别是中国、古希腊和古印度。

5. 儿童故事是指内容单纯、篇幅短小、情节生动有趣且完整连贯、适合儿童接受能力和欣赏能力的叙事性文学体裁。

6. 儿童小说是以儿童为主要读者对象，根据他们的理解能力、心理特点和审美水平创作，并为他们所接受的小说。

7. 图画文学是指用图画或图画与文字相结合的形式来表现内容的文学作品。

8. 儿童散文是指写给儿童并适合他们阅读的，包括写人、叙事、写景、状物、抒情、言志等，篇幅短小、文情并茂的一类文章。

9. 儿童报告文学通常运用多种艺术手法和儿童喜闻乐见的文学语言，通过动人的情节和典型的细节，迅速、及时地“报告”现实生活中儿童的所作所为，以及儿童所关注、所向往的具有典型意义的真人真事。

10. 儿童科学文艺是为了帮助和教育儿童从小爱科学、学科学、用科学，并丰富他们的科学知识，运用文艺创作的艺术手法表达科学、反映科学，将科学知识融入文学艺术中的文学作品。

11. 儿童影视文学是为拍摄儿童影视片所创作的文学剧本，它是儿童影视创作的文学基础，也是导演创作的依据。

思考与练习

1. 结合本章介绍的一些儿童文学作品，讨论不同文学体裁的特征和作用。
2. 根据本章介绍的不同儿童文学体裁，查找、并搜集一些相应的优秀儿童文学作品。
3. 将第 2 题中搜集的儿童文学作品反复阅读，讨论阅读儿童文学作品时应注意的方面，并重点对其中的 2～3 篇进行赏析。
4. 尝试创作一篇儿童文学作品，体裁不限。

真诚的、十分理智的友谊是人生的无价之宝。你能否对你的朋友守信不渝，永远做一个无愧于他的人，这就是你的灵魂、性格、心理以至于道德的最好的考验。

——马克思

第四章　儿 童 戏 剧

本章学习目标

- 能够理解并掌握儿童戏剧的基本概念和艺术特征。
- 理解儿童戏剧对于儿童成长与发展的作用。

重点与难点

- 了解儿童戏剧的教育价值。
- 了解儿童戏剧的艺术价值。

案例导入

《马兰花》是1955年由浙江越剧团首演的古装童话剧，由任贤璋根据任德耀原著同名童话剧移植而来，全剧共3幕10场，剧情是这样的：很久以前，马兰山在神奇的马兰花的庇护下，成为人类和动植物的快乐家园。勇敢的青年马郎搭救了上山打柴、坠入山崖的王老爹，并将一朵神奇的马兰花带回给他的女儿。懒惰的姐姐大兰看不起这朵野花，而妹妹小兰接受了马兰花并与马郎成亲。大兰十分嫉妒，恶毒的老猫唆使大兰带它潜入山林去杀害小兰，并夺走了马兰花，欲独霸马兰山。然而，马兰花永远只为勤劳善良的人们绽放，在大家齐心协力的帮助下，马郎在山林中朋友的帮助下将老猫推下悬崖，救活了小兰，马兰花重新回到善良的人们手中，马郎和小兰以及山林中的动物伙伴们又过起幸福安宁的生活。

(资料来源：本书作者整理编写)

马兰花自首演以来，作为经典剧目已经上演超2000场，中国儿童艺术剧院为庆祝建院六十周年而重排该剧，为观众打造了丰富精彩的视听盛宴。背景舞美的参天巨树、五颜六色的人物服装、精彩绝伦的歌舞，透过屏幕都能感觉到场面的艺术性。

随着时代的发展，美育和素质教育逐渐成为教育领域的重要组成部分。这其中，儿童戏剧教育承担着分量相当重的责任。儿童戏剧这门艺术具有欣赏性和教育性，孩子在观看儿童戏剧的过程中，既能体验到视听艺术的熏陶，也能在儿童戏剧中感悟到“真善美”的哲理。

第一节 儿童戏剧概述

《十二个月》.mp4

案例 4-1

《十二个月》(又译《黑暗森林》)，是根据俄罗斯童话《十二个月》改编而来的作品，原作由马尔夏科夫创作。本剧是一个神奇、有趣而充满童真的童话剧。它主要讲述了这样一个故事：不肯学习、爱发脾气的小女王异想天开，想在冬天里得到四月才开花的美丽的白玉兰。她重金聘用狠毒、愚蠢的后母和懒惰自私的二妞，逼迫可怜的大妞在狂风暴雪的深夜进大森林里采摘白玉兰。神奇的十二个月被大妞的遭遇和勤劳善良所感动，用四季的变幻和大自然的魔力惩罚了狠毒的后母和贪婪的二妞，教育了任性的小女王，讴歌了真善美和人与自然的和谐。《十二个月》给小朋友们的金色童年增添了科学的知识、美好的理想和高尚的情操。

(资料来源：本书作者整理编写)

全剧故事情节跌宕起伏，奇妙绚丽，扣人心弦，人物性格鲜明丰富。在那个远离现实的五光十色的世界里，有可恶的刁蛮小女王和狠毒的继母，还有善良的大妞以及纯洁的精灵。那里带给孩子们愤怒、怜悯、绝望和感动，还让他们感受团结、勇敢、善良和友谊的光辉。可以说，这是一部不折不扣的完美童话，它要展现的，是童话的最初力量。

儿童戏剧是以儿童为接受对象，集文学、舞蹈、音乐、美术造型、灯光、服装等多种形式于一体的综合舞台艺术。儿童戏剧文学是一种专门为儿童戏剧表演而创作的剧本，也就是儿童戏剧的脚本。它是儿童戏剧中的一种文学元素，同时也是一种重要的形式，它不仅为舞台表演提供了剧本，而且也深受孩子们的喜爱。

儿童戏剧文学的艺术特征

儿童戏剧文学具有艺术文学与戏剧的双重价值，它不仅服务于戏剧表演，同时也要体现其艺术特征。

(一)主题鲜明，体现时代精神

儿童戏剧文学的思想内涵与儿童的接受特征是一致的，其题材与儿童的理解力、审美情趣相吻合。因此，儿童戏剧文学的观念和主题相对鲜明、浅显，容易被儿童所理解和接受，有利于其健康成长。儿童戏剧文学是通过对孩子的生活的描写，歌颂真善美，或者对孩子存在的缺陷进行善意的批判，从而使孩子们能够认清错误，辨别是非。

儿童戏剧文学在儿童趣味中融入了主题意蕴，通过表现儿童的情趣体现主题。当然，儿童的情趣应该是来自孩子的自然本性，是隐藏在孩子的日常生活中的童心和稚气的真实反映，因此，不能用单纯的玩耍、做鬼脸等方式来代替。

同时，儿童的身体和心理都发育得很快，他们对新鲜的东西很感兴趣。儿童戏剧作品要想引起儿童的注意，必须反映出儿童的所思所想，要有鲜明的时代气息。例如，《宝贝儿》(剧照见图 4-1)，讲述了两个孩子，通过训练一条名为“宝贝儿”的小狗，来帮助一位失明的老人的故事，展现了晚辈对长辈的关爱。作者巧妙地将成年人的角度和儿童的角度结合起来，站在成人的思维高度，使儿童的语言、行为、心理、审美等方面达到了一个全新的层次，以艺术的方式指导儿童的健康成长，该剧主题鲜明、浅显，反映了时代的精神。

图 4-1　儿童剧《宝贝儿》剧照

(二)人物生动，个性特征鲜明

儿童戏剧文学着重于通过戏剧语言在冲突中塑造具有鲜明性格的角色，具体来说有以下几个方面。

(1)　塑造儿童喜欢的新奇人物。孩子的好奇心是天生的，他们渴望刺激、奇特、冒险的体验。他们崇拜那些具有超能力和传奇色彩的角色。因而，孩子们十分喜爱在戏剧作品中见到个性鲜明、新颖的角色。儿童戏剧作品中的人物形象常常是孩子们所熟知又独一无二的，具有某种夸张性和独特性。

(2)　充分借助戏剧冲突塑造人物。儿童戏剧文学中人物的性格往往伴随着故事发展，在戏剧的矛盾中逐渐形成。儿童戏剧文学往往会把人物置于激烈的矛盾中，以突出人物的个性。

(3)　用准确的语言塑造人物。准确的语言是塑造角色的有力工具。老舍认为，在塑造一个角色时，作家的眼睛要一直盯着书里的角色，在合适的时候，要让角色说话。他认为，对话是人物性格最好的说明书。儿童戏剧中的角色性格特征往往是由具有鲜明个性的语言来表现的。例如，由王正导演的大型儿童剧《喜哥》，讲述了喜哥在日本入侵中国期间与双亲失散，流浪街头，后来遇见母亲，欣喜之余，发觉母亲已改嫁，过着奢侈的生活，她不想再待在母亲的生活环境里，最后难过离去的故事，但作品中的喜哥并未捂脸痛哭，反而放声大笑，鞠躬高呼：“再见了，老爷！再见，太太……”这一对话展现出了喜哥的固执性格，她发泄了长期积郁的痛苦，她的笑声甚至比哭泣还要刺耳。

(三)结构单纯，剧情展开迅速

儿童对事物维持注意力的时间较短，这一特征决定了在儿童的戏剧作品中，情节的编排要与儿童的审美习惯、接受能力相适应，具体表现在以下几个方面。

(1) 结构要单纯。儿童戏剧作品的主要内容只反映一个核心事件，其故事情节推进、人物性格发展、矛盾冲突的展开都以这个核心事件为中心。具体来讲，在戏剧开始阶段，就要表现出最强烈的矛盾；在中间部分，揭示了矛盾的成因，并找到了相应的解决办法；在结局时，为了解开谜底，为了化解矛盾，几乎不会出现什么复杂的角色关系和故事情节。

(2) 戏剧冲突要迅速展开。儿童戏剧的前奏通常不会很长，一开头就是矛盾的冲突，然后戏剧情节迅速展开，这样可以很快地吸引孩子们的注意力。

(3) 情节生动，故事性强。情节不鲜明、复杂、缺乏儿童情趣的戏剧，儿童会感到乏味、不喜欢。成功的儿童戏剧应当具有让孩子们能够理解和喜爱的故事。例如，由容曜导演的儿童独幕剧《妈妈在你身边》，讲述了一个小男孩被抓，一个小女孩去救他的故事。整个剧本就只有这么一条线，简单明了，从男孩数次差点被抓住，到女孩随机应变化解危机，矛盾冲突一个接一个，让故事发展得有详有略，故事性很强。

(四)语言浅显，富有儿童情趣

儿童戏剧文学的语言要适应舞台表演，其语言要通俗易懂、声调洪亮，舞台提示语要简练。同时，儿童戏剧文学在语言上要与儿童的接受能力相匹配，避免大篇幅的抒情、叙事、独白，语言要生动活泼，富有儿童情趣，可以表现儿童的个性、年龄特征、爱好、生活习惯。运用动态化的语言来表现人物的心理活动、人物的经历以及人物的矛盾。例如，柯岩的《小熊拔牙》(剧照见图 4-2)，是一部充满童趣的童话剧，讲述了小熊喜欢吃糖，不爱刷牙，牙齿痛到需要人帮忙拔牙的故事。整个剧中的角色语言与童谣的口音特征一致，具有一定的节奏感。戏剧一开头，熊妈妈和小熊的对话是这样的：

《小熊拔牙》.mp4

妈妈：我是小熊妈妈；

小熊：我是小熊娃娃；

妈妈：我长得又高又胖；

小熊：我就像我妈妈。

图 4-2　儿童剧《小熊拔牙》剧照

熊妈妈和小熊的对话，都是用生动的儿童语言来创作的，简单明了，很有个性，很有运动感，很符合小熊调皮、任性、但也很活泼的性格。

第二节　儿童戏剧的类型

案例 4-2

童话剧《小熊刷牙(节选)》

妈妈：我是小熊妈妈，

小熊：我是小熊娃娃。

妈妈：我长得又高又胖，

小熊：我就像我妈妈。

妈妈：妈妈要去上班，

小熊：小熊在家玩耍。

妈妈：不对，你要先洗洗脸……

小熊：嗯、嗯……好吧，洗一下，

妈妈：不对，你还要刷牙……

小熊：嗯、嗯……好吧，刷一下，

妈妈：不对，要好好地刷，还有……

小熊：还有，还有……什么也没有啦！

妈妈：不对，想想吧！……不自己拿饼干，……不自己拿……

小熊：好啦，好啦，都知道啦……不自己拿饼干，不自己吃甜瓜，不许抓糖球，还不许打架。(小熊用脑袋把妈妈往门口顶，妈妈疼爱地戳一下他的额头，出去了。)

小熊：(唱)妈妈上班了，啦啦啦。现在我当家，啦啦啦。先唱个小熊歌:一二三四，哇哇呀呀，哈！再跳个小熊舞：五四三二。蹦蹦蹦蹦，哒！哎呀，答应过妈妈洗脸呀。先洗洗小熊眼，再擦擦熊嘴巴，熊鼻子抹一抹，熊耳朵拉两拉，熊头发梳三下，嗯，就不爱刷牙。那就不刷牙。

(资料来源：本书作者整理编写)

儿童戏剧《小熊刷牙》，结构主线单纯、层次清晰、音韵和谐、形象生动、语言通俗流畅，属于儿童戏剧中的童话剧。但是除了童话剧外，儿童戏剧还包含许多其他体裁。

儿童戏剧文学有多种不同类型，根据容量、场次等不同，可将其划分为独幕剧、多幕剧和活报剧(不设幕，以简单的戏剧形式报道目前发生的重大事件)；根据艺术表现方式的不同，可以分为儿童话剧、儿童歌舞剧、儿童木偶剧、儿童皮影剧、儿童诗剧、儿童哑剧等；根据题材内容的不同，可以分为儿童现代剧、儿童历史剧、儿童神话剧、儿童童话剧、儿童民间故事剧等。按照演出条件的不同，可分为儿童舞台剧、儿童街头剧、儿童广播剧、儿童学校剧、儿童课本剧等，本节主要介绍常见的几种类型。

(一)儿童话剧

儿童话剧是儿童戏剧中的一种，它的主要表现手段是动作与对话。它以通俗易懂且规范化的语言进行创作，既真实又生动，是常见的一种儿童戏剧类型。例如，刘厚明的《小雁齐飞》，任德耀的《宋庆龄和孩子们》等。

(二)儿童歌舞剧

儿童歌舞剧是一种综合音乐、诗歌、舞蹈等艺术形式的儿童戏剧，以歌唱和舞蹈为主要表现手段。其情节主要是由表演者的演唱、舞蹈动作和音乐曲调的编排来表现，反映生活，因此必须使歌唱、舞蹈、音乐达到高度协调，使之富有感染力。总体上讲，儿童歌舞剧强调音乐性、动作性、整体性，但在具体的戏剧中，或以歌唱为主，或歌舞并重，或配以诗歌朗诵和旁白。例如，黎锦晖的《小小画家》、乔羽的《果园姐妹》、赖俊熙的《春天是谁画的》、赵纪鑫的《草原英雄小姐妹》(剧照见图 4-3)。

图 4-3　儿童歌舞剧《草原英雄小姐妹》剧照

(三)儿童戏曲

儿童戏曲是利用当地的曲调、唱腔，通过剧中人物的道白和歌唱以及富有民族特色的舞蹈动作来表现故事情节的儿童戏剧，主要是以儿童、动物为主角。例如，闽剧《红色少年》、京剧《赖宁》、蒲剧《岳云》等。

(四)儿童木偶剧

儿童木偶剧是一门以特殊的木偶形式来表现故事的艺术，在这种戏剧中，必须对木偶的造型、操纵方式、配乐等进行特别的介绍和说明。整部剧内容简短精良、人物对话简洁、线索清晰、情节紧凑。表演时，演员们在后台操作着木偶，伴随着对话和伴奏的音乐进行表演。根据其形态及操作技巧的差异，儿童木偶剧可分为布袋木偶、提线木偶、杖头木偶等不同的形式。例如，沈慕垠的《老公公种红薯》等，以其可爱的形象和生动的表现手法，成为孩子们喜欢的木偶剧。

(五)儿童童话剧

儿童童话剧是一种以童话为主题的儿童戏剧，它通过想象的手法，创造童话人物和童话世界，曲折地表现儿童的生活。这种戏剧的表现形式多种多样，主角可以是真实的人物，也可以是具有特殊能力的动物、植物等。在舞美设计上注意色彩、光线、烟火及其他特技装置的运用。剧本的内容，既富有象征意义，又富有寓言性。例如，齐铁雄的《寒号鸟》批评了那些不爱劳动、贪图享乐、忘恩负义的人；王纪厚和刘喜廷共同创作的《人参娃娃》歌颂了一种舍己为人、勇于自我牺牲的精神。

(六)儿童广播剧

儿童广播剧运用广播的形式，结合语言、音乐等多种表现手段，塑造人物形象，展示情节。语言是最重要的表达方式，因此剧本对人物语言和叙述语言有着严格的要求。语言应具有鲜明的个性、真实感、音乐感。音乐的功能是与语言和谐结合，烘托氛围，激发孩子想象力。由于儿童广播剧最终面向儿童的听觉，不受舞台或时间制约，在内容和表达方式上，比任何儿童文学作品更自由、更具弹性。它的受众广泛，无论是在城市里，还是在农村的孩子，无论识字与否，都可以成为听众。例如，青岛广播电视台的《海滨的铜铃》，讲述了小主人公艾鹏鹏以及其伙伴王娇娇在海爷爷的帮助下，将一只受伤的海鸥带回了大海的故事。故事曲折、笔法生动，通过抒情、新奇等手法，展现了新时期少年儿童的风采。

(七)儿童学校剧

儿童学校剧也被称为“戏剧游戏”，能快速反映校园生活，表达儿童情感和观念，具有“寓教于乐”的特点。儿童学校剧可与小学语文教学结合，老师选取故事性较强和人物形象鲜明的作品，进行简单改编，让学生回答、对话、设计动作和在课堂上表演。这种立体化、形象化的表现形式，可以活跃课堂的氛围，激发儿童对其的兴趣。同时，也可以将儿童学校剧作为第二课堂的一部分，来丰富和充实学生的课外生活，促进校园文化娱乐活动，促进学生全面发展。例如，中国福利会儿童时代社编的《半个队员》描述了一位学习成绩优异，却不喜欢做家务活的小强，在与妹妹小芳玩了一个扮演机器人游戏后，改变对做家务态度的故事。这类戏剧虽短，却因为描写孩子们的真实感受，而充满了时代的气息和生命的活力，真实而又亲切，而且表演也很简单，不需要化妆，不需要任何的道具，也不需要任何的设备，可以自由地活动，适合孩子们欣赏和参与。

第三节　儿童戏剧的作用

《丑小鸭》.mp4

案例 4-3

一部优秀的儿童戏剧，会滋润千千万万小观众的心田，伴随他们健康成长。安徒生的经典童话《丑小鸭》，被认为是安徒生自传体童话。它讲述了丑小鸭经过不懈的努力拼搏，最后变成白天鹅的故事，让孩子在阅读的快乐中学会坚强和勇敢。为了设计出更受小朋友喜欢的儿童剧卡通形象，北京丑小鸭剧团股份有限公司丑小鸭设计组人员以小朋友、家长、老师的意见为主要参考，塑造出了一个既可怜又坚强可爱的丑小鸭动漫形象。在丑小鸭儿童剧的演出现场，孩子们揪着心，有些孩子担心丑小鸭找不到妈妈，还有孩子拽着妈妈的手兴奋地说："是我救了丑小鸭！"故事积极向上，无形中感动着孩子和家长。它也教会孩子在生活中、学习中遇到挫折和痛苦是不可避免的，只有坚强地面对，才会实现自己心中的梦想！

(资料来源：本书作者整理编写)

孩子们在观看这部儿童戏剧的过程中，会潜意识地产生对丑小鸭成长经历的同情和理解，这部儿童剧通过这种移情作用，使他们在生活中学会尊重和包容，培养孩子在"黑暗中看到光明"的自信心和技巧，对他们的心理健康有着正向的激励和潜移默化的影响。

儿童戏剧是一种综合性的艺术形式，它能让孩子们更好地了解剧情和故事发展，拓展他们的思想和想象力。它所起到的作用有以下几个方面。

(1) 在道德情感层面，儿童戏剧指导孩子辨别是非。孩子们天真，心地善良，有很好的学习能力和可塑性。作为一种具有说服力的综合艺术，儿童戏剧既能符合儿童的生活经验，又能满足儿童的审美需求，说服力也非常强；儿童的成长主要来自模仿，而儿童戏剧则给他们提供了一个学习的目标和模仿的对象，不管他们喜欢扮演好人还是坏人，都有助于他们正确地认识、理解和判断人生、事物、道德和行为，从而明辨是非，辨别善恶。

(2) 在娱乐游戏方面，儿童戏剧给孩子带来愉悦的感觉。孩子们的娱乐方式之一就是游戏，儿童戏剧也是一种游戏形式。这种游戏与教学活动相结合。在儿童戏剧作品的指引下，孩子们能够亲身经历不同人物的语言行为、处境，犹如在"过家家"。同时，儿童戏剧既能表现自然、社会生活中的美好事物，又能在艺术作品中呈现出美丽的形象，又能运用艺术语言进行如音乐与美术等的综合艺术活动，这一切都能促进孩子的审美的发展。

(3) 在发展智力方面，儿童戏剧培养儿童的多种能力。儿童戏剧让儿童自然而然地学习到一定的自然和社会知识，培养他们的文字表达能力、记忆力、想象力、组织协调能力。儿童戏剧中的对话都是经过精心设计和安排的，用词、组句和修辞都精练准确，孩子们能从中学到对话的方式、态度、语气和情绪的表现，从而更好地理解和表达自己的语言。儿童戏剧还可以协助教育，如排演戏剧、布置场景等，能激发儿童创作的积极性，让他们在生动有趣的活动中，自然而然地学习到知识，锻炼动手、动脑能力，提高记忆力、想象力等。在智力教育中，儿童戏剧可以培养孩子的创造性，增强自信心，使他们的思维更灵活，反应更敏捷，并培养他们的演讲能力。

另外，儿童戏剧一经演出，便形成一种团体行为，为儿童提供了学习合作、尊重他人、与人相处、组织协调等的机会。

第四节　儿童戏剧教育

案例 4-4

2022 年 4 月，中华人民共和国教育部正式发布《义务教育艺术课程方案和课程标准(2022 年版)》，将"音乐、美术、舞蹈、戏剧、影视"正式纳入课程标准，凸显了国家对"以美育人"教育理念的重视。在戏剧这一门类中，儿童戏剧具有体验性、启发性、趣味性、游戏性等特征，是既能体现“美育特点”又能传递“美育精神”的艺术形式。

如何在中小学开展普及性的儿童戏剧教育？如何发挥社会组织的作用，助力学校培养更多合格的儿童戏剧师资？中国儿童文学研究会联合中央文化和旅游管理干部学院，在线上举办第十六期儿童戏剧教育教师培训班，邀请戏剧界、教育界的专家学者，为来自全国各地的 200 多位学员授课，授课内容包括戏剧教育、儿童剧创作、儿童剧演出项目管理、戏剧表演等。

（资料来源：本书作者整理编写）

在艺术教育越发受到重视的今天，2022 年版的《义务教育艺术课程方案和课程标准》将戏剧教育纳入其中，对儿童戏剧在义务教育中的目标与要求更加清晰明确，使学生开始能够接受到更加专业和科学的艺术教育。然而，儿童戏剧的蓬勃发展并非一蹴而就，在戏剧发展的历史中，儿童剧经历了一个逐步发展的过程。

一、中国内地儿童戏剧教育发展的概况及发展趋势

1912 年，蔡元培出任教育部总长时，主张在普通与专门两司之外，成立“社会教育司”，将戏剧视为一种推行大众教育的强有力且有效的办法，并将其归入教育管理范畴。后来，艺术教育迅速地走进了中小学，但是它的教学内容长期被限定在了音乐与美术上。

1947 年，宋庆龄创建中国福利会儿童剧场。她提到，儿童是国家未来的主人，通过戏剧培养下一代，提高他们的素质，给予他们娱乐，点燃他们的想象力，是最有意义的。但是，改革开放后二十多年里，由于社会生产力的限制，戏剧并未被视为与音乐、美术同等重要的必修课。

2001 年出台的《全日制义务教育艺术课程标准(实验稿)》，第一次把戏剧归为综合性艺术课程，并提出：“基础教育阶段的艺术课程日益走向综合，不仅音乐和美术开始交叉融合，戏剧、舞蹈、影视等也进入艺术课堂。”但是，直到今天，我国广大中小学中，仍然很少能看到“戏剧课”的身影。

虽然许多中小学教师都会使用戏剧教学，但与国外蓬勃发展的戏剧教育仍有差距，并未汲取到太多宝贵的经验。1995 年，李婴宁作为代表，出席了“国际教育剧场联合会”的第二次大会，回到家乡后，她致力于推动教学剧场的发展，包括在社区、学校进行小型的教学剧场演出，并从英国、澳大利亚、挪威等地引入戏剧教育方面的专业人士，在全国举办讲座或研讨会等。直到 2000 年之后，戏剧教育才开始出现在大众的视野中，而且在近些年里更是呈现出一种流行的态势。自 2002 年起，上海浦东华林小学进行了戏剧教学的试验，初步形成了一种较为完善的“戏剧 3+3”教学模式，并取得了良好的效果，2004 年起，由杭州师范大学黄爱华博士率领的研究组以杭州师范大学、杭州市大关小学、杭州市外国语学校等为重点基地，进行了中小学戏剧教学的试验，并于 2008 年发表了一篇名为《探索与实践：新课程改革背景下的戏剧教育》的文章，拉开了教育戏剧发展的新篇章。在学前教育方面，张金梅的《幼儿园戏剧综合课程研究》较为系统地探讨了在幼儿园实施综合剧场的情况。2009 年，上海剧院举办了上海市中小学教师首届教育剧场培训班，这个培训班由上海市教委主办，上海戏剧学校承办，共有 30 余名老师参加。广州戏剧教学部门在广州文

德路中学开展了30多位戏剧老师的戏剧教学活动。2010年9月，《教育戏剧的探索与实践》首次出版，主题为“教育戏剧”，由上海戏剧学院张生泉主编，系统梳理了国内有关教育戏剧的研究论文、学位论文、新闻报道等。

2012年1月，教育部为贯彻落实《国家中长期教育改革和发展规划纲要(2010—2020年)》，适应新时期全面实施素质教育的要求，颁布了《义务教育艺术课程标准(2011年版)》，并于2012年秋季开始执行。这对中国的儿童戏剧教育具有重要意义。新的艺术教育大纲中，艺术专业的教学内容包括音乐、美术、戏剧、舞蹈、影视等。九年义务教育阶段，第一学段(1～2年级)的学生活动建议是在观看了儿童剧、戏剧小品、卡通电影后，体验和模拟演员的语言、动作、表情、声音等艺术表达方式。第二学段(3～6年级)的学生活动建议是能够根据美术作品的创作和情感创作出适合自己的舞步，尝试制作服装道具或画舞台背景。第三学段(7～9年级)的学生活动建议是尝试以艺术家的创作技巧与形式法则来创作、表达自己所熟知的人生经历。艺术课程的目标是指导学生全面提高整体素质，以满足当代和终生发展的需求。然而，新的课程大纲并没有对教学时间进行明确规定。在实践中，由于教师短缺和应试要求，学校仍然存在“随意删课”的情况。

2022年4月21日，教育部举行新闻发布会，介绍义务教育课程方案和课程标准修订情况，正式发布了《义务教育艺术课程方案和课程标准(2022年版)》。明确了义务教育阶段培养目标，其中围绕艺术课程的几项改变，足见戏剧教育新风口将于2022年秋季学期正式到来。

《义务教育艺术课程方案和课程标准(2022年版)》在明确新时代人才培养要求的同时，优化课程设置特别强调艺术课程设置的改革，要求艺术课程时长达到九年课时总比例的9%～11%，艺术课程成为义务教育阶段的必修课程。一至七年级以音乐、美术为主线，融入舞蹈、戏剧、影视等内容，八至九年级分项选择开设。要求从“表现”“创造”“欣赏”和“融合”4个艺术实践方面，坚持“以美育人”的教育理念，重视课堂中的实践体验，着重培养学生的艺术素养和审美能力，为学生提供最适合他们的艺术课程。

二、当前儿童戏剧教育面临的问题

在我国过去教育文化氛围中，以教师为中心，以教科书为中心，以考试分数为主，很难考虑儿童的戏剧教育，或通过儿童的剧场来发展其良好的个性，如道德、公德、协调性、自主性、团队精神等。目前，我国的教改时间已到，新的课程改革已经开始，全国的中小学、幼儿园都应该将儿童戏剧作为一门重要的教学课程，这样的改革，肯定会受到广大学生的喜爱。由于不明白孩子们天生具有戏剧创造力，又不理解孩子们有很强烈的“表演欲望”。因此，在儿童戏剧教学中，难免会遇到困难和困惑。当前，小学和幼儿园中的儿童戏剧教育普遍面临以下问题。

(一)过度关注戏剧表演效果

很多学校排演儿童戏剧的目的就是想要获得奖项，或是把自己的教学成果上报给教育界，而忽视孩子们在这个进程中的发展。在儿童戏剧教育的整体过程中，从剧本的选择、编排、舞美设计、张贴海报到最后的表演，往往都是成年人完成的，而且大多是从成年人角度设计，孩子们的参与程度较低。儿童基本上以接受、听从、服从为主，虽然对表演中的内涵有所回应，但是儿童的自我表达几乎没有。

(二)缺乏儿童戏剧开发和创造能力

目前儿童戏剧的素材来源仅限于少数已有的经典童话，教师们普遍缺乏对儿童戏剧的再开发和创作能力。幼儿园和小学的孩子们每天至少有 8 小时在学校度过，而优秀的儿童戏剧作品常常来源于他们的日常生活。当前，许多老师的阅读范围狭窄，缺少对已有的剧本进行改编的能力，过度依赖现成剧本。因此，与幼儿成长历程相关的儿童戏剧材料，至今鲜有人关注，对其进行系统的探讨更是一片空白。

(三)多数儿童并未真正参与到戏剧活动中

演员选拔往往只限于在有一定经验的孩子，大部分孩子没有机会参与。小学和幼儿园的戏剧教学目的不是为了培养专业戏剧人员，也不是为了挑选专业演员，而是通过大量的戏剧模拟活动，引导学生进行合作、扮演、表达、思考等人性化的表演。

(四)忽视儿童戏剧中的游戏性

当前许多儿童戏剧的语言表现形式都过于成人化，缺少童趣，情节设置呆板，说教色彩过浓。儿童戏剧应展现游戏精神，通过彩排指导孩子观察生活、模仿人生，展现他们对音乐、美术、舞蹈等其他类型表演艺术的喜爱。

三、儿童戏剧教育值得探索的方向

我国台湾地区在儿童戏剧教学方面，已取得良好成效。戏剧教学已经被列入了当地教育课程的教学范畴，这是一次重大的教学变革。在“探究与创造”“美学与思考”“文化与认知”三大目标中，使学生得以把握人本精神，通过身体与文字表达情感与创造力，并运用想象力培育协作意识，认识戏剧艺术，发展个体的内外世界。这是与大陆教育的根本需求相一致的。我国台湾的儿童戏剧教育经过数年的摸索，为大陆的儿童戏剧教育教学提供了新思路。

(一)借助儿童戏剧增加学习形式

通过儿童戏剧教学，丰富儿童的学习形式，重视儿童在学习中的体验。我国现行课程体系主要依靠少数音乐课、美术课来进行艺术教学，与教育预期的结果相去甚远。一方面，儿童不能了解音乐和美术的背景，以及其表现的意蕴。另一方面，由于老师的急功近利，在课堂上过于注重技能掌握，而忽略了孩子的兴趣和美育，从而影响到孩子们的整体艺术素养。儿童戏剧作为儿童艺术、人文素质的重要组成部分，应与其他艺术、人文学科一起，促进我国儿童人文素质的提高。为了促进儿童的身心发育，需加强儿童戏剧教学，加深对故事情节的认识，重视儿童的学习进程，探索更加多样的教学方法，从而为儿童的健康发展提供一种全新且具有实际意义的教学模式。

(二)创造贴近生活的儿童戏剧

创造更贴近孩子们生活的儿童戏剧，帮助他们全面发展。老师要大胆地进行剧本的创新，并利用儿童戏剧中有趣的形象及其寓教于乐的特点，针对儿童的德育、合作、情感教育等方面做进一步研究；以儿童戏剧表演为活动载体，训练儿童的语言表达能力，让儿童学习人际沟通，学会尊重、关怀与团队合作，以提升儿童独立思考和解决问题的能力；借助戏剧表演模拟儿童所面对的社会，增进儿童对所处自然环境的了解，帮助儿童认识自身与生存环境之间的关系，促进其人格持续成长以及与生活环境的联系更密切，从而使其个性得以不断发展。

(三)尝试将教材内容戏剧化

儿童戏剧具有课程整合性，可作为课程统整的教学工具。将语文、英语、科学、社会、自然、美术等相关课程资源进行整合，尝试使教材内容戏剧化。以戏剧为主要的教育手段，以课堂为游戏场所，以教室为娱乐空间，让儿童自主自由地创造。例如，语文课可以将课文中的人物、故事编成戏剧，以演出形式表现；地理则做出山脉，河流，城市，乡村，道路，桥梁和物产等的模型，绘制场景，布设场地，然后在课堂现场展示。这种教育方式趣味浓厚且印象深刻，让孩子们的身体和精神都得到愉悦。通过一系列的戏剧创造和表演，他们就能更好理解和记忆课本知识。总而言之，让孩子们自己去创作、去体验，从创作和表演中学习，从学习中了解、记忆和理解。儿童戏剧课程可推荐一名同学担任组长(如班长、主席或导演)，以促进学习；学生可自行编、导、演、观；可以将同学分为两组，让他们轮流做演员和观众，学会怎样表现和评判；无需正式的舞台，无需特殊的服装和妆容。

本 章 小 结

1. 儿童戏剧文学是指专门为儿童戏剧演出而创作的文本，即儿童戏剧剧本。

2. 儿童戏剧文学的特点包括：主题鲜明，体现时代精神；人物形象典型，个性特征鲜明；结构单纯，剧情展开迅速；语言浅显，富有儿童情趣。

3. 儿童戏剧文学的作用：在道德情感方面，引导儿童明辨是非；在游戏娱乐方面，带给儿童快乐美感；在智力发展方面，促进儿童多种能力发展。

思考与练习

1. 结合自己熟悉的一些儿童戏剧文学作品，谈一谈儿童戏剧文学的特征和作用。

2. 根据本章介绍的儿童戏剧文学类型，查找、搜集一些相应的优秀儿童戏剧文学作品。

3. 将上题中搜集的儿童戏剧文学作品反复阅读，说一说阅读儿童戏剧文学应做到哪些方面，并重点对其中的1～2部进行赏析。

下篇　实践篇

儿童是国家未来的主人，通过戏剧培养下一代，提高他们的素质，给予他们娱乐，点燃他们的想象力是最有意义的事情。

——宋庆龄

第五章　儿童戏剧创编

本章学习目标

- 了解儿童戏剧创编的流程。
- 了解儿童戏剧创作的基本原则和方法。
- 能够进行儿童戏剧创作与改编。

重点与难点

- 掌握儿童戏剧创编流程及方法。
- 尝试进行儿童戏剧创编。

案例导入

2023年暑假，一部“为孩子而写、写孩子的故事、由孩子们来演”的儿童剧登上舞台，给观众们带来一场特别的视听体验，也给观演的孩子们上了一堂“润物细无声”的德育课。该剧根据全国“五个一工程”奖获得者黄蓓佳的同名小说《今天我是升旗手》改编，由江阴市锡剧评弹艺术传承中心、江阴市公共文化艺术发展中心、江阴市花园实验小学(江阴市“丑小鸭”少儿戏剧艺术团)联合创演，是江阴市首部大型儿童剧，并在第九届全国优秀儿童戏剧展演中获评“优秀剧目”。

舞台上，小演员们通过载歌载舞的童真演绎和温馨质朴的情感表达，诠释了一个催人奋进的小升旗手的故事。这让孩子们明白，只要执着追梦、永不放弃，梦想终会在现实中绽放。同时，也让家长们了解到，要善于发现孩子身上的闪光点，并坚定地守护这抹光亮。

(资料来源：本书作者整理编写)

一部好的儿童戏剧可以改变孩子的一生。习近平总书记在党的二十大报告中指出，全面建设社会主义现代化国家，必须坚持中国特色社会主义文化发展道路，增强文化自信，要坚守中华文化立场，提炼展示中华文明的精神标识和文化精髓，加快构建中国话语和中国叙事体系，讲好中国故事、传播好中国声音，展现可信、可爱、可敬的中国形象。近年来，我国儿童戏剧事业蓬勃发展，一部部儿童戏剧佳作不断涌现，这些作品不仅可以弘扬中华优秀传统文化，也可以为孩子们带来欢乐，点亮他们成长的心灯。

第一节　儿童戏剧创作

案例 5-1

2022 年 7 月，第十一届中国儿童戏剧节在北京开幕。来自 25 家剧院的 45 台优秀剧目，在北京、常州、嘉兴、固安、成都等地接连上演，让孩子们在剧场里感受艺术的力量。如何创作更多符合大众期待的儿童剧，让更多孩子爱看戏、看好戏，是创作者需要持续探索的课题。

(资料来源：本书作者整理编写)

儿童戏剧既要符合儿童的心理和情感需求，又要满足寓教于乐的诉求，让孩子在接受艺术熏陶的同时，培养健全的人格。近些年来，儿童戏剧创作受到更多关注，品类和品质得以丰富和提升。

儿童戏剧的剧本，具有戏剧性和文学性。戏剧的基础是剧本。没有剧本，彩排和表演常常是没有根据的。儿童戏剧的创作，除了要理解戏剧自身，还要懂得孩子。因此，儿童戏剧应该从现实生活中汲取素材，让孩子表达自己的想法。

一、儿童戏剧创作的原则

编写儿童戏剧剧本应遵循以下原则。

(一)戏剧内容应富有游戏性

喜好游戏是孩子们的本性，游戏也是孩子们最重要的活动方式，是他们探索这个世界的一座桥梁。苏联教育家马卡连柯曾说过，对于一个成年人来说，劳动是他最重要的活动，对于一个儿童来说，游戏是他最重要的活动，也是他所应该做的一切。正视游戏在孩子的成长中所扮演的角色，是每位教育家对儿童本位的回归。儿童喜爱戏剧，是由于其迎合儿童心理特征。孩子们喜欢模仿、表演、想象和创造。“过家家”“警察捉贼”“医生看病”这些儿童百玩不厌的游戏，本质上都具有戏剧性，儿童在这个假设的角色扮演中体会到了表演和模仿的快乐。作者包蕾在谈及《小熊请客》时说道，《小熊请客》的素材来源于幼儿常常自发玩的过家家游戏。1989 年，中国首部儿童戏剧《寻宝》问世，小观众最大程度地“参与”到故事情节当中，剧本将戏剧和游戏完美地融合在一起，紧密地结合了孩子们的审美和认知心理发展过程。

儿童渴望在剧情中找到可以代入的角色，寻找想象的互动，寻找能激发思想的要素。像《马兰花》(剧照见图 5-1)《十二个月》《乞丐与王子》等优秀的儿童戏剧都有共同点，从剧情来看，它们给了孩子们无限的想象空间。特别是《乞丐与王子》，它以一种意外的方式，将王子与乞丐的角色互换，并演绎出一系列意想不到的故事。这个故事很好地迎合了儿童的角色转换心理。在童话、神话等传统题材剧的基础上，儿童剧的故事情节可以大量地运用与儿童年龄相适应的真实题材。例如，青少年的烦恼、教育问题等。通过剧情与孩子们对话，激发他们的情感、思考。

马兰花.mp4

图 5-1 儿童戏剧《马兰花》剧照

童趣是儿童戏剧的精髓，一出充满童趣的儿童剧，必然深受儿童的喜爱，他们在接受教育的过程中，会感受到从未有过的放松和乐趣，感受到欢乐与喜悦，从而释放自己的情绪。我国台湾地区学者林文宝指出，孩子们看戏剧是以“玩”的心态为基础，但是成年人在创作儿童戏剧时，常常会从成年人的角度去思考，期望孩子能从中得到一些好处，而不是单纯的消遣。但要想让孩子们接受、喜欢、认同，就必须要有一个有趣的故事，只有这样，孩子们才能接受、喜欢、认同，最终实现戏剧教育的目的。瑞典儿童戏剧《豆蔻镇的居民和强盗》描写了三个强盗，他们懒得做饭，不洗澡，不剪头发，不换衣服，就像三个懒惰、肮脏的小男孩，在别人熟睡时，他们偷偷地把一个胖女人抬到家里来，让她帮他们做点什么，不料胖女人异常凶悍，结果三个强盗烦得只想让她赶快离开。整部戏把三个强盗的恶习都表现得淋漓尽致。“新奇”也是童趣的另一重要体现。例如，杭州市木偶戏《三个和尚新传》，是一部具有新颖的思想内涵和表达方式的儿童戏剧。以前的“三僧无水”，如今的三个僧人变得团结，但自从地震后，他们的水就没有了。三位僧人念了一遍佛经，却还是没有出水，只得去取水。山泉、山崩、地裂都被表现了出来，甚至还有“变脸”的特技。新奇的故事、新奇的表演形式让这出木偶剧达到了思想性和艺术性的统一。

(二)戏剧冲突要单纯，主题要浅显

戏剧的中心是冲突，儿童戏剧也是如此。然而，由于孩子们的年龄特征、接受能力和审美趣味与成年人有差异，因此儿童戏剧中的矛盾应更为简单，主要由善与恶、美与丑、

真与假、勤勉与懒惰等一系列的主要矛盾构成。儿童戏剧应与儿童的接受与鉴赏水准相适应，故许多冲突应紧密结合儿童的生活，使儿童在观赏时能想起自己或周围的人和事，在欢声笑语中感受到深深的教益。例如，《英雄王二小》中生动的细节，吸引了孩子们的注意力，随着戏剧的发展，孩子们切切实实地接受到了爱国主义教育。当结尾王二小被敌人杀害的时候，善与恶的矛盾冲突达到了顶点，孩子们无不热泪盈眶。编剧在写作时，主题是一个很关键的指导方向。儿童戏剧在主题选择上要求鲜明、易懂、以儿童可以理解为主，如剧本《妈妈好讨厌》着重描写母亲对子女的关爱在孩子看来是唠叨、烦人的，这是许多家庭共同的心声，表达这种主题，为父母和孩子提供更多的思考空间。主题一定要引导孩子们树立积极乐观的态度。儿童戏剧具有教育作用，但不应以教化的形式进行，应以娱乐为主要内容，以趣味夸张的表演形式推进情节的发展。最好是简单的剧情，配合活泼的动作、表情及对白，让孩子们能够理解和感兴趣。

(三)戏剧语言要动作化和口语化

戏剧是以舞台的艺术意象为媒介，对观众进行视觉影响和教育。为了吸引孩子们，戏剧必须有一系列鲜明、深刻、夸张、强烈的戏剧动作。所以在舞台上的动作要夸张一些，这样观众们才可以看到。如果剧本中在描述“动作”时不标明其夸张程度，演员便无法理解，演出效果会大打折扣。因此，在写剧本的时候，要清楚地标明“动作”。通过动作性语言产生的视觉感受使得人物的心理活动、情感变化、经历及人物之间的矛盾冲突形象化。例如，在著名的儿童京剧《老鼠娶亲》中，“猫总管”唱道：“一整夜没吃饭，饥饿难耐。看见了老鼠群，多么开怀。等我来将它们全部抓来。给我的儿孙们加菜加菜！”这是一种很好的动作性语言。运用“饥饿”“开怀”“抓来”“加菜”等动词，生动地表现了“猫捉耗子”的心理动机和“游刃有余”的心态，这样的戏剧语言与孩子们的心理特征相吻合。

(四)冲突不宜过多，剧本不宜过长

冲突与矛盾是戏剧的主要支柱，但是在儿童戏剧中，冲突不宜过分，否则会使孩子过于焦虑，从而对其心理发展产生不利影响。因此在剧本中，没有解决不了的事情，总会有仙女、仙子或者强者帮忙，这样才能减轻儿童心理上的压力。由于矛盾会对孩子产生直接冲击，加之孩子们的情绪比较容易激动，所以在演出时要格外谨慎。例如，某部国产儿童剧中，为了增加互动性，演员戴上了一只狰狞的狼面具，结果把一群孩子都给吓跑了。此外，儿童戏剧的剧本也不要写得过多，要简洁、清晰、紧凑、活泼，如果写得太长、太琐碎，孩子们就会失去耐心。表演时间尽量控制在三十分钟到一个小时之间。

另外，在剧中角色之间的“对话”也不能过于冗长，一是因为年轻的表演者难以记住台词，会给表演带来困难，二是因为过长的对话容易让观众感到单调。因此，要把角色的对白分成几个部分，这样可以吸引儿童的注意力。

二、儿童戏剧的故事题材来源

(一)经典作品的改编

艺术鉴赏经常会促进艺术的产生。剧作家、导演、演员，他们的艺术创造通常都是以

欣赏为基础的。童话故事、动画片、漫画，都可以是儿童戏剧再创造的材料。例如，童话故事《小红帽》可以被改编成一部儿童童话剧；中国神话故事《后羿射日》可以被改编成儿童神话剧；民俗传说《聪明的阿凡提》可以被改编为儿童木偶戏、儿童皮影戏、儿童戏剧等；寓言《龟兔赛跑》可以被改编为儿童舞台剧；动画片《三个和尚》可以被做成一出儿童默剧；漫画《活了 100 万次的猫》可以被改编为儿童舞蹈剧；漫画《父与子》可以被改编为儿童话剧；即使是经典、通俗的歌曲，也能被改编为与之对应的儿童音乐剧，如《狮王进行曲》《春之歌》等，或被改编为以动物和春季作为主题的儿童音乐剧；儿歌《蜗牛与黄鹂鸟》，可以被改编为儿童歌舞剧。

(二)自编自创的作品

自编自创的儿童戏剧，大多以历史题材、伟人童年、少年英雄以及身边有代表性的孩子们的人生故事为主题。此类创作多从自身的人生经历、校园课程教学中激发对戏剧创作的反思、对社会的观察、对大自然的探索。凡是儿童生活中具有冲突性质的素材，都可以成为儿童戏剧的素材。儿童戏剧《古丢丢》(剧照见图 5-2)，在第七届上海儿童戏剧精品展览中荣获“特别贡献奖”“最佳剧目奖”，以一个被人忽略的小孩，为了吸引人们的注意，特意掰掉了教师手中的一只粉色纸笔为主线，描述了几个小学生的日常琐事，真实地再现了当代小学生的精神面貌和生活状态。编剧深入“长得不好看、脑子笨、学习成绩不好”的古丢丢的内心深处，了解了她特殊的精神状态，发掘了她长久以来被忽视的潜能，创造出了这个受中学生欢迎的角色。由安徽省话剧团创作的《山里的泥鳅》，描绘了以山里娃泥鳅为典型的民工子弟进城读书的一系列情节，反映出了儿童戏剧在题材选择方面的重大突破。“关注现实，关注社会问题，是我们制作这个剧本的目的。”人偶戏《八层半》，以儿童视角展现了人与自然、人与动物的关系，透过故事与真实的生活，透过小主人公进入科学馆“八层半”的奇遇，以儿童视角，展现出人与人、人与自然、人与动物的沟通与互动，营造一个和谐的生态空间，表达了建立和谐生态环境的美好愿望。

图 5-2　儿童戏剧《古丢丢》剧照

(三)素材的选择和转换

在题材的选取上，尽管大量的戏剧素材已经被采用，但是可以通过巧妙的冲突概念去创新素材。素材创新的主要途径有移植、嫁接、创新等。

移植：本义是把幼苗或树从别的地方移动到另一个地方，后用来表示从别处引入经验、长处、做法等。这里是指把原来优秀的儿童戏剧剧本进行引用，通过排练，使之成为孩子们喜爱的戏剧。如《小熊拔牙》《小兔乖乖》《小熊请客》《苹果树医生》，这些都是非常完整的作品，而且主题也很符合孩子们的口味，移植前后唯一的区别就是，在道具的设计上，可以有一些新的变化。在学校里进行这种戏剧表演是很好的，而且对低龄孩子也有很好的指导效果。主题的来源可以是原来的剧本，或是已经被广泛传播的故事内容，也可能是其他儿童文学作者的作品，如绘本等。

嫁接：本义是将待培育的植物的枝条或花蕾与其他的植物连接起来，从而形成一个单独的个体。此处指的是从优秀的剧本材料中有选择地摘录，经过重新拼接，最终成为一种符合特定人群的剧本。如《喜羊羊与灰太狼之保护青青草原》《三只小猪》《七个小矮人》《帽子的秘密》《给加西亚的一封信》等。

创新：原义是以新思维、新发明、新描写为特征的概念化过程，这里是对现有的某些古典剧目和影视素材进行改编和创新，形成一种新颖、独特的儿童剧剧本。《灰姑娘》也能被改编为《灰王子》，将角色进行颠覆。在《拔萝卜》的剧本中可以加入“水果蹲”这个受欢迎的元素，展现它的生动和立体。在《娃娃剧场开演啦——孙爷爷教你写儿童剧》中，知名少儿话剧家孙毅以一组街头小孩和自己组建剧团的故事，介绍了儿童戏剧创作的基本原理。特别是对如何将孩子们身边的矛盾冲突转化为剧本的几个要诀，都有很好的参考价值。

第二节　剧本的基本写作格式

案例 5-2

儿童戏剧《马兰花》故事大纲

花神马郎爱上了勤劳善良的女孩小兰。然而，小兰的姐姐却被一只邪恶的老猫怂恿，害死了小兰。企图冒名顶替小兰与马郎生活在一起，在许多其他的小动物的协助下，马郎成功救活了小兰，最终，马兰花重新回到善良的人们手中，善良战胜了邪恶。

（资料来源：本书作者整理编写）

儿童戏剧《马兰花》的故事大纲简明扼要地介绍了戏剧的主要内容、人物及其性格特点，一般儿童戏剧的基本格式包括：故事大纲、人物介绍、时空介绍、舞台指示、分幕与分场、语言形式等几个部分。

一、故事大纲

在撰写一个剧本前，必须先有一个提纲，即故事大纲。所谓的“故事大纲”，就是对剧本要传达的内容进行说明。这出戏是怎么讲述的？有何深意？将这个故事的主要内容记录在纸上，即为大纲。按照情节的复杂性，大纲长度通常都是数百到上千字不等。对刚开始撰写剧本的人来说，应该先确定一个大致的框架，再逐渐地添加一些具体的内容，如果有了新的思路和观念，也可以将其融合进去，形成一个整体。在成人戏的剧本中，善恶的斗争可以组合出无数错综复杂、惊心动魄的剧情。

二、人物介绍

根据剧本的格式，剧本中的人物介绍是供演员、导演等人参考的，因此不要有过长的描述，要清晰简洁。下面列出三种不同的类型。

(一)介绍姓名、年龄、职业、人物关系

《武松打虎》剧本。

马员外：下文简称“马”。富商，由于猛虎的出现，导致了经济衰退，而苦于没有办法对付。

武松：以下简称“武”。一个好人，只有一个毛病，那就是他无法忍受别人的恭维。

(二)仅介绍人名，细节在剧本中呈现

在王友辉的《会笑的星星》的剧本中的人物介绍。

宏宏
露露
星星王子
青青
大雁

(三)用代号或者职业来为剧中人物命名

《年兽来了》的角色简介，以代号或职业名来称呼。

说书人
年兽
老太太
老先生
村民
书生

三、时空介绍

通常情况下，剧本中关于时空的描述并不需要太详细，只需要大致说明，让读者有足够的空间去思考。例如，《龙宫传奇》中的时空介绍：

[时间：古代中国
[位置：荒岛渔村、想象中东海龙王的宫殿

又如安徒生《丑小鸭与靴猫侠》里的时空简介：

[时间：春天，晴朗的一天
[地点：鸡舍

这里经常用单鱼尾号“[”，并在注释后面空一行，以提示剧场工作人员。

四、舞台提示

通常情况下，舞台提示是用括号来标示的，因此，关于导演和演员等需要考虑的问题，都可以适当地加到剧本中。舞台提示是剧本的重要组成部分，它是对一句台词及其表达的戏剧情景的补充和解释，是剧本中不要求在演出时说出的文字说明和提示。舞台指示涉及的内容主要有：舞台布置、灯光、音效、话筒设定、道具、工作人员上下场的指令、台词的语气、手势、服装变换、姿势的详细说明。这些都涉及实际演出，属于导演创作的范围。剧作者所创作的剧本为未来的演出贡献出最初的蓝图，因此对于这些舞台效果的运用必须事前就有所了解，并在剧本阶段做出必要的提示。中国传统戏曲剧本中的“科”或“介”也属于舞台指示。

在剧本创作中，通常要考虑到舞台提示的运用应对角色的刻画以及导演、演员等舞台工作者的工作有益。好的舞台提示既可以增加剧本的文学性，又可以营造出浓厚的戏剧性氛围，从而为舞台上的表演创造了更大的空间。西方的现代话剧倾向于运用更为详细的舞台提示。英国剧作家萧伯纳就是其中的佼佼者，他的舞台提示往往有好几张纸，不但有详细的场景描述，还有对角色讲话时心理活动的详细描述，以及他对人物台词的看法。

在文本和排版形式方面，舞台提示一般会加上特别的符号，或者放在括号里，并且使用与角色对白不同的字体。具体表现为以下几个方面。

(一)角色话语的情感基调提示

这个提示放在圆括号里面，角色对话的前面。例如，在《年兽来了》中的舞台提示：

说书人：(神秘状)各位，大家好！你们知道我是谁吗？对了，我是说书人，你们知道说书人是什么吗？(笑)他可以让故事里面的人物说哭就哭，说笑就笑(后台不时有声音传入，呼应或干扰说书说人说话)，翻筋斗就翻筋斗，哈哈哈！今天啊！(后台声音静止，神秘状)

(二)角色动作的简短提示

这种提示可以放置在对话的中央，而上下场的注释则置于对话的后面。较长的动作提示在排版时可以缩进。例如在孙毅的《五彩小小鸡》中的舞台提示：

母鸡：要是有谁来偷蛋，请你们喊“鸡妈妈……”我就来了，谢谢你们，再见了(奔下)

[一会儿，草窝里突然钻出一只灰鼠，它嗅了嗅蛋，又推了推，因为四只蛋捆在一起，它推不动。

观众(喊)：鸡妈妈……

[灰鼠一听小观众的喊声，马上逃了。过了一会儿，灰鼠带着棕鼠又来了。

(三)人物的上下场，灯光道具等舞台提示

例如，汪天云、刘培生的儿童剧《金色的大门向谁开》中的舞台提示：

报幕员：同学们！未来的世界是美好的，可是要到达这个理想境界并不容易啊！只有德、智、体、美全面发展的人才能打开这金色的大门，不然就会像他们一样——

[第一光区灯亮，小健将机械地走动着。

[第二光区灯亮，小智慧扛着大哑铃在喘气。

[第一光区灯亮，小机灵趴在钟前，无可奈何地望着时钟前进。

[报幕员转身对他们三人拍了三下手。

[三个人一下都清醒过来了！他们亲亲热热地挽着手，走向台口。

剧本中附带的舞台提示，是根据表演的需要来说明的，如服装、道具、角色的走位、上下的顺序和方向，都要安排得恰到好处，不能引起观众的质疑。按照传统，除非有特别的情况，否则，所有的人都要从右舞台上场，从左边下场。舞台上不同的位置常常会呈现出不同的情绪。例如，把表演者放在舞台中间，通常会起到强调作用，右边的舞台通常是温暖而亲切的，而左边的舞台角色之间的关系通常是比较紧张的。舞台的焦点处理，可以通过亮区来短暂地聚焦，也可以通过关键角色的出现，来突出角色的重要性。对于观众来说，角色的面部朝向也会产生不同的强化作用。

编剧们利用舞台提示，就像雕塑师或者百货公司的窗口设计师一样，将一幅幅精美的人物装置画呈现在台上；又像一位作曲家，演员就是他的乐器，不同风格的对白就是其独特的音色与旋律，人物上下场不同的组合就是不同的乐章，而音效、灯光的加入，以及种种停顿的设计，都是为了增添戏剧性效果，让整场戏看起来更活泼、更生动、更有说服力。舞台提示在艺术创作层次上的运用最忌讳像套公式那样缺乏整体的考虑。剧作者必须平时勤看戏，尤其要多观摩国内外历史悠久的剧团的经典剧目的演出处理，细心去体会导演、灯光师、舞台设计师的用心。

五、分幕和分场

写剧本和写小说是有区别的，剧本创作要考虑分幕和分场，剧本可以是多幕剧也可以是独幕剧，主要取决于编剧的安排。

独幕剧：正如它的名字一样，用一幕戏叙述整个剧情，中间没有暗转，人物数量一般比较少。

多幕剧：舞台的大幕每开合一次为一幕，在整个戏剧表演中，大幕开合超过两次的，称为多幕剧。多幕剧具有较大的空间和容量、角色丰富、情节错综复杂，适合表现广阔的社会现实。

情节发展中的一段称为“幕”。一幕戏可以分成几个场景，每一幕又可分为若干场，常用“第 X 幕”或“第 X 幕第 X 场”来注明，有的剧作每一幕还配有小标题。幕与幕、场

与场之间必须互相连贯，使全剧成为统一的艺术整体。有的戏剧不分幕，只分场。幕与场的区别在于：一幕标志着剧情发展的一个大段落，而一场则表示大段落中时间的间隔或场景的变换。在现代戏剧中，幕与场的界限已不很明显，有很多剧目并不分幕，在多场景、无场次的剧目中，时间的变化和场景的转换显得更为自由。

六、语言形式

戏剧的语言有对话、独白、旁白、画外音等多种表现形式。戏剧作品以人物的对白来塑造人物形象、情节和主题。鉴于儿童剧应适应儿童接受、排演和赏析能力，剧本的语言应与儿童的理解程度相适应，通常要朴实、浅显、口语化、生动活泼、富有童趣。

(1) 对白。指在一部剧中角色交流时所用的语言。对白是思维沟通的载体，具有表达功能，并能产生审美的效果。

(2) 独白。指在剧本中人物单独地表达自己感情或想法的言语。独白通常是由一个人说出来的。戏剧往往以独白化的方式展现人物的内心世界，从而使人物的思想、性格得到最大程度的展现，使观众对人物的思想情感、精神状态有更深入的了解。

(3) 旁白。在剧本中，人物评价对手言行，表达内心的想法，或者说出自己的想法(假定舞台上的其他人听不到)。在中国戏剧里称为“打背供”(一般是将一只胳膊抬起，用袖子挡住脸，对着听众说话，假定舞台上的人听不到)。旁白能传达出更多的信息，传递某种情绪，激发听众思考。

(4) 画外音。不是舞台上人物或对象发出的声音，而是来自舞台之外(如后台)的讲解员的声音，用来介绍、解释演出内容，阐述编剧的思想和观点。画外音往往在故事开始前就开始出现，促进情节发展，给人一种故事是讲解员所叙述的延伸的错觉。

安徒生的童话剧团的《丑小鸭与靴猫侠》

[画外音：天鹅湖边，走来了一胖一瘦两个猎人。这两个坏蛋，一直在追杀美丽的白天鹅。

[胖猎人、瘦猎人上。

瘦猎人：(催促)胖子，快点！(拖住胖猎人，害他摔跤)别磨磨蹭蹭的，快点走！马上就能追上那群天鹅了！

胖猎人：(从地上爬起，生气状)我说过，别毛手毛脚的，别毛手毛脚的！还有，我最讨厌别人叫我胖子，(摆酷)请叫我——“天下无双超级猎人王！”

瘦猎人：(嘲笑)哈哈哈！我说胖子，你真逗！还“猎人王”！还“超级”！(笑得上气不接下气)还……还……还“天下无双”！我看叫“天下无双超级吹牛王”还差不多！

胖猎人：(严肃状)请你不要侮辱一个伟大的猎人！(挑衅)你敢和我玩“威廉·退尔”的游戏吗？

瘦猎人：(鄙视)哈哈，当年我玩“威廉·退尔”的游戏时，你还在乡下养猪呢！

胖猎人：(挑衅)那你敢不敢和我比？

瘦猎人：(不服气)比就比！拿出你的苹果来！

胖猎人：咱们各后退 10 步，(退十步，头上放一个苹果)我数 123，然后同时开枪。

瘦猎人：好！谁能打落对方头上的红苹果，又不伤害对方，就算谁赢！(退十步，头上放一个苹果)

[两人同时举枪，突然又害怕起来。

胖猎人：(颤抖地举枪，又放下，独白)我的老天！我的脑袋发烧了吧，我怎么会产生这么愚蠢念头，这不是拿我小命开玩笑吗？

瘦猎人：(颤抖地举枪，又放下，独白)我的上帝，我的脑袋烧坏了吧，我怎么会答应这么个愚蠢的比武，这不是拿我的小命开玩笑吗？

胖猎人：(喊)哎——我说对面的，你把枪拿稳点好不好？别苹果没打着，倒把我打成一面筛子！

瘦猎人：(喊)哎——我也正要说你呢，你的手抽鸡爪疯了吗？别苹果没打中，我的脑袋多个洞！

胖、瘦猎人：(举起右手做发抖状，旁白)哎哟！我的手怎么了？好像抽鸡爪疯了！(同时走向台中)哈哈，对不起，今天不能比赛了！

胖猎人：(试探)我说，我们改天再比怎么样？

瘦猎人：(附和)好嘞！那就改天再比！

在这段台词中，就出现了有多种语言形式，如画外音、对白、独白、旁白等。胖子猎人的大言不惭和爱面子又懦弱的性格，在他出现的那一刻，就体现了出来。在作品中，瘦子也很懦弱，却很能言善辩，一抓住机会，他总是想要嘲讽一下胖子，于是矛盾就演变成了一次比武，双方比赛朝对方头上的苹果开枪。他们也都知道对方的枪法并不好。两人都有同样的忌惮，所以一拍即合，放弃了决斗，达成了和解。

值得注意的是，儿童戏剧作者应当对于自己的创作有严格的要求。然而，如果一味地追求儿童口语，把“跑呀跑”和“跳呀跳”变成了一种“语言游戏”，企图用这种方式去博取年轻观众的注意，那么就会像波列伏依在他的《苏联的少年儿童文学》里提到的，“诗人姑姑或者诗人叔叔蹲下来，尽力在自己的诗中学小娃娃的话：叽叽叽”的那种情况，看起来满篇尽是“老天真”，显得生硬、做作，甚至腻得令人作呕。这种强求“儿童化”的矫揉造作的态度是错误的。

第三节 剧本的主旨呈现

案例 5-3

儿童戏剧《春雨沙沙》主旨内容

大山深处的一个贫困村庄——南洼，世世代代没有学校，20 世纪 80 年代初，村里请来了年轻的王老师，让一群山里的孩子一夜之间变成了学生。这些孩子渴望着学习文化，用知识改变自己的命运，不再像祖辈那样困守在大山里。王老师靠着一本《新华字典》做教学工具，教孩子们识字，成了大山里的“孩子王”。没有课本、铅笔和作业本，孩子们从家里拿来了黄瓜、鸡蛋、红辣椒，和王老师一起拿到县城集市上去卖，换来四块五毛五分钱，买了铅笔和作业本，大家高兴极了。这时，传来了城里孩子的读书声：“春雨沙沙，飘飘洒洒……”穷娃子们专注地听着，满脸羡慕。一年后，由于没有课本，孩子们在县里组织的考试中都失败了，没有一个能考上县里的学校。父母们都要孩子们回家干活去。费尽周折，王老师和孩子们坚持了下来，县里还派人送来了课本。终于，孩子们考上了县里小学三年级，大山里回荡起兴奋的喊声："考上了！换考上了——"

(资料来源：本书作者整理编写)

儿童戏剧自身不必直白地向观众大声说"这个好，那个坏"。它只需通过人物的对白和行动来表演给儿童看，使儿童产生爱和憎的感情，就达到了目的。儿童戏剧《春雨沙沙》(武汉儿艺，2000年)的编剧在主旨呈现上很大胆。他们写山区的贫困和山区人们的落后，但他们更写出了处于困境中的山区人民渴望学习文化、渴望改变现状的精神和情感，这正是生活中的光明所在、希望所在。这无疑会让广大农村孩子产生共鸣，也会给身处优越环境中的城市孩子以强烈的震撼和启示。

在主题与整体之间的联系上，清代大词家袁枚将其描绘成："万千枝花，一本所系。"它的含义是：万千句子就像一株花树上的无数枝条，均是由一句话(树根)来支配的。善于概括出戏剧的主旨对于所有人来说，都是非常关键的。

一、儿童戏剧的主旨

儿童戏剧的主旨是儿童戏剧要谈论的中心主题。当今有些儿童剧作家，往往会犯两种错误：一种是将戏剧当作"僵化的镜子"，把生活写得黯然无光；而另外一种则恰恰相反，他们更倾向于粉饰现实，不管是在主题还是在内容方面，都要生硬地增添一些"亮色"，要求至少要有一个"光明"的结尾。儿童戏剧的主旨表达要有技巧。假如戏剧从一开始就充满了成年人的说教，每一件情节，每一个场合，都充斥着沉重的伦理重担，那只会使人感到压抑，喘不过气来。正如杜勃罗留波夫在评论伊西莫娃的小说时写道："它给儿童的敏感心灵带来了多少新颖的知识，在儿童的心灵里，激起和培养了多少崇高的感情……这一切都不是借助于任何叫喊和说教，而是全凭才能的力量。"

二、儿童戏剧主旨的要求

对儿童戏剧主旨的要求有以下几点。

(一)主旨要精心构思

表达主旨的方法有多种，但是无论采用何种方法，一定要有一个明确的、一贯的主旨，主旨就像北斗星一样，会引导我们朝着正确的方向前进。正如《马兰花》中，借用了一段咒语："马兰花，马兰花，风吹雨打都不怕，勤劳的人在说话，请你现在就开花！"将"勤奋是因，快乐是果"的主旨表达得淋漓尽致，给观众深刻启发。

(二)主旨要清晰明确

确定主旨是创作戏剧的前提、起点。主旨就是一颗种子，种瓜得瓜，种豆得豆。尽管在现实中，戏剧作者经常会突然产生一个念头，或被某些特殊的情况所激励，从而产生一种想要创作一出与之相关的戏剧的冲动。但寻找主旨不是一种愚蠢的行为，因为主旨一定要成为剧作者的信仰。剧作者要明白自己的信仰，不断地审视它，直至获得一个闪光的句子。没有必要为了追求一个主旨，搞得精疲力竭，因为它无处不在，但是必须要把主旨表现得清晰、明了。

(三)主旨不能过于突出

儿童戏剧的主旨如果表现得过于突出，人物就会沦为戏剧的提线木偶，整部戏会变得程序化、口号化、说教化。抗日战争前期，由于编剧们急于达到主旨传递的效果，导致主旨过于政治化、概念化、口号化、程式化。在结构良好的剧本或故事中，你不可能分辨出故事的主旨和人物的界线。以《马兰花》中的神奇“马兰花”为代表，它不仅是该剧的一个重要的角色，也是故事的推进力量，更是一种“幸福”的象征。随着故事情节的深入，“马兰花”和剧中的人物之间的联系也越来越深刻，观众也逐渐融入剧情当中。在编写儿童戏剧的大纲时，应清楚地把戏剧的主旨列出来。

三、主旨的提炼

在写作过程中，要精练主旨，清楚地表达自己要表达的思想，这样才能保证剧情的发展符合主旨，不会出现跑题的情况。以《三只小猪》《东郭、猎人、狼》和《丑小鸭与靴猫侠》为例我们来具体探讨一下主旨的提炼。

(一)《三只小猪》

故事大纲：三个小猪分别搭起了稻草房、木头屋和砖房。大灰狼想吃小猪，分别吹倒了稻草屋和木屋，前两只小猪不得不躲进砖屋。大灰狼无法摧毁砖瓦屋，接连假扮成小羊、老太太、小姑娘，企图打开房门，但都被小猪们揭穿，最终落入小猪们设置的陷阱，被揍了一顿后落荒而逃。

故事主旨：面对凶猛的野兽，如果担心无法战胜，只要多动脑筋，运用智慧，即使狡猾险恶的大灰狼也不是小猪的对手。

原作分析：《三只小猪》是 1853 年哈利韦尔搜集和编辑的英国童话故事，收录于《英国童话集》。它以“以智取胜”为主题，深受孩子们的喜爱。三只小猪的“小”字不代表幼稚，前两只小猪让孩子们看到了自己“热衷于玩乐，不关心未来”的一面，第三只小猪让孩子们看到了自身的进步空间，以及由享乐主义向现实主义转变的可能性。而象征着自私、贪婪、暴力的大灰狼，最终得到了应有的惩罚。孩子们在欣赏这个故事时不仅不会绝望，而且懂得了：通过发展智慧，能战胜强大的敌人。其次，孩子们在阅读《三只小猪》时，就像在体验一场充满生命危险的斗争，而在这个过程中，好人最终会打败恶人。另外，《三只小猪》是一部非常具有戏剧性的作品。大灰狼的“吼叫”“使劲地吹”“用力推”“爬进烟囱”和“掉进滚烫的锅子”等一系列的戏剧表演对孩子们具有很大的吸引力，并能激发孩子们的肢体运动。因此，在《三只小猪》的改编中，剧情大致可以与原著情节相同，但是，“聪明战胜邪恶”这一主题是无法偏离的。在此基础上，可以在细节上进行更多的尝试。

(二)《东郭、猎人、狼》

故事大纲：书生东郭某日救了一只被人追赶的大野狼，野狼却想吃掉东郭，经过东郭的再三请求，野狼答应找三个老者评理。第一次，遇见老树，老树因为主人要把它砍了当柴烧，于是要野狼把身为人类的东郭先生吃掉。第二次，他们遇到老牛，老牛也因为主人忘恩负义而同意野狼吃掉东郭。第三次，他们遇到乔装成老人的猎人，东郭在猎人的协助下捕获大野狼，并将狼送往动物园。

故事主旨：随着人们对自然的持续破坏，野生生物的生活环境日益恶化。电影里的狼群之所以要把人当成猎物，就是为了寻找到食物。甚至在这部戏中，人们种植的树木和牛都不被人们所喜爱。人类应当承担起保护自然的责任。

原作分析：由我国台湾九歌剧团创作的儿童戏剧《东郭、猎人、狼》，改编自我国明代著名作家马中锡的《中山狼传》，《中山狼传》讲述了东郭先生为救中山狼，差点被狼所杀的故事。这个故事教导我们，不可同情恶人，是对“仁陷于愚”的批判，也是对白眼狼的嘲弄。东郭作为墨家学者，在狼受伤的时候遇到了它。因为墨家提倡“兼爱非攻”的理念，所以即使没有狼的强烈要求，东郭也会出手相助。因为赵简子狩猎引起了人与狼的冲突。对狼来说，人与狼的冲突就是生死搏斗。老树和老牛在评理时，都表达了对主子的忠诚和后来受到的不公待遇，字里行间充满了愤懑。最后，猎人帮助东郭先生布下陷阱，捕获了狼。这个情节是很复杂的，赵简子、狼、东郭先生、老杏、老悖、丈人，这六位人物的谈话都很有特色，符合舞台上的要求。

(三)《丑小鸭与靴猫侠》

故事大纲：在鸡舍内，母鸡正在孵化一颗鹅卵。因为长相的差异，小天鹅被小鸡们戏称为“丑小鸭”。丑小鸭感到孤独，于是就跑到天鹅湖寻找它的母亲。一路上，它遇到了一个稻草人和四只小猫——靴猫侠、淘气猫、笨猫还有一只可爱的猫，它们都梦想成为“绿林大盗”。在冒险中，丑小鸭逐渐成为一位勇敢而又充满信心的白天鹅，赢得了所有的白天鹅的爱慕。

故事主旨：因为是在一个鸡舍里长大的，长相的差异造成了这只小天鹅对身份感到迷茫。但它很勇敢，敢于从熟知的地方来到一个完全陌生的地方。在它的人生道路上，它不断认识自己，认同自我，善良的心地和诚恳让它结识许多新朋友。在母爱与友情的双重温暖下，丑小鸭终于成长为一只勇敢、充满信心的天鹅。

原作分析：丹麦人安徒生创作了童话《丑小鸭》。收录于《新的童话》。这个故事被后世认为是安徒生的传记，讲述他的幼年和少年时期的艰辛，以及对美好生活的渴望。在经历了无数的磨难之后，他终于在艺术上取得了巨大的成功和心灵的慰藉。这个故事说的是有一只丑陋的鸭子，除了鸭妈妈所有的小鸭子都会欺负它。丑小鸭觉得很寂寞，于是从栅栏里爬出来，走了出去。丑小鸭经历了人生中的种种苦难，但是从未放弃生活。当冬季结束时，它变成了一只美丽的天鹅。这个故事是安徒生心情低落时所著。那时，他的《梨树上的雀子》正在上演，但却遭到了不公平的批判。他在日记中写道：“我觉得，写这个故事我的情绪应该会好一些。”故事中的“丑小鸭”其实是一只漂亮的天鹅，但由于是在养鸭场长大的，被鸭子们以为它长得很“丑”，它们认为自己是贵族，是伟大的，但是实际上它们是卑鄙的。反倒是“丑小鸭”很是低调，从未考虑过结婚，更愿探索广阔的世界。然后，它遇见了一只“天鹅”，天鹅发现“丑小鸭”是它们的同类，便“向它游过去”，原来“丑小鸭”本身就是一只漂亮的白天鹅，就算是“出生在养鸭场也无所谓。”因为丑小鸭的故事在原著中显得比较内心化，不适合在舞台上表演，所以剧作《丑小鸭与靴猫侠》中使用了独白、旁白和叙述等语言手段，并一直给丑小鸭添加新的同伴，让这个故事变得更加有趣，也更加突出了友谊的主题。

第四节 剧本的人物塑造

案例 5-4

“只有将人物形象确立，才能赋予戏剧生命力的逻辑。”“导演必须心无旁骛地挖掘一个生命最独特的戏剧价值。”“导演需要具备艺术创造力，通过溯源、补充、完善、再创造，让传统戏曲在当代有更好的呈现。”在 2021 年 10 月 15 日武汉举行的“构建中国戏剧导演体系——第十七届中国戏剧节 • 中国戏剧导演艺术高峰论坛”上，任鸣、王晓鹰、黄定山、张曼君、熊源伟、王筱頔、李伯男等数十位活跃在当下中国戏剧舞台上的导演艺术家，围绕“如何塑造人物”“如何从题材的同质化中‘破圈’”等议题展开了深入交流。

(资料来源：本书作者整理编写)

在第十七届中国戏剧节上，导演们展开了激烈的研讨，折射出了目前儿童戏剧创作对人物塑造的新需求。关于人物形象塑造，儿童戏剧中人物可以是动物、植物或历史人物，人物性格务必鲜明，正面人物与反面人物要清晰可辨，并注意在人物相互关系中找到能够合理设置戏剧冲突的“点”，再围绕这个“点”展开故事情节，这样较容易达到强化剧中矛盾冲突的目的，可以有效增强作品的戏剧性。舞台人物还要具有代入感，让儿童观众感觉到自己也是他们中的一员。

一、人物塑造的要求

在儿童戏剧舞台上，人物是我们必须面对的基本元素。要创作出引人注目、不朽的人物形象，首先我们必须尽可能地深入了解作品中的人物。亨利 • 易卜生这样评价自己的写作风格：“当写作时，我必须独自一人，如果戏里有八个人物，那么我已经有了整整一个社会，他们就能让我忙碌不已，我必须学着了解他们，而这个熟悉的过程漫长而痛苦。”易卜生给自己定下了一条规矩：每一个角色的性格都要与众不同。在开始整理素材的时候，了解人物应该像和他一起坐火车长途旅行一样，从泛泛之交到无所不谈。当动笔的时候，就像是与他在温泉疗养院度过了一个月。不管是最突出的特点，还是最细微的习性，都要掌握得一清二楚。

目前，不少儿童剧编剧缺乏对生活的深刻、独特的认识和理解，导致优秀剧本匮乏。从儿童戏剧《春雨沙沙》(剧照见图 5-3)，我们可以感受到人物鲜明的个性，这个形象是近年来儿童剧舞台上全新的教师形象，非常鲜明、生动。每个人都有自己独特的特点，这就要看编剧们如何去解读人物。

春雨沙沙.mp4

图 5-3　儿童戏剧《春雨沙沙》剧照

二、人物塑造的三个维度

每一个物体都有三个空间维度：深度、高度、宽度。剧本的人物塑造也有三个维度，即生理、社会、心理。其中心理是生理和社会两个维度的产物。它们相互影响，形成了人物的志向、性情、态度和情结。一部儿童剧如果枯燥乏味、没有说服力、角色陈腐、描述的场景似曾相识，都是对人物这三个维度的塑造不够完整造成的。要想摆脱"似曾相识"的感觉，就得尽力使角色在这三个维度上丰满起来。

(一)生理

生理维度内容如下。

(1) 性别。

(2) 年龄。

(3) 身高和体重。

(4) 头发、眼睛、肤色深浅。

(5) 仪态。

(6) 外表：是否漂亮，是否过胖或过瘦，是否干净整洁、讨人喜欢，头部、面孔和四肢的形态。

(7) 缺陷：反常、畸形胎记、疾病。

(8) 遗传特征。

(二)社会

社会维度的内容如下。

(1) 家长的社会等级：下层、中层、上层。

(2) 教育：学历、学校类型、分数、喜欢的科目、不擅长的科目、天赋。

(3) 家长的工作：工作时间、工作环境、对工作的适应性。

(4) 家庭生活：父母是否有谋生来源、是否为孤儿、是不是留守儿童、父母是否离异、父母的智力水平、父母的缺点、父母是否疏于照顾子女、祖父母是否溺爱子女。

(5) 宗教。

(6) 民族、省份、城乡。

(7) 社交场所、主要朋友(包括网友)社团、体育项目。

(8) 业余爱好：阅读的书籍、报纸、杂志，观看的电视节目，是否沉迷于网络游戏，有无兴趣特长等。

(三)心理

心理维度的内容如下。

(1) 伦理准则。

(2) 个人志向、信条、座右铭。

(3) 挫折、主要的失望之处。

(4) 性情：暴躁、随和、悲观、乐观等。

(5) 人生态度：顺从、桀骜不驯、乐观、悲观等。

这就是常见的人物塑造的基本结构，而作家则要对其有深刻的理解，并加以构建。上述的基本情况，不需要在戏剧里一一明确展现，但编剧们必须了解。这些可通过角色的行动表现出来。专注于这三个维度，不仅不会限制作家对材料的研究，反而会让作家看到一个全新的世界。

下面我们以《丑小鸭与靴猫侠》为例，来探讨一下人物塑造。

靴猫侠：从人物性格来看，靴猫侠在成为黑森林(猫森林)的首领之前，是一位贵族的宠物，一直跟随公爵学习剑术。虽然它的剑术知识很丰富，但它从来不会抵抗食物的诱惑，它喜欢悠闲的生活。不久之后，它就成为黑森林里所有流浪猫的领袖，这位罗宾汉式的“绿林大盗”，用从人类世界学到的善良、正直、侠义，率领黑森林里的其他猫咪，全力帮助落难的童话主人公与恶棍搏斗，获得幸福。因此，“靴猫侠”的形象深受孩子们的喜爱。它具有很深的社会意义：孩子们在成长过程中属于弱势群体，常常会缺乏安全感，所以靴猫侠就是他们的守护者。它帅气的外形打扮，也是孩子们争相效仿的目标。

调皮猫：最擅长的就是“无敌猫跳蚤”。淘气、狂野、叛逆，由于渴望他人的关注，常常会做出一些具有攻击性的行为。性格活泼，爱搞恶作剧，对他人非常感兴趣，对他人非常信任，对自己非常自信，对自己的生活充满希望，永远不会有挫败感，活在自己臆想的英雄世界中。它就像现实生活中那些不屑于用学习证明自己的孩子一样。调皮猫的这种行为的根源在于它现在还没找到自己的追求目标，觉得自己的聪明才智无处发挥，但它一旦找到目标就会不断努力，直到成功。

笨笨猫：看家本领是“大力肥猫爪”。可爱的笨笨猫做事总是粗心大意，说话比其他猫咪总要慢半拍，而且还习惯性地把每句话的最后两个字重复一遍。它做事非常努力，却常常好心办坏事。在猫森林里，笨笨猫老是被伙伴们捉弄，但是生性温驯宽厚的它从不计较，有很强的团队归属感，愿意追随有能力的猫。

小萌猫：看家本领是“迷人的微笑”。小萌猫就像一朵从温室里培养出的花朵，很胆小，非常爱美，但不知如何追求美，像洋娃娃般需要人照顾与呵护。在父母面前乖巧，遇到困难就会哭鼻子，但它内心崇拜英雄，幻想自己有一天也能成为英雄。

三只猫拥有无限的潜力，成为靴猫侠最亲密的战友，它们的武功绝技还具备升级的可能，每次的出场总要让孩子们兴奋不已。在神奇的猫森林里，还有预言猫、水手猫、疯疯癫癫猫、瘸腿猫、保姆猫等，它们各有自己的生存之道，甚至还有一只害怕老鼠的偷蛋猫。总之，猫森林是一个奇幻的第二世界，几乎拥有孩子们向往的一切。

为了让孩子们更好地辨认调皮猫、笨笨猫、小萌猫这三只猫，舞台上除了给这三只猫不同的服装、造型以及兵器，还需要给它们安排一段各自的自我介绍：

调皮猫：(得意地)啊哈！我们是黑森林恶名远扬人见人怕的——

三猫：(造型)靴猫三剑客！

调皮猫：(跳出来)我是他们的老大调皮猫——(做阴森状笑)啊哈哈哈……我是森林所有小动物的噩梦传说！喵——

小萌猫：(萌萌地跳出来，做可爱状)我是可爱的小萌猫，我的梦想是：抢走全世界的沙丁鱼罐头！喵——

笨笨猫：(笨笨地出场，抓脑袋)我是笨笨猫，嗯，笨猫！我要是生气(做回忆状)……嗯，生气！就会让森林变成(做回忆状)，嗯，变成……

调皮猫、小萌猫：(不耐烦地，合)沙漠！——笨蛋！

笨笨猫：(恍然大悟)是的，就会让森林变成——笨蛋！喵——

调皮猫、小萌猫：(掩面，合)噢，my god！

三、主角与对立人物

在儿童戏剧中，我们很容易就能分辨出主角。“主角”也就是“主要角色”，指的是在戏剧的发展过程中起到关键作用的人物。没有主角，戏剧就无法成立。主角制造了矛盾，推动剧情发展，没有了他，整个故事就会松散，甚至无法构成故事。在童话剧《丑小鸭与靴猫侠》中，丑小鸭扮演了一位善于用自己的行为来改变自己命运的使者。它刚出生的时候，就被“鉴定”为一只丑小鸭，当它从鸡舍里出来时，整个故事就已经展开了，丑小鸭也逐渐地了解了自己。走出鸡舍时，母鸡鼓励道：“小家伙，你要是真是一只天鹅，整天窝在鸡舍里也不会有出息！”稻草人被它救了，叫它“漂亮鸭”，还特别强调：“我听农民说，只要有好的心，它就不会变丑。”见多识广的靴猫侠一眼就认出了这是一只纯种的天鹅，警告道：“别学鸭子的叫声，要用你自己的声音，最欢快、最响亮的声音！这是大自然赐予你的声音！”在这个过程中，丑小鸭的身份逐渐被揭开，它对自己有了全新的认识，一步一步地变成了一只优秀的大鹅。“感谢你们对我的信任，我觉得我已经不再是一个丑小鸭了。”丑小鸭站在台上，给观众们留下了一串清晰的成长印记。

在儿童戏剧中，一个主角人物不仅要渴望某种东西，他的愿望必须迫切到足以使他在实现目标的过程中不惜一切代价。一个优秀的主角必须极度渴望生活中的某些东西，如复仇、荣誉、野心等。好的主角人物必须有某种意义非凡或者攸关生死的东西。不是所有人物都能成为主角，那些恐惧大于欲望、没有炽烈激情、虽有毅力却不抗争的人，都不能成为主角。一个主角必然是好斗的、不肯妥协的，甚至是冷酷的。在童话剧《三只小猪》(剧照见图 5-4)中，大野狼就是这样一个主角，试图摧毁所有阻碍它行动的房子，正是由于它对三只小猪步步紧逼，故事才有了强劲的驱动力。

图 5-4 儿童舞台剧《三只小猪》剧照

主角是戏剧的一股驱动力，这并非由他自己决定，而是内在和外在的必然性驱使他如此行动，某种意义非凡的东西——诸如荣誉、健康、金钱、保护、复仇或强烈的冲动促使他如此行动。《马兰花》中的老猫渴望得到那朵神奇的马兰花，它利用大兰对妹妹小兰幸福生活的羡慕以及想得到马兰花的心理，借刀杀人，终于将马兰花骗到手中。这种因受宝物吸引而心生贪婪、不择手段的个性力量，对任何类型的写作来说都是绝佳素材。在儿童剧中，与主角对立的人就是对手或称对立人物。对立人物将会阻止一往无前的主角，而后者则以其全部的力量、计谋与之对抗。《三只小猪》中，住在砖头房的第三只小猪成为阻碍大野狼行动的对立人物。《丑小鸭与靴猫侠》中，胖、瘦猎人是丑小鸭的对立人物。同样，《马兰花》中，花神马郎，就是老猫的对立人物。只有在实力相当的时候，斗争才会有趣。例如，在儿童童话剧《白雪公主》中白雪公主与王后的对立斗争；在儿童神话剧《妈妈我爱你之宝莲灯传奇》中，沉香与二郎神的对立斗争；动画片中，喜羊羊与灰太狼的对立斗争、格格巫和蓝精灵的对立斗争等，都是这样的设计。可以说，一部小说、戏剧或者任何类型的写作，其实都是一场自始至终对立斗争不断演化并导致必然结论的危机。人物之间的对立，往往是各自观念上的对立。如科学与迷信、宗教与无神论、专制与民主等。展示这些对立引发的冲突，人物将会被紧密地联系在一起，只有在一方或者双方被耗尽、被击败或者最终被消灭时，才能解开这个死结。不过，由于儿童心智发育不成熟，在剧情设计上可以让反面人物略显弱势，以减轻儿童的心理负担。

第五节 剧本的戏剧冲突

案例 5-5

儿童剧《喵呜》戏剧冲突

场景：三只小老鼠——鼠小、鼠宝、鼠贝，偷偷溜出来，准备去远方摘桃子。半路上，遇到了大猫圆圆，大猫圆圆想要吃了这三只小老鼠，但小老鼠们并不害怕大猫圆圆，还邀请它一起去摘桃子。一路上，三只小老鼠不仅帮助大猫圆圆克服了怕水的弱点，还奋不顾身地将它从蜂群中解救了出来。

冲突产生：大猫圆圆看着面前正在吃桃的三只小老鼠，纠结到底要不要吃了它们。

冲突解决：大猫圆圆被三只小老鼠的善良所感动，不仅没有吃了它们，还决定要和它们成为好朋友。

(资料来源：张恒. 儿童剧的戏剧冲突研究[D]. 杭州：浙江师范大学，2019.)

儿童剧《喵呜》里发生的冲突，主要是大猫圆圆自身的一种内心与情感的冲突。一方面本性使然，大猫圆圆想要吃了三只小老鼠；另一方面，它又受良知折磨，被三只小老鼠的善良所感动，想要和它们成为好朋友。大猫圆圆内心困扰、纠葛，于是矛盾展开，激烈的冲突就产生了。

“没有冲突就没有戏剧”，冲突作为戏剧的必要条件，内在地规定了戏剧就是一门如何构建和处理冲突的艺术；而儿童剧作为戏剧的一个门类，无论是创作还是表演，对戏剧冲突的把握都至关重要，有两点需要特别注意。

一、戏剧冲突切忌陷入静态

自然中没有所谓的绝对静止，而儿童戏剧中的静态情景也暗示着运动。只是动作太慢了，看起来就像是静止的，久而久之，人们就会产生睡意。假如戏剧冲突是静止的，那么很可能是因为角色无法做出决定。没有需要或不了解自己需要的人很难把矛盾激化。

举个例子，《丑小鸭与靴猫侠》里的丑小鸭，在鸡舍里觉得自己的生活很无聊，尽管偷偷地流下了眼泪，在鸡舍里转悠，但如果它没有主动的行为，那么它就是一个静态的人物，就算它妙语连珠，也是一成不变的。静止的悲伤并不能制造冲突，需要一种有意识去解决问题的意愿。因此，在决定要离开鸡舍的那一瞬间，静止的冲突才得以打破。

就以安徒生剧团童话剧《我不要被吃掉》为例，来厘清静态冲突与动态冲突之间的区别。在第三幕《小公鸡被抓》中，有些充满童趣的冲突。

在这段对话中，两只小公鸡都因觉得自己没有胜算而非常心虚，吵得不可开交。从表面上看，这一冲突表面上并未发生实质改变，看似静止，但它其实是一次危机爆发之前的过渡，一次发展中的冲突。因为小六子不断在攻击：“你以为你个头儿大就很拽吗？”这是一记左直拳。而对手小胖墩一直在反击：“这你也许管不着！”这是右勾拳。“哼，我就管得着！”刺拳，击中鼻子。“好，那你就管管看。”左勾拳，还是打在对方脸上。两人拳来拳往，不断攻击、反击。倘若在“你以为你个头儿大就很拽吗”这句之后，小胖墩逃避地说“对不起，我错了！”服软，不敢接受挑战，冲突就变成了静态。事实上，这种“山雨欲来风满楼”的危机发展酝酿几分钟后，终于爆发为舞台上两组小公鸡剧烈的纷争(高潮)：

[小刺头用脚爪在地上划了一道线。]

小刺头：你们要是敢跨过这道线，我就把你们打趴在地上，站不起来。谁敢，谁就吃不了兜着走。

[卡梅利多一组毫不犹豫地跨过那道线]

卡梅利多：你说你敢打我们，现在来看看你怎么个打法。

小刺头：你不要逼我！你最好还是当心点。要知道，被我的铁爪抓伤了的那几只小鸡仔儿，至今还躺在医院里！

卡梅利多一组(合)：哎，真啰唆，你不是说要打我们吗？我们都跨过来了，你为什么不动手啊？

小刺头：得了，你们要是给两块钱，请我们揍你们，我们就动手！

[旁白：卡梅利多他们果真掏出两块硬币，嘲弄地摊开手掌。小刺头、小胖墩和小赖皮受不了这种羞辱，一把将钱打翻在地。六只小公鸡你啄我的鸡冠，我扯你的羽毛，开始进行一场激烈的争斗。最后，卡梅利多一组终于占了上风。]

如果人物停留在争吵的第一步或者第二步，并长时间徘徊不前，戏剧就会滑入静态的深渊。通常造成静态的原因是缺乏驱动力。

二、戏剧冲突的过渡切忌生硬

“过渡”是一种戏剧的基本元素，它使戏剧在不中断、不跳跃、不断裂的前提下向前移动。过渡可以将看似不相关的元素连接起来，如冬与夏，爱与恨，出生与死亡。

在自然界的演化过程中没有跳跃冲突这样的情况，正如一个老实的小孩不会一夜之间成为一个贼，而窃贼也不会那么快地成为一个诚实的人。一个强盗，不会一边计划，一边打架。就像泰坦尼克号不会没有任何理由地沉到寒冷的大西洋中。

善良与邪恶的两极之间存在着一段距离。这段距离的空白，需要人物用行动去填补。作为戏剧，应该将这一行动的过程呈现在戏剧舞台上。就像冬天和夏天之间隔着春天和秋天，在弃善从恶的过程中还有彼此相连的许多步骤，每一步都不能少。

儿童戏剧中的每场冲突设计应该是一种自然而然的升华，而不是一蹴而就的。例如，“丑小鸭”从自卑到自信，是从一种极端发展到另一种极端，如果不经过中间的过渡步骤，没有任何的转折，它就从自卑跳到了自信，那么这是一种生硬的过渡，这出戏就会受害。就拿《丑小鸭与靴猫侠》来说(剧照见图 5-5)，它的第一幕的主旨是：“一个个体受到群体的全面否定会变得自卑。”前奏曲《春天在哪里》中隐藏着戏剧冲突。春天是生机勃勃的时节，“红的花”“绿的草”“会唱歌的小黄”都在这里竞相绽放。于是整部戏里“鸡哥哥”的第一句话就透露出了冲突的一部分：“比美，我说，我是最漂亮的小鸡！”在四只小鸡的比美声中，话题转移到迟迟不出壳的小鸡身上。围绕比自己迟“15 天”还是“16 天”的问题，小鸡们又引发了一场争执。在“大懒虫”“小妖怪”和“丑八怪”的各种猜想中，这个小东西尚未诞生，而围绕着这个小东西的矛盾已经发生了两次转变，并预示着新的危机。

图 5-5　丑小鸭与靴猫侠剧照

鸡妈妈：(招手，慈爱地)孩子，快来见过你的哥哥姐姐。
丑小鸭：(兴奋，行礼)哥哥好，姐姐们好！
鸡哥哥：(惊呼)天啊它真丑！
众小鸡：(夸张地)是啊，真丑！
鸡哥哥：(指)你看它的嘴，扁扁的，怎么啄虫子吃呀？
众小鸡：(惊奇地)是呀，扁扁的，怎么啄虫子呀？
丑小鸭：(奇怪)是呀，我的嘴怎么和它们不一样！
爱争吵小鸡：(指)你看它，个头这么大，怎么钻过篱笆缝，去偷菜叶吃啊？
众小鸡：(惊奇地)是呀，怎么钻篱笆缝呀？
爱美小鸡：(鄙夷地)你看它的羽毛；稀稀拉拉的，怎么飞过小水沟呀？
众小鸡：(惊奇地)是呀，怎么飞过小水沟呀？
丑小鸭：(有些慌乱)是啊，我的小翅膀怎么也和它们不一样！
爱提问小鸡：(疑惑地)你看它的脚丫子，也是扁扁的，怎么在沙地里刨虫子吃呀？
众小鸡：(惊奇地)是呀，怎么刨虫子吃呀？
丑小鸭：(惶惑地)天啊，我的脚也和它们的不一样！
爱争吵小鸡：(嘲笑)我看它不是鸡，倒像鸭。
鸡哥哥：(得意地)是鸭子，而且是一只丑丑的小鸭子。
众小鸡：(会意，大喊，大笑)丑——小——鸭——哈哈哈！
[旁白：丑小鸭惊恐地捂住脸，躲进鸡妈妈怀抱。]
[音乐起。]
众小鸡：(舞蹈，齐唱)它是一只，它是一只，丑小鸭，丑小鸭！
鸡哥哥：(出列，念)扁扁的嘴巴，没有门牙，太丑了，太丑啦！(归队)
众小鸡：(舞蹈，齐唱)它是一只，它是一只，丑小鸭，丑小鸭！
爱争吵小鸡：(出列，念)黑黑的羽毛，稀稀拉拉，太丑了，太丑啦！(归队)

众小鸡：(舞蹈，齐唱)它是一只，它是一只，丑小鸭，丑小鸭！

爱提问小鸡：(出列，念)肥肥的个头，跳不过水沟，太丑了，太丑啦！(归队)

众小鸡：(舞蹈，齐唱)从头到脚，全身上下，都很丑，都很丑！

爱美小鸡：(出列，唱)抓不到虫子，偷不到菜叶。(归队)

众小鸡：(笑喊)丑小鸭！丑小鸭！哈哈哈！

鸡妈妈：(劝慰)孩子们，陪你们新出生的妹妹一块儿玩吧。

众小鸡：(齐摇手)不！妈妈，我们才不和一只丑小鸭玩儿！它是一只，它是一只，丑小鸭，丑小鸭。抓不到虫子，偷不到菜叶，丑小鸭，丑小鸭……(边唱边左侧跑下)

从剧本里可以看出，小鸭因为长得不像鸡，所以在小鸡们的哄笑中，内心的矛盾逐渐加深。四只小鸡的攻击非常密集，在它们看来，小鸭浑身上下都是丑陋的。但小鸭的反击却是软弱无力的，它一出生就被嘲笑、被孤立、被否定，在经历了“奇怪”“慌乱”“惶惑”“惊恐”之后，它终于从自我怀疑变成了自卑。鸡舍里酝酿着一场危机，并在以“我是一只丑小鸭”为主旨的舞蹈中达到高潮，然后是小鸭得知了自己的身世(新的危机)，离开鸡舍(新的高潮)去天鹅湖寻亲，第一幕结束。

主旨可以展示目标，目标可以驱动人物，通过不断奋斗、不屈不挠的角色不断地制造冲突，戏剧能够获得足够的张力。迫使两个意志坚定、不妥协的力量互相争斗，将导致更激烈的冲突升级。主角与反派之间不可分割的关系不仅保证了冲突升级，还保证了危机和高潮。

以往在优秀的戏剧里，开场并非冲突的起点，而是另一场冲突的顶点。只有这样，观众才能集中注意力，才能引起观众的最大期待。当角色做出决定的时候，会经历一次内在的高潮。当他做出决定并付诸行动的时候，另一场冲突就开始了。冲突在过渡的过程中不断升级，出现了危机和高潮。如此周而复始。

戏剧中的对话是论证主题、揭示人物、执行冲突的主要手段。对观众来说，对话是一部戏剧中最重要的部分。然而，只有不断升级的冲突才会产生健康的对话。戏剧之所以冗长乏味常常是因为作品陷入静态冲突。人物们只好坐在舞台上，不停地说着话。如果作者提供了必要的过渡，那么这种闲聊是不需要的。对话必须对即将发生的事件做出预测。它必须来源于人物与冲突，反过来又揭示人物，推动行动的开展。剧作家愿意牺牲自己的“才智”来塑造人物。在不影响角色发展的情况下，要写出生动、巧妙、感人的对话。莎士比亚戏剧中的哲思段落，句式简洁有力；在爱情场景中，他的台词抒情流畅；随着冲突越来越激烈，他的话语越来越简短、越来越简洁。这种写作技巧值得我们学习。

第六节 剧本的游戏元素

案例 5-6

眯呱家族儿童教育剧本秀是东方桥文化传播(北京)有限公司旗下品牌“眯呱家族儿童剧本馆”，于 2022 年 1 月 11 日全网首次推出的全新儿童学习型沉浸式角色扮演游戏理念。

剧本秀的规则是，玩家根据每一个剧本的不同设置，化身剧本中的人物，阅读角色对应的剧本，并从中获取有用的信息和资料。

根据游戏机制不同，玩家开始按照剧本的走向，完成一个个“挑战任务”。这些任务包括搜集证据展开分析、通过语言表达进行角色扮演，甚至是即兴临场创作相关内容。最终玩家将完成剧本的核心任务。

（资料来源：本书作者整理编写）

参与眯呱家族儿童教育剧本秀是孩子最快乐的游戏过程，也是他们最没有负担的学习之旅。在剧本秀中孩子们收获自信、从容、知识和朋友，将那个千奇百怪又精彩无限的世界里的一切，变成在童年演绎过的一场“秀”。

孩子们通过一个个游戏来体验自身在日常生活中的所知、所见、所感。这种体验是抽离的、由主观变为客观的，从而能够总结与反思自己的行为。更难能可贵的是，每个游戏都有其自身的规则。在教师讲述规则之后，所有人必须按照同样的规则进行练习。这对儿童的成长和发展有重要的教育意义。

在儿童戏剧表演中，具有较强游戏性情节的内容最容易被孩子们接受。在没有引导的情况下，孩子们会很快地融入故事中，将自己代入到某个人物或角色，尽情表达自己的想法和感受，体验游戏的乐趣。因此，近几年来，儿童戏剧已成为流行课堂内外的一种学习和娱乐方式。

儿童喜爱戏剧，是由于其迎合儿童的心理特征。孩子们喜欢模仿、表演、想象和创造。“过家家”“警察捉贼”“医生看病”这些儿童百玩不厌的游戏，本质上都具有戏剧性。在这类角色扮演中，儿童体会到了表演和模仿的快乐。美国一些戏剧理论家进一步指出，将游戏引进到儿童戏剧中，可以很好地满足“四 E 体验”需求，即娱乐体验、教育体验、逃避现实体验和审美体验。在校园儿童戏剧教学中，对幼儿的游戏进行大胆而合理的设计，既能满足幼儿的游戏体验需求，又能有力地促进幼儿的成长。在家庭生活中，家长和子女共同参与儿童戏剧，在富有游戏性的故事情节中进行亲子互动，是培养感情的良好机会。

然而，许多教育工作者本想在儿童戏剧中添加合适的游戏，但因为缺少游戏经验而常感缺少创意、灵感、有游戏感的剧本，这就很难激发演员和观众的热情，最终可能导致整个剧场成为“一潭死水”。实际上，在戏剧创作中，可以通过以下方法增加剧本的游戏元素。

一、故事情节的游戏化处理

许多经典儿童文学中都蕴藏着丰富的游戏元素。孩子们在阅读时，脑海中已经玩了一遍。在改编为儿童戏剧剧本时，如果能够把这些经典作品再加以诠释，加强它们的游戏感，将会给孩子们带来一种新的体验。例如，《金银岛》这样的经典儿童文学作品，改编为儿童戏剧时，可以有意识地增加一些藏宝图、守护宝藏的任务、真假海盗、勇斗海盗等游戏设计。这些游戏情节与小说的主题紧密相连，使阅读体验变得更为立体。在这部戏剧中，小朋友们可以在现场搜寻藏宝图的残片，拼凑成完整藏宝图。然后，他们按照地图上的描述，寻找“宝藏”。最后在队长的带领下，分享着“宝藏”，享受游戏的乐趣。在《丑小鸭与靴猫侠》中，演员在舞台上掉进了一个猎人的“陷阱”，游戏就开始了。伴随着“拔萝卜”的“加油”声，四个年轻的小观众走上了舞台，救出陷入“陷阱”的演员们，还举办了一个盛大的颁奖仪式，表彰那些勇敢的观众。这种设计，让台下的观众感受到扮演英雄的融入感。

二、网络游戏元素的引入

网络游戏是利用虚拟现实技术创造出的一个虚拟世界，玩家可以利用视觉和听觉来体验游戏中的场景。例如，网络游戏《天下 2》，建立了一个由酒楼、客栈、钱庄、当铺等多种类型的功能建筑组成的社区，玩家们可以在虚拟社区中体验真实生活的高度模拟。本文试图引入许多网络游戏元素，提升儿童剧场的游戏体验。例如，在《三只小猪》中添加网络游戏里的称号系统。每个小演员必须通过考核获得建造不同材质房屋的资格。随着剧情的发展，他们对更高级别资格的渴望不断增强，直至完成整个故事。在儿童情景剧《给加西亚的一封信》中，由小演员饰演美国陆军少校罗文，负责向军队司令部传递消息。在这段时间里，罗文遇到了好几个 NPC(非玩家角色)，完成了忠诚、坚强、勇敢、正直、纪律、机智等军人的六项品质考验任务，在排练的时候，所有的孩子都全情投入。儿童在这种角色扮演中，体验到应试教育中无法扮演的角色，感受到成功的喜悦，从而提升情商。

三、生活类游戏的升级改造

在中国民间，有很多传统儿童游戏，如捉迷藏、猜谜语、老鹰抓小鸡等。规则简单且充满趣味。然而，很多学生都在忙于学业，很少接触到这些游戏。在儿童戏剧中，适当地加入生活类游戏和亲子互动游戏，可以使父母回忆起自己的童年，也能让他们更加认可孩子们的游戏权益。例如，《印第安小勇士》是一部大型户外情景剧，家长们将童年常玩的制作弓箭进行射箭比赛的环节加入其中，引发了孩子们的极大兴趣。《我不要被吃掉》在剧本创作过程中，加入了“猜谜语”的传统玩法，模仿《刘三姐》中的“赛歌会”，以问答形式推进剧情。

母鸡(问):
什么鸡有腿家中坐？
什么鸡没腿游九州？
什么鸡白？什么鸡黑？
什么鸡胡子一大堆？
公鸡(答):
抱窝鸡有腿家中坐，
叫花鸡没腿游九州，
江山鸡白，乌骨鸡黑。
北京油鸡胡子一大堆！

在儿童戏剧的情节设计上，不要照搬生活中的游戏，而是要对其进行适当的改进和提升。如果用新的儿童歌谣来制作与故事有关的咒语、游戏指令等，将使游戏语言更具娱乐性和文学性。

四、亲子游戏的设计

亲子游戏是家长和孩子之间增进感情、增进交流的一种娱乐活动。在儿童戏剧剧本创作过程中，加入亲子游戏既可以增加孩子们和家长在身体与心理上的互动，也可以增加语言和非语言的交流。例如，《金银岛》剧本(剧照见图 5-6)中的“守护者三项任务”是一种考验“小水手”忠诚、孝顺、团结的亲子游戏。扮演“小水手”的孩子可以邀请父母在舞台上进行互动，如“按摩”“捶背”等，来完成“孝顺小水手”这一任务。通过多种形式的游戏互动，如语言和肢体的互动，实现身体运动和精神娱乐的结合，孩子的快乐和家长的快乐相互感染，丰富亲子玩家身体和心理的内涵、深度和层次，增加家庭凝聚力。

儿童戏剧《金银岛》.mp4

图 5-6 儿童戏剧《金银岛》剧照

五、新奇道具的设计

道具设计是一种以剧本为前提，以人物行为为基础，以辅助表演为最终目的的综合技术，是观念、材料和现实的综合体现。道具装点舞台空间，为导演组织的舞台行动提供帮助演员塑造角色的支点。在舞台艺术蓬勃发展的今天，儿童戏剧舞台道具的设计和制作应积极应对新需求。例如，《丑小鸭与靴猫侠》中增加了四个新角色，分别是靴猫侠、调皮猫、笨笨猫和小萌猫。它们崇尚英雄与自由，珍爱友情，具有冒险精神。在道具设计方面，以海盗旗、玩具弓箭、西洋玩具佩剑为主题设计，引起年轻观众的浓厚兴趣。《三只小猪》中，狡猾的大野狼无法吹倒砖房，于是决定骗小猪开门。它先后扮演了卖棒棒糖的推销员、戴着头巾的老婆婆、戴着假发的采蘑菇的小姑娘。剧中，手工制作的纸制“大棒棒糖”、头巾、假发、篮子、“狼尾巴”，都大大增加了戏剧的游戏感。小观众们看着擅长伪装的“千面狼”总是因为拖着“大尾巴”，而被小猪们识破，觉得好笑，体会到了“复仇”的快感。精心设计的舞台道具也是儿童戏剧的最佳衍生产品，既能增加剧团的盈利，又能扩大戏剧的影响力。

另外，通过口令的朗读来加强魔幻效果，巧妙地运用舞台环境来增加异国情调，借用好莱坞动画片中的歌舞表演来增强现场氛围，以及在塑造人物时将恶棍变得更加可爱，都是提高儿童戏剧剧本的游戏性的制胜法宝。

一部真正的儿童戏剧，要好看、好听、好玩，才能吸引小观众，取得良好的戏剧效果。为了让游戏设计更好地服务于儿童戏剧，真正做到“好看、好听、好玩”，游戏设计必须遵循以下几个原则。

第一，要始终注重儿童本位，充分考虑游戏的难度、娱乐性和适龄性。在儿童戏剧剧本的创作阶段，应注意以儿童为中心、富有童趣、不过分成人化。一些旨在指导儿童认识成年人世界的游戏，也要符合儿童的生理和心理特点。儿童的语言和视觉的发展程度、不同特征和能力、不同的发展阶段，以及他们的兴趣，这些都是游戏设计需要考虑的因素。既要满足需求，又不能沦落到低俗层面，还要避免游戏滑向暴力、色情等不健康层面。

第二，要围绕儿童剧的主题来设计游戏情节，以达到寓教于乐、寓善于美的目的，不要为了“游戏”而设计游戏。将多部作品的故事融合到一出戏中时，也要考虑到主线和支线的关系，可以根据孩子的不良习惯、错误的人生观，将成功、责任、梦想、英雄崇拜等题材融入故事的剧情中，从而有针对性地进行游戏的设计和编排。

第三，游戏设计不能简单地模仿生活，要有一种距离感。玩游戏是孩子们“从日常生活的束缚和枯燥中解脱出来”的一种途径和方式，如果剧本直接照搬生活，儿童潜在的逃离需求就得不到满足。例如，儿童在剧中用树叶做“菜”玩过家家，肯定比把厨房搬上舞台直接炒白菜要更快乐。

第四，剧本要有弹性，不能被限制。在游戏的过程中，如果孩子们的行为超出了剧本的预料，那么我们不妨发挥他们的创造力，发挥他们的潜能，适当地改变剧本，给他们提供新的创意，让游戏变得更完美，不限制儿童想象的空间，让他们的创意和想象力得到更好的发展。在演出场地及观众群体发生变化时，还可以根据实际情况修改游戏的内容和形式，避免小演员们出现“职业倦怠”，游戏设计还需要考虑到孩子们的安全问题，如根据他们的性别来修改游戏内容，道具的设计等。

杨火虫在《从“高”向“低”攀登》一书中提过，儿童真正需要的、喜欢的其实是模拟儿童式幻想带来的虚拟体验。当代少年儿童正醉心于电脑与电子游戏，正如他们曾经醉心于童话中一样，其实是一个道理。儿童戏剧中新颖的游戏设计，可以满足儿童“模拟儿童式幻想”的需求。但是，在不同的剧本创作中，游戏的设计是不同的。作家要根据自己的实际状况进行改革与创新。唯有务实的创新，才能保持事物永久的生命力。

本 章 小 结

1. 儿童戏剧创作应遵循游戏化、动作化、口语化、简单化的原则，选取的素材可以是原创的也可以是改编的。

2. 儿童戏剧的剧本有着固定的格式，一般按照故事大纲、人物介绍、时空介绍、舞台提示、分幕分场的格式编写。

3. 儿童戏剧创作过程中，人物设计和戏剧冲突都要符合要求，可以尝试在剧情中加入一些游戏元素。

思考与练习

1. 儿童戏剧创作要注意哪些原则？

2. 儿童戏剧创作过程中，确立主角人物与对立人物有何意义？

3. 有人认为，为了与剧场小观众的心理承受能力相适应，儿童剧的戏剧冲突应多设置为静态，请你联系实际创作谈一谈这个观点的利与弊。

4. 儿童剧剧本创作中常见实用的游戏设计方法主要有哪几种？

戏剧艺术为孩子们打开了一个内心笃定自信的世界。

——濮存昕

第六章　儿童戏剧的表演

本章学习目标

- 了解儿童喜剧演员的创作素质。
- 了解和掌握台词的表达技巧。
- 初步学会表演儿童剧。

重点与难点

- 掌握儿童戏剧表演技能。

案例导入

6 部优秀儿童剧轮番上演，20 场线下展演、8 部线上展播……2023 年 7 月 22 日，第十二届中国儿童戏剧节成都分会场在成都市妇女儿童中心儿童剧场揭幕。

作为本届戏剧节的开幕演出，由成都市非物质文化遗产保护中心木偶皮影剧团带来的儿童剧《萌宠精灵》上演。该剧讲述了 12 岁的大海和他的双胞胎妹妹小雨开启的一场“寻找神奇植物”之旅。

（资料来源：四川在线 https://sichuan.scol.com.cn/ggxw/202307/58938545.html）

儿童戏剧《萌宠精灵》现场掌声笑声不断，引人入胜的故事情节、精彩灵动的艺术表演，给现场观众带来了一场难忘的梦幻之旅，这得益于演员们精湛专业的演技。

因此，戏剧表演者需要不断提升自身的文化素养和表演技巧，以更好地塑造角色的人物形象，从而呈现出更好的舞台表演。戏剧表演者要深入思考如何在戏剧表演中呈现角色，这不仅需要积累丰富的舞台经验，还需要深刻理解戏剧的艺术内涵，以真正展现戏剧本身的魅力，吸引并打动观众。

第一节　儿童戏剧演员的素质

案例 6-1

中国儿童艺术剧院《马兰花》的演员王羊，今年 55 岁，她曾在 1987 年版电视剧《红楼梦》里饰演薛宝琴。她看起来很年轻，很漂亮，一双大眼睛里充满了童真。她在学习舞蹈的时候，就被中国儿童艺术剧团看中了，三十年来，没有人可以取代她。“直到今天，我演这个角色都是用真心去体验，而不是靠经验去重复。所以这一点上，我都非常佩服我自己！”

（资料来源：搜狗百科 https://baike.sogou.com/v56519633.htm）

戏剧表演是演员以剧作家创作的文学形象为基础，对其进行重新塑造，使之具有生命和活力的舞台人物形象的艺术。在表演时，演员通过舞台动作展现角色的个性。

舞台之星——儿童戏剧演员的成长之路.mp4

由于角色塑造的需求，儿童戏剧对演员的素质要求很高。一个演员的综合素质，包含了他的身体、嗓音、生活阅历、生活经验、思想修养、文化艺术、专业技能、职业操守等方面的素质，总体而言，儿童戏剧演员的素质包括以下几个方面。

一、深厚的人生阅历

人生阅历是艺术创造的源泉，它赋予艺术作品真实的生命。对于一个拥有丰富的人生阅历、饱尝人生悲欢离合的演员来说，他所经历的一切，都是一笔不可多得的财富。然而，一个演员，不管阅历有多丰富，他都不能体验到人生的所有面貌，在艺术创作中，他经常会遇到一些从未经历过的事情，所以，他需要不断地学习。但是，作为一个演员，我们从何处去观察和理解呢？除了直接的生活体验，也要从间接的经验中获取知识。演员们不但要从自身的人生经验中寻找与古人类似的东西，在中国人中寻找与外国人相同的东西，还要在戏剧里用人性的情感去给动物，甚至是妖魔鬼怪赋予类似的思想和情感。另外，表演者也要利用间接的生活经验来完成自己的创作，例如：人物传记、民俗介绍、小说、诗歌、绘画、摄影、音乐、戏剧、电影、电视等。这些间接的素材，虽然没有第一手的材料那么直观，但是其重要性不容忽视。

二、较高的思想修养

儿童戏剧演员要在任何时间、任何地点去观察、去感受人生，并且要对自己所看到和经历的人生有自己的见解和真实感受。换句话说，一个演员必须要努力提高自己的思想和精神境界。要想在舞台上塑造出一个让人着迷的艺术形象，就必须要有热情和激情。如果一个人对人生漠不关心，那么他就不会成为一个出色的儿童戏剧演员。文化和艺术修养是最基本的积累，也是演员每天必须要学习的内容。光靠“临阵磨枪”是无法蒙蔽观众的，也无法让自己塑造出来的角色具有美学价值。儿童戏剧演员方掬芬，是一位善于观察人生的人，平常她如果在大街上遇到一个能吸引她的小孩，就会跟着他，留意他的一举一动，有时还会跟他走过好几条街。她也常常与孩子们交谈，与他们一同玩耍，从中了解他们的性格和心理。她对儿童的长期观察，使得她的观察力十分敏锐，经常能够迅速地捕捉到儿童内在的个性特点，从而为她的作品积累了大量的素材。

三、高尚的职业操守

在儿童戏剧演员的整体素质中，其工作态度与职业操守是重中之重。敬业精神是一个演员能否在职业生涯中取得成功的重要保障。中国儿童艺术剧团的知名演员覃琨(人物照见图 6-1)，54 岁的时候，在新剧《当心你的鼻子》里扮演了一个重要的角色，她在硬如砖头的地板上蹦蹦跳跳，有时候会因为剧情需求摔倒在地，让人看着都觉得疼，可是她说：“我不忍心在孩子们面前作假。”这种敬业精神，就是一个专业演员必须具备的。敬业精神的另一个表现是，服从大局的需要，演好分配给自己的哪怕是最不起眼的小角色。《马兰花》的老戏骨王瑶，在 20 多岁的时候，就在剧组里饰演了一位群众演员。从 1991 年起，出演《马兰花》第 4 版的主角大兰；又过了十几年，为了让年轻人有更多的机会，心甘情愿地在剧中扮演小动物；如今，她扮演的是小兰的母亲。

图 6-1　演员覃琨

她说：“演什么角色其实并不重要，正如那句话所说，‘没有小角色，只有小演员’。这个剧组里，有不少和我同龄的演员，他们演了一辈子小动物，默默无闻，但是在舞台上，无论演哪个角色大家都是全心全意、全力全赴。《马兰花》可以说是中国儿童艺术剧团的魂，我们演了三十多年这个戏，也不断经历着精神的洗礼和升华。”

一个有职业操守的演员，必须要遵守团队的规矩，尊重他人，互相学习，不贪图虚名。“热爱自己心中的艺术，而非艺术中的自己。”苏联戏剧教育家斯坦尼斯拉夫斯基这样说道。

另外，儿童戏剧演员的创作往往是在虚拟的环境中进行的。因此，演员必须具备极高的信念感；由于要创作出多种多样、性格各异的角色，因此，演员必须具备善于捕捉人物特征的形象感；因为在戏剧中不可避免地会遇到幽默场景，演员必须要有幽默感；在演出中，“温”“平”和“拖”都会让人产生一种懒散的感觉。在各种文体类型的戏剧演出中，演员要把握好文体的节奏感；塑造一个角色，要有一种大局意识；还要有作为一个演员应有的审美标准。国家话剧院的张奇虹，在重排《十二个月》的时候，看到北京下了一场大雪，一位孩子在雪地上发呆，这给了她很大的启发。她相信，所有的真、善、美，都是从儿童开始的。不能让儿童在幼年时期养成浮躁、浮夸的个性，她在作品中加入了自然与人类和谐相处的主题，并邀请作曲家邹野对整个作品进行了改编。儿童剧《十二个月》(剧照见图 6-2)，以一种素雅的审美情趣，把一种恬静、高雅的艺术气息，灌输到儿童稚嫩的心田。

图 6-2　儿童剧《十二个月》剧照

第二节　台词表达的训练技巧

案例 6-2

儿童剧《丑小鸭与靴猫侠》台词节选

[旁白：春天到了！小麦金黄，燕麦绿油油。干草在绿色的牧场堆成垛，太阳照在鸡棚上，鸡妈妈在孵最后一个蛋。

《丑小鸭与靴猫侠》.mp4

鸡哥哥：(得意地) 我说小鸡们，论羽毛，(拍胸脯，竖大拇指)我最漂亮！

小鸡甲：(争吵状) 不对，我的羽毛才是最漂亮的！

小鸡乙：你们都错了，只有我这只不怎么吭声的鸡才是最最漂亮的！

儿童剧《丑小鸭与靴猫侠》的台词具有鲜明的儿童特点，例如简短、浅显、天真、活泼、顽皮等。儿童剧的表演艺术，就要充分表现出这些特点。同时，作为成人的儿童剧演员，还要注意“声音化妆”，即用“童声”语言，让语言充满孩子气甚至“奶味”。无论是扮演男孩还是扮演女孩，都要充分发挥“童声”的优势。

时代的发展，给儿童剧的演员表演提出了新的课题。为了孩子们认可自己的表演，演员必须加强台词表达的技巧训练。

一、生活语言与戏剧台词

儿童戏剧中的台词是经过艺术处理的语言，是一种典型的、艺术化的、具有表达功能和音乐效果的语言。它以生活语言为基础，但不同于生活语言。与生活语言比较，其表现形式有三个基本区别。

(1) 生活语言是在日常生活中，出于沟通等目的而说出的合适的话语。儿童戏剧的台词指的是作者笔下的人物在一定的时间和空间中说出的经过艺术处理的语言。

(2) 生活语言是随意的，可以自由地表达，如果对方听不懂，可以反复地说，如果没有说完，可以第二天继续说。但是儿童戏剧的台词是有限制的，一旦剧本写好了，演员们就不能再随意修改了，他们要在有限的时间内把所有的台词都表达出来，并且还要受空间的限制，因为要让所有人都听得见、听得清。

(3) 生活语言处于一种自然的状态，只要能够表达自己的情绪，就可以自由表达。而儿童戏剧台词是一种经过艺术加工的语言，其最终目标是塑造出一种艺术形象，因此其语言要优美、富有艺术魅力，其形式多样多样，如有对白、独白、旁白等。

二、演员台词的训练要求

儿童戏剧是为了小观众而表演的，所以，儿童戏剧的台词必须要达到“松”“纯”“清”“远”“美”“耐力”“深”“趣”。

松：是说儿童戏剧演员的声音和形体都要处于放松的状态，避免造成不必要的紧张，紧张会让演员感到不知所措，呼吸短促，思维停滞，注意力分散，无法正常表演。在开始创作之前，一个表演者必须学习如何在台上进行正常的呼吸，放松自己。

纯：是发音的纯正。普通话是我国官方语言，但方言对普通话的影响较大，而戏剧是以语言为主要的表达形式，且肩负着教育、指导孩子们和锻炼孩子们语言能力的重要责任，所以演员必须要保证语言的规范性和纯正性。

清：是指清晰的言语。要想让年轻的观众听懂，就必须要让他们听清。发音含糊是大忌。在生活中，如果没有听清，可以反复讲，但是戏剧台词，是不会被反复讲出来的，而且观众也不会在舞台上提问。如果小观众听不清演员的台词，就无法理解剧情，演员的表演目的也达不到。

远：指演员的声音要传得够远。演出要面向所有人，要让最后面的人都能听到，否则就算说得很好，也不会有很好的演出效果。但演员也不能在台上大声叫喊，那样会影响整体表演效果，让观众产生不适。这就需要增强话语的穿透力，从而实现更大范围的传播。

美：指言语的优美动听。斯坦尼斯拉夫斯基曾说，演员应该给台词做出情感的乐谱，并学会用角色的话语把这种情感的乐谱唱出来。“唱”的意思很明显，要想让孩子感动，让孩子欣赏美，演员的台词就得有音乐感。

耐力：是指持久的嗓音。儿童戏剧表演者以自己的身体为载体，将演出的艺术呈现给观众。为了达到创作的目的，一个表演者的声音需要具有持久性。在戏剧表演中，声音易疲倦，应重视防护，演员应适当使用呼吸发声法，并定期进行练习。

深：指的是语意的深刻。表演者要清楚、准确、深刻地揭示文本的内涵，让年轻的观众能从字里行间听到“言外之意”，留有回味的空间。

趣：是指有孩子气的嗓音。现在的孩子从小就看动画片，他们很轻易就能记住动画里的各种充满个人特色的声音，董浩的米老鼠、李洋的唐老鸭、李温慧的一休，都给电视观众留下深深的印象。若儿童剧中出现符合人物个性的嗓音，一定会为孩子们增添更多趣味。

三、台词表达的技巧训练

演员的基本台词训练是非常关键的。一个演员，若学会了呼吸发音法，其发音就会变得很纯熟且准确，这就是良好表演的起点。要想处理好台词，用语言表达人物的思想感情，演员还必须具备一些控制发音的技巧，例如节奏快慢、音量大小、音调高低及声音的力度等。这是形成多变声调的最根本的基础。

演员的基本技能训练，可以从呼吸、声音和咬字的练习入手。呼吸，是指用胸腹部呼吸，气沉丹田，呼吸顺畅等；声音，是指找到合适的发音部位，使嗓音优美且传播远；咬字是指发音标准，吐字清晰等。

(一)节奏快慢的训练

对于初学儿童戏剧表演的演员，绕口令练习有助于提高语速。但练习时不仅要求快，更要注重呼吸、吐字、发声与情绪的协调性，确保语言的清晰度和准确性。演员需要能够自如控制语速和节奏，以及嘴唇、舌头、牙齿的动作，以在最短时间内做出恰当反应。追求快速时，要保证发音清楚、准确；追求慢速时，则要求词句完整、连贯。快速发音时，演员要控制好呼吸，节约使用，确保唇、舌、齿的动作迅速而干净；慢速发音时，则要利用小腹的力量，用较大的气流支撑元音，尽可能慢而连贯地发出声音。此外，还需练习从快到慢、从慢到快的均匀加速和减速技巧。

(二)音量大小的训练

音量训练旨在使演员能够自如控制说话的音量。音量受气流流速的影响：流速大则音量大，流速小则音量小。在提高音量时，要注意不要提升音调。练习时，要学会根据不同的声调自由调整音量大小。每个演员的嗓音都有其天生的界限，音量的提高也应适度，避免喊破音，以免损伤声带。

小音量练习的目的是缩短演员与听众之间的感知距离。在台上低声交流时，过大的音量会干扰戏剧效果，过小的声音则可能导致听众听不清楚台词。因此，演员必须掌握低声传递的技巧。小音量发声必须是真实的，避免虚声或气声，以保证声音质量和保护声带。同时，小音量吐字时，要通过加强唇、舌、齿的力量来提高字音的初速度，确保每个字都能清晰地传达给听众。

(三)音调高低的训练

声带的拉伸和松弛是演员的音调高低变化的关键。声带绷得越紧，音调就越高，而声带越松弛，那么音调就越低。一个演员的嗓音品质和音域范围是与生俱来的。一个具有宽广音域范围的演员，其高音可以很高，而低音也可以很低。音域狭窄的演员则相反。演员们只能用最好的方式去利用自己的天赋，而不能改变自己的声音。

音调高低的训练是为了让演员更好地理解他们的声带，也就是了解他们音域的最大和最小限度。通过适当的呼吸与发声练习，演员可以明确自己的声带潜能，并充分利用。高音的要求是不用假声，低音则是不能压喉，压喉会造成声带损伤。当他发现了自己的高、低音极限之后，他的下一步就是从高音向低音过渡，也就是要控制自己的音高在高音和低音的界限之间来回移动，在有限的范围内尽量划分出不同的音阶。谁拥有更大的音域范围，他的嗓音潜能就更大，在塑造人物时，他的表达能力也会增强。音域狭窄的人，若能提高对声音的掌控能力，他的表演技巧也会得到加强，甚至比那些天生嗓音好的演员还要好。

(四)力度强弱的训练

声音力度是指演员在表演时，用语言表达情绪、态度等心理状态时的发音和吐字的强度。例如，“咬牙切齿”、“斩钉截铁”、“铿锵有力”、“掷地有声”等词语，展示了在强烈情感驱动下的吐字力度。而在面对喜爱的人或物时，声音则变得柔和，如同春风拂面，恋人间的低语，或朋友间的倾诉。

演员控制声音力度的强弱，关键在于呼吸和发音器官——唇、舌、齿的协调。在表达强烈情感时，需要气流具有冲击力和动力，唇、舌、齿在发音时力量加重，爆破音和摩擦音等现象被强化。韵母在呼吸的影响下响亮而短促；而在表达较弱情感时，唇舌齿的动作要轻柔，语调平稳缓慢，稍微拉长韵母，用柔和的方法来收音，使吐字力度自然减弱。

节奏快慢、音量大小、音调高低、力度强弱这四个基本能力是构成语气和语调的基础。在实际表演中，演员需要协调这些元素，变化声调，以表现人物复杂多变的情感。儿童戏剧演员在节奏、音量、音调、力度方面，应在快慢、大小、高低、强弱之间细分出不同等级，提高语言表达能力。理论上，这两个极点之间可以划分出无数等级。表演者要能够自由掌控这些等级，从一个等级平滑过渡到另一个等级。掌握这四个基本技能的能力越高，语言技巧也越深。通过大量高强度的纯粹技术练习，结合气、声、字的练习，演员可以胜任更多角色。

在实际演出中，演员还需从角色角度出发，体会角色的态度和情绪，确定基本技巧的运用方式。例如，上海戏剧学院的刘宁在分析《满江红》中岳飞的情感时指出，岳飞的“怒发冲冠”和“壮怀激烈”是由金人入侵和南宋王朝投降势力的阻挠引发的。岳飞的“长啸”表达了他对敌人入侵和朝廷腐败的愤怒与无奈。在表演时，可以通过逐步加大力度和提高语速，让力度和音量在“恨”字上达到最大值，而在“何时灭”上表现出岳飞的无奈和忍耐。

在儿童剧《我不要被吃掉》中，狐狸佐拉在得知牛头人科尼的悲惨经历后，心生怜悯，决定将自己最喜欢的小木马卡罗送给他。她的台词“我也把卡罗……送给你吧。”体现了她一时兴起又随即后悔的复杂心理。演员在表演时，语速要快，但在说“送”字时，要表现出犹豫和不舍，最后虽然继续说出“给你吧”，但声音要显得微弱。

法国知名影星哥格兰非常重视声音训练，他认为真正恰当的音调变化是一种难以估量的力量，比任何外在行为更能打动人心。因此，演员应先学习发音，并通过声乐训练使声音变得富有表现力、音色多变。声音应随人物需要变化，如温柔、圆滑、谄媚、嘲讽、粗鲁、急切、仁慈、失望等。

第三节　表演中的语言运用

案例 6-3

听说过儿童剧、儿童人偶剧、儿童音乐剧，可你听说过儿童肢体剧吗？该剧最大的特点就是以夸张的肢体动作和形象生动的拟人、拟物表演为孩子们讲述一个完整的故事。整场演出几乎没有台词，却依然能牢牢吸引住孩子的眼球，让孩子们看得津津有味。2015 年 7 月 10 日，南京原创儿童肢体剧《天上掉下一张纸》在南京艺术学院小剧场正式公演(排练照见图 6-3)。演员们不仅要用肢体表现出春夏秋冬四个季节，还要用肢体语言叙述故事、体现朋友间的团结友爱和喜怒哀乐等情绪。在故事的穿插中，利用肢体表演来激发孩子们的想象力和创造力。该剧的正式公演填补了国内儿童肢体剧领域的空白。

《天上掉下一张纸》.mp4

图 6-3　《天上掉下一张纸》排练照片

(资料来源：新浪网 https://news.sina.com.cn/o/2015-07-06/065432076622.shtml)

可见无论是丰富多彩的有声语言，还是千姿百态的无声语言，对儿童戏剧的呈现而言均具有无法替代的作用。

人们对有声语言的研究在数千年前就开始了，有声语言中的语词有比较明确的含义并遵循规范的语法规则。人类的动作和有声语言一样，也是一个信息符号系统。不过，对动作的研究只是近百年的事情。动作的含义比较广泛，往往一个动作有很多解释，需要根据动作发出的时间、环境，以及其他动作和有声语言的配合来确定。

一、有声语言与无声语言的内涵

儿童戏剧表演应善于运用两种主要的表演手段，一是有声语言，二是有无声语言。有声语言主要指剧本台词。无声语言主要包括眼神、表情、手势、姿势等行为动作。

随着社会的发展，人们的思想感情越来越复杂，人们在传达思想感情的时候，往往将语言和身体动作结合起来，以实现更丰富、精确的表达。演员的“台词”和“动作”作为组合信号的组成部分，都各自承担着不同的角色。有些部分是这个组合信号的主体，即主要信号，其他部分充当辅助信号，它们负责解释、限定、注释和修正等。

比如，当人们说“是”的时候，往往会加上点头动作，以表示肯定。点头说“是”是这个组合信号的主体，同时人们也会把许多其他信息附加到组合信号的主体上，以限定、解释。

(1) 音调升高，眼睛睁大，眉毛上扬，嘴角上扬，这表达了一种积极的肯定。

(2) 语气软弱无力，只有一条眉毛向上一挑，这是表面上肯定，心里却在怀疑。

(3) 语气坚定，嘴角上扬，双眼无神，这是一种勉强的肯定。

(4) 语气软绵绵，面无表情，眼神“上视”，这是一种不服气、被强迫接受的肯定。

二、有声语言与无声语言的功能

有声语言作为戏剧表演的基本要素，是戏剧表演中必不可少的组成部分。没有台词的戏剧表演无法让现场观众感同身受，舞台演员的情感演绎如果全部通过无声语言来完成会显得过于单调乏味，观众的情感接受程度也势必会降低很多。演员的表演中如果缺乏有声语言，就无法做到张弛有度。有时演员会为了更好地表达戏剧内容而夸大肢体动作，这对于戏剧表演的呈现是非常不利的。戏剧表演中演员的情感表达一部分用有声语言完成，另一部分用无声语言完成，二者是相辅相成的。如果将原本该用有声语言来进行的情感表达用无声语言来表现，观众将无法接收到演员想要表达的情感，戏剧内容的表现也将大打折扣。只有将无声语言和有声语言结合在一起，搭配现场设立的情景氛围，剧中人物的心理情感、性格特征和背景特点才会被生动形象地表达出来。

在戏剧表演中，有声语言是基础，无声语言是灵魂所在。肢体动作就是一种无声语言，因为有些戏剧剧情是极具冲突性的，有声语言的表达可能无法体现剧情的冲突和矛盾，需要借助肢体动作的辅助。此时有声语言的表达主要是为了烘托气氛，无声语言才是演员深入表达人物内心深处的主导语言。戏剧的演绎可以充分体现出一个演员的自身专业素养，演技卓越的演员表演出来的内容具有层次感，他们会将剧本中的故事真实还原，带动观众的情绪，引发观众的思考，让观众真切感受到角色内心的丰富情感。无声语言就像是演员表演的一个出口，只有优质的台词和丰富的情感还远远不够，有声语言在特定环境中需要结合无声语言，这样才能将人物的戏剧冲突真实再现出来，观众也能更好地感受到这个人物的内心活动。

三、有声语言与无声语言的运用

在使用有声语言(台词)和无声语言(动作)这两套“组合信号”进行表演的过程中，演员要注意到三个问题：表演信号的缺乏和过剩、表演信号的强度和幅度、表演信号的真实度排序。

(一)表演信号缺乏和过剩

当观众从儿童戏剧中得到一组有声语言和无声语言合成的信号后，他们会根据自己的人生经历，解读出不同的信息，从而做出对表演的评价。“哭”就是一个例子：哭泣是一个综合的信号，由包括胸腹、声带、颈部、嘴巴、鼻子、眉毛、眼睛等多个器官发出的信号组合构成。当演员发自内心地哭泣的时候，他的身体器官就会有组织地合作来完成这种情绪的表现。但如果演员情绪不到位，只是强行让自己哭泣，那么他的身体里，就会出现部分器官在哭泣，而其他的器官不会听从他的命令，不会参与到哭泣中的情形，那么这时就会出现信号缺失。在《丑小鸭与靴猫侠》中，四个表演小鸡的演员，他们在嘲笑丑小鸭的时候，发出的笑声一开始是干巴巴的，这说明他们缺乏组合信号。

而表演信号过剩，在社交活动中，我们常常能见到这种表现。就拿那些违心的笑声来说，一个人说了一个笑话，虽然他已经听到了很多次了，但是他还是哈哈大笑了起来。由于笑是假的，所以嘴巴的开合、身体的抖动、声音的大小，都要超过一般正常人的反应，而且还会有一些不合适的动作，比如手舞足蹈。作为一名儿童戏剧演员，必须了解幼儿的心理，在舞台上演出时，根据幼儿的情况把握好度。动作和表情是由意志所决定的，比如，演员可以用眼神指责、恳求或发号施令，也可以用他的拳头来恐吓别人，因为他可以通过自己的意志、仔细的观察或思考，使自己的动作变得非常真实、有力。然而，如果演员只凭面部表情来表现愤怒、痛苦、绝望、欢乐等情绪，就会陷入表演情感的泥沼，使观众觉得很虚假。

(二)表演信号的力度和幅度

表演信号的力度和幅度也是一个重要指标。演员在舞台上呈现的组合信号会随量的变化，表现不同的含义。表现感情的表情是演员在舞台上的动作中的一种内在感受的流露，它的丰富程度和表现力与演员日常的身体锻炼(包括肢体、面部、眼神等)有很大的关系，而当一个人在舞台上的时候，他的表情就会自然而然地表现出来，如果单纯地用表情来表达自己的感情，那就会被束缚在一种艺术的模式中。人类在真实的感情经历中所呈现的微妙的感情变化，常常无法用人为的假表情来表达。

(三)表演信号的真实度排序

在表现人的真实情绪时，演员身体各个部位所传递的信息的可信度也会有一个排序。面部表情可信度低，因为面部表情是最好控制的。面部表情在传递情绪信息方面的可信度仅次于语言，人在很小的时候就进行的一系列的训练，可以让任何人在没有相应情绪的情况下，轻易地做出各种表情。由手的运动所传递的情绪信息，比起面部表情，它的可信度要高一些。因为手离情绪的核心——脸很远，所以对它的控制就比较宽松了。躯干是用来支持身体的，本身没有太多的动作，所以它的可信度要高得多。离脸部最远的腿部和足部，相比之下我们对其的掌控力最差，因此，腿部和足部的运动具有很高的可信度。由于表演信号的真实程度在观众心里会有一个排序，所以，要想提高演出的表现力，就必须让整个人都投入演出中去，而不能仅靠面部表情和台词。

在演出过程中，儿童戏剧演员绝不能单独地使用上述的表达方式，而应将其视为一个整体加以综合应用。只有如此，我们才能做出正确的判断，从而更好地表达人物的内心世界。所以，一个演员要善于在生活中观察，在演出过程中，力求找到一种可以充分表现人物的思想、目的和欲望的无声语言。

本章小结

戏剧表演艺术是演员在剧作家所创造出来的文学形象的基础上，再塑造出有血有肉的舞台人物形象的艺术。这种舞台人物形象的塑造，是演员在做出舞台行动，表现角色性格的过程中完成的。儿童戏剧演员除了要有基本的表演技能外还要有高尚的艺德。

思考与练习

1. 儿童戏剧对演员的总体素质有哪些要求？
2. 生活语言与戏剧台词有何区别？演员台词的训练有哪些具体要求？
3. 台词表达的技巧训练可以从哪些方面着手？
4. 焦菊隐先生认为，演员表演时，“先有心象，才能够创造形象。”说说你对这句话的理解。

“学习戏剧并不一定成为专业演员，但一定可以成为一个有趣的人。戏剧教育，助力孩子成为高‘艺商’人才。”

——杨立新

第七章　儿童戏剧导演的工作

本章学习目标

- 了解儿童剧导演的前期案头工作，掌握舞台调度的基本知识。
- 了解合作排演的流程和注意事项。
- 学会表演儿童剧。

重点与难点

- 掌握舞台调度的基本知识。

案例导入

钟浩，中国儿童艺术剧院国家一级导演，享受国务院政府津贴。曾获第九届中国戏剧“梅花奖”、中国话剧“金狮导演奖”、“文华导演奖”、“全国话剧优秀工作者”称号、“文化部优秀专家”称号。钟浩在中国儿童艺术剧院主要导演的作品有：音乐剧《月光摇篮曲》、童话剧《小蝌蚪找妈妈》、儿童剧《天蓝色的纸飞机》、亲子动漫舞台剧《绝对小孩》、大型杂技童话剧《憨憨猫皮皮鼠》、大型儿童剧《宝船》、大型儿童剧《东海人鱼》、童话剧《马兰花》等。

(资料来源：百度百科 https://baike.baidu.com/item/%E9%92%9F%E6%B5%A9/24122672)

儿童戏剧导演是儿童戏剧的创作者和核心。导演，是影视作品的组织者和领导者，是用演员表达自己思想的人。是把戏剧剧本搬上荧幕的总负责人。

儿童戏剧导演的创作之旅-《宝船》.mp4

作为影视创作中各种艺术元素的整合者，导演的任务是：组织和团结剧组内所有的创作人员、技术人员和演员，发挥他们的才能，使众人的创造性劳动汇聚。

第一节 前期案头工作

案例 7-1

儿童戏剧导演张炳龙的歌曲小品《新方卿见姑》，一上来就把姑母为人势利，发财后看不起穷人，连亲侄儿也不屑一顾；方卿明明已经中了状元，却假扮道士唱道情来讥笑姑母的一折小故事讲给孩子听。然后配上孩子们熟悉的流行歌曲，照剧本台词一边风趣地说一边演唱给孩子们听，孩子们立刻就产生了兴趣，主动要导演教他们演唱。然后，在之后的 20 天中，导演不厌其烦地纠正孩子的语气、唱腔、动作、表情，至少 20 遍。每当孩子有一点进步，导演就及时给予表扬，称赞他们“真行，是块艺术表演的料”，“真聪明，只要认真努力，将来是个小明星”，以调动孩子们的创作热情。

(资料来源：百度文库 https://wenku.baidu.com/view/f7e0c3ef910ef12d2af9e771.html?_wkts_=1691203602813)

《新方卿见姑》在本地演出时，场场都引得同学、老师、家长们捧腹大笑，该小品荣获江苏省中小学生文艺表演一等奖。导演就好比军队的最高指挥者，一部影视作品的质量，在很大程度上取决于导演的素质与修养；一部影视作品的风格，也往往体现导演的艺术风格和个性，更能体现出导演看待事物的价值观念。

儿童戏剧导演是儿童戏剧的创作和表演的总指挥。他把各个领域的艺术家和技术人员联合起来，共同打造高品质的儿童戏剧。他是整个团队的中心人物。导演的职责是：组织主要的创作者，学习相关的材料，对剧本进行分析，对演员进行选拔，对剧场进行选择，对剧本进行创作，对剧本进行阐释，对作品进行构思，组织进行戏剧的初排、细排与整合。而在前期案头工作中，导演的主要职责是与编剧、副导演和演员进行深入交流与沟通，保障工作的顺利开展。

一、导演和编剧

编剧是剧作家的泛称。这里存在专业和非专业之分。他们以语言来规定戏剧的内容主题、人物形象、故事情节、剧本结构和表演方式。编剧首先要考虑剧本在实际演出时的真实效果，通过舞台解说、对话等方式形成戏剧未来演出的初步框架，在没有特别需要的情况下，导演不能对剧本进行改动，而要尽可能保留编剧的意图。很多导演喜欢对剧本进行分析研究，然后再对剧本进行修正，等把剧本拿到台上时，已被改得面目全非。如果编剧已经写好了剧本，并且经过了彻底的修订，导演也同意将其改编成戏剧，那么，在进行分析和研究时，导演的职责就是尽可能地保留编剧的想法。这里主要是指剧本的内容结构，而剧本中的舞台说明部分，由于环境的限制，很难在台上表现出来时，导演就必须对剧本进行细致的分析，并根据自己的想象和创意，对剧本进行适当的调整，但是总体上，编剧的主要意图，需要保留。

二、导演与副导演

副导演是导演的主要助手。在准备期间，导演要把工作交给副导演，让他去互联网、图书馆、博物馆、学校等收集与戏剧主题相关的参考资料，如书籍、图片、音乐素材、乐谱等；副导演要协助导演挑选剧本主角，这样才能缓解他的工作负担；副导演要安排导演和被选中的人见面，安排谈话，或者按照导演的要求与他们见面，进行各种会谈；副导演要协助导演指导演员进行试戏、排练，有时还应根据导演的要求，对演员进行独立指导；副导演负责指导和安排化妆师和服装设计师的工作，并根据导演或美术老师的要求，对试戏的着装进行挑选和确定；副导演与导演合作或者单独进行演员带妆照、试镜的拍摄工作；副导演在没有场记的情况下，充当了场记的角色，主要是在排演现场记录导演和主要创作人员的艺术处理和填写场记单，要详细记录每一场演员台词的变化，保证演员演出的情绪、动作、服装、道具和发型的连贯性。后期根据现场记录整理，为导演提供准确的数据和详尽的资料。

三、导演与演员

导演在为剧本挑选演员时，应该以什么作为标准呢？爱森斯坦认为，应该以导演对人物形象的深刻理解作为挑选演员的指南。因为演员要展现编剧所构思的和导演所分析研究出来的形象。同时，作为一个演员，也不要有一种认为自己只能扮演特定类型的角色的固定思维。其实，为了使自己在艺术领域得到更大的发展，演员应当努力去扮演多种不同的人物。一个导演要想做一个真正的艺术家，而非一个手艺匠，就必须要挖掘隐藏在演员身体里的创造力，而不是让他总是带着同样的面孔。演员的内在条件、外在条件以及其创作能力，决定着他的表演领域，某些演员能够扮演任何角色，某些演员的戏路却有限。要注意的是，挑选演员时，千万别过于看重一个人的外形状况，因为一位出色的化妆师可以让一个人的外形发生变化。只要这个演员的主要条件(演技、嗓音等条件)适合角色，就不会影响其扮演某一角色的质量。如果导演仍拿不定主意，可以多邀请几个备选演员来试镜。

在对某个演员进行初审时，导演应当与其见面并进行最初的交流。主要工作是向演员介绍剧本，让演员说出对这部戏的看法，以及介绍演员要扮演的人物是怎样的，并询问他们对该角色的看法，最后再将他们的剧本交给他们，并约好下次会面的日期。第二次见面时，导演应听取演员对于剧本和其扮演的角色的深入见解。在整体上，导演要先准确地把握作者的创作意图和角色在整体中的位置，然后再进行试镜。

演员试镜是一个很重要的阶段。演员试镜阶段有三个主要工作环节。

(1) 导演通过能展示角色性格的一段习作排演，来检验演员演技的多样性，也就是他戏路的宽度。习作选多长，主要看演员在剧中扮演的角色的戏份和重要性。

(2) 美工师、化妆师要从演员的外表出发，讨论服装的初步设计和造型，通过拍照，在电脑上设计出最恰当的妆容。

(3) 演员先穿戴好准备好的衣服，化妆，然后试镜，再进行一次面试，导演敲定最终的人选。

在确定了演员之后，导演要积极地关注演员，让他们能够完全理解导演的讲解。因为只有当一个演员对剧本和导演的解释都进行了充分的理解之后，才可以进行表演。导演要学习如何让演员们对角色产生兴趣，引导他们投入自己的角色中去，这样他们就会觉得很有意思，并且在导演的引导下，全身心地投入到创作中去。有的演员，生活懒散，排练时间如果太长，他们便消极懈怠，不能认真地学习，所以，导演要安排好这样的人，要让演员们尽快地理解自己的创作方式。

在彩排时，导演切忌将演员当作木偶。假如导演和演员在怎么处理人物的问题上有不同意见，那么两人就应当"依据作品"来排练。那种一举一动都由导演想好，由导演做主命令演员照做的排演路线是错误的。有的导演说戏时，会自己跳到舞台上，让演员像猴子一样进行模仿，演员就像是一个木偶一样。这种安排如果放在小学和幼儿园里，结果就是舞台上的小演员在表演的时候，会一直看导演，最终的表演是呆板、僵化的。

导演的理想状态应该是做一位循循善诱，能引导、启发演员的好老师，不要专横，不要任意妄为，要去激发演员的想象力，要让演员自己去发掘、创作。对于有经验的演员，导演可以根据自己的观点来解释，让他们按照自己的想法去表演。当然，这些技巧是否合适、自然、清晰、有趣，是否符合气氛、节奏、人物性格，都要由导演来决定。对于没有经验的新人，如果需要导演指导，导演也要给他出主意。导演要想办法把演员引到工作上去，而不是用命令的语气。导演的恰当的措辞是："你可以试试""你觉得怎么样？"或"你再想想，还有什么话可以说？"这会增强演职人员的自信，也会增强他的创造力。不要用这种方式来表示："是不是？""我不是让你这么演的吗？"那样会伤害到演员的自尊，让他变成无法独立的提线木偶。

第二节　舞台节奏调度

案例 7-2

在《丑小鸭与靴猫侠》(剧照见图 7-1)第八幕的高潮到来前，导演利用"天鹅湖"中的一段优美的芭蕾舞，放缓了剧情的速度，让观众放松下来。随着"砰"的一声枪响，天鹅们惊慌四散，胖猎人和瘦猎人立刻跑上了台，气氛一下子就紧张了。但是，当两名猎人都没有任何收获，疲惫地进入了梦乡时，观众们悬着的心又放了下来。当猎人们被一只顽皮的猫耍了一把，惊醒之后，疯狂地向"受伤"的丑小鸭射击时，主角和反派的战斗进入了白热化阶段，场面变得更加紧张刺激，观众们的神经也跟着绷紧了。当猎手们失去了手枪，被靴猫侠和稻草人团团围住后，他们惊恐地向其哀求时，观众的心情又变得轻松起来。

图 7-1　《丑小鸭与靴猫侠》剧照

(资料来源：搜狐网 https://www.sohu.com/a/166309703_697691)

剧情一张一弛之间，观众的心情也被调度得跌宕起伏，这就是舞台节奏处理艺术的魅力。

舞台节奏是导演处理演出的重要手段之一。一部戏剧演出的舞台节奏处理得当与否，直接关系到观众能否随剧情发展产生共鸣。有人说过："节奏给予戏剧以呼吸，以生命。"因为戏剧是直接反映社会生活的一种艺术，而生活中一切事物的发展均有它特定的运动规律，在运动过程中必然有其相应的节奏。在舞台演出中，导演如果处理好节奏，会增强演出对观众的感染力，使舞台生活更富有生命力。反之，如果导演没有处理好节奏，就会大大减弱演出对观众的感染力，使舞台生活缺乏活力，毫无生气，而达不到演出的效果。儿童戏剧的导演的节奏调度工作主要包括两个方面：速度与节奏的呈现、歌曲与舞蹈的穿插。

一、速度和节奏的呈现

窗格的排列、墙砖的堆砌、蕉叶的脉络、蚁阵的队列、河流的暴雨、深谷的松涛……一切事物在运动中都有一定的节奏。人生是这样，儿童戏剧也是这样。节奏赋予了戏剧生机与活力。速度与节奏是影响孩子情绪、引发孩子情感共鸣的一种重要艺术方法。一般而言，在戏剧表演中，其速度和节奏的表现形式有以下几个方面。

(1) 情节的发展和改变是影响儿童戏剧速度与节奏的重要因素。总体上，矛盾激烈，剧情发展起伏较大，那么节奏常常大起大落，高低起伏。比如一些冒险、魔幻、战斗类的剧本，就会让人觉得速度快、节奏明快，而在"淡化"剧情的散文性戏剧中，节奏会更慢、更稳定，不会有太大的波动。

(2) 在戏剧表演中，导演的舞台排练方法也会影响到表演的速度与节奏。导演对舞台调度的处理方式也会对速度和节奏产生影响，导演对美学风格的追求，比如背景音乐风格的选择，往往会直接影响速度和节奏。

(3) 剧本的风格、体裁也是影响儿童戏剧速度和节奏的重要因素。戏剧家在创作作品时，会有自己的风格和节奏。另外，从文体上来看，喜剧总体上速度和节奏是比较轻快的，而悲剧的速度和节奏更慢。

(4) 在演出过程中，演员对角色情绪波动的掌握，也会影响到儿童戏剧节奏与速度。在表达角色情绪的过程中，演员通过内外手法，让角色的情绪起伏，呈现出一定的速度与韵律。

(5) 在儿童剧场表演中，布景、灯光、音响、特效、化妆、服装等都可以产生不同的速度与节奏。例如舞台布景和光线的转换；声音的强弱、远近、快慢、隐现；情感色彩的变化；妆容和着装的色调变化，冷暖和明暗的反差，都会造成速度和节奏上的变化，营造出一种情绪的氛围，影响着观众。

总之，导演要明确认识到上述这些都是影响戏剧演出中的速度与节奏诸方面的因素，导演应顺应剧本、演员、舞台美术等诸方面的要求，综合利用上述各种因素来创造出戏剧所应有的速度与节奏。

首先，导演要对整个剧本进行全面的研究，并对整个剧本的节奏和速度进行思考。导演可以根据剧情发展、人物性格、人物关系等，精心设计戏剧的速度与节奏的变化，哪些地方应该加强、哪些地方要弱、哪些地方要快、哪些地方要放慢、哪些地方要张、哪些地方要驰、哪些地方要起、哪些地方要落，要清清楚楚，要确保演员每个人的速度和节奏与整个剧的节奏和速度保持一致。因为统一的节奏和速度是戏剧成功的关键。尤其是某些剧种，整个剧的基调体现在角色的动作及身边角色之间的矛盾和冲突中。导演要有计划和灵感，鼓励演员们大胆地去表现自己的情感，在需要压抑的时候克制，在需要释放的时候释放，以增强戏剧的节奏与速度。在彩排时任何演员在节奏与速度方面的偏差，都会影响整部戏的基调。比如儿童剧《上屋抽梯》，诸葛亮被刘琦的“上屋抽梯”骗得走投无路，只得把骊姬如何陷害晋国公子的事情说给刘琦听。此时两人的动作戛然而止，紧接着，一片新的空间出现在了两人的面前，背景从东汉末期转变成为春秋时期，演员骊姬、优施上台，两人在一场宫廷舞会中，掀起了一场宫斗。这里的速度和节奏，应该与东汉时期的节奏有着明显的区别。导演首先要将这一时期的服饰、妆发、音乐，区别于东汉时期。其次，骊姬的扮演者说话的速度要比诸葛亮、刘琦的扮演者说话速度慢一些，给人一种在朝堂的政治斗争中逐渐成熟、恶毒的女人形象。舞台上的灯光，要让不懂剧情的小观众知道，这只是套在大故事中的一个小故事，一个完全不同的时空。在骊姬、优施的演员走下舞台，诸葛亮继续向刘琦介绍时，再将画面的节奏和速度还原成东汉时期的情景。而这一切，都需要导演对整体的速度和节奏有一个清晰的认知。

舞台节奏调度——以《上屋抽梯》为例.mp4

其次，导演在调整演员动作的速度与节奏的同时，也要避免“平”。“平”就是缺乏节奏和速度的变化。有些导演认为，既然观众都是孩子，那就必须要让戏剧一直保持高亢的节奏，这样才能把年轻观众的注意力牢牢地吸引。事实上，速度与节奏的持续高亢，会使真正的高潮来临时，戏剧的感染力大打折扣。也有人认为，像现实中那样的，或者比现实中更慢的节奏，才能让小观众更容易接受，所以他们刻意放缓了剧情的节奏。这将使剧本“平”化。我国的戏曲表演家总结出一句话：“逢强必弱、逢快必慢、逢高必低、逢张必弛。”这可以成为导演自如掌控节奏的不二法门，没有强就显不出弱，没有低就显不出高。导演要善于在对比中表现速度与节奏的变化发展，引导演员在表演中用弱衬托强，用低来衬托高。

因此，在儿童戏剧创作中，速度和节奏是非常关键的要素，如果能正确地运用和掌握，就可以创造出丰富的情感和深远的意境。导演要充分利用各种因素，力求创造出与剧本的风格相符的、有层次变化的速度与节奏。而为了保持一部剧的节奏，导演要注意以下几个要点。

第一，在镜头转换时，防止节奏松弛，以免打乱节奏。

第二，确保演员出场和下场的时机恰当。如果不能把握好这个时机，整个戏剧的节奏都会被打乱。

第三，控制顿挫的时间和长度。

第四，关注对话的节奏和语速。

第五，在利用加速的谈话节奏来制造一个紧张的场景时，要留意这个加速的节奏是否合理。

第六，注意摇椅，钟摆和背景音乐的节奏。

二、歌曲与舞蹈的穿插

要留意戏剧中的音乐和歌舞的穿插，除了音乐剧和舞剧外，戏剧中歌舞穿插要做到自然而不突兀。要做到这种程度有几条规则必须遵循。

(1) 歌曲和舞蹈的伴奏应自然地融入对话之中。它们应该以渐进的方式开始和结束。如果有背景音乐，它可以在不需要导演提示的情况下提前播放，并逐渐增强音量。

(2) 歌舞的开始应该是轻柔和有节制的，随着表演的进行逐渐增强，最终再平滑地减弱，回归到起始的轻柔状态。

(3) 避免让音乐或舞蹈在高潮时戛然而止，因为这会阻碍剧情的流畅过渡到下一段对话。

(4) 不要过分强调歌舞穿插，以免它们成为独立于剧情的节目，从而分散观众对主要剧情的注意力。

(5) 如果可能，在歌舞尚未完全结束时就开始对话，或者让其他角色以略高的声音说话，以吸引观众的注意。

(6) 歌手或舞者应保持其在剧中的角色身份，他们的表演应面向剧中人物而非直接面向观众。

(7) 伴奏音乐应与情节紧密相关，以增强戏剧的情感深度和氛围。

(8) 控制歌舞穿插的时间，避免过长而影响剧情的紧凑性。

(9) 除非有特殊目的，否则应避免使用观众过于熟悉的音乐，以免唤起观众对原作品的联想，从而影响对当前戏剧的专注。

(10) 音乐和舞蹈的节奏应与戏剧的基本节奏协调一致，避免产生冲突。

导演需要特别注意保持戏剧的基本节奏一致性，但这并不意味着戏剧的节奏不能有所变化。节奏的变化应当用来强调特定的时刻、角色或情节的转变。

随着戏剧的进行，观众可能会感到疲劳，因此，戏剧需要通过不断变化的节奏来维持观众的注意力和兴趣。例如，在《丑小鸭与靴猫侠》中，从第二幕开始，新角色的不断加入和戏剧冲突的逐步升级，有效地保持了戏剧的张力和观众的兴趣。到了戏剧的高潮，角色之间的相遇和冲突的解决，为戏剧带来了令人满意的结尾。

这种精心设计的节奏不仅能够吸引年轻观众，还能使他们全神贯注地观看完整部戏剧。正如有两岁的小朋友能够专注观看长达 80 分钟的戏剧，这证明了合理的节奏设计对于吸引观众的重要性。

第三节 合 作 排 演

案例 7–3

儿童戏剧排练——《寻梦的猫》.mp4

“传说，在一年之中星星最璀璨的那天许下愿望，猫咪们真诚的愿望就会实现……”2023 年 6 月 11 日，秀洲“秀娃儿童戏剧社”《寻梦的猫》剧目的 17 名社员正在专业老师的指导下排练(排练照见图 7-2)。

图 7-2 秀娃儿童戏剧社戏剧排练现场

“我们的课程一共分为 3 个阶段，共 20 个课时。在了解学生基本水平后，我们会通过课程，给学生教授基础的舞台表演知识，并帮助他们更深入地了解戏剧。”秀娃儿童戏剧社带班老师赵子宁介绍说“这 3 个阶段的课程内容是这样设置的：第 1 阶段是基础热身游戏、舞台知识普及、戏剧表演入门；第 2 阶段是角色选拔、表演元素游戏、剧目排练、表演深化教学；第 3 阶段是台词深化纠正、表演动作深化纠正、歌曲深化纠正、舞蹈布景、道具运用等。”

(资料来源：搜狐网 https://www.sohu.com/a/684487257_121123527)

儿童剧《寻梦的猫》的排练展示了合作排演的完整流程，合作排演(又称为彩排)，是指在导演的组织和带领下，舞台上的所有工作人员，在对剧本进行分析的基础上，通过舞台表演形成一个真实、鲜明、生动的舞台形象，最终完成整个演出的一个总体构思阶段。

这个环节，无论是导演，还是演员，都应该十分重视。对于演员而言，这个阶段要在导演的整体构想指引下，深入剖析角色，不断完善自己的构想，将“心象”转化为“形象”，以便最后在舞台上与观众见面时，能够“化作角色”，真正地塑造出一个舞台上的人物；对于导演而言，可以利用这一阶段的工作，了解剧目表演全貌，为排演过程中遇到的意外问题，找出相应的对策。排演是导演和演员共同完成角色塑造、反映导演艺术理念的重要步骤。在彩排过程中，导演一方面要向演员解释剧本和角色的生活背景、特点；另一方面，导演要充分发挥演员的创作潜力，帮助其更深入地理解并塑造人物。在彩排中，导演要具有敏锐的想象力、澎湃的激情，不断激发演员创作热情，充分发展其创作个性。在排练场上，导演和演员要相互磨合，同时保持耐心。角色的塑造，是一个渐进的过程，需要导演的细心引导和不断培养、积累，以及对演员个人的人生阅历的深入了解，角色方能跃然于舞台之上。

儿童剧的合作排演大致可以分为初排、细排、合成三个阶段。

一、初排阶段

初排，也叫“粗排”，也就是所谓的“搭架子”阶段。在此阶段，导演和演员们共同树立起情节和动作的初步轮廓，使演员对剧目有一个全面的了解，从而在表演上有更多的思考空间。导演要和演员一起深入学习剧本，体会剧本所要呈现的情景，观察并指导演员的身体动作，建立真实的沟通习惯，从而获得对戏剧整体演出效果的初步概念。

以《丑小鸭与靴猫侠》为例。在第二幕中，稻草人同意和丑小鸭交朋友，发生的对话如下：

丑小鸭：(兴奋地)太好了！我有朋友啦！我有朋友啦！
稻草人：(兴奋地)我也有朋友了！

在初排时，扮演丑小鸭和稻草人的演员们，通过欢呼和拍手来表达角色的情绪。但看完这个剧本后，两个人都感觉到这种表现方式不符合情感逻辑。因为这是它们有生以来第一次交到了朋友，所以它们的心情应该非常地激动。尤其是在之前的几个镜头里，丑小鸭被所有人嫌弃，现在应该是带着喜悦和感动。而那个稻草人，常年孤零零地在田间劳作，没有一个人能说上一句话，而现在，丑小鸭不但把它放了出来，还把它当成了最好的朋友，因此这份感激和喜悦，是无法用言语来形容的。于是演员们改用一个拥抱的方式，来表达角色的感情。而导演认为只是一个简单的拥抱，并不能更好地展现电影主题，最终，改为两个人在台上手拉手，深情对视，同时说出台词。在正式表演中，这种表演方式确实让观众产生了很大的情绪触动。

排演儿童剧，在第一轮的排练结束后，一般都会有一个连排。在连排中，导演要仔细检查自己对整个剧本的理解和整个剧本的轮廓的掌握程度。演员们还应该从整体上感受他们的动作，以及最基础的情感。导演可与演员及其他创作团体成员一起提出修改意见，为下一步的详细排练做好准备。

二、细排阶段

细排阶段就是团队在前期彩排的基础上，从各个角度进行精心的打磨，让演员们逐渐理解剧本，细致雕琢，以将整部戏的全部内容和思想都挖掘出来，不断地修改、丰富、完善，并不断地去寻找与创造出适合这一剧本的演出风格。这个阶段的工作比较多，也比较复杂，导演要尽可能地挖掘出剧本没有明示的内涵。此外，在这个时期，还需要进行个人的排练和重点抽排的工作，这一阶段是取得显著进步的一个关键时期。

细排因导演工作方法的不同而有不同的形式，有些导演会一段一段地反复排练；有些导演会反复进行连排，再把重点部分挑出来仔细排练。不管是什么形式的排练，在排练的时候，都要注意三个核心要素：

(1) 通过行动来塑造角色的个性；

(2) 重视“此时、此地”，创造人物情感经验；

(3) 运用形体和语言来表现角色。

在表现角色的过程中，演员要通过身体动作来表现出人物内心深处的思想和感情，手势尤为重要。哥格兰曾说，在演员的演出中，手起着举足轻重的作用，他说，演员们决不能将手伸进口袋。在细排的时候，导演应指导演员们找到最好的手部表现方式，并在必要时，进行示范或说清楚目标。导演要站在观众的视角，密切关注演员的动作。确保手势的设计与角色的言语、心理活动相协调。手势的正确使用，通常会增强表现力，很好地表现角色的个性和情感。俄罗斯著名的戏剧教育专家沃尔康斯基指出，如果正确的手势能加强语言效果，那错误的手势就会削弱它了。可见，没有任何手势也比错误的手势要好——精读一遍剧本胜过拙劣的演出。

虽然手势有一定的描绘、辅助作用，但不能仅仅把它当作一种语言的图解。很多演员说到天指着天，说到地指着地，这样的手势没有任何意义。手势动作要像语言表达那样充满行动性，比如夫妻吵架，妻子得理不饶人，哭个没完，此时，如果丈夫只是用摆手示意“别哭”来表示自己的屈服，那就不一定准确，而如果改用拱手求饶，则能更好地诠释丈夫的心情。在《丑小鸭与靴猫侠》中有这样一出闹剧，调皮猫听到稻草人说它们的“靴猫三剑客”的名字是“掉皮猫”“笨蛋猫”和“小鱼猫”时，很是恼火。

调皮猫：(愤怒)居然敢嘲讽我们！别阻止我，我要把他劈成三段！不，是三千段！

在这里，演员们应该用什么样的姿势来表现愤怒？其实，如果仔细分析的话，就能知道这三只猫其实没打算对稻草人下手，只是“尊严”受到了侮辱，必须要有个表现的机会，于是，调皮猫佯装愤怒地抽出了自己的佩剑。它的姿势很是夸张，一见笨笨猫和小萌猫上来劝说，立刻顺坡下驴将剑插回剑鞘，转为用脚踹，(台词：别挡着我，我要把他劈成三段！)当然，它也预料到了自己会被另外两个同伴拦住，于是“恶狠狠”地竖起了三根手指：“不，三千段！”这些手势，完美地表达了调皮猫的虚荣心和恶作剧的心理，塑造出了一只顽皮可爱的小猫形象。

除了手势之外，导演还应注意到演员的声音运用、说话习惯等因素对人物影响。在考虑人物的声音时，要根据人物的个性特点，充分发挥演员声音的特性，使人物的个性得到充分的体现。这就要求演员在音色、音质、音量、音域上都要仔细地斟酌。通常，导演在考量演员的嗓音特征时，应结合特定的情景，从角色的外形、气质、年龄、职业、经历等各方面来考量。比如《丑小鸭与靴猫侠》里四只猫的声音设计：调皮猫的嗓音很高很尖，说话很快，很有活力，像一只住在街巷里的小野猫；笨笨猫嗓音很低，说话很慢，像是一只懒洋洋的小猫。小萌猫声音清脆悦耳，像一只可爱的波斯猫；靴猫侠的嗓音又高又亮，语气中充满了力量，对陌生人有点骄傲，对好朋友很热情，是一位热爱美食和冒险的猫。如果演员们运用得当，可以使观众感到声音和形象的和谐，反之会影响观众的观感。

除此之外，导演还要注意人物思想感情变化时演员的声音的变化，一般来说，一个人在情绪低落的时候，讲话的速度会变得缓慢，语调也会变得沉重。心情好的时候，说话的语速就会加快，语调也会跟着上扬。

三、合成阶段

儿童戏剧在演出前，要在排练场上进行连排，将已经排好的剧目连在一起，再走进剧院，进行整体合成。

合成过程又叫正式彩排。它是在剧院里进行的，是将所有的艺术要素有机地结合起来，将演员的表演与舞台上的各个艺术部门的创作融为一体，从而形成一种完美的艺术呈现。也即把一出戏中许多片段、场景和各幕间衔接起来形成一个具有艺术完整性的演出。合成阶段，可以通过布景、灯光等所创造的舞台气氛，激发演员对角色的全新体验，从而带来新的创意和感受。导演在这个阶段要作为一个观众或者评论家，对自己所有的工作都进行严格的审核，并且要求演员们在日程安排上做出一定的改变和调整。有时候，要重复好几次，甚至还要更换场景，在这段时间里，导演都是以主导者的身份工作，他有绝对的权力，尽可能地把所有的元素和谐统一，完美地都融合在一起。同时避免演员及相关部门员工出现焦躁、不耐烦的情绪。对新人，导演应给予一定的激励和鼓励，并及时调整他们的表演状态，解决排练中出现的问题，确保节目的顺利进行。

在几次彩排之后，合成阶段就会结束，而面向观众的正式表演开始。在正式表演中，导演要注意到年轻观众的各种复杂、细微的情感反应，并据此对自己的创作思路、舞台的处理进行检验，还要倾听观众的建议，不断地充实自己的导演理论，充分发挥自己的创作才华，将演出推至更高的水平。

本章小结

儿童戏剧导演不仅是优秀的剧作家、杰出的演员、出色的舞美设计家，还是伟大的作曲家，儿童戏剧导演的工作是一个具有创造性的工作。在尊重剧本原创作者的基础上，儿童戏剧导演往往会融入个人的理解以及艺术主张，并且将其深刻的内涵用适应戏剧表演的形式，呈现在戏剧观众的面前。因此，戏剧导演需要具备一定的综合素质。

思考与练习

1. 儿童剧的排练通常分几个阶段？请结合《丑小鸭与靴猫侠》这部童话剧来谈谈。
2. 导演阐述由哪些部分组成？
3. 哪些方面的因素影响着一个剧演出中的速度与节奏？

“戏剧应该是一面集中的镜子，它不仅不减弱原来的颜色和光影，而且把它们集中起来，凝聚起来，把微光化为光明，把光明化为火光。”

——维克多·雨果

第八章　儿童戏剧舞美设计

本章学习目标

- 了解演员化妆造型和服装服饰设计的一般知识与技能技巧。
- 了解儿童戏剧舞台设计的一般知识与技能技巧。
- 了解儿童剧灯光设计的一般知识与技能技巧。

重点与难点

- 掌握儿童戏剧舞美设计的技能技巧。

案例导入

改编自迪士尼同名电影的《狮子王》儿童音乐剧，通过把整座动物园搬上舞台的形式，充分体现出儿童音乐剧引人入胜的特质。这部儿童音乐剧在舞美装置方面进一步升级，从舞台下面升起相应的装置在观众面前公开展示变换场景的过程，这能够让观众更深刻地体会到舞台布置的奥秘，能够形成视觉上的冲击，可以使儿童们流连忘返，引人入胜。并通过光影的投射，以及这种先进视觉元素的融合，让儿童观众能够在逼真而且梦幻的舞台效果中，真正体会到儿童音乐剧的美感和无穷魅力，让人回味无穷。

(资料来源：搜狐网 https://www.sohu.com/a/83447345_162522)

儿童音乐剧《狮子王》在舞美方面别具一格，它结合了儿童的身心发展特点和儿童绘画特色等，在更大程度上引发儿童的兴趣，通过儿童喜欢的颜色、音乐和造型等，在空间特点、情绪意义表达、鲜明题材风格等相关方面具备别具一格的创新意义。

在儿童剧的呈现形式中，舞美设计起着十分关键的作用。随着时代的发展和社会的进步，舞美设计也有了全新的变化。在剧场背景方面，也由观众四面围观改为三面围观，出现了舞台布景的设计，同时进一步融合灯光和音响等，使舞美设计进一步拓展，科学技术的进一步发展，使灯光和音响等相关因素进一步有效融合，确保儿童剧舞美设计呈现出全新的发展面貌。

第一节 舞台设计

案例 8-1

《十二生肖》(剧照见图 8-1)，是一部弘扬中国传统文化、表现关爱生命与保护环境主题的作品。本剧以中国十二生肖为题材，采用了 2D 平面动画和人偶的表演形式，讲述了一个女孩，在“十二生肖”的陪伴下成长的故事。老鼠将她唤醒，羊妈妈给她温暖，斑点狗和她嬉戏，兔子教她倾听，马儿带着她渡河……舞台设计者是澳大利亚著名舞台设计师理查德·杰卓尼，他成功引入大量中国传统文化的象征和符号，如长城、皮影、剪纸、京剧、灯笼、风筝、书法、二胡、锣鼓等。该剧在“法国艺术节”获得了众多国家和艺术机构的关注，使其在中国乃至全球范围内的知名度不断提高。

以儿童剧《十二生肖》为例讲述儿童戏剧舞台设计.mp4

图 8-1 《十二生肖》剧照

(资料来源：新华网 http://www.xinhuanet.com/ent/20230228/93e86d7f77814398bc39e4bcba68bac2/c.html)

《十二生肖》的舞美设计人员具备足够的想象力和创造力，创作出了形式多样、被孩子们接受、具有极强感染力的作品，其成功的舞台美术设计为舞台增添了绚丽的色彩，彰显出舞台艺术的魅力。

儿童戏剧是一种由文学导演、表演、音乐、舞台美术等艺术要素构成的综合性艺术，而舞美设计则是由舞台设计、服装设计、造型设计、道具设计、灯光设计等艺术要素所构成。在众多剧种中，儿童戏剧的舞美设计最为复杂。儿童戏剧舞美的复杂性是由舞美特征和儿童审美的特殊性共同决定的。

一方面，舞台美术是一种二次创造，没有哪一种舞台艺术可以脱离剧情本身，它也是为了剧情而服务的。因此，与音乐、文学、美术创作相比，舞台美术设计的自由度相对要低。儿童戏剧的创作和表演都需要极其丰富的儿童想象力以及对儿童世界的敏锐的感受力。

另一方面，舞台美术的设计，是一种综合的艺术。无论何种流派和风格，舞美设计的目的都是营造以假乱真的效果。从现实主义、自然主义到后期的表现主义、构成主义潮流，尽管舞台形态千姿百态，其终极目标都是为戏剧营造出一种虚幻的感觉。而儿童戏剧，尤其是各种童话、神话题材的儿童戏剧更是如此。

一、当代儿童剧舞台设计的共性问题

随着经济、文化的不断发展，儿童剧的表演规模、舞台的制作费用也有了很大的提高。但是经费的提高并没有带来更多经典的儿童戏剧作品，这一方面是因为剧本设计上的问题，另一方面也是因为舞台艺术设计的失误。其具体原因有以下几点。

(1) 不少作品缺乏童趣，内容过于成人化和说教化；而在舞台艺术设计上，由于不能面向儿童受众的审美心理，未能充分反映出故事本身的童趣。

(2) 很多儿童剧的舞台背景都是单纯地讲述故事情节，并没有创造一个可以让孩子们产生联想的想象空间。单纯模仿生活的舞台艺术，落后于当下的儿童鉴赏水平，会让孩子们缺少共鸣进而觉得无趣。这种“对号入座”的审美教育，是不可取的，是艺术家缺乏艺术想象的一种体现。

(3) 某些儿童戏剧在舞台设计上，往往会扭曲孩子的审美心理，使舞台显得烦琐臃肿、色彩杂乱、模式化、幼稚化，折射出剧情、舞美和儿童观众三者在作品理解和感受上的脱节。

(4) 一些儿童剧的舞台艺术设计过于抽象、概念模糊、高深莫测、过于超前、过于成人化，使儿童观众感到迷惑，不能入戏，无法达到其应有的舞台效果。

(5) 一些儿童剧为了达到“大制作、大手笔”的目的，把戏剧舞台装饰得很豪华，在舞台上，演员们好像成了配角，造成了一种喧宾夺主、本末倒置的情况。

二、不同年龄段儿童的审美差异

儿童剧舞台艺术设计呈现出“成人化”“平庸化”“模式化”“抽象化”的倾向，是由于编剧和舞美设计者“童心”意识的淡化造成的。不同年龄段的儿童偏爱不同层次的儿童剧。

处于童年期的儿童(7～12 岁)，他们的大脑处于发育阶段，缺乏足够的生活经验，缺乏逻辑性和象征性的思维，因此，他们对事物的理解，都是以形象思维为基础的，他们对形象鲜明、内容简单、色彩丰富、富有情趣、变幻莫测的场景很感兴趣。在戏剧中，儿童通过直观的感觉、形象的认知来理解剧情，童话剧、神话剧、小幕剧等交互式戏剧更符合他们的心理特点。

进入少年期的儿童(13～15 岁)，由于脑部的发育和知识的积累，他们的审美心理会有较大的变化。他们已经有了自己的想法，他们的思考方式从形象化的思考变成了逻辑性的思考，他们能够理解别人的思想，渴望获得更多的知识和新鲜的感觉，他们的审美观已经进入了另一个阶段，但还没有脱离具象的审美范畴。他们在戏剧中学习到了知识，感受到了意象，并且拓展了他们的想象力和创造力，他们可以欣赏到具有更高艺术性的作品和科幻、魔幻题材的作品。在嬉戏、玩耍、游戏中推进情节、展开人物、表达主题的当代儿童情景剧深受这一时期孩子们的喜爱。

因此，儿童剧的舞台设计，不能仅限于照搬舞台解说词、追求单一的场景编排，而要尽量根据不同年龄儿童的审美心理，在故事情节的发展和变化中，创造出新颖的舞台，激发他们对人生、对世界的热爱，让他们体会到这个世界的多彩多姿。同时，在创作中的想象力也要满足观众的口味，这样才能真正地实现寓教于乐的艺术目标。

三、儿童剧舞台设计要求

舞台设计人员力求在视觉效果上赢得孩子的青睐。要给儿童带来视觉上的愉悦感和热爱可不是一件容易的事。作为一名合格的舞美设计师，应遵循下列的创作要求。

(一)舞台设计要找到切入点

有了具有精彩故事情节的剧本，还要在剧情、舞美、儿童观众等方面寻找切入点，这些都源于戏剧工作者对儿童舞台剧创作的自由的掌握和对剧情互动的认识。在儿童戏剧的舞台艺术创作中，舞台艺术设计者要有一颗童心。要做好儿童剧的舞台艺术创作，首先要了解孩子的心理，要考虑孩子的爱好和兴趣，同时要体会孩子们对艺术的渴求心理。通过舞台，搭建起一个角色融入和角色置换的想象空间平台。所以，舞美的创作要立足于孩子的心理特点，色彩要尽量鲜艳，形象要尽量可爱，这样更能体现舞美艺术的魅力。

比如，当今社会信息如此之多，儿童剧的画面不再局限于鲜花、远山、蘑菇、石头等，不要单纯地把舞台作为一个故事的展现场所、一个旁白的补充，还要从故事中寻找适合的人物和变化的场景，创造出新颖的舞台。

《琼花仙子》曾获得文化和旅游部“文华奖”等多个奖项，是一部根据扬州市的“花村”传奇故事改编的大型木偶剧，这部戏剧的布景与情节结合得非常紧密。《琼花仙子》的剧本中，扬州城、运河、皇宫是三个主要的场景，如果照搬场景无形中会创作成一种风景片或纪录片，于是剧组几经修改，将“大运河”和“皇宫”中的两个场景去掉，取而代之的是扬州城、扫垢山、虚拟的魔宫，增加了故事的神话色彩和童趣。该剧开场场景是美丽的扬州城，舞台后区是碧波荡漾的瘦西湖水，中区是红花绿草的堤岸，前场是杨柳垂枝，风景宜人。演员融在立体的舞台空间环境之中。一群儿童在瘦西湖畔嬉戏玩耍，怪兽癞蛤蟆乘人不备，吞噬一个孩童后纵身跃进瘦西湖。瘦西湖受到了污染，当扬州城百姓祈雨时，怪兽化为人形的“麻胡子”又用法术使柳枝断裂，湖水变黑。现场布景紧扣剧情，让观众在震撼之余开始反思恶劣环境下自身的生存问题。第二个场景是扫垢山，扬州人昔称“骚狗山”，古时这里是荒山野岭，丘陵起伏，坟墓遍地。舞台布景设计为：舞台后区用软景表现众多的丘陵，前区(表演区)有一个醒目的“扫垢山”洞穴和小山坡，场景色调阴冷灰暗。为了夺回琼花仙子的甘露瓶，孩子们与麻胡子展开一番周旋，终于夺回能使扬州城变美丽的甘露瓶。第三个场景是金蟾大王所住的魔宫，舞台布景设计为：一只血口大张的癞蛤蟆头硬景置于表演区，场景华丽又阴冷。麻胡子骗得孩子们的护身符琼花瓣后来这里与魔王密谋。通过扬州城、扫垢山、魔宫这三个场景的交代，使故事情节在人物之间不断激化的矛盾中向前运动。瘦西湖的美景、扫垢山的阴森、魔宫的恐怖对整个剧情的发展起到了很好的推动作用。

(二)舞台设计要有想象力和创造力

儿童戏剧的核心是富有想象力和创造力的情节编排。儿童戏剧往往有着错综复杂、跌宕起伏的剧情，激动人心、尖锐而又复杂的矛盾冲突，这些角色随着剧情的发展逐渐将自己的秘密展现给年轻的观众。这种只有在剧院里才能感受到的特殊经历，让年轻的观众们感受到了一种难以言喻的震撼和感动，这是荧屏所不具备的。小观众在欣赏儿童剧时可以在与演员的交流中产生心灵的共鸣，获得一种审美快感。

儿童剧的舞台要与故事情节相结合，这就要求舞美设计也要富有想象力与创造力。儿童剧中舞美设计的想象力与创造性，是一种衡量艺术家才智的标杆。与成人剧相比，儿童剧在创造方面的自由度要大得多，不管是天上、地上，还是人间、魔界，都可以用丰富的想象力来制作，除了要满足儿童对鲜艳、可爱的形象的需求之外，还要尽量给儿童创造更多的想象空间，这样才能充分发挥他们的想象力和创造力。为儿童创造一部富有创造性和活力的儿童戏剧，能够充分体现其教育功能和意义。邱建秀作为《春雨沙沙》的舞美设计师，对传统的舞美设计方式进行了彻底的颠覆。她以绿瓦屋顶为背景，使观者有一种身临其境、居高临下的感觉。在第一次演出中，大幕一拉开，观众就为这个令人惊叹的舞台喝彩。《春雨沙沙》更是荣获全国儿童戏剧竞赛的第一名。在舞美的创作中，可以通过继承和创新的方式来丰富其表现形式。以无锡文化馆 2010 年创编的动画《少年英雄周处》为例，它的表演形式有音乐、戏剧、舞蹈、戏曲等多种形式，具有中国特色，体现了民间传说的独特魅力。同时，剧组还与广电广新动漫公司联合，在舞台布景、动画人物等方面进行了动画化的舞台布景和动画人物的创作，根据动画的表演形式和叙事方式，对表现手法大胆创新，对舞台呈现精心打磨，增添了更多的动漫元素和喜剧效果，演员和观众间的互动贯穿始终，充分挖掘中国化、江南化的动漫元素，将中国戏剧的表演流程、打斗效果融到剧中，将具有江南特色的舞蹈、场景有机地融到剧中，通过动画动作、表情、音乐等形式的变换，将人物关系、剧情交代清楚，通过多元化的艺术手法，将一个宏伟壮阔的艺术世界展现在舞台上，将传统文化与多种艺术形式完美地融合在一起，使戏剧的美学和文化内涵得到了极大的提升。

(三)舞台设计要有互动性与趣味性

在儿童剧舞美的设计方面，我们要多吸取西方的一些表演和设计思想，使儿童戏剧的趣味性、互动性得到最大程度的发挥。西方儿童戏剧的文本首先要经过修改以适应儿童参与的需要，其目的不是娱乐，而是鼓励儿童思考，感受各种情感。此时，剧场变成了一个教学场所，孩子们既是观众，也是演员。他们没有任何限制，可以随时向演员提出意见，年龄越小的儿童表现得越自然。这个时候，儿童成为演员、观众、导演、剧作家、舞台设计者、评论家等。他们将会在虚拟的世界中去探究、验证自己的思想，并与别人建立不同的联系，借戏剧的形式来表达自己的思想。在这个充满乐趣的地方，儿童可以感知世界，体验欢乐，通过模仿，孩子可以与他人分享自己的感觉和认识，从而逐步改变他们对周围环境的成见。

因此，西方儿童的戏剧教育非常注重幼儿的参与性、主动性和创造性，从而最大限度地激发幼儿的学习兴趣和探究的愿望。20 世纪二三十年代，美国的儿童剧研究者们提出了“创意戏剧”概念。美国戏剧教育学者艾林纳·蔡斯·约克对创意戏剧带给孩子的影响做了一个概括。从创作的角度来看，孩子们在戏剧创作活动中，要充分地将自身置于特定的角色之中，并能够自如地表达自己的思想、感受。这样可以让儿童的创造性得到全面的开发。美国儿童剧作家麦·凯瑟琳认为，创意戏剧的目标是在戏剧中培养孩子的批判思维与创造力，也就是在面对各种矛盾冲突时，孩子们的应变能力。尽管这一概念并非是儿童戏剧的全部内容，但我们可以看到，这一提高儿童互动机会的作用，对于故事的发展有着很大的作用，而且也为儿童所喜爱。这种方法在今天的儿童美术教育中得到了广泛的运用，但是在中国的儿童戏剧中却很少见到。

从提高儿童戏剧互动机会的角度来看，儿童剧舞美设计本身就应该从灯光、服装、道具、音响等各个方面来考虑儿童自身的审美需求，但是这只是表面的。真正优秀的儿童舞美设计，更应该从孩子的心理角度来考量。这不是一句空洞的口号，更需要从孩子的视角去思考、去感知、去理解。在这一点上，前辈们做出了很多尝试。比如《马兰花》，虽然没有人物互换，但它的舞美设计，却将每个故事的情节都完美地呈现了出来，构造了一个充满了想象的虚拟世界，让年轻的观众们可以随着剧情的发展，沉浸在这虚幻的世界里。现代舞美艺术大师沈尧定认为，儿童所需要的是具有故事性、趣味性、生动形象的儿童戏剧。一部戏剧不可能有电影、电视那样宏大的场景，也不可能有像动画那样令人眼花缭乱的视觉效果。儿童剧场要充分利用真人的优势，加强与儿童的沟通，让儿童真正地参与到戏剧中来。让他们觉得亲切、有趣，这样才能真正地把他们吸引过来。因此，沈尧定提出，孩子们对小剧场的需求很大，应该大力推广小剧场的表演形式，增强演员与观众之间的互动。在某些国家，儿童戏剧表演的主要形式就是小剧场。丹麦是安徒生的家乡，该国对儿童的文化给予了很大的关注。丹麦的儿童戏剧就以小剧场形式而闻名，舞台上没有多少演员。加起来也不过十位。表演地点因人而异。学校的教室、健身房、社区中心，都可以成为搭建一个小型剧院的场所。每一场戏都很短，最长的 90 分钟，大多数都是 40 多分钟。

在此，需要强调的是，儿童剧的舞美设计，不需要过多地考虑流派、风格的问题，不管是现实主义、构成主义，还是符号主义，都要根据故事情节和孩子的审美心理，营造一个充满想象力的舞台。

第二节　道具设计

案例 8-2

《茉莉花》是近年来国内原创的音乐剧，是一部创作特色鲜明、舞台表现极富时代气息与艺术魅力的音乐剧。其在舞台呈现上更是可圈可点。随着情节的发展，江南水乡的美丽景色不断涌现。小桥流水、古镇老街、碧水柳丝、荷风芬芳，让人眼花缭乱。一群妙龄女子翩翩起舞，一首柔美的吴语丝竹小调，让人沉醉陶然。最令人惊叹的是，演员们手中拿着的一把把花伞。《茉莉花》中，道具师利用伞的形状，将展开的雨伞反转，变成一片可握的巨大荷叶，表演者穿梭其间，荷叶翩翩起舞，十里荷香的动态景象随之浮现。

(资料来源：豆瓣 https://www.douban.com/location/drama/26485846/)

《茉莉花》的道具设计为表演带来了很好的视觉效果，使观众感受到了一种奇妙的新鲜感。道具指在舞台上表演或拍摄影片时所使用的工具。一般可划分为：大道具(如桌、椅、屏风)、小道具(如杯、壶、文具)、装饰道具(如镜子、书画、古董)、随身道具(眼镜、烟盒、扇子)等。

儿童戏剧的道具设计——以儿童戏剧《茉莉花》为例.mp4

道具是古代戏剧中的“末”，包括舞台上的各种器具和一些简单的摆设，如：文房四宝、灶台、马鞭、船桨、一张桌子、两把椅子。戏曲舞台的道具，是工艺美术家从生活物品中提炼、美化而成的，不同于日常的生活物品，也不同于电影、电视剧、话剧中的真实实物，戏剧道具是在历代艺术家的不断创造中推进演化出来的，大都具有夸张性、象征性、代表性和抽象性等特点。从 20 世纪初期到 20 世纪三四十年代，西安、陕甘宁边区的文明戏、时装戏中出现了现代戏剧的道具。这些道具都是很逼真的，大部分都是模仿日常生活中的物品。新中国建立后，现代剧场表演道具依然是以现代生活的生产用品作为代表，如写字台、大衣柜、保温瓶、电话机、沙发、镰刀、斧头、叉子、扫帚，应有尽有。新时期的历史戏剧仍然仿照古代生活用品制作道具，有仿古的桌子、椅子、羊樽、鼎等古代生活用具。20 世纪 60 年代以后，随着橡胶、塑料、尼龙等材料的问世，道具的生产越来越趋向现代化。同时，还有几个古老的小戏，依然保留着他们特有的表演道具，比如秧歌中用的“花扇”“金钱棒”，端公戏中用的“坛棒”，跳戏中所用的大刀，这些都保留了传统的民间小戏风格。

道具是为舞台上的情节和表演者提供的，在表演中扮演了很重要的角色。

一、道具在舞台上的作用

道具是一种艺术要素，它能与演员的各种不同的表演方式相匹配，在整个演出过程中扮演着一个辅助角色。斯坦尼斯拉夫斯基曾经说过：“有些演员不仅在探索他所表演的人物角色的内心活动方面，而且在探索他所表演的人物的身体外形方面作过艰苦的努力——他们才能理解与这个生活在舞台上的人物有关的每个特征细节和现象的意义——为了塑造这个人物形象而采用的服装和道具，对于扮演这个人物的演员来说，已经不单纯是物品，而是成了圣物。”作为“圣物”的道具，其作用大致可分为三种：一是喻人，即对人物个性的描绘，隐含其身份；二是抒情，即对角色情绪的表达；三是喻境，即表现不同的情境和不同的意境。

首先，道具可以用来“喻人”。很多道具的选材原因，都是为了体现角色的个性，也是为了体现角色的身份。就拿戏台上常用的道具扇子来说，不同的扇子所表现的角色的个性和地位都不一样。媒婆拿的是蒲扇，平民拿的是竹扇，诸葛亮拿的是羽毛扇，小姐用的是小檀香扇(最小的只有 15 厘米宽)，武将用的大折扇，如三国时期的猛将张飞，用的就是大折扇，扇面画有猛虎和雄鹰。杜丽娘与《牡丹亭》里的丫鬟春香，一人用折扇，一人用团扇，显示了两人的身份。《少年英雄周处》中的周处，用的是一种特大的折扇，结合演员的表现，将周处在乡下的嚣张跋扈、不可一世的小混混形象表现得淋漓尽致，

其次，道具可以用来“喻情”。许多道具都能很好地表现角色的情绪，比如《杨门女将》中的“寿堂”戏。侍女们奉上十二枝红花，恭贺杨宗保五十大寿。这时七娘和佘太君等女将欣然佩戴红花，但穆桂英和柴郡主得知宗保殉国的事实后，伤心欲绝，不肯再戴红

花。但又担心被老夫人看出端倪，耽误了寿辰。戴与不戴，就是一个悬念。老太君察觉到了不对劲，催促焦廷贵说出了实情，舞台情况发生了翻天覆地的变化，老太君颤抖着摘下了手中的红花，放在了桌子上，八个女武士泪流满面，摘下了红花，转身时，那朵红色的花朵已经变成了白色，重新别在了头发上。十二朵花，从红色变成了白色，这是一种从欢乐到悲伤的情绪转变，强烈地反映了杨门女将的情绪起伏。这其中道具发挥了很大的作用，是舞台上的一种神来之笔。在儿童童话剧《我不要被吃掉》里，狐狸佐拉骑着小木马出场，这个小木马道具暗示了佐拉还是幼童的心理状态，可是在后期故事中，佐拉获得了小母鸡卡门等的友情，在迷宫历险中已经有所成长，剧中，导演借助佐拉把小木马送给孤独的牛头人科尼的情节来暗示她的成长。

最后，道具可以用来“喻境”。道具在戏剧的时间、地点、环境、气氛等方面具有显著的表现效果。很多戏剧的演出都是程序化、歌舞化的，因此很多道具都是用来辅助舞蹈的。表演者可以用船桨来展现江上行舟的很多美丽的姿态，也可以用鞭子来表演各种奔腾驰骋的舞蹈。而刀、枪、柄，都是一种非常重要的辅助武器。许多道具的比喻作用，都是历经几百年的舞台实践，无数的艺术家和观众的反复交流和认可才形成的。比如，在现实生活中，风是无形的，但在戏剧舞台上，风要有意象，于是就有了人们所认可的“风旗”，再由表演者的身法赋予其生命，使其成为一种具有节奏性的艺术形象与舞姿，从而形成了“火旗”“云旗”“水旗”“车旗”等多种传统的器物，在戏剧舞台上形成了一幅瑰丽动人的画面。比如折子戏《三岔口》，当任堂惠拿着蜡烛在屋子里走动时，观众就会感觉到房子和墙壁的存在。但是任堂惠吹熄了蜡烛后，舞台上的亮光没有变化，而观众们已经感受到了一片漆黑。烛台的明灭预示了室内灯光的变换，由此可以看出，在舞台环境中，道具的运用是何等的重要。在儿童戏剧里，儿童会相信一切他们愿意相信的情景和工具。在童话剧《丑小鸭与靴猫侠》里，四只野猫落入了“陷阱”一节。道具“陷阱”只是一个可以用细绳束口收紧的黑布袋。小观众们在上台救人时依然沉浸投入，说明演员的入戏表演是让道具发挥魔力的关键。

二、道具设计者的行业要求

随着戏剧艺术的发展，对舞台道具设计者的行业要求也越来越高。

(一)要有一定的艺术修养

道具不能照搬生活的自然形态，而应该在生活的基础上运用戏剧的假定性原则，利用戏剧的虚实原理，对其进行艺术的夸张与精炼，以满足观众的审美需要，这就需要道具设计人员具备一定的美术、建筑、雕塑、戏剧理论等多个层面的艺术素养。这样在实际工作中，道具设计人员才可以很快与导演、舞美设计等各个部门建立起良好的配合。

(二)要吸取他人的经验

努力向他人学习，特别是在大型的儿童剧场表演中，要吸取他人的经验。舞台道具的设计是在总体的设计意向下进行的主动创作。所以，在对剧本进行解析的时候，道具设计工作就已经开始了。这就要求设计师要深入生活，积极研究，从日常生活中获取丰富的情感和素材。

(三)要熟悉市场各种材料

制作一件道具，除了从头设计和制作外，还可以利用现场的物品来进行设计，也可以通过购买旧物进行改造制作，还可以直接使用仓库中现成的道具，也可以从私人或者公共部门借来。这就需要设计师对市场有所了解。设计师不仅要考虑戏剧的整体效果，更要注重节俭，以达到节省成本、不损害表演品质的目的。一些道具很容易被打碎，比如花瓶、瓦罐、玻璃制品，有时候一件赝品可能比一件真品要贵，但真的东西都经不住撞击，在紧张的工作环境中，一不小心就会碎掉，从而影响到下一次的表演。这就需要设计师找到合适的材料，以假代真，自己进行创作。

(四)要积累经验，不断创新

一些儿童戏剧中使用的刀枪和木棍，有时候会和演员的身体接触，必要的时候，还必须要有响动的效果，因此，这些道具必须要做得很好。从原料的选择、品种的选择，到最后的加工，每个细节都必须严格执行，不能有丝毫的马虎。知名道具设计师王广发擅长摸索思考，积累了不少制作道具的心得。20 世纪 50 年代初他为中国京剧院二团做的刀枪随团访问苏联，在莫斯科演出《三岔口》一剧时，演员们手里拿着一把银色的木刀，看得人眼花缭乱，演出结束之后，斯大林和其他领导人与演员见面，手握那把单刀时大吃一惊，因为把刀太轻了，太亮了(苏联用的刀都是用金属做的)，因此，斯大林很欣赏中国的道具，并让他们的工人们好好学习中国的精湛手艺。

三、道具设计与制作的原则

儿童戏剧、歌剧、舞剧、音乐剧等剧种对舞台美术的要求也各不相同，因此，对道具的设计、制作也就有了不同的要求。一般而言，在儿童剧场中，道具的设计和制造应遵循下列原则。

(一)依据剧本，确定风格

道具要与戏剧作品、人物、时代、环境相适应，不然就会给表演者带来负担，使作品的主题与完整性受到损害。比如中国歌舞团的一部巨制歌剧《红河谷》(剧照见图 8-2)，该剧的背景是清代晚期的西藏。道具设计师勾德秋在查阅了大量的资料后，对当时西藏的代表性物品，如藏枪、藏刀、火药桶、大炮等进行了详细的调查，最终还原了真实的历史，展示了敌我力量的悬殊，表现和弘扬了爱国藏民为保家卫国而英勇杀敌的民族精神。

道具也并不是越多越好。有时，一个好的想法可以使一把扇子也可以变得无限精彩。孙毅的儿童戏剧《大家来演“扫帚戏”》，构思巧妙，道具设计简洁，只凭一把扫帚、一根拖把，就能使舞台富有活力。多个儿童的错综复杂的心态，在劳动工具的争夺中得到了生动的体现，这是一种很巧妙的设计。

(二)充分发挥想象力和创造力

清代剧作家、戏剧理论家李渔，曾在其《演戏部》讲义的第四章中说：“此理此法，谁能穷究至此？然不如此，则是寻常应付之戏，非孤标特出之戏也。”如果导演要不把自己创作出来的表演变成一场“应付的表演”，而是要把它变成一场“独树一帜、博得亿万人的赞颂”的戏剧，那就必须对每一次演出都有新颖独特的导演构思、道具设计和演出处理。就拿辽宁儿童剧场最新出品的《西游后记》中孙悟空的“金箍棒”为例，这把“金箍棒”足有几千克重，上面安装了各种灯光装置，虽然看起来很漂亮，但因为很重，舞者们跳得很慢，跳完一身的汗。不为演员着想的道具，并不能算是一件成功的道具。《红领巾》是由北京儿童艺术团创作的一部优秀的演出。在开幕式上，一辆巴士驶离了舞台，四位少先队员坐在大巴车上，唱着歌，朝着市郊驶去。许多年轻的观众看得目瞪口呆：这么大的一辆公交车，这么精细的做工，他们是怎么做到的？这需要设计师们的想象力。在舞台上展示的公交车和实际公交车的比例是 1∶2，想要完成一个完整的成品是不可能的。但如果只制作这辆车的一半，那么观众就能看到喷漆的那一面了，而在舞台的另一边，我们可以看到工作人员和演员扛着“汽车”在台上奔跑。

图 8-2　儿童剧《红河谷》剧照

与儿童戏剧相比，儿童歌舞剧在道具设计中惯用唯美的审美观念使其具有鲜明的视觉美感。演员们所穿的彩绸，可以有五六种不同的色彩，使舞台上呈现出绚丽的色彩。而为了丰富舞台的艺术效果，可以运用市面上现有的各种道具，制作出一件件精美的艺术品。就拿北京多彩无限儿童艺术团制作的《歌德堡号与魔法圣杯》来说，最令人兴奋的场景是，在表演的最后，整个舞台都被一片红色和黄色的光芒所笼罩，20000 个五颜六色的乒乓球从天而降。由于乒乓球的弹跳力很大，把舞台和观众席连接起来，形成了一种视觉上的奇观。

(二)遵循各方需求进行设计

在儿童戏剧中，从道具的设计上，可以借鉴古代戏曲、神话、民间故事、现代音乐剧等。

中国歌剧舞剧院出品的《在那遥远的地方》，以王洛宾的传奇故事为线索，在编排上打破了传统歌舞剧的常规，同时加入了现代高科技，将各种艺术元素完美融合，不仅在观众中引发了强烈的共鸣，也赢得了许多业内专家的认可。剧中的道具设计师成功地设计制作了方便、安全、实用的马车以及巨大的可移动的葡萄架，演员们在马车上表演，生动地重现了主角们的西行之旅。道具制作人员要充分发挥演员手中的小道具，运用市面上可用的各类原料，经过二次创作，以达到使用目的。

因此，要使儿童戏剧中的道具真正发挥其应有的功能，应从以下几个方面入手。

第一，要严格把握道具的配比，对不同材质的特性灵活使用，把握颜色的真实感。

第二，在构思、设计、应用和摆放的时候，要和舞台的布景、灯光、演员的服饰相协调。

第三，称手的道具能让演员迅速地进入角色状态，并投入到表演当中；否则的话，演员们就会感到尴尬，无法进入角色。

第四，在设计和制造的道具的时候，要合理地应用力学原理，使其独树一帜，让观众大吃一惊，发挥出不可思议的效果。

掌握了以上几个关键，我们的作品就会更加完美，而舞台上的效果也会更加惊人。

第三节　造 型 设 计

案例 8-3

8 月 15 日至 16 日两晚，由广东省演出有限公司制作出品的儿童剧《小美人鱼》正式首演。

负责该剧服装造型设计、与美国迪士尼幻想工程及加拿大太阳马戏团有长期合作关系的著名国际服装设计师杨小桦举例阐述他的设计理念："像美人鱼的奶奶已经是鱼王了，所以整个服装是金光闪闪的，刚好跟女巫黑色的服装形成对比，一个代表光明，另一个代表黑暗。而美人鱼的四位姐姐，穿着不同颜色的服装，代表她们不同的性格。此外，服装的色彩运用，还考虑到要让儿童看了愉悦，像小海草、小热带鱼、海马等角色，他们的服装色彩都是鲜艳的。"

（资料来源：搜狐网 https://www.sohu.com/a/413511241_516608）

《小美人鱼》的造型设计不仅具有一般人物造型的作用，如塑造人物的性格特征、地位、年龄等，还适应了小观众的审美和理解能力，使他们更加直观地了解角色的身份善恶。

儿童戏剧人物造型设计的概念包括广义和狭义两种，前者不仅指化妆设计、服装设计和发型设计等对舞台人物穿着打扮的规定，还包括演员对人物的动作、语言和语气等方面的处理。所以，我们常说的人物造型设计是狭义的，即为了表达剧本中人物的社会属性、脾气秉性及心理状态等内在的特征而使用一些造型手段将它们外化。这里我们着重介绍化妆设计和服装设计。

一、化妆设计

化妆设计是一种综合的艺术，它是一种使表演者的舞台形象发生变化的重要途径。从广义上说，妆造就是全身的修饰，包括服装搭配、发型设计、面部修饰、配饰等。从狭义上来看，妆造指的是面部的化妆修饰。

化妆师是儿童戏剧表演的主要创作者之一，主要工作是：根据剧本的主题、情节、演员的外貌、舞台表演的整体形象，来设计角色的造型，指导制作各类服装所需的零件，并对角色进行整体的化妆、定型。在表演时，要保证人物形象的连续性，并根据人物的性格、情绪、年龄等因素的发展和变化给予准确的妆容描画。

儿童戏剧化妆师的首要任务是帮助儿童剧演员准确、形象、感人地进行角色塑造。它不仅要体现人物的年龄、身份、民族、职业、个性、时代特征，而且要与戏剧主题、矛盾冲突相适应。舞台的大小和观众与演员之间的距离对妆容的颜色有很大的影响，儿童戏剧中的舞台化妆有两种形式：一是本色塑造，二是角色塑造。本色塑造需要保持演员原有的形象，仅做一些缺点掩盖和优点放大的修饰，这样的造型风格比较简单。但是，在舞台上，特别是在戏剧舞台上更多的是角色塑造，而演员则常常被要求在人物形象上与本人有很大的差异。这就需要化妆师通过各种舞台化妆手段尽量缩小演员和角色之间的差距。所以，化妆师必须要对演员的身材、相貌、性格、习惯等有深入的了解。

(一)化妆设计的流程

1. 了解剧本

作为化妆师，要看完整的剧本，按照导演的说法，了解这个故事的背景、年代，主要人物的年龄、身份、外貌、性格以及人物之间的关系。特别是剧中的矛盾和丰富的人物心理活动，常常可以为舞台上的妆造设计带来很多启发和帮助。

2. 绘制效果图

当化妆师对整个表演的风格有了一个大致的了解，对演员外在的特点有了一定的认识，并与导演的想法达成了共识后，就可以开始制作效果图了。制作效果图是把设计好的人物造型呈现在一个平面图上，这是形象化的最初阶段。化妆师应尽量把化妆和服装的细节表现得淋漓尽致，有时候一颗扣子的形状就会对角色的塑造产生很大的影响。完成的图纸还要详细地标注出面料的颜色、材质，装饰品的风格和材质，以及各个部分的细节，并附有设计的概念和描述。要想得到一个理想的设计，不仅要对人物有正确的认识，还要有深厚的画技。

3. 试妆准备

在得到了导演的同意后，就可以开始化妆前的准备了。比如需要准备演员的头套、假发片、胡须、头饰、化妆品、发卡、发蜡等。如果找不到合适的配件，就只能由设计师自己来做了。化妆前的准备工作越多，角色就会塑造得越好。

4. 试装与演出

试装是首次以立体的形式展示角色。人的五官是立体的，平面表现可以天马行空，但是在人的脸上，却会有很多的局限性。这些演员都是有生命的，他们的表情也很生动，化妆师可以根据自己对演员面孔的熟悉和了解直接在演员脸上造型、定妆。也可以使用艺人的相片，在相片上勾勒出图案，制作好部件，再进行化妆，最终定型。优秀的演员会在化妆过程中配合化妆师，有时候效果甚至会超过设计的效果。当然，在彩排的时候，我们也会注意到很多问题，因为在彩排的时候，舞台的灯光和空间都是不同的。彩排中常见的问题是妆容的颜色与结构、头部与身体的比例不一致。另外，在表演的过程中，也会出现一些抢妆的情况，比如一个年轻漂亮的小伙子，几分钟后就会变成一个老头子，所以化妆师必须要有足够的经验，才能在最短的时间里改变人物的形象(定妆照见图 8-3)。

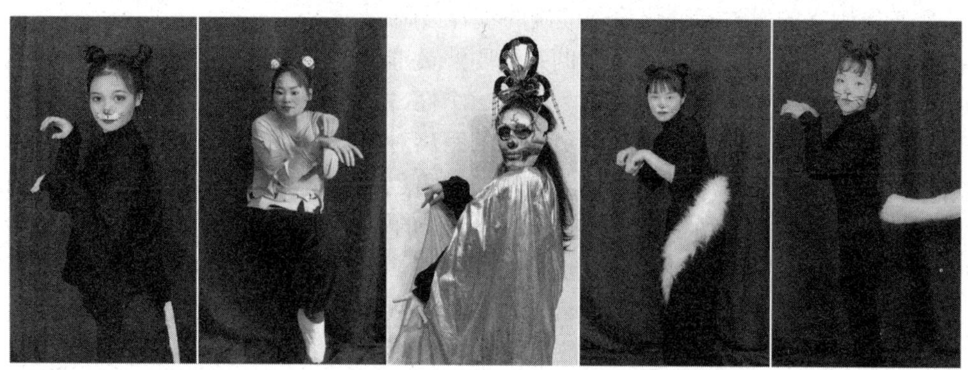

图 8-3　湖南民族职业学院学生演员化妆造型

(二)化妆设计基础训练

1. 骨骼妆和肌肉妆

化妆是以人的头、脸为基础的，所以要掌握和了解人头部的结构，就必须要对头部的骨骼进行全面的认识和研究。脸部骨骼的起伏形成了脸部的形状，人类的外貌差异很大程度上是由骨骼的形状构造决定的。人体的肌肉覆盖在骨头上。它们都是受意识支配的，这就是所谓的“随意肌”。脸部的大部分肌肉也是贴在骨头上的。它们虽然也能被意识所控制，但是最主要的是在情绪的影响下传达细致而又复杂的感情，故称表情肌。头面部的随意肌和表情肌受人的意志和情绪的控制，能牵动五官和皮肤，产生喜怒哀乐等各种表情。因此，化妆师首先要学习骨骼妆和肌肉妆的化妆技巧。

所谓骨骼妆，是以对头面骨骼形态的熟练掌握为基础，对脸部的骨骼进行修饰。学习骨骼化妆对于其他妆面的理解和掌握会有很大的帮助。肌肉妆是指化妆师在掌握脸部肌肉的形态、走向和变化的规律后，对脸部肌肉进行的化妆。要知道，脸部的肌肉会因为饮食、表情、年龄、受伤等因素而发生变化。化妆师要想创造出一个鲜活的角色，就必须时刻注意身边的人，并留意他们的变化，这样才能塑造出生动的人物形象。

2. 胖妆与瘦妆

根据剧本的要求，化妆师通常要塑造身材苗条或者胖乎乎的人物形象。如果演员的自身条件符合要求，那么化妆师只需要把这个人的特征凸显出来就可以了，但是如果这个演员的形象和角色不相符，或者需要在胖和瘦之间进行转换，那么化妆师就必须精通胖妆和瘦妆的化妆技巧。

肤色处理对策：瘦妆可以稍微黑一点，这样可以缩小脸部的轮廓。胖妆的皮肤要白皙有光泽，白有膨胀的作用，所以底色可以选择比本人肤色略浅的颜色。

眉毛处理对策：瘦妆的眉毛颜色要稍微深一点，而且要有一种质地，不能凌乱。可以将眉形抬高，让其略带棱角，看上去精干有活力，这能使面部线条更长。胖妆的眉线要修长、平直，稍有曲线，但又不能有棱角，因为长而平的眉毛有延长拉伸的作用，可以拉宽眉距，让脸部缺乏立体感。眉色要浅一点，不要太浓。

眼睛处理对策：瘦妆的眼睛要化得比较大，因为五官越大，脸就显得越小，这是因为与参照物的比例关系发生了变化。眼影主要以棕色为主，因为亚洲人的皮肤更适合棕色，棕色使眼睛的轮廓显得更大。突出和拉长眼线也会有不错的效果。女性也可以用睫毛膏来扩大自己的眼睛，如果有必要的话可以用人造假睫毛。化胖妆时，不要过多地修饰眼睛，因为细小的眼睛会使脸颊变大，要使眼、脸有肿胀的感觉，可以用淡黄色的眼影粉轻轻涂在眼眶上。眼线在眼尾处拉长，也能达到拉长面部宽度的效果。

鼻子处理对策：瘦妆可以通过鼻翼的侧影和鼻梁的提亮来突出鼻子的立体感，因为有立体感的鼻子可以起到缩小面部的作用。胖妆的妆容只要把鼻子稍微加宽一些就行，另外，在鼻子根部做个淡淡的暗影或者暗淡的胭脂会使鼻子看起来更凹陷。鼻翼要提亮并用红笔画出鼻头的球状感。

腮红处理对策：瘦妆的腮红由耳上发际线边缘开始向颧骨方向做斜下涂抹，颜色不能太红，可用偏冷的棕红色调。胖妆的腮红要顺着颧骨的半球形结构横向晕染，可使脸型加宽，腮红的颜色应该偏暖一些，如粉红、橙红或者桃红，因为暖色有膨胀的效果。

嘴唇处理对策：瘦妆唇部的妆容要弱化，男性略涂唇油，女性略施唇彩即可。胖妆的唇形宜小而圆，呈圆嘟状，可先用粉底收缩唇形，后用唇线笔勾线，唇色应以暖色为主。

骨骼凹凸处理对策：瘦妆在面部可以表现骨骼的凹凸，即在通常凹陷的部位如额沟、眼窝、犬齿窝、颊唇沟等处画出凹陷的结构并加深颜色，而在额丘、眉弓、颧弓、眶上缘、鼻梁、犬齿突、下须丘等原本凸出的部位提亮。胖妆刚好相反，即在原本凹陷的那些部位用浅亮色填充，使其圆润饱满起来，而原本凸出的部位要使其更加扩大、突出，具有球状体积感。

发型处理对策：瘦妆的发型干净利落，略显蓬松，不可紧贴头部，否则会显得脸大。胖妆的发型最好蓬松一点，可以增加头部的体积感，但也不可以过度蓬松，否则会使脸看上去过小。

服装处理对策：瘦妆的服装颜色以深色为主，纯度不可过高，服装的款式和图案要尽量简洁并得体，过于肥大或紧绷的服装会显得身体臃肿。胖妆服装的颜色要鲜艳，纯度和明度都比较高。可以利用夸张的图案或类似横条纹的图案扩大形体，服装的款式建议适当复杂一些。

3. 性格妆

性格妆即赋予人物个性特征的化妆造型。人物的性格、气质、修养、思想感情、社会经历等，都以不同形式不同程度地反映在外貌上。将角色的内心本质特征显示在演员外形上，塑造个性化的典型人物形象，是性格妆造型的主要任务。由于舞台和观众席之间的距离限制，观众需要在演员一出场时，就能大致清楚角色的身份和性格，因此戏剧舞台的妆容需要夸张。性格化妆就是将人物性格中最突出的特点用比较固定的形式表现在脸上。所以化妆师要对不同的人物性格进行分析，了解性格对容貌的影响，抓住特定的表情符号，在面部用凝练的语言表现出来。

如正直勇敢的人物形象，其主要特征有：体格健壮、面部轮廓清晰、额头饱满、眉宇轩昂、目光炯炯有神、鼻梁坚挺、嘴唇轮廓清晰有棱角、下巴略微向外突出、头发量多且发质偏硬。在化妆技法表现上，这类人物的肤色应该健康自然，底色可以用比自身肤色略深一点的粉底，偏暖色调为佳。脸部可以修正成国字形，额头饱满宽阔，下棱角明显，颧骨部位适当提亮。眼睛要大而有神，上眼线要画得粗一些，下眼线要画在睫毛线以下，有增大眼睛的效果，女性可粘贴假睫毛，但一定要自然，不可做作。眉毛要浓，眉形要硬朗，男性以一字眉、刀眉为主，女性眉也要有棱角，但不能太挑。眉色以灰黑、棕黑色为主，眉毛要画出层次，根根须分明。鼻梁宜高挺，可适当强调鼻侧影，过长或过短的鼻子要修正。女性腮红要从鬓角向颧丘方向涂抹，位置偏高，这种斜向腮红会给人一种成熟坚定感，男子可用棕红色腮红在整个面部轻扫一遍，重点放在发际线和脸颊两侧，使面色健康，轮廓清晰。嘴唇的形状不可过薄或过厚，轮廓要清晰有棱角。女性的嘴唇可以略红润，但不可过艳，男性唇色要自然健康，可用润唇膏直接涂抹，或用淡棕色唇彩稍加修饰。发型方面，不可过于前卫怪异，无论古今发型都要梳理整齐。服装也宜整齐干净，款式不可过于新潮。

如果是反面人物，则通常都有阴险狡诈的性格。这类性格的人物造型特点主要有：面容瘦削，脸色苍白，颧骨突出，眉眼间距较近，两眼之间的距离也比较近，眼睛小且呈三角形或眯缝眼，鼻梁窄长，甚至呈鹰钩状，嘴唇很薄。在化妆技法表现上，肤色可以处理成冷色调，白皙偏冷。脸型可结合化瘦妆的方式，来处理脸部的凹凸。化妆师可用绘画化妆的方法，使演员的眼睛呈现小而肿的三角眼，不要画眼线，在外眼角处延长眼眶上缘的边缘线，并向斜下方描画，这样可以使眼睛变成三角眼，然后在这条线以上由深至浅地进行晕染，并在眉毛以下眼眶最突出的部位提亮，可以适当强调下眼线，并在下眼线内侧描画出白色，这样使眼睛有向上翻的效果，突出狡诈的心理。鼻子的形状宜长、窄、尖，鼻侧影可以由眉头一直延伸到鼻尖处，并逐渐变淡，两边鼻侧影可适当集中，使鼻梁变窄，鼻翼两侧也可以涂抹阴影，鼻梁的提亮可以由两眉间一直提到鼻尖。还可以用肤蜡或乳胶零件黏附在鼻子上重新塑造一个鹰钩鼻。女性的腮红以偏冷的红色为主，男性无须用腮红。嘴唇要尽量画得薄一点，唇色男性可以是苍白或发灰的红色，女性以冷色调为主，可以将两边嘴角画得歪斜、不对称，表现一种虚伪阴暗的性格。发型以头发稀疏或秃顶为佳，光洁且不对称的发型也会起到很好的作用。男性若粘贴八字须往往也能起到奇效。假胡须的粘贴法如下：先刮净演员的胡子，以便于粘牢假胡须，一般都是先粘下巴再粘两颊。如果是络腮胡套，应把下巴和两颊剪开，粘完下巴再粘两颊，最后粘贴唇须。粘胡子用的胶水用松香胶水，加入少许山达胶则更好，胶水在盛夏和严寒可能结白，影响真实感，可在演出前用酒精棉或花露水浸润一下便可消失。此外，用华丽的服装包裹演员，也能起到浮夸、虚伪、体面而又整洁的效果。

以《人参娃娃》中的白蟒王为例，他抢占白山归自己所有，让白山永无春天，要抓童男童女做祭品，一心要抓人参娃娃，想吃人参肉、喝人参汤使自己长生不老。拿毒仙丹给亮哥、俊妹吃，使他们的心变得冷酷，并挖掉亮哥的双眼，毁掉俊妹的容颜。又要亮哥、俊妹把银针白线插在娃娃后背，并把奶奶冻死在山上，还要把亮哥、俊妹冻死，逼迫娃娃把自己化成了人参汤。其性格特点是阴险、残暴、狠毒。造型上，应突出其凶暴残忍。化妆上，可以表现他张开的鼻孔，脸部轮廓较硬，额头小而狭窄，眉毛浓密有棱角，胡须和头发又密又硬，外眼角下挂，方下巴中间有明显的三角窝，嘴唇薄而轮廓清晰。作品中的蛇丞相常帮蟒王出坏主意，如给亮哥、俊妹吃毒仙丹，使他们的心变得冷酷，听白蟒王使唤。其性格特点是阴险、毒辣。造型上，应突出他的阴险、狡猾。化妆上，表现他瘦长的脸，鼻梁很窄，眼睛凹陷在深深的眼窝里，眼睛小且有点眯缝，双眼之间以及眉毛和眼睛的距离较近，面颊下陷，颧骨突出，嘴唇较薄。

二、服装设计

舞台服装是一种视觉艺术、造型艺术，具有直观性、表现性的特征，对面料、款式、结构、色彩、图案、装饰等都有较高的要求。戏剧服装是"演员的第二肌肤"，是"穿在演员身上的布景"，是戏剧舞台艺术的重要组成部分。戏剧的服装设计在戏剧演出构成中占有举足轻重的地位。戏剧界有一句俗语，叫作"宁可穿破，不可穿错"。总之，在真实性方面，儿童戏剧服饰的设计也是一样，即戏剧服装必须是从生活中来，要符合时代真实、地域真实、民族真实、身份真实，避免张冠李戴，穿帮露底，这是戏剧服装设计的基本要求。

(一)舞台服装与其他舞台艺术的关系

舞台服饰与布景、灯光、道具、化妆等同属舞台艺术，它们相互依存，互相补充，加强和揭露戏剧的时空与人物形象，从而突出舞台的效果。舞台布景与舞台灯光的作用是在舞台上营造出一个具有戏剧情节的环境；而舞台服饰与舞台化妆则是对剧中人物进行外在形象的塑造。舞台布景营造的戏剧情境应反映时代、地域、生活斗争的特点。同时，服饰化妆也应反映出剧中人物所处的时代风貌，反映出人生斗争的地域特征。剧中人物的身份、职业、经历和性格特征都可以通过服饰来反映，而演员所要表现的精神状态也可以从服饰、装束、打扮中看出，服饰在刻画人物性格方面具有独特的效果。

在舞台上演出的是戏剧中活生生的人物，通过服装来表现角色的个性，是服装设计者在戏剧中的一个重要任务。舞台服饰的设计和创作构想的难点在于不能只是简单地绘出几幅服装的图样，而是要综合考量戏剧形式和戏剧体裁，这样才能使服饰的样式处理与布景风格达到和谐统一，即"量体裁衣"。

古代剧作家对舞台艺术特别是服饰方面都很重视。明朝著名剧作家汤显祖，既是剧作作家，又是演员。他的《做紫襕戏衣二首》中有这样的一句话："试剪轻销作舞衣，也教烦艳到寒微；当歌正值春残醉，醉后魂随烟月飞。无分更衣金紫罗，伎人穿趁踏朝歌；俳场得似官场好，灯下红香不较多。""试剪轻薄做舞衣"与"宫女穿着一身朝歌"，让我们了解到，汤显祖为了表演自己的戏剧，特意买了一条"襕裙"作"俳场"(舞台)的"戏衣"，我们都知道，以前的戏服里，是没有紫色襕裙的，但为了保持"俳场"的完整，他还特意做了一套。由此可见，古代的剧作家在服饰上的考究是何等的精细和严谨！

(二)儿童戏剧舞台服装设计的范围

儿童戏剧中的戏服，是指在儿童戏剧演出中，演员们在舞台上所穿的所有服装，即使一丝不挂，也被视为一种"舞台服饰"。

服装设计的范围包括：演员身上的服装、配饰、帽子、假发、手杖、面具、胡子等。很少有不用服装的戏剧，无论演员穿的是排练的衣服，还是一般日常的穿着，对观众而言，只要是在舞台上穿戴的物品，都被认为是舞台服装。

(三)儿童戏剧服装设计师的从业要求

要做一位出色的儿童戏剧服装设计师，必须具有以下素质。

1. 丰富的生活经验

儿童戏剧服装设计师要掌握时代特征、地域特征和民族特征。服饰是时代的标志，是时代精神的反映。比如，“蓝黑灰”是改革开放之前的服饰，“露透瘦”是改革后的时尚。一方人群一方衣，服装同时还彰显地域特征。比如中国北方的服饰是厚重的，而南方的服饰是柔和、优雅的。而且，各民族都有其独特的服饰，而儿童服饰也有其鲜明的民族特征。56个民族的服饰，各有特色，例如蒙古袍、藏袍、赫哲族的鱼皮服，世界各国、各民族也都有自己的服装，例如日本和服，阿拉伯国家的长袍，这些都需要服装设计师进行充分的了解与运用。只有综合以上三方面的因素，服装设计师才能创作出符合时代、地域、民族的作品。

2. 深厚的文化底蕴

儿童戏剧服饰设计师的文化素养是其创作的基础。因此，设计者必须具备深厚的历史文化知识、人文知识和文化素养，而服装设计的终极目标是与编剧、导演、演员一起，共同完成一部作品的最高使命——塑造角色、表达主题。只有深入理解剧中相关的地域文化和民族文化，研读文学剧本，吃透人物性格，把握艺术风格，才能创造出与全剧主题思想和风格样式水乳交融，与人物性格相得益彰的个性化、艺术化的戏剧服装。

3. 丰富的实践经验

儿童戏剧服装设计师要对“形”和“色”非常敏感，以文化修养为基础，以实际体验为基石，设计出与角色身份相符，具有时代特征、地域特点、民族特色，与舞台布景、灯光协调一致的服装，要运用创造性的设计理念，发挥奇思妙想，设计出个性化的戏剧服装，让观众耳目为之一新。为此，服装设计师需要时间的沉淀和实践的磨砺，需要付出艰辛的努力才能实现一部戏的成功。

(四)舞台服装设计的总体构想

在儿童戏剧的舞台演出中，服装与表演者共同构成表现主题的意象与载体，服装能够反映主题的意念与内涵，同时也能显示审美价值，服装设计中的“综合性”意象特点，包括多种服装要素，其整体性表现在与主题、灯光、舞美效果等方面的协调与统一，而表演服装在设计角度上要准确反映表演的艺术风格，并赞美主题和题材。

1. 服装设计要善于运用写实与抽象的手法

舞台服饰的“现实主义”，是指舞台服饰能根据历史事实，客观地反映出戏剧在时空中的生活意象，这体现了舞台服装的“博物馆意识”的特点。现实主义的服饰多见于正剧中或用以表现正义的人物，而抽象的服饰则是以夸张的方式表现反派或小丑。《孤星泪》中的孤儿，穿着一身破烂的衣裳，使人更加清楚地认识到他们生活在一个饥饿和寒冷的环境中；在《窈窕淑女》中，希金斯教授总是穿着一身正式的西装，一本正经，让人能一眼就能看出他是一个刻板的、不会变通的人。舞台服饰的“抽象”，指的是人物的服饰形象不具有鲜明的历史真实性和民族性，追求服装形象的形式寓意与舞台气氛，通过想象和艺术的加工，使观众产生联想。抽象的服饰比较好理解，就像《悲惨世界》里的那位粗鲁的店主和他的妻子一样，都是穿着肥大的衣服，大大的垫肩，夸张的裤子臀围，这样的穿着让人觉得他们不是什么好东西。因此，良好的舞台服饰设计，在传达戏剧主题、表现时代特征、塑造角色、渲染戏剧气氛方面都具有重要意义。

2. 服饰设计要与舞台布景相协调

在舞台环境中营造气氛，协调舞台与服装的关系，是把握人物心理、诠释人物形象的关键。服饰的颜色在舞台上是一种流动的乐章，它与灯光、布景相协调，共同构成了一幅幅生动的画面，它直接影响了整个舞台的效果，提高了观众的视觉效果。掌握色彩三要素的和谐，正确处理服装颜色和背景色调的关系，可以更好地运用服饰颜色来表现舞台效果。在一组舞台服饰中，颜色的设计在某种程度上受布景颜色的制约，特别是在场面宏大、布景频繁变化的舞台演出中，通常颜色会控制在五种以内。例如，当舞台背景为红色时，为凸显角色，不能大量地使用红色调，而选择冷色调，这时冷暖色调的反差，会让角色在舞台上的直观形象特别突出。比如《雪孩子》这种大型的儿童戏剧，演员们都穿着白色的衣服。舞台的背景就得是蓝白相间的，蓝色的背景映衬着白色的雪花，配合着“小雪花们”的白色长裙和雪花帽，形成了一幅美轮美奂的画面。当代儿童京剧《藏羚羊》，是2008年青海省京剧团与浙江京剧团联合创作、排练的一出新剧目。剧中的藏族姊妹赛珍、赛吾吉吾毛，以及另外一位藏族少年才让的服装在颜色上，选择了与西藏人民的生活息息相关的蓝、白、红、黄、绿五种颜色，这几种颜色与当地的宗教信仰相关。这五色代表着天地五行的起源，代表着天地五行。藏传佛教后来也借用了这种颜色的信仰内涵，将由这五色的长条织物穿成的印有经文的经幡悬挂在藏区的屋顶、山脚和路口等处，藏人相信，随风飘动的五彩旗子可以把祈愿的祝福带到西方的佛陀和菩萨那里，可以保佑后代的健康。所以，在《藏羚羊》剧中，选择具有深厚宗教文化意蕴与情感的五色作为舞台服饰的基础，充分体现了藏族民族文化的深厚底蕴，在舞台演出中发挥着举足轻重的作用。

《雪孩子》.mp4

3. 服装设计要与演员的动作相适应

不同的演出形式，对舞台服饰的要求也不尽相同，如歌舞剧服装通常会偏重于服装线条与肢体的延展、律动以及整体的服装效果。服装与动作不协调，不仅会阻碍演出，还会影响到演员的表演。特别是舞剧中的服装，因为舞者在舞台上的动作很大，所以服装不但要配合情节，还要配合舞者的表演动作。在选择布料时，这一点尤其重要。舞衣的布料要有弹性，要薄、轻、垂。剪裁要合身，风格要简约、轻巧、化繁为简、减重为轻，这样既能展现舞者的身体曲线，又不会影响到舞者的表演。

戏剧服饰的设计和歌舞剧的服饰设计有很大的区别。戏剧表演者在台上的动作比较迟缓，观众可以清晰地看见表演中的服饰。这就要求戏剧表演者的服装要漂亮、要耐看、要经得起观众的仔细品味。所以，戏剧服饰的主要特征是绣花图案丰富，比如龙凤纹等具象图案，手绘扎染和颜色组合。2009年5月，中国青年京剧院正式成立，《九尾玄狐》是该剧院第一部儿童京剧作品。服装设计师刘小庆为“九尾玄狐”设计了一套新的服装。他用玫瑰红色的布料营造出一种优雅明快的风格，使舞台上充满了梦幻般的诗意。玫瑰色晶莹剔透，蕴藏着生命的活力，同时也透露出一种内敛之美，华贵却不失高雅。梅花、菊花、牡丹等圆形的蓝白色绣品，使服饰更加富有动感，为九尾玄狐扮演者张琦的表演锦上添花，令观众久久难忘。

儿童戏剧的服装创作应从时空背景，戏剧风格，人物性格、年龄、职业等方面进行考量。在情节发展、情节转换时，要适当地展现角色的多重关系与性格。在同一剧目中，由于角色的不同，服装的颜色、款式和面料也会有所不同。例如，主角和群演的服饰，在颜色、风格和装饰品上，都要有很大的差异，这样才能让人一看就知道是哪一方是主角，从而增加故事的气氛。同时服装也要与角色所处的环境位置相吻合。同样的剧本，同样的角色，服装要随着人物环境的变化而变化，从而让观众间接地了解角色的状况和发展，加强角色的塑造。比如《丑小鸭与靴猫侠》里的丑小鸭，一开始就穿着一身黑色的丝质长裤，手臂、胸口和双腿上都插满了白色的羽毛。到了秋天，它的衣服就成了一件镶着黑色羽毛的白色丝质长裙。到了冬季“认亲”的时候，丑小鸭就完成了一次漂亮的蜕变，变成了一只白色的天鹅。它的衣服就是白色的裙子、巨大的翅膀。从面料、色彩到风格上的巨大改变，反映出了丑小鸭从孤单、自卑到勇敢、自信的心灵历程。

4. 服装设计要与舞台的灯光相协调

服饰与灯光之间存在着相互融合、相互影响的关系，这是设计师需要认真考虑的问题，正确使用可以达到超越设计需求的理想效果。舞台服装要通过舞台灯光来达到完美的效果，而“色变性”是一个关键问题，也就是衣服在光线的作用下会出现“色变”，同样颜色的不同材质的衣服在相同的光线下会呈现出不同的颜色，比如真丝、化纤、天鹅绒、棉布和金属性织物，由于光线反射的不同，在同一光线下呈现出的颜色也会有很大的差异。同样颜色在不同的光线下，也会呈现不同的颜色，在彩色灯光照射下，服装色彩变化较大，例如服装颜色和灯光颜色相近或相同，原色更加明亮，色彩感觉更加明显；若服装颜色与灯光颜色之间存在补色关系，则会使表演中的服装颜色显得暗淡。彩色灯光对服装色彩的影响主要表现为：当衣服颜色和灯光颜色一样时，颜色的纯度不会得到提高；服装颜色与灯光颜色接近时，会显示出明亮的颜色；服装颜色与光源颜色互补，会使服装颜色趋于灰色、黑色；在不同色彩的光线下，白色的衣服就像是一种光源。因此，服装设计师要了解“色变”的规律和特征，绝不能用天然的颜色来替代舞台服装的颜色(定妆照见图 8-4)。

图 8-4　湖南民族职业学院学生演员的服装设计

(五)戏剧服装的使用与管理

戏剧服装的使用与管理是一项耗时耗力的工作，也是一次成功的舞台表演的保证，因此，应该引起设计师的高度重视。

1. 彩排时使用代用服装

在每次表演前，演员们都要排练一段时间，因为在正常情况下，他们不能提前准备好衣服，而在平时的彩排中，如果穿上正装，很容易造成损伤，从而影响表演的整体效果。为了解决这一问题，设计师们要使用与正规表演服装相似或者与剧情相符的服装来代替。

2. 演出前多试服装

试装是一台戏剧演出合成前的关键环节。完成的服装是否能反映设计师的设计意图，是否合身，是否有利于表演，是否与整体的效果相协调，服装的更换是否快捷，都需要在合成过程中加以检验。如果有足够的时间，可以让演员们先试一试，这样可以保证不适合的衣服有更多的改动，也可以让他们更快地了解自己的形象，找到问题，并及时纠正，特别是那些复杂的衣服，更要反复试穿，以保证在表演中能够运用自如。

3. 演出时抢妆

有的剧本情节和场景变化得很快，演员们的服装和配饰也要换得很快，复杂、配件多的服装不能按照日常生活用品的要求来做，否则一时半会儿是没办法换掉的，针对这种情况，设计师可以使用尼龙搭扣、拉链、挂钩等代替衣料，把衣服拆成零片，再把配件和衣服连在一起，让它一次穿在身上，或在制造过程中把多层的东西呈现在一个平面上，这样可以保证更换的速度，而且还能保留服装的视觉效果。

4. 演出结束后的服装管理

剧场服装管理的好坏，直接关系到表演的品质和观众的观赏效果，因此，服装的管理也是不容忽视的。平时的管理一般是以良好的保养和以后方便选用为主要原则，每次表演结束后，要马上把用过的衣服按面料、款式分类并清洗干净。因为在演出时演员会出大量的汗，如果就此整理装箱，很有可能对服装造成不同程度的损坏。日常的保养还需要了解服装的成品和原材料的特点，掌握分类放置(叠、挂)、虫的防治与防止服装材料过早老化等保养知识，特别是对戏服的维护，会直接影响到作品的质量。因此必须对服装进行归类和编号。一般按年代、中外、民族分大类别，再按性别、年龄、舞蹈风格等分小类，在不易辨认的服装外箱上做详细标注，以方便查找。服装和配饰品(鞋、帽、束腿、护腕、领带、手套等)等，都要分门别类，有条件的还要进一步细分，并按服装的深浅、冷暖、花朵大小、款式等进行分类，并进行登记。对于某些已经过时或者已经不能进行正式表演的衣服，要及时挑选出来登记保存，以免与平时穿的衣服混在一起。在表演过程中，服装的管理是确保表演有序进行的一个关键环节。表演前后应按角色、场次顺序清点。表演者的服装如有任何损伤，须立即向主管汇报，以确保在不影响现有表演正常进行的前提下，尽快进行处置。服装管理人员应根据季节变化对服装进行清洗、通风。

第四节 灯光设计

案例 8-4

中国儿童艺术剧院组合式儿童剧《特殊作业》的灯光设计具有鲜明特点(剧照见图 8-5)，该剧讲述五个不同的家庭面对孩子的一次特殊作业——为父母洗脚而产生的不同反应，展现了孩子与家长的情感交流与心灵沟通。因为该剧的舞台布景相对固定，如何利用灯光营造五个不同的家庭环境，展示人物的内心情感变化，揭示人物的性格特征和舞台气氛，并配合家具陈设的变化完成绝大部分场景变迁，是灯光设计师需要考虑并全力完成的任务。《特殊作业》除首尾两场为白天之外，其他五场均为夜景，灯光设计师方琨皓借鉴了国外流行的黑光艺术表现形式，将设计重点放在五个不同家庭的典型生活环境的营造和剧木主旨的升华上。五个家庭分别采用不同的灯型，通过调整灯具的位置、间距、投光角度、亮度与色彩等进行着力刻画。

儿童戏剧的灯光设计——以儿童戏剧《特殊作业》为例.mp4

图 8-5　中国儿童艺术剧院的儿童剧《特殊作业》剧照

(资料来源：中国儿童艺术剧院 https://www.cntc.org.cn/Content-15-42.html)

儿童剧《特殊作业》是儿童剧灯光设计的一个典型优秀案例，其充分考虑到儿童的心理特点，通过光、色等运用突出剧情的氛围和情感，使孩子们更容易理解剧情的思想。

舞台灯光是一种非常重要的艺术形式。舞台照明包括光区、光影、光色、光比等。负责调配、设计、操作灯光的工作者，被称为“灯光师”，他们必须具备光学原理知识、电工知识、戏剧表演知识、文化素养和丰富的想象力。灯光师只有在排练的时候和导演进行沟通、协调，才能根据剧情的需要和剧中人物身份的需要，构思设计出整台戏剧的舞台灯光因素的整体格局，然后根据情节的发展和人物的形象，利用光的变换实现舞台空间的改变，以光色及其变化显示环境，渲染气氛，创造舞台空间感、时间感和剧作所要求的意境，使剧中的每一个画面和场景都能通过光的运动清楚地呈现在观众面前，从而为情节的发展服务，使舞台更加丰富多彩。

早在明代，灯光在戏曲演出中已经有了自觉的运用。生于昆曲鼎盛时期的张岱，不仅对戏剧文学有极深的造诣，还深谙戏曲文学，精通表演规律，擅长戏曲音乐，同时也是一名灯光设计师，他一生最喜欢的就是舞台灯光的运用。在《西施》中，他用宫灯、火把，营造出一种“光焰荧煌”舞台效果。在没有电灯的时代，要成为一位灯光大师，的确需要巧妙运思，匠心独具。张岱对于灯光确有研究，他把灯光与烟火相结合共同营造舞台氛围效果，灯的种类繁多，极有讲究，张岱在灯光设计上的经验告诉我们，现在的导演们要充分利用现代技术，把灯光、烟火等所具备的各种可能的舞台效果发挥出来，特别是利用灯光的明暗、光影以及多种色彩，营造出一种舞台氛围，展现出戏剧中的场景和对舞台的处理。

一、灯光的分类

(一)根据来光方向划分

根据光源相对物体的方向，灯光可以分为顺光、逆光、侧光、顶光、底光等五大类，它们产生的效果大不相同。

1. 顺光

顺光指光线基本上是从前方偏上的位置照射物体。顺光产生的光效比较大，如果使用不当，会造成过量的光照。当场景中的顺光线固定时，最好采用“衰减”的功能，以产生上明下暗的效果，有利于创造一个暮色的光线氛围。

2. 逆光

逆光是指从物体的后表面照射的光。在这个时候，物体的前面看起来比较暗淡，但是它使物体的背景很明显，它使物体的轮廓很清楚，常常构成了一个剪影。逆光的运用主要是为了表达特定的意境，从而增加了人物和建筑物的情感色彩。这样的背光源能得到更好的画面，逆光效果很少单独使用。

3. 侧光

侧光是指从一个侧面照射物体的一种光线，它会在一个物体上形成一个很好的亮度和明暗转换区域。尤其是在户外设计中，为了凸显主体建筑的立体感和层次感，都会采用侧灯。侧面灯光能更好地突出建筑的空间和结构，使其具有一种清新、向上的气息。很多现代建筑，例如商务大厦、宾馆、酒店，商场等建筑的建筑设计效果图中，都会采用侧光。在室内使用侧面光线，能使被照明的物体有较为清晰的明暗转换，从而凸显出物体的纹理和立体感。当然，如果侧光太强烈，就必须在相应的侧面做一些光照的补偿，这样整体上就会显得更加柔和、逼真。

4. 顶光

顶光指的是从上到下照射的光，主要是用来表现一个圣洁、崇高的人物或建筑物的意境。顶光多用于比较庄严肃穆的纪念地，如纪念馆、教堂、庙宇、法庭、展览馆等。在舞台布置中，若要产生顶光效应，则应将主要光源放置在建筑的顶端，以便于实现由上而下的照亮效果。

5. 底光

底光指的是一种由下往上照射的光线，它的作用是创造一种神秘的、空灵的感觉，给人一种飘飘欲仙的感觉。底光多用于凸显具有强烈艺术表现力的建筑物的主体感，如群雕、博物馆、教堂等。

(二)根据灯光移动状态划分

根据灯光的移动状况，可以将其分为静态灯光和流动灯光两种。

不会有闪光的灯光，就是静态灯光。大部分的室内照明灯光都是静态的，它可以最大限度地利用光线，创造出稳定、柔和、和谐的环境氛围。流动灯光是一种流动的照明方式，其艺术表现形式非常丰富，在舞台和城市的霓虹灯广告中经常采用。比如舞台上的“追光灯”，不停地追逐着运动的演员，比如霓虹灯，作为广告牌的灯光，不停地在空中闪动，色彩不停地变化，既能凸显艺术形象，也能为周围的艺术氛围增添色彩。

(三)根据灯光的职能和作用划分

根据在舞台上的职能和作用，灯光可以分为主光、辅助光、背景光、追光四种。

1. 主光

舞台灯光中的主光统称为舞台灯光主光源，由面光灯、顶光灯和侧光灯三大部分组成。这组灯光在整台戏的演出过程中发挥着关键作用，不仅是正常演出时的照明灯光，而且还对特殊场景中的调配灯光的合理使用至关重要。正常演出中，要做到面、侧、顶灯光齐照舞台中央，确保灯光亮而柔和，舞台上无投影。这样才能使剧中人物及场景被观众看得清楚而不刺眼。比如童话剧《我不要被吃掉》第一幕“小鸡的游戏”场景，灯光搭配要温而柔，第二幕反面人物狐狸三兄弟出场时，灯光则需要暗而蓝。

2. 辅助光

辅助光也叫副光，它的主要职能是辅助主光，以完全抵消主光过强所造成的投射，从而避免了舞台上灯光的强弱对比。所以要正确地选择散射灯光源，而不应选择与主光灯相同或高于主光灯的灯光来作为辅助灯光。只有如此，舞台上的灯光才会柔和、细腻，才能让舞台上的场景、角色的形象具有层次分明感、真实感、立体感。

3. 背景光

背景光也就是所谓的“环境灯光”，意思是把灯光投射到舞台上，以反映出戏剧情节的背景。通过对背景灯光的巧妙利用，可以让舞台背景更清晰、更真实、更生动、更吸引人。

4. 追光

追光顾名思义就是在追逐目标的光源。追光，一般不会出现在戏剧当中，只有在一些特定的场合或者特定的角色出现的时候，才会被用到。通常情况下，使用追光时，整个舞台的灯光都黯淡了，只有一道光芒笼罩着角色，角色所过之处，光芒就会随之而至，角色或在圆场，或在演唱，或表演，而灯光总是围绕着角色，以突出角色的性格，塑造角色的内心世界。

二、灯光对于化妆效果的影响

在不同的光线条件下，物体的形与色都会产生相应的变化，由此可知灯光对于化妆的效果影响很大。

首先，不同角度的灯光会使人物形象有很大的差别。当人物正面受光时，阴影分布在四周，体积感不强，但会使脸部的结构和阴影变淡甚至消失，可使演员显得年轻。当人物头顶受光时，会加强脸上的眼袋、鼻唇沟等部位的阴影，使人物显得苍老。要表现剧中人物的阴险、狡诈、狠毒时，灯光可从底部照射，即通常所说的脚光，脚光会使面部变得狰狞与恐怖。当人物背面受光时，会加强人物的外形轮廓，由于背光，面部会显得模糊暗淡，但有时在不同的环境下又能表现出浪漫的感觉。

其次，光线的强弱也很大程度上影响着化妆的效果。如果在光线较弱的环境下化妆后再到光线较强的地方演出，妆面就会显得很浓。相反，在强光下化妆后到光线较弱的环境中演出，往往又会显得妆面太淡。所以在后台化完妆之后，还要看看妆面在舞台灯光下的效果。

另外，光色和被照射物体的色相互补或接近互补时，物体会显得灰暗、浑浊；光色和被照射物体的色相接近或一致时，物体会变得醒目鲜艳。因此，在冷光源下，妆面可以画得冷一些、白一些；而在暖光源下，妆面则要偏暖。

需要强调的是，前期主创间的交流与探讨非常重要。设计者不仅要向团队展示自己的设计理念、设计方案，还应对团队其他设计者的方案提出自己的见解，通过探讨、磨合，在各部门相互协调的基础上形成一个相对理想的方案。

总之，优秀的灯光设计的关键并不在灯具数量的多少、灯光变化的复杂程度或灯光渲染气氛的恢宏感，而是要在紧密配合剧情情节、塑造人物形象的同时，创造一种恰到好处的艺术效果。

三、灯光设计的原则

(一)功能性原则

舞台灯光设计必须满足功能上的要求，要根据不同的剧情、不同的场合、不同的对象选择不同的照明方式和灯具，并保证恰当的亮度。例如，为了强化演员的立体感、服装的质感以及首饰的光泽度，常使用方向性强的照明灯具和色光来提高演员的艺术感染力。

(二)美观性原则

灯光照明是装饰美化环境和创造艺术气氛的重要手段。为了对室内空间进行装饰，增加空间层次，渲染环境气氛，使用装饰照明灯具十分重要。灯具不仅起到照明的作用，而且十分讲究其造型、材料、色彩、比例、尺度，灯具已成为舞台空间的不可缺少的装饰品。灯光设计师通过有节奏地控制灯光的明暗、隐现、抑扬、强弱等来充分发挥灯光的照明和点缀色彩的作用，采用透射、反射、折射等多种手段，创造温馨柔和、宁静幽雅、怡情浪漫、光辉灿烂、富丽堂皇、欢乐喜庆、节奏明快、神秘莫测、扑朔迷离等艺术情调气氛，为人们的生活环境增添了丰富多彩的情趣。

(三)经济性原则

灯光照明并不一定以多为好，以强取胜，关键是科学合理。在《陶庵梦忆》中，张岱提到"灯不在多，只求一亮"，还谈到放灯要与演剧、乐舞相配合，以求相得益彰。灯光照明设计是为了满足人们视觉生理和审美心理的需要，华而不实的灯饰非但不能锦上添花，反而画蛇添足同时造成电力消耗、能源浪费和经济损失，甚至还会造成光环境污染而有损身体的健康。灯光照明的亮度的标准，由于用途和分辨的清晰度要求不同，选用的标准也各不相同。

(四)安全性原则

灯光照明设计要求绝对安全可靠。由于照明需要接通电源，所以必须采取严格的防触电、防断路等安全措施，以避免意外事故的发生。还要注意正确操作，切忌在灯泡冷的时候，将灯光瞬间推满，这样可能造成灯泡破裂或者钨丝熔断。正确的操作是在打开灯泡时，让灯泡处于压光状态，使灯泡预热产生微光，这样可将凝结在灯泡玻璃上的水分子蒸发掉，使灯泡壁均匀受热。切忌在更换灯泡的时候直接接触到灯泡，应该戴工作手套进行安装、更换或者拆卸。切忌在装换色器的时候忘了装防护网罩，防护网罩是防止灯泡爆破时碎片飞溅伤人或伤到物品。切忌将光调得过于聚焦，容易造成灼烧的程度，操作时要注意对灯光的聚焦情况进行合理的调节，散光程度要大一点。

四、儿童戏剧的舞台灯光设计技巧

"戏剧节奏"是一台演出的主线。导演对于整台戏的调度需要节奏，演员对于剧中角色的表演需要节奏，音响师对于音乐的控制需要节奏，舞台的景物迁换需要节奏，视频多媒体影像的变换也需要节奏。而舞台灯光应与演出各部门紧密配合，用其独特的"语言"参与演出，完成对戏剧节奏的烘托与表达。

(一)依据导演的构思调度进行设计

一名合格的灯光设计师不仅需要深入解读剧本，还应对导演的风格特点、思维模式、艺术喜好等有一定的了解，理解导演的舞台构思、舞台调度等内容，只有这样才能在创作中产生默契。

在《特殊作业》中，灯光设计师还根据每个家庭所使用的不同窗户形状，雕刻出灯光造型片，利用成像灯在舞台面上投射出窗户的光影效果，丰富场景内容。该剧采用 LED 摇头灯对灯光亮度、色彩、投光角度、光区等进行精密控制，为该剧演出营造了独特的视觉效果。我们以作品中"温馨的陈家"和"寂静的吴家"两个场景的灯光设计为例，来介绍设计师的创作思路。

作品中的陈家是单亲家庭，女儿陈静乖巧懂事，学习成绩优秀，但有些自卑。陈母是下岗女工，离婚后打工抚养女儿。陈家的家具摆设比较简单，集中于主演区，选取一扇普通小六格窗户作为开场主形象。在此场景中，设计师采用 4 台电脑染色灯集中投射主演区，并调配出柔和的橙黄调子；调整灯具的亮度、色温，配合夜景突出老旧小区的感觉。女儿陈静看到母亲一双开裂、长满老茧的脚时，百感交集地说“妈妈，我给您洗脚！”母亲俯身轻抚女儿的头发。这时，舞台气氛达到高潮。母女俩相依为命，饱尝辛酸却又无比幸福的一幕，深深打动观众。为烘托此刻浓烈的亲情，设计师使用 2 台电脑切割灯围绕两人投射出定点光，光心为黄色周围为橙色；面光部分用 1 台电脑切割灯降低色温，补充照明母亲面部，展现其丰富的情感变化；随着母亲泣极掩面慢慢压光，让母女俩完全沐浴在柔和的橙黄色光束中。灯光与人物浓烈的情感相互交融，赢得观众热烈的掌声。

作品中的吴家富庶，儿子吴子豪很有经济头脑，凡事都要和钱扯上关系，父母分居后跟随父亲生活。吴父是一家装修公司的老总，金钱至上，很少关注孩子的成长，认为满足物质需求是对孩子最好的照顾。吴家的陈设比较分散，以红木家具为主，在中间古董架后选取一扇带有弧度、装饰性强的大对开窗户作为开场的主形象，明亮华丽。灯光设计主要使用 36 度成像灯，光源柔和，可根据需要调节焦距来产生理想的光束效果。实际吊挂灯具时，以布景中心线为准，分前后两排，2 台 1 组，共 6 组，每组间距为 1.4 米，灯与灯的间距为 0.5 米，严格按照尺度吊挂。以这种方式组合的光束错落有序，富有装饰性，衬托出家具摆设的高贵典雅，突出了吴家的优越生活环境。当儿子由胆怯到终于喊出“我要妈妈”时，吴父惊讶地发现儿子为自己洗脚竟然为的不是钱而是亲情时，竟不知所措、无言以对。看着儿子跑下的背影，他内心十分纠结。为表现此时吴父的孤独、失落、懊悔、愧疚等情感，使用 1 台电脑染色灯垂直投射于其身，面光部分则用 1 台电脑切割灯降低色温、切割光区，补充照明吴父面部，随着吴父从仰面的万千惆怅到无奈地俯身垂头，电脑染色灯也从苍白孤立的白色光柱渐变至深邃寒冷的深蓝色，最终聚焦定格于吴父。这与从窗外透射进的橙色光线(象征其他温暖和谐的家庭)形成强烈对比，一冰冷一温暖，一孤独一欢乐，折射出财富不等于爱、金钱无法买到亲情的作品理念。

《特殊作业》演出中，电脑切割灯的高度准确性、稳定性以及理想的光区，配合演员的表演展现出极大的戏剧张力，升华了人物的内心情感，且具有很强的视觉冲击力，达到预期的艺术效果。这也证明，在一些戏剧的高潮部分，并不一定是灯光越亮，展现的气氛越恢宏就越好，只要运用恰当，微弱的灯光效果也能产生极佳的舞台效果。

(二)依据演员的肢体动作进行设计

在演出过程中，灯光的变化应与演员的肢体动作紧密相连。光区的大小，取决于演员表演的动作范围；光区的切换，取决于演员表演的行动路线；光的转换速度，取决于演员表演的动作节奏。因此，灯光设计需通过反复观看排练，结合剧情和导演调度来实现灯光与演员表演的完美结合。

解放军艺术学院创作的话剧《我在天堂等你》中有这样一个情节：战区的警卫员小冯在接白雪梅去前线的路上，需要翻雪山、走山路。演员在表演走山路时，需要从台后向台前走“之”字形的路线，目的是表现山路的崎岖。此时，灯光设计师结合演员的表演，用多只成像灯在舞台上投射出“之”字形的光斑。为了突出这条路，其余的舞台台面都是暗的。这使观众更加直观地体会到剧中所表现的场景。

在安徒生童话剧团 2013 年新编童话剧《我不要被吃掉》中，小母鸡卡门等一行被狐狸佐拉用绳绑着带进了森林迷宫，为表现森林迷宫的阴暗恐怖，灯光师在昏暗舞台的中间用成像灯投射出一条线形的光斑，演员队伍在光斑之中进行表演，使观众感受到了迷宫的狭窄，表现出那种“伸手不见五指”的漆黑场景，并为佐拉掉进洞穴埋下伏笔。

(三)根据音乐语言节奏进行设计

正如瑞士灯光之父、戏剧大师阿庇亚所说：“灯光是舞台的灵魂，灯光是舞台的血液。”灯光的变化，能保证演员在舞台上任何部位都是可以突出的，该隐则隐，该现则现，这符合戏剧以表演和演员为中心的特点。由于人类的眼睛对光线特别敏感，当舞台有灯光亮起时，观众便会将目光集中在有亮光之处。因而在剧场里，灯光师只给观众看导演想呈现的东西，而把其他的部分留在黑暗中。通过灯光的变化，能有效地带动观众进入剧中情景，使观众身临其境，紧跟演员的步伐。

比如人偶剧《葫芦娃》中开场葫芦娃跳舞一段，背景灯光为暗绿色，七个葫芦娃按音乐节奏用 LED 灯一一照亮，突出了七个葫芦娃灵动欢乐的氛围，极富视觉冲击力。而在该剧“彩虹仙子变身”一幕中，彩虹仙子在舞台中翩翩起舞，同时七彩灯光根据音乐的节奏轮流变换，绚烂多姿的灯光充盈舞台。这样的灯光设计使既定的舞台幻化成多变的空间，同时又不以实体占据舞台，这就给演员的舞蹈表演留下了足够的表演空间。最后，灯光充满了舞台空间的设计既给定了戏剧环境，又保持了舞台的空灵，有利于载歌载舞的表演。舞台空间是有限的，而要想在有限的舞台空间上展示出无限的生活范围，就需要灯光设计师能够巧妙地运用舞台灯光。

(四)根据人物内心情感进行设计

现代舞台戏剧演出中，灯光的作用已从外部形象的塑造上升到内心世界的表达。灯光将戏剧呈现在观众面前时，灯光是导演和灯光设计师的工具、画笔、颜料。他们用灯光一笔一笔地将舞台画面描绘出来，使之生动丰满。而在灯光的语言中，与情感联系最紧密的就是光的色彩。光色的变化，具有抒情性，不仅给出了戏剧的特定环境，渲染出特定的戏剧氛围，同时也留给观众自我想象的空间。不同的灯光颜色，可以带给观众不同的心理感受。

在《葫芦娃》中，葫芦喷泉被堵住后，舞台以深黄色为背景灯光再加上沙漠图案的布景，烘托出花草枯萎、鸟兽灭亡的荒凉景象，展示了葫芦喷泉枯竭后给葫芦王国带来的灾难。另一幕中，当老树喝下一滴泉水后，抽出了新芽，灯光转为翠绿色打在演员扮作枝芽的手臂上，表现出老树焕然一新的变化过程。同时灯光转亮让观众心情倍感愉悦。

而在话剧《我在天堂等你》中，开场表现的情节是在父亲去世之后，灯光师用深蓝色和白色的灯烘托了悲凉的气氛，也映衬出家人心中的悲痛之情。随着母亲的回忆，故事的时间回到父亲去世前的最后一次家庭会议，灯光师转用深蓝的灯光让观众感到气氛的紧张与压抑。为了使两代人之间的矛盾冲突更为鲜明，灯光设计师还用成像灯为父母和孩子们分别设定两个光区，观众结合演员的表演和灯光，更能体会出两代人之间明显的代沟。在表现五十年前冰河救人的场景时，台口乐池降下，干冰由两侧喷出，并铺以红光，体现出了冰河的险恶与苏队长舍命救人的壮烈。可见，灯光的色彩在表现故事情绪、情感，以及角色心理方面起到了重要作用。

综上所述，在对戏剧节奏进行表达时，灯光师要与各部门紧密配合，听从导演的总体调度，关注演员的表演，配合音乐的旋律，做到光随演员动，光随情绪变。这既保证了画面造型的整体完美，又使情感情绪得到由内而外的展现，使观众的心理节奏与戏剧节奏协调，从而达到完美的视听效果。

五、时代对灯光控制技术的新要求

舞台上的每种灯具都各有其用意，常规灯具的一些优势和艺术效果需要在数字化灯具上传承发展。数字化灯具的出现，极大地丰富了舞台灯光效果，并催生了新的创作理念和创作方式。近年来，一些广泛采用灯光、音响、机械、视频等舞台技术的剧目，受到了观众的追捧。譬如，制作成本达到 7 500 万美元的音乐剧《蜘蛛侠——终结黑暗》，在 2011 年底曾一周演出 9 场，共收入 294.2 万美元，创造了百老汇演出历史上的最高单周票房。演出中蜘蛛侠伴随着音乐在观众上空快速飞过，一组组灯光始终紧紧地跟踪照着演员，与演员融为一体。

由此看来，灯光控制技术已经是演艺技术的重要组成部分，飞速发展的时代对灯光设计师提出了更高的要求。灯光设计师要熟悉各种类型灯具，掌握其表现形式，并勇于开拓创新，融会贯通，合理利用各类灯具为舞台服务。对一名优秀的灯光设计者而言不仅要有好的设计构思，掌握灯光设备的编程技术也非常重要。技术的发展日新月异，数字化的操控设备已经与传统设备有着云泥之别，其科技含量高，定位精准，变化丰富，控制精确，使戏剧艺术效果更加自然、生动、优美，避免了纯人工操作的诸多不足。

本 章 小 结

总之，儿童戏剧舞美设计与戏剧主题密不可分，二者的配合在一定程度上影响了戏剧表现的整体效果，赋予其独特的风格和意境。所以，儿童戏剧工作者应该对舞美设计予以高度重视，利用先进的技术和理念开展舞美设计工作，促使现代文化与传统文化进行良好的融合，在有限的舞台空间内创设无限的想象空间，促使戏剧整体更具有观赏性和艺术性，使更多的观众了解儿童戏剧中的文化内涵、精神内涵。

思考与练习

1. 儿童戏剧舞台美术设计有哪些创作要求？
2. 儿童戏剧舞台的道具设计与制作要遵循哪些原则？
3. 阴险狡诈的反面人物如何化妆，才能凸显其性格？
4. 儿童戏剧对服装设计师提出了哪些要求？
5. 灯光对于化妆的效果和舞台服装效果有哪些影响？请你联系创作实际谈一谈。

附录　儿童戏剧作品选读

第一节　神奇的力量

人物：魔王卡卡、小猴聪聪、小兔美美、小猪童童、小熊壮壮、笨狗、仙子

场景：森林

旁白：从前，在一个美丽的大森林里，住着一群快乐的小动物。

[幕启，音乐起，灯光慢慢亮起来，天亮了小动物们开始一天快乐的生活。

小猴聪聪：(自豪地)小朋友们好，我是小猴聪聪，我可是人类的近亲，因此呀我可是很聪明的，什么事都难不倒我。瞧！这是森林仙子送给我的礼物，超级无敌放大镜，这可是仙子的最新发明呢！呵呵！

小兔美美：(高兴地)大家好，我是小兔美美，我那雪白的皮毛、长长的耳朵，可是我的骄傲呢。你们看，这是昨天森林仙子送给我的新裙子，漂亮吧！我可喜欢它了！

小熊壮壮：呵呵，小朋友们好，我是小熊壮壮，我的力气可大着呢！嘿！(举双臂)

众动物：童童，该你了。(推小猪童童向前)

小猪童童：大家好，我是小猪童童，我，我最喜欢吃东西！你们这有什么呀，我还有森林仙子送给我的蜂蜜呢，可新鲜了！我都不舍得吃呢！(紧抱蜂蜜)

小熊壮壮：(上前看)啊！蜂蜜，我也有。啊，你的，给我看看，看看！(拉扯)

小猪童童：我不给你们看。

[蜂蜜罐摔在地上碎了，溅了小兔美美一裙子。

小兔美美：(生气地)耶，我的新裙子！

小猪童童：我的蜂蜜！

小兔美美：你们赔我的新裙子，你们赔我的新裙子！(跺脚)

小猪童童：哎呀呀！你们吵什么呀！为了这么点小事，有什么好吵的吗？

众动物：(生气地)你凭什么说我们呀！

小猴聪聪：嗯，一群笨蛋，我不和你们一起玩了。

小猪童童：你才是笨蛋呢！整天就只知道瞎研究，哼！

小熊壮壮：你们……嗨！

小兔美美：我的新裙子，哼！哼！(边走边哭)

[众动物依次下场。

[魔王卡卡上场。

魔王卡卡：(威风地)哈哈！哈哈！这群愚蠢的家伙，吵架了。

笨狗：大王，大王。您还没有自我介绍呢？

魔王卡卡：自我介绍，哦！知道我是谁吗？我可是这片森林里最帅气的……

笨狗：(重复)帅气。

魔王卡卡：最聪明的……

笨狗：(重复)聪明。

魔王卡卡：最能干的国王卡卡勇士。

笨狗：(重复)勇士。

魔王卡卡：哈哈！哈哈！看，这娇嫩的鲜花，这茂盛的大树，这美丽的森林这才是我的家。可是，可是，就因为我上次砸了笨熊壮壮的房子，拔了聪聪屁股上的毛，吃了大懒猪童童的零食，弄脏了红眼睛小兔美美的新裙子，森林仙子竟然罚我在地底下面壁思过十年，害得我见不到阳光，闻不到花香，听不到鸟叫，嗨！(低头，难过)不过今天终于期限到了，我终于摆脱这黑暗的世界，我终于再次来到了这美丽的森林。哈哈哈！

笨狗：汪！汪！汪！

魔王卡卡：(生气地)笨狗，挡我的路了。(生气)

笨狗：大王陛下！

魔王卡卡：(凶狠)唔！

笨狗：大王，您被关了这么多年，在里面受了这么多委屈，为何不给他们点颜色瞧瞧？

魔王卡卡：还用你来提醒我吗！笨狗。

笨狗：哦，我错了，大王。

魔王卡卡：哈哈！既然这群愚蠢的家伙在吵架，看我这回不好好地折磨他们。笨狗，过来，听着，本大王最新作战计划。(和笨狗耳语)

笨狗：(奉承)大王高明！

魔王卡卡：唔唔，哈哈……

[笨狗、大王下场。

场景二：小动物家

[灯光暗下，音乐响起，魔王卡卡和笨狗去小猪童童、小兔美美家偷东西。

旁白：第二天，小猪童童发现家里的蜂蜜被偷吃光了，小兔美美发现家里的漂亮衣服都被撕破了。那么，到底是谁干的坏事呢？

[小兔美美拉着小猪童童走上舞台，小熊壮壮后跟上。

小兔美美：咱们找森林仙子理论去。

小猪童童：哎哟！去就去，谁怕谁啊！

小兔美美：真不知羞！

小熊壮壮：你们在干什么啊？

小兔美美：壮壮，你还敢来，你们弄脏了我的新裙子不说，竟然，还跑到我的家里，撕了那么多的漂亮衣服，小朋友们，你们瞧瞧，他们有多坏啊！

小猪童童：壮壮，不对，壮壮，你还敢出现在我面前，昨天你洒了我的蜂蜜，还把我家里的蜂蜜都吃光了。

小熊壮壮：(莫名其妙)我，我，怎么可能偷吃你家里的蜂蜜呢？(莫名其妙)

小猪童童：你还不承认！

小兔美美：你们赔我的新裙子。

[小猴聪聪上场。

小猴聪聪：(生气地)停，吵什么呀！说，你们谁偷了去年森林仙子送给我的那副金丝眼镜？
众动物：谁那么无聊，去偷你的眼镜呀！
小熊壮壮：少在那儿冤枉人。
小猴聪聪：你们，我没你们这样的朋友！
众动物：谁和你是好朋友啊！
小兔美美：他们撕破了我的衣服。
小猪童童：他偷吃了我的蜂蜜。
小熊壮壮：他冤枉我偷吃。
众动物：我才没有这样的好朋友呢。
小猴聪聪：你们！
小熊壮壮：(察看)咦，这不是魔王卡卡和笨狗旺旺的脚印吗？怎么会在这里？(思考状)呀！不好！(慌张状)不好了，不好了，我刚刚在那儿发现了魔王卡卡和笨狗旺旺的脚印。
小熊壮壮：笨狗旺旺？
小猴聪聪：是哟！所以我怀疑这次的破坏是他们搞的！
小猪童童：唔，你有什么证据啊？不会是想和我们和好，故意骗人的吧？
[魔王、笨狗上场。
魔王卡卡：对！他就是骗你们的。
笨狗：(重复)骗你们的。
魔王卡卡：其实这一切，都是他做的。(指向小猴聪聪)
笨狗：(重复)他做的。
小猴聪聪：伙伴们，你们可别听魔王卡卡他们胡说啊！
魔王卡卡：胡说？哈哈！笨狗，你拿出证据让他们瞧瞧。
笨狗：(拿出证据)这可是我们英明的大王陛下找到的。
小猪童童：咦！这不是聪聪的眼镜吗？
小猴聪聪：原来，是你们偷了我的眼镜。
众动物：聪聪！
小猴聪聪：你们，你们，别相信魔王卡卡和笨狗旺旺，他们在欺骗大家！
魔王卡卡：欺骗？到底是谁在欺骗啊，聪聪！你还是承认了吧！
众动物：(问观众)小朋友们！我们该相信谁呢？
小猴聪聪：伙伴啊，我可是你们的好朋友啊！相信我！相信我！
魔王卡卡：相信我！相信我！
[仙子上场。
仙子：孩子们！
众动物：仙子的声音？
仙子：我回来了，我已经知道你们发生了什么事，也知道到底是谁做了坏事，现在我给他一个机会，希望他能主动承认错误。
小猴聪聪：仙子。
众动物：是聪聪？

小猴聪聪：仙子，我，我错了，我不该冤枉大家偷了我的眼镜。但是仙子，我绝对没有偷吃童童的蜂蜜，撕破美美的衣服。

小兔美美：不是他？

小猪童童：看起来，的确有些不像。

小熊壮壮：那我们，我们会不会冤枉他了？

笨狗：仙子，仙子，(上前几步)我知道错了，是我和魔王卡卡偷吃了童童的蜂蜜，撕破了美美的衣服，您可不要再把我关进森林的“反思屋”啊！

魔王卡卡：(很生气)笨狗，你背叛我！

笨狗：大王！你快向仙子认错吧！

众动物：(愤怒地)原来是你们做的，坏蛋。

魔王卡卡：(扑过去打)你们！

仙子：乌拉拉能量，定！(魔王卡卡停住)看来，卡卡还是不能主动承认错误，那么就让他再去“反思屋”反思十年，卡卡，跟我走吧！(仙子带着魔王卡卡下场)

小兔美美：对不起，都是我不好，我不应该冤枉大家的。

小猪童童：不对！不对！都是我不好，都是我平时太好吃懒做了，而且我不该胡乱冤枉人。

小熊壮壮：还有我，其实我也有错的，聪聪说得对，好朋友之间是应该相互信任的。

笨狗：(不好意思)我，我也要认错的。

小兔美美：小黑狗？

笨狗：我不该明明知道魔王卡卡的做法是错误的，还帮着他来欺负大家，你们原谅我，好吗？

众动物：好吧！

小兔美美：知错能改就是好孩子，让我们一起去玩吧！

众动物：好呀！好呀！

音乐起，小动物们手拉手退场。

[落幕。

第二节 小蝌蚪找妈妈

人物：小蝌蚪姐姐、小蝌蚪妹妹、青蛙妈妈、蟹八哥、黑鱼婶婶、大乌龟、小乌龟、蝗虫老大、蝗虫 A、蝗虫 B、蝗虫 C、蝗虫 D、水草大哥

时间：春天

地点：池塘

[舞台上摆放着荷叶、荷花，一大片稻田的景色，一些美丽的小花。

[灯光明亮，优美的音乐起，青蛙妈妈一路兴高采烈地舞蹈着出场。

青蛙妈妈：我是一只幸福的青蛙，我的宝宝们已经出生啦，我要给她们做好多好多漂亮的衣服，然后把我的小蝌蚪们打扮得漂漂亮亮，等她们长大后，我还要教给她们抓害虫的本领。(不由自主地嘿嘿笑)

[突然警报声起，灯光昏暗，后台传出声音：注意，注意，现在稻田里大量蝗虫肆虐，庄稼

严重的遭到破坏，请所有的动物们，都关好门窗，以防遭到蝗虫的侵害。

青蛙妈妈：这些坏蛋，又出来捣蛋，看我不把你们消灭得一干二净。(青蛙妈妈语气由强硬变为无奈)可是，(退后几步)我还有我的宝宝们。她们还这么小。(沮丧)

[蟹八哥出场。

蟹八哥：恭喜青蛙妈妈，贺喜青蛙妈妈呀，生了可爱的小蝌蚪们呀。

青蛙妈妈：是蟹八哥呀，谢谢蟹八哥。(难过)

蟹八哥：青蛙妈妈，你怎么了？

青蛙妈妈：我要走了。现在庄稼遭到那群可恶的蝗虫们的破坏，我需要去消灭她们。

蟹八哥：可是，小蝌蚪们怎么办？

青蛙妈妈：我不知道。(低下头)

[此时警报再次响起。

青蛙妈妈：(抬头看看前方)不行，我必须要去抓那些坏蛋，这是我们青蛙的使命。以后，我的小蝌蚪们，也要做这样的事的。

蟹八哥：唉。青蛙妈妈，那么您就让我来照顾小蝌蚪们吧，我们会等您回来的。

青蛙妈妈：蟹八哥，谢谢，谢谢你。

[青蛙妈妈和蟹八哥道别，依依不舍地下了舞台，蟹八哥看着青蛙妈妈的背景，然后也下了舞台。

[灯光明亮，音乐起，两只小蝌蚪分别从舞台两边出来。

小蝌蚪妹妹：(欢快地)姐姐，姐姐。你快点呀。你看，好漂亮的花呀。

小蝌蚪姐姐：(急切地)妹妹，妹妹。你还看什么啊，上课都快要迟到啦，等等又要被蟹八哥罚站了。

小蝌蚪妹妹：姐姐，你看，(指远处)那是什么？

小蝌蚪姐姐：哦，(高兴地)那是小鸭子和小鸭子的妈妈。

小蝌蚪妹妹：原来是小鸭子和它的妈妈呀。

[蟹八哥出场。

蟹八哥：小蝌蚪，你们怎么还不来上课啊？

小蝌蚪姐姐：蟹八哥啊，我们这不是来了嘛。(拉小蝌蚪妹妹)妹妹，快走呀。

蟹八哥：快快，跟着我。

小蝌蚪姐妹：知道啦。

[上课铃声响，蟹八哥横着走，小蝌蚪跟在蟹八哥的后面，学着蟹八哥的走路模样，学着蟹八哥读书。

蟹八哥：(伸出八支腿)4 加 4 等于几？

小蝌蚪姐妹：8

蟹八哥：3 加 5 等于几。

小蝌蚪姐姐：8。

[小蝌蚪妹妹则是很不开心。

蟹八哥：小蝌蚪妹妹，你怎么啦？

小蝌蚪妹妹：我想妈妈了。

蟹八哥：蟹八哥不是说了吗，你们的妈妈过些时间，就回来了呀。

小蝌蚪妹妹：可我还是想她。
小蝌蚪姐姐：妹妹，别难过，妈妈一定会回来的。
小蝌蚪妹妹：蟹八哥，你说我们的妈妈长什么样子呢。
蟹八哥：你们的妈妈啊，眼睛鼓鼓的，嘴巴宽宽的。
小蝌蚪妹妹：眼睛鼓鼓的，嘴巴宽宽的。(重复着蟹八哥形容青蛙妈妈样子的话)
[下课铃声响。
蟹八哥：哎呀，都下课啦，好啦好啦，你们去玩吧。
小蝌蚪姐姐：下课，去玩吧。
小蝌蚪妹妹：姐姐，姐姐，(拉着小蝌蚪姐姐)我们的妈妈，怎么到现在都还没回来。
小蝌蚪姐姐：这个，我也不知道。
小蝌蚪妹妹：姐姐，我想妈妈了。
小蝌蚪姐姐：其实，我也想妈妈。要不，我们一起去找妈妈吧！
小蝌蚪妹妹：好啊好啊，我们去找妈妈去。
小蝌蚪姐姐：可是我们的妈妈，长什么样呢？
小蝌蚪妹妹：小鸭子的妈妈和小鸭子长得一模一样，那我们的妈妈，肯定也和我们长得一样。再说，刚刚蟹八哥不也说了，眼睛鼓鼓的，嘴巴还宽宽的呢。
小蝌蚪姐姐：嗯嗯，一想就觉得妈妈和我们长得很像。走，我们找妈妈去。
小蝌蚪妹妹：哦，找妈妈啰，找妈妈啰。
[音乐《小蟒蚪找妈妈》起，小蝌蚪到处找着妈妈。
小蝌蚪妹妹：找了这么久，为什么我们的妈妈还没出现呢？
小蝌蚪姐姐：(指向前方)妹妹，妹妹，你看，前面有个穿着黑衣的，那是我们的妈妈吧。
小蝌蚪妹妹：是啊，是她，和我们长得一样呢。
小蝌蚪：妈妈！妈妈！
[黑鱼婶婶游上场。
黑鱼婶婶：哈哈哈，小蝌蚪啊，我可不是你们的妈妈。
小蝌蚪妹妹：你长得和我们的妈妈一样，眼睛鼓鼓的，嘴巴宽宽的，你不是我们的妈妈，那你是谁啊？
黑鱼婶婶：我是小黑鱼的妈妈，我的小宝宝可不长你们这样的。你们啊，还是去别处找妈妈吧。
小蝌蚪姐姐：那，那黑鱼婶婶，你见过我们的妈妈吗？你知道我们的妈妈长什么样吗？
黑鱼婶婶：那个，我想想啊，小蝌蚪的妈妈啊，白肚皮，好像有四条腿呢。
小蝌蚪们：我们的妈妈有四条腿？
黑鱼婶婶：好了好了，我要走了，你们啊就去前面再慢慢找找吧。
小蝌蚪们：再见，黑鱼婶婶。
[黑鱼妈妈下，音乐《小蝌蚪找妈妈》起，来了一只大乌龟和小乌龟，小蝌蚪妹妹不小心撞上一只大乌龟。
乌龟妈妈：哎呀，谁撞的我啊？
[小蝌蚪妹妹一抬头，非常惊喜。
小蝌蚪妹妹：(惊喜地)眼睛鼓鼓的，一、二、三、四呀，有四条腿，啊，你就是我们的妈妈

呀。姐姐，姐姐，这是妈妈，妈妈呀。

小蝌蚪们：(左右拥抱)妈妈，我们想死你了。

[小乌龟上前推开小蝌蚪们。

小乌龟：你们，你们怎么要和我抢妈妈，她是我的妈妈，不是你们的妈妈。

小蝌蚪们：(急切地)不对，不对，她是我们的妈妈。

小乌龟：我和我妈妈长得一样，你们凭什么抢我的妈妈。(生气)

大乌龟妈妈：别吵了，小蝌蚪们啊，我不是你们的妈妈，你们去前边找找你们的妈妈吧，我前几天，还看到过她呢。

[小乌龟连忙过去拉着大乌龟的手。

小乌龟：妈妈，妈妈，快走，快走。

[小乌龟和乌龟妈妈下场。

小蝌蚪姐姐：你们，别走呀，别走呀。

小蝌蚪妹妹：(难过地)姐姐，你说我们的妈妈到底长什么样子呀，我好想妈妈。

小蝌蚪姐姐：妹妹，不要难过，我们一定能找到妈妈的。我们再到前面去看看(拉着小蝌蚪妹妹欲走)

小蝌蚪妹妹：姐姐，我好累，我们找个地方，休息会，好不好呀？然后再接着找妈妈。

小蝌蚪姐姐：你这个小懒虫。

小蝌蚪妹妹：姐姐，姐姐。(拉着小蝌蚪姐姐撒娇)

小蝌蚪姐姐：好吧好吧。(看看前面)我们就去那个小石头边睡觉吧。[小蝌蚪游到石头边去睡觉，此时两只小蝗虫跑出来，青蛙妈妈追出来，一手抓一只蝗虫，把他们绕一个大圈，然后将蝗虫推回舞台后面去。

青蛙妈妈：这些坏蛋。(擦擦汗)大概还要十几天，这些蝗虫就能消灭光了，到时候，我就能去见我的宝宝们了。不知道她们现在过得怎么样，肯定是很想妈妈了，其实妈妈也很想很想小蝌蚪们。

[青蛙妈妈正准备离开，石头边小蝌蚪们睡醒，伸着懒腰。

小蝌蚪妹妹：睡得真香啊。

小蝌蚪姐姐：我也是。(还打着哈欠)

青蛙妈妈：你，你们？

小蝌蚪们：我们怎么了？

青蛙妈妈：(高兴地)你们就是小蝌蚪。

小蝌蚪们：对啊，我们就是小蝌蚪。

青蛙妈妈：(欣喜地)孩子，孩子。(伸手去拉小蝌蚪们)

[小蝌蚪们赶忙躲开。

小蝌蚪妹妹：走开，走开。

小蝌蚪姐姐：(伸出拳头)不准你欺负我们。

青蛙妈妈：孩子，我怎么会欺负你们呢？我，我就是你们的妈妈呀，你们不认识我了吗？

小蝌蚪们：妈妈？(同时互相看看，哈哈大笑起来)你是我们的妈妈，你和我们长得这么不像，还敢说是我们的妈妈。

小蝌蚪妹妹：羞羞羞。我们的妈妈才不长你这样，眼睛这么大，嘴巴这么恐怖，还全身的绿衣服。你说，你哪一点和我们像了。

小蝌蚪姐姐：对对，还连尾巴都没有。你看看我们。

[两只小蝌蚪把小屁股翘给青蛙妈妈看，还不停地扭动着。

青蛙妈妈：都怪我，都怪我，孩子，我真的是你们的妈妈啊。

小蝌蚪姐姐：不对不对，你不要再说谎了。哼。

小蝌蚪妹妹：姐姐，我们走。

青蛙妈妈：你们要去哪里？

小蝌蚪妹妹：不用你管。哼！骗子。

青蛙妈妈：孩子，前面很危险，都是蝗虫啊。

小蝌蚪们：(两手同时一挥)我不怕。(匆匆忙忙地跑下)

青蛙妈妈：(伤心地大喊)孩子，孩子，孩子。(轻声地说)如果不是妈妈当时扔下你们，也许，你们现在就不会不认得妈妈，也不会到处走了，是妈妈对不起你们。

[青蛙妈妈做出头晕状，慢慢地走向荷叶边，伤心地靠在荷叶上休息。

[灯光昏暗，邪恶的音乐起，蝗虫们排着队整齐出列。

蝗虫们：一、一、一二一，一、一、一二一。

蝗虫 A：立正。(吹哨子)

蝗虫们：欢迎老大，欢迎老大。

蝗虫老大：最近，弟兄们的情况怎么样啊？

蝗虫 B：(哭丧着脸)老大，那些该死的青蛙，又消灭了我们一大帮的弟兄啊！

蝗虫老大：(突然伤心状)该死的青蛙，消灭了我那么多的弟兄，我，我要和你拼了。

蝗虫 C：(结巴地)可可可……是老大，咱，咱就这几个弟兄啦。

蝗虫 A：怕什么，我早就给老大，安排好一切了。

[蝗虫老大满意地点点头。

蝗虫老大：小黄，跟他们说说咱们的计划。

蝗虫 A：是，是，老大。你们全给我过来。我啊，早就联系好了水草大哥(小声与蝗虫 B 说，蝗虫 B 一个劲儿地说妙)

蝗虫老大：死青蛙，这回你非栽我手里不可。小的们，跟我走，抓青蛙去。

蝗虫们：是，是的老大。

(排列队伍，口里喊着：抓青蛙、抓青蛙，跟着蝗虫老大下场)

蝗虫 A：水草大哥，那青蛙正躲在荷叶边睡大觉，劳驾您，去帮帮小的们了啊。

[青蛙边游边上场。

[水草紧跟而上，用长草缠绕青蛙，青蛙与之搏斗、挣扎，水草最终将青蛙妈妈缠住，蝗虫们一拥而上，大喊大叫。

蝗虫老大：小的们，上啊。抓住青蛙，为兄弟们报仇。

青蛙妈妈：你们，你们要干什么，坏蛋。我的身子，救命啊，救命呀！

[蝗虫们绑住青蛙妈妈。

蝗虫老大：死青蛙，你也终于有今天啊。

青蛙妈妈：蝗虫怪，你想干什么，你们这些害虫！放了我！

蝗虫老大：放了你，哼，青蛙，你消灭了我那么多的弟兄，好不容易抓了你，我会放了你？

我要为我的那些蝗虫小弟们报仇，他们，是那么可怜，你有没有放过他们，还一个一个地吃掉他们，今天，我还要抓你的小蝌蚪，来报仇。

青蛙妈妈：你们不可以动我的孩子，不可以……

(蝗虫A打晕了青蛙妈妈)

蝗虫老大：来人，把青蛙好好地藏起来，我们去收拾收拾那些小蝌蚪。给咱们出出气。

[青蛙妈妈一直被绑着，放在荷叶边，用荷叶挡着。

[此时扮演小蝌蚪的演员穿上青蛙的服装，表示小蝌蚪已长大蜕变成青蛙。

[小蝌蚪们上气不接下气地跑上台。

小蝌蚪妹妹：(喘着气)好了，好了，不会再追上来了。刚刚，真的好危险啊。幸亏我们跑得快。

小蝌蚪姐姐：妹妹，看来这路上的坏人真的还是有的。

小蝌蚪妹妹：姐姐，我觉得我们好难找到妈妈呀，要不我们回去吧，去蟹八哥那吧，也许妈妈已经回来了呢。

小蝌蚪姐姐：对啊，万一妈妈回来找不到我们，该有多难过啊，妹妹，我们赶快回去吧。

[此时蟹八哥匆匆忙忙地赶上来。

蟹八哥：小蝌蚪们！小蝌蚪们！

小蝌蚪姐姐：是蟹八哥呀。

蟹八哥：小蝌蚪，(仔细地看了下)，是小青蛙。

小蝌蚪们：蟹八哥，你在说什么呢？

蟹八哥：小蝌蚪，你们去照照自己，你们互相仔仔细细地看看自己，现在是什么样子啊。(小蝌蚪们互相看看，照照池塘的水面)

小蝌蚪们：我们怎么成这样了？我们的黑衣裳呢？

蟹八哥：小蝌蚪，你们已经慢慢地长大啦，现在啊，你们不是小蝌蚪，而是小青蛙。

小蝌蚪妹妹：我们是小青蛙？

蟹八哥：对啊，小时候的你们是黑衣裳，只有一根小尾巴，长大啦，你们就是大眼睛、绿衣服、白肚皮、四条腿的小青蛙啦。

小蝌蚪姐姐：难道，之前的那个阿姨说她是我们的妈妈是真的。

蟹八哥：哪个阿姨啊，我来寻找你们的路上，刚刚听说你们的妈妈被抓了，被那些坏蛋蝗虫们给关起来了。

小蝌蚪们：蟹八哥，你说的是真的吗？

蟹八哥：千真万确啊。

小蝌蚪妹妹：不行，我们要去救妈妈。

小蝌蚪姐姐：对，我们现在就出发，要找到妈妈。

[小蝌蚪和蟹八哥开始寻找妈妈，找了一圈又一圈。

[黑鱼婶婶出场、大乌龟、小乌龟出场。

众人：小蝌蚪！小蝌蚪！

小蝌蚪姐姐：妹妹，是黑鱼婶婶，还有大乌龟阿姨。

黑鱼婶婶：小蝌蚪们，我们帮你们一起去找妈妈吧。

大乌龟：对对，青蛙是我们的英雄，我们帮你们一起去找妈妈。让我们赶快早点找到青蛙妈妈。

小乌龟：还有我，还有我，小，我一定帮你们找到你们的好妈妈。

小蝌蚪们：嗯嗯，谢谢你们，谢谢黑鱼婶婶，谢谢乌龟阿姨，谢谢小乌龟。

[众人一起到处寻找着青蛙妈妈。

小蝌蚪妹妹：姐姐，我们的妈妈到底被抓到哪儿去了？

小蝌蚪姐姐：妹妹，都怪我们，妈妈找我们的时候，我们不认她，妈妈一定很伤心。

[小蝌蚪妹妹突然大哭起来。

小蝌蚪妹妹：(边哭边说)妈妈，我想你了，我的好妈妈，你到底在哪里，我和姐姐都找你来了。

蟹八哥：不要哭，不要哭，你们要坚强，会找到妈妈的，一定会找到妈妈的。

小蝌蚪姐姐：妈妈，我爱你。

小蝌蚪妹妹：妈妈，我爱你。

[她们俩慢慢地抽泣着走向舞台前方。

小蝌蚪们：小朋友们，我们找不到妈妈了，我们很伤心，你们一起帮我喊“妈妈，我爱你”，好吗？

小蝌蚪们：妈妈，我爱你！

[带动全场小朋友一起大喊“妈妈，我爱你”。

[在一声声“妈妈，我爱你”的呼喊中，青蛙妈妈，慢慢地苏醒，站起来。

青蛙妈妈：孩子，孩子们，我在这里。

小蝌蚪们：妈妈，是妈妈，是妈妈啊！

[众人集体跑到荷叶边，解开青蛙妈妈的绳索。

小蝌蚪们：我们的好妈妈。(抱在一起)

青蛙妈妈：孩子呀，不要怪妈妈，从小就离开你们。

小蝌蚪们：妈妈，我们不怪你。因为您是庄稼的卫士，保护着美丽的稻田，您是世上最好的妈妈。

青蛙妈妈：(抚摸着小蝌蚪们)孩子，妈妈谢谢你们。

蟹八哥：小蝌蚪们啊，现在你们已经是小青蛙啦，以后啊，就多多帮助妈妈，去抓那些害虫。

小蝌蚪们：嗯嗯，谢谢蟹八哥，谢谢黑鱼婶婶，谢谢乌龟阿姨，还有小乌龟(转向青蛙妈妈)妈妈，我们已经长大了，以后，我们也要抓害虫，保护田野，做个庄稼的好卫士。

青蛙妈妈：(欣慰地)都是好孩子，都是好孩子

[灯光亮，音乐起，众人舞蹈。

[落幕。

第三节　壮 壮 快 跑

人物：壮壮、妈妈、当当、蝙蝠王、跟屁虫、婆婆、撒谎猫、背叛狗、大灰狼、小灰狼、木偶小记者、各色水果、群狼众鼠、花草精灵等。

时间：当下
地点：现实梦境

序

广播声：校园运动会即将开始，同学们请跟我一起倒数，五、四、三、二……
[光影凝聚成巨大脚印，沿剧场两侧墙壁朝舞台迈进，随着“一”字出口，在天幕铿锵定格。
[发令枪响，舞台光启。
[几个戴墨镜的小运动员，在奋力奔跑。
[壮壮几经努力率先冲线，在欢呼声中挥臂定格。
广播声：我宣布，百米冠军获得者是五年级(4)班的壮壮同学！
[欢呼声，收光。
[台侧出现电视画框，壮壮和木偶小记者。
木偶小记者：壮壮同学，我是学校电视台的小记者，能问你一个问题吗？
壮壮：(喘息未定)好呀，请问吧。
木偶小记者：你的眼睛看不见，平时一定遇到很多困难吧？
壮壮：没有呀，我会记步子，定位置，能找到家里任何一样东西呢。
木偶小记者：那你平时在家里，最喜欢做什么呀？
壮壮：我喜欢一边听音乐，一边在跑步机上跑步，想象着自己奔跑在残奥会赛场上的样子，在心里默默鼓励自己，壮壮呀，只要奋力向前奔跑，总有一天，会到达心中最想去的地方！
木偶小记者：说得真好！只要奋力向前奔跑，总有一天，会到达心中最想去的地方。
[收光。

第一场　恶魔来访

[壮壮家。
[随着开门声，光启。
[壮壮胸前挂着奖牌，收盲杖，放书包。
壮壮：妈妈，我回来了。
[听不见回应，壮壮来到茶几前摸索着喝水，播放答录机。
妈妈：(画外音)壮壮，妈妈今天有事儿加班，饭菜给你做好了，别忘了热一热再吃啊。
壮壮：知道啦。(手摸奖牌，兴奋地一屁股坐在沙发上，传出富有魔性的电子笑声)当当，你怎么跑这儿来啦？(亲昵地抱起小木偶)我明白了，你知道我得了百米冠军，特地坐这里等我的，对不对呀？好吧，那我就让你也戴一戴奖牌……(给当当挂奖牌)是不是很神气啊？嗯，你提醒得对，我这就把好消息告诉妈妈。
[壮壮拨打电话，传出忙音。
画外音：您拨打的电话，暂时无法接通。
壮壮：电话打不通，妈妈她肯定在忙工作呢，那我们也不能闲着，该去给阳台上的小花小草浇水喽，等浇完水，我就给你讲许愿婆婆的故事……
[壮壮抱着当当，走出客厅。

[雾霭升腾，蝙蝠王率跟屁虫和众蝙蝠，破窗而入。
[歌曲一：《我是蝙蝠王》
蝙蝠王：(唱)我是蝙蝠王，
　　剽窃所有人的梦想。
　　一定要找到失踪的小王子，
　　他若臣服我至高无上。
跟屁虫：(唱)他是蝙蝠王，
　　拥有不可思议的力量。
　　只要能抓到逃跑的小木偶，
　　就能霸占更多的梦想。
合唱：为抓王子当当，
　　布下天罗地网。
　　从此独霸梦想王国，
　　谁不俯首称王？
[跟屁虫东张西望，有些走神儿。
蝙蝠王：跟屁虫……(打跟屁虫脑袋)想什么呢？
跟屁虫：大王……大王你平时总骂我没脑子，我脑子里想的自然是怎样才能像蝙蝠大王您一样长个聪明绝顶的好脑子……嗷！
[跟屁虫一口气说完，险些背过气去。
蝙蝠王：少拍马屁，壮壮的妈妈呢？
跟屁虫：启禀大王，壮壮的妈妈在水晶瓶里呢……(手中水晶瓶猛烈摇摆)她就是有点不老实。
妈妈：(画外音)放我出去，快放我出去……
蝙蝠王：不老实？待我施展魔法，让她安静下来(开始作法念咒)，茄子辣椒西红柿！
跟屁虫：还是大王的咒语厉害啊……(转身嘟囔)我就是想不明白，抓当当就抓当当呗，费那么大劲去抓壮壮的妈妈干什么？
蝙蝠王：你懂什么！(打跟屁虫脑袋)在当当身上，有一股神奇的力量，除非他自愿配合，否则的话……(做触电痉挛状)简直不堪设想啊。
跟屁虫：嘻嘻，真是个倒霉蛋。
蝙蝠王：你说什么？
跟屁虫：请注意时间！我们从魔宫穿越而来，以大王您现在的电池储量嘛，最多只能停留三分钟。
蝙蝠王：怎么不早说，我们干吗来了？
跟屁虫：抓当当。
蝙蝠王：为什么要抓当当？
跟屁虫：只有抓到当当，才能彻底统治梦想王国。
蝙蝠王：当当呢？
跟屁虫：跟壮壮在一起。
蝙蝠王：那还等什么，赶快去找啊。
跟屁虫：壮壮……

[壮壮怀抱当当，手拎花洒。

壮壮：谁呀？

跟屁虫：我们是蝙……

蝙蝠王：蝙……(手捂跟屁虫嘴巴，胡诌起河南戏)编、编、编花篮，编个花篮装心愿，心愿送到壮壮眼前……我是专门来给你派送礼物的。

壮壮：派送礼物？难道……你就是童话书里的许愿婆婆？

蝙蝠王：对对对，(捏起嗓子)我就是许愿婆婆呀，壮壮，听说你得了百米冠军，专门前来为你……

跟屁虫：实现一个最美丽的愿望。

蝙蝠王：(打跟屁虫，低声呵斥)敢抢我台词？

壮壮：谢谢许愿婆婆，那我现在可以许愿了吗？

蝙蝠王：等等，世间万物都讲公平，当你想要得到一样东西时，也得拿你最珍贵的东西来进行交换。

壮壮：交换？

跟屁虫：快把当当交出来。

壮壮：当当？

蝙蝠王：对，就是他！

壮壮：那可不行，当当是我最好的朋友。

跟屁虫：别忘了你的美丽愿望。

壮壮：如果要用好朋友来交换，那我宁可什么都不要了。

[传出嘀嘀报警声，跟屁虫惊慌失措。

跟屁虫：蝙蝠王，还剩最后三十秒啦！

壮壮：蝙蝠王？你不是许愿婆婆……

跟屁虫：完了，我们全露馅啦。

蝙蝠王：(咆哮着喷火)露馅又怎么样？快告诉他我是谁。

跟屁虫：(做主持人状)女士们先生们，人见人吐，花见花枯，梦想王国终极霸主——蝙蝠大王，新鲜出锅！

蝙蝠王：出锅？

跟屁虫：啊不，出炉。

壮壮：不管出锅还是出炉，反正都是熟食，只可惜我不爱吃蝙蝠。

蝙蝠王：竟敢讽刺本大王？我说壮壮啊，你妈妈已经被我用魔法吸进水晶瓶里，你若交出当当，我就放了你妈妈。否则的话嘛，你会白天看不见妈妈，夜里梦不到妈妈，后果相当相当严重哦……music。

跟屁虫：mu……sic……

蝙蝠王：(踢跟屁虫)音乐。

跟屁虫：(忙做歌星状)世上只有妈妈好，没妈的孩子像根草……

妈妈：(画外音)放我出去，快放我出去……

壮壮：妈妈！你们这些大坏蛋，快放了我妈妈

蝙蝠王：大坏蛋？那好吧，给他来点儿真格的……

[跟屁虫会意，用力摇晃水晶瓶。

妈妈：(画外音)我的头好晕、胸好闷，放我出去……

[壮壮循声欲救妈妈，却被捉弄得团团乱转。

[传来急促报警声。

跟屁虫：大王，你完啦。

蝙蝠王：嗯？

跟屁虫：你的电量快用完啦。

蝙蝠王：小屁孩儿，快把当当交出来！

壮壮：不给。

蝙蝠王：你再说一遍？

壮壮：重要的事情说三遍，不给、不给、就是不给。

蝙蝠王：你可真是个死心眼儿，当当不就是个木偶玩具嘛？

壮壮：你说错了，当当是我的好朋友、好伙伴！

蝙蝠王：哼，你不给，我就抢！(被当当电得浑身痉挛)跟屁虫，快来救我……

跟屁虫：大王，我来了……(上前拉扯蝙蝠王，也跟着一起哆嗦)大王快跑……

[跟屁虫拉着蝙蝠王哀嚎逃遁，传来妈妈画外音。

妈妈：(画外音)壮壮，妈妈不在家的时候，你要保护好自己……

壮壮：妈——妈——

[壮壮追赶中摔倒，无助地哭泣。

[仙乐飘飘，许愿婆婆浮现。

婆婆：壮壮，别哭。

壮壮：你是谁？

婆婆：我是许愿婆婆呀。

壮壮：可恨的蝙蝠王又来骗人，快把妈妈还给我……

[婆婆挥动法杖，霎时灵光四射，让壮壮倍感温暖。

壮壮：你真是许愿婆婆！许愿婆婆，快救救我妈妈吧，她被蝙蝠王抓走了。

婆婆：我都知道了，梦想王国本是最神奇、最美丽、最快乐的地方，可自从蝙蝠王来了之后，那里变得是非颠倒，黑白不分，他还剽窃天下所有小朋友的梦想，并将其囚禁在魔宫的水晶瓶里。

壮壮：许愿婆婆，我该怎么办？

婆婆：只要你拥有诚实、勇敢和智慧，就能打败蝙蝠王救回妈妈，放飞所有小朋友的梦想。

壮壮：嗯，我知道了……(不顾一切往外跑)我要去救妈妈。

婆婆：等等，要想救出妈妈，必须抵消蝙蝠王的魔法。

壮壮：怎样才能抵消蝙蝠王的魔法？

婆婆：向前奔跑。

壮壮：向前奔跑？

婆婆：对，你跑得越快，就会离妈妈越近，如果停下来，妈妈就会离你越来越远。记着，一定要在太阳升起之前，打败蝙蝠王，不然的话你将永远见不到妈妈。

壮壮：可是……(有些绝望)我看不见太阳什么时候升起来。

婆婆：先睡一会儿吧，在梦里你也许会找到答案的。
壮壮：睡一会儿？可我妈妈她……
婆婆：睡吧孩子。
[婆婆挥动法杖，壮壮被催眠。
[一弯月牙儿升起，繁星铺满视野。
[歌曲二：《妈妈，你在哪儿》
合唱：星星眼睛眨，
　　　月亮不说话。
　　　黑夜看不透，
　　　儿子想妈妈。
壮壮：妈妈你在哪儿，
　　　一切都好吗？
　　　妈妈我想你啦，
　　　我带你回家。
[收光。
[壮壮化身木偶形象，在纱幕上奔跑，当当紧随其后。
[歌曲三：《壮壮快跑》
合唱：速度等于心跳，
　　　远方就是目标。
　　　用心把爱寻找，
　　　奋力向前奔跑。
　　　为了找到妈妈，
　　　我要争分夺秒。
　　　克服重重困难，
　　　不怕路远山高。

第二场　穿越谎言

[梦境。
[水果乐园，水果们色彩混淆，无精打采。
[正中耸立巨石，上插一把宝剑。
[壮壮兴奋跑上，身后紧追的当当，化为真人大小。
壮壮：天呐，我居然能看见东西啦，这到底是哪里呀？
当当：我们是在你的梦境里。
壮壮：梦境里？你是……
当当：我是当当呀。
壮壮：当当？快让我摸摸你，嗯，还真是我的好当当，你怎么长这么大了？居然比我还高。
当当：因为这里是梦想王国，我出生的地方。
壮壮：怪不得，我们的当当一回到家乡，就成了变形金刚。
当当：那当然，否则，我怎么帮你去救妈妈呀。

壮壮：谢谢你，这些年一直形影不离地陪伴着我。
当当：不用谢，别忘了我们可是好朋友、好伙伴。
壮壮：欸？这是什么？
当当：香蕉。
壮壮：妈妈说过，香蕉是黄色的，原来这个就是黄色？
当当：不对，这是绿色。
壮壮：绿色？哎，这是什么？
当当：柠檬。
壮壮：那这个肯定是黄色
当当：也不对，这是紫色
壮壮：紫色？
当当：不知为什么，这里所有水果的颜色，都是相反的。
壮壮：反的？
众水果：哎，反的。
[众水果由静变动，梦游般嬉闹。
[歌曲四：《你说荒不荒诞》
合唱：眼前的水果乐园，
　　　颜色为何相反？
　　　听到的都是谎言，
　　　脸上戴着假面。
　　　面对这颠倒世界，
　　　你说荒不荒诞？
当当：这里到底发生了什么？
[扯谎猫和背叛狗揉着眼睛，从巨石后走出。
猫和狗：吵死啦，吵死啦！
当当：诚实猫和忠心狗。
猫和狗：你是谁呀？
壮壮：猫妹妹，狗弟弟，我想问你们……
猫和狗：你到底问谁呀？
当当：壮壮让我来，就问诚实猫吧。
背叛狗：我叫扯谎猫。
当当：那你……
扯谎猫：我叫背叛狗。
壮壮：把我都搞糊涂了，你们俩到底谁是狗谁是猫呀？
扯谎猫：我是背叛狗。
背叛狗：我是扯谎猫。
当当：不管什么猫和什么狗，你们可以回答我的问题吗？这里的太阳从哪边升起，又从哪边落下？
扯谎猫：太阳当然从西边升起……

背叛狗：再从东边落下。

壮壮：你们吃撑和挨饿的时候，肚子有什么变化？

扯谎猫：吃撑的时候，肚子嘛很瘪很瘪。

背叛狗：挨饿的时候，这肚子嘛……(打个饱嗝)好胀好胀。

壮壮：当当，怎么回事呀？它们嘴里怎么没有一句实话？

当当：在我记忆中，水果乐园是梦想出发的地方，从不撒谎的。(顿时悲从中来)诚实猫忠心狗，你们真的不认识我啦？

扯谎猫：莫非你是(睁眼打量)当当？

背叛狗：我们失踪多时的小王子……

猫和狗：你终于回家啦！

[猫和狗喜极而泣，扑进当当怀里。

当当：猫和狗和众水果都别哭了，这里到底发生了什么？

猫和狗：自从小王子……

众水果：嘘！

[猫和狗拉起当当，躲到一旁。

扯谎猫：自从小王子离开之后……

背叛狗：这里再没人敢讲真话了，我忠心狗现在叫扯谎猫

扯谎猫：我诚实猫现在叫背叛狗，这里的水果都变了颜色，一切都是反的，我们作为水果乐园的守护者……

猫和狗：心里好难受啊。

壮壮：为什么会变成这样？

背叛狗：都是因为那个蝙蝠王，当它霸占了梦想王国之后……

扯谎猫：就给美丽的水果乐园，下了一道邪恶的咒语，把所有的水果，都催眠了。

当当：哼，又是这个蝙蝠王……

[雾霾弥漫，电闪雷鸣。

[蝙蝠王口念咒语，将宝剑插进巨石中。

蝙蝠王：茄子辣椒西红柿，咒语加密完毕。

跟屁虫：哇塞，大王居然能把诚实宝剑，插进石头里……

蝙蝠王：笨蛋！(打跟屁虫)这是石头吗？它叫棉花。

跟屁虫：对对对，棉花。

蝙蝠王：从不撒谎的水果乐园，从现在起都得给我讲假话，真叫本大王爽歪歪啊。

跟屁虫：爽歪歪啊爽歪歪。大王，那什么时候才能讲真话呢？

蝙蝠王：除非有人，能把诚实宝剑拔出来。

跟屁虫：插进石头……(赶紧自打嘴巴)哦不棉花，插进棉花里的诚实宝剑，谁能拔得出来？大王可真是文韬武略天下第一啊。

[蝙蝠王狞笑隐去。

[猫和狗继续讲述。

扯谎猫：打那以后呀，我们的水果乐园……

背叛狗：就变成谎言乐园了。

壮壮：难道就没有办法解除咒语吗？

扯谎猫：办法倒有一个

背叛狗：除非把诚实宝剑拔出来。

壮壮：我去试试。

猫和狗：唉，没有用的。

[壮壮爬上巨石用力拔剑，宝剑却纹丝不动。

[众水果打个哈欠，又陷入沉睡。

[猫和狗看到希望，鼓励壮壮。

猫和狗：加油啊，壮壮。

[壮壮再次拔剑，仍然无济于事。

当当：壮壮快看，这石头上刻有字。(看着石头念出声来)若要拔出诚实宝剑必须在十秒钟内，说上一百句：我再也不撒谎了。

扯谎猫：可是，没有人能在十秒钟内，

背叛狗：说上一百句话呀。

众水果：这可怎么办？

壮壮：大家不要慌，办法总比困难多。(转念一想，茅塞顿开)哎，要是一百个人一起说，一人一句不就行了？

扯谎猫：在这荒郊野岭的……

背叛狗：上哪儿去找一百个人呐？

众水果：是啊。

壮壮：我有办法了，(跑到台前，真诚求助)台下的小朋友们，我要去打败蝙蝠王救回妈妈，现在遇到了困难，你们愿意帮助我吗？

小观众：愿意。

壮壮：谢谢你们！我从一数到三，大家一起说，我再也不撒谎了，好吗？

小观众：好。

壮壮：一、二、三！

小观众：我再也不撒谎啦！

[壮壮鞠躬致谢，转身跑向巨石。

当当：小朋友们，你们真是太棒啦！为了帮助壮壮拔出诚实宝剑，救回妈妈，拯救水果乐园，让我们再说一遍，好吗？

小观众：好。

当当：一、二、三！

小观众：我再也不撒谎啦！

[壮壮奋力拔出宝剑，众水果恢复本来面目，兴高采烈。

[歌曲五：《做回自己》

合唱：你就是你我就是我，
柠檬不是大苹果。
香蕉不是猕猴桃，
你要做回你我要做回我

你就是你我就是我，
柠檬不是大苹果。
赤橙黄绿青蓝紫，
自己的颜色最独特。

众水果：壮壮，谢谢你。

猫和狗：我们终于可以做回自己了。

当当：诚实猫忠心狗，水果乐园就交给你们了，我要去帮助壮壮打败蝙蝠王救回妈妈，再见。

诚实猫：等等，既然现在可以讲实话了，我想奉劝你们一句，

忠心狗：前面太危险，你们根本不是蝙蝠王的对手。

壮壮：不，无论怎样，我都要去救妈妈。

当当：对，无论怎样，我都跟壮壮在一起。

诚实猫：唉，你们永远无法想象，那个蝙蝠王有多厉害。

忠心狗：除非……

壮壮：除非什么，快说？

[诚实猫大惊失色，赶紧捂住忠心狗的嘴巴。

[歌曲六：《猫和狗，我问你》

壮壮：(唱)诚实猫我来问你，我的妈妈在哪里？

诚实猫：(唱)诚实猫我告诉你，藏在蝙蝠王的水晶瓶里。

壮壮：(唱)忠心狗我来问你，水晶瓶挂在哪里？

忠心狗：(唱)忠心狗我告诉你，在蝙蝠王的宫殿里。

壮壮：(唱)猫和狗我来问你，妈妈怎样才能救回去？

猫和狗：(唱)想救妈妈很容易，交出当当就可以。

壮壮：交出当当？

诚实猫：只有将小王子交给蝙蝠王，才有可能救出你的妈妈。

当当：壮壮，在天亮之前，必须要打败蝙蝠王，否则，你将再也见不到妈妈了……

猫和狗：所有小朋友，也将永远失去梦想。

当当：壮壮，你快把我交给蝙蝠王吧。

壮壮：不行，我们是好朋友，怎么能背叛友谊呢？

当当：既然是好朋友，我更应该帮你救回妈妈，再晚，可就真的来不及啦。

壮壮：别说了当当，我们再想其他办法吧，难道你忘了？只要奋力向前奔跑，总有一天，会到达心中最想去的地方。

[壮壮手持宝剑，大步跑下。

[一束追光，笼罩着面对抉择的当当。

[蝙蝠王的画外音，骤然响起。

蝙蝠王：小屁孩儿，快把当当交出来！

壮壮：不给。

蝙蝠王：你再说一遍？

壮壮：重要的事情说三遍，不给、不给、就是不给。

蝙蝠王：你可真是个死心眼儿，当当不就是个木偶玩具嘛？
壮壮：你错了，当当是我的好朋友、好伙伴！
[歌曲七：《好朋友，好伙伴》
当当：(唱)好朋友好伙伴，
　　　肩并肩迎着朝阳。
　　　好朋友好伙伴，
　　　手牵手无话不讲。
　　　好朋友好伙伴，
　　　有快乐彼此分享。
　　　好朋友好伙伴，
　　　遇困难相互担当。
[当当决心已下，返身走开。
[壮壮奔跑中不见当当，赶紧寻找。
[光影交错，当当躲避着焦急呼唤的壮壮。
[魔宫门口，跟屁虫迎面撞见当当，大惊失色。
跟屁虫：当当当当当当……
蝙蝠王：当什么当？(打跟屁虫脑袋)敲钟呢还是打铃儿呢？
跟屁虫：是当当来了，大王快看。
蝙蝠王：啊呀呀，(倒吸一口凉气)我费尽心机吃尽苦头都抓不到的小王子居然孤身一个赤手空拳自送上门？跟屁虫，换你会这么做吗？
跟屁虫：除非我的脑袋被大王打坏了。
当当：蝙蝠王，只要你放了壮壮的妈妈，我就任你处置。
蝙蝠王：(本能痉挛)你不会是专门来电我的吧？
当当：你要不信，那就算了。
蝙蝠王：成交。
当当：君子一言？
跟屁虫：死马难追。
蝙蝠王：又抢台词！说的还是错别字儿……(打跟屁虫脑袋)不是死马是驷马，驷马难追。
当当：我有一个条件。
蝙蝠王：讲。
当当：你必须释放所有小朋友们的梦想。
跟屁虫：这怎么可能？(一时忘乎所以)蝙蝠王天生没有原创能力，只有靠剽窃他人的梦想才能生存，你这不是要他的命嘛！
蝙蝠王：(恼羞成怒，痛打跟屁虫)你竟敢……泄露国家机密！
[跟屁虫倒地求饶，当当质问蝙蝠王。
当当：痛快点儿，你到底同不同意？
蝙蝠王：同意，同意，快跟我走吧。
当当：我还有一个条件。
蝙蝠王：你怎么这么多条件呐？

当当：蝙蝠王，虽然你来自噩梦世界，但是请你善待梦想王国的每一位子民，你要知道，多行不义必自毙。还有……

蝙蝠王：够了，我再不要听什么条件啦，水晶瓶。

跟屁虫：水晶瓶来了。

蝙蝠王：茄子辣椒西红柿。

[蝙蝠王念咒施法，一束邪光罩牢当当，当当瞬间消失。

跟屁虫：大王，当当被吸进水晶瓶了。

蝙蝠王：哈哈哈哈，梦想王国彻底属于我啦！

跟屁虫：大王。

蝙蝠王：干什么？

跟屁虫：该释放壮壮的妈妈了。

蝙蝠王：我什么时候答应过？

跟屁虫：你刚才答应的。

蝙蝠王：你哪只耳朵听见了？

跟屁虫：我两只耳朵都听见了。

蝙蝠王：你八只耳朵听见也不行，我蝙蝠王什么时候说话算过数？

跟屁虫：对啊，(恍然大悟)大王说话，从来都不算数的。

[蝙蝠王大声狂笑。

[跟屁虫小心翼翼地赔笑。

[收光。

第三场　与狼共舞

[梦境。

[野狼谷，氛围诡谲。

[壮壮苦寻当当，体力渐渐透支。

壮壮：当当，你到底去哪儿啦？我的头好晕，我的脚好软。

[壮壮摇晃倒地，许愿婆婆浮现。

婆婆：壮壮，快醒醒。

壮壮：许愿婆婆。

婆婆：孩子，你这是怎么啦？

壮壮：实在是跑不动了，我想睡一会儿。

婆婆：你不去放飞小朋友们的梦想啦？

壮壮：想去，可我实在爬不起来了。

婆婆：那你还想找回自己的妈妈吗？

壮壮：妈妈……(无论怎么挣扎都爬不起来，使劲捶腿哭出声来)妈妈对不起，我救不了你啦……

婆婆：你还记得吗？只要奋力向前奔跑，总有一天，会到达心中最想去的地方！孩子，你的时间不多了。

壮壮：时间……

[壮壮昏睡过去，婆婆叹气隐身。
[黑暗中，一群拟人化的小花小草，来给壮壮加油鼓劲。
[歌曲九：《小花小草能睡觉吗》
众花草：(唱)小花小草能睡觉吗？
　　睡吧睡吧睡吧。
　　小狗小猫能睡觉吗？
　　睡吧睡吧睡吧。
　　小朋友壮壮能睡觉吗？
　　睡不得，睡不得。千万睡不得呀。
　　壮壮要是睡着了，
　　妈妈的模样在梦里就再也看不到啦。
　　壮壮是怎样长大的啊？
　　是妈妈用奶水一口一口喂大。
　　壮壮是怎样识字的呀？
　　是妈妈用指头一笔一画在手心写呀念啊。
　　家里有勤劳的妈妈忙碌，
　　爸爸在远方就安心了。
　　梦里有慈爱的妈妈守护，
　　壮壮快长成男子汉吧。
[纱幕上投射木偶剪影，再现母子情深的细节。
[壮壮似被神秘力量召唤，挣扎着站起。
壮壮：妈妈，我来救你！
[壮壮继续前行，群狼张牙舞爪蹿出。
[歌曲八：《狼来了》
群狼：(唱)狼来了，
　　好吓人。
　　黑爪白牙绿眼睛，
　　看一眼丢了魂。
　　狼来了，快藏身。
大灰狼：此路是我开此树是我栽，若想从此过留下梦想来。我乃拳打南山猛虎，脚踢北海蛟龙，威震八方之野狼谷总舵主——大灰狼是也。
壮壮：起那么长的网名干吗，你不就是一匹狼嘛。
大灰狼：错，我可是大大大……大灰狼。
壮壮：那又怎么样？
[壮壮拔出宝剑，宝剑熠熠闪光。
大灰狼：弟兄们(硬撑着发号施令)，给我上。
[群狼推搡，混乱中大灰狼被撞倒地，露出鼠形。
壮壮：哈哈哈哈(剑指大老鼠，笑出声来)只听说过披着羊皮的大灰狼，真没有想到，竟然还有披着狼皮的大老鼠。

大灰狼：英雄明察，好汉饶命。

群狼：饶命啊。

壮壮：大老鼠，以后还敢披着狼皮，干坏事吗？

大灰狼：不敢了，再也不敢了……

群狼：不敢了。

壮壮：一群披着狼皮干坏事的大老鼠，叫我怎么才能相信你们呢？

大灰狼：说实话(捡起狼头，本能地戴在头上)，我们都是被逼无奈啊。

群狼：无奈啊。

壮壮：别动，舍不得这身狼皮，就是还想继续骗人。我问你，现在你们到底是大灰狼，还是大老鼠？

大灰狼：我我我……

群狼：快表态啊。

大灰狼：我是(鼓起勇气，扔掉狼头)大老鼠！

群狼：(欢呼雀跃)老鼠好啊。

壮壮：既然这么喜欢做老鼠，干吗非要冒充大灰狼呢？

大老鼠：说起来都是泪啊……

群狼：泪啊。

大老鼠：蝙蝠王为了逼我帮他干坏事，就抓走了我的独生儿子小灰和他的妈妈，关在魔宫水晶瓶里充当人质……

壮壮：你为什么不去救他们？

大老鼠：蝙蝠王太可怕啦，我实在打不过他……

壮壮：我就不信，没有人能够打败他！

大老鼠：有，那个人就是梦想救星。

群鼠：梦想救星？

[歌曲十：《古老的预言》

大老鼠：(唱)梦想王国有个古老的预言，
在月圆之夜救星会来到面前。
他怀揣救母孝心，
他手拿诚实宝剑。
他不怕艰难困苦，
他的朋友们都很勇敢。
这个古老的预言，
如果能实现。
就能彻底打败蝙蝠王，
为梦想王国迎来美好的明天。

[刹那间，天边的月牙儿，变成一轮圆月。

[群鼠惊奇万分，大老鼠上下打量壮壮。

大老鼠：怀揣救母之心，手拿诚实宝剑，不怕艰难困苦，(恍然大悟)这个人不就是你吗？

群鼠：不对，还少一样，勇敢的朋友呢？

壮壮：勇敢的朋友就是你们呐。
群鼠：我们？
壮壮：对，能脱下狼的外衣和虚荣，承认自己的老鼠身份，这本身就是最勇敢的行为。
群鼠：好自豪啊。
大老鼠：小的们，从现在起，我们要跟壮壮并肩战斗啦。
壮壮：好，就让我们齐心协力，去打败蝙蝠王。
群鼠：打败蝙蝠王！
[壮壮率领群鼠，斗志昂扬向前奔跑。
[歌曲十一：《奔跑，奔跑吧》
合唱：如果你想强壮，
奔跑，奔跑吧。
如果你有梦想，
奔跑，奔跑吧。
如果你要希望，
奔跑，奔跑吧。
如果思念亲人的脸庞，
奔跑，奔跑吧。
想要找回欢乐时光，
奔跑吧，奔跑吧。
向前奔跑吧！
[收光。

第四场　放飞梦想

[梦境。
[魔宫幽暗，蝙蝠纷飞。
[半空中，悬挂着璀璨的水晶瓶。
跟屁虫：大王，坏啦，坏啦，坏啦，坏啦，坏啦……
蝙蝠王：没看见我正在思考重要问题吗？(打跟屁虫脑袋)你脑袋被门夹坏啦？
跟屁虫：壮壮带领大队人马，杀过来了！
蝙蝠王：来得正好，看我怎么收拾他们。
跟屁虫：大王且慢，还记得那个古老的预言吗？
蝙蝠王：古老预言……
跟屁虫：有个怀揣救母之心的孩子……
蝙蝠王：手拿诚实宝剑……
跟屁虫：带着勇敢朋友……
跟屁虫：他就是传说中的梦想救星啊。
蝙蝠王：这不可能！
跟屁虫：连傻瓜都能看得出来啊，大王。
蝙蝠王：哼，想跟我斗？

跟屁虫：对……(趁机怂恿)跟他来个鱼死网破。

蝙蝠王：我才不跟他斗呢……跑！

[蝙蝠王逃下高大王座，被壮壮仗剑堵住退路。

壮壮：蝙蝠王，你往哪里逃。

群鼠：哪里逃。

蝙蝠王：(怒斥群鼠)叛徒！

群鼠：(不再畏惧)哼！

蝙蝠王：(施法念咒)啊……

壮壮：别装神弄鬼啦，不就是茄子辣椒西红柿嘛。

群鼠：哈哈哈哈，茄子辣椒西红柿。

蝙蝠王：欺人太甚，我要给你们一点颜色瞧瞧。

[蝙蝠王咆哮喷火，无数蝙蝠被烧焦坠地。

跟屁虫：大王，小蝙蝠都变成烧烤啦。

蝙蝠王：啊，我要你们偿命……

[蝙蝠王疯狂反扑，壮壮挥剑奋力抵抗。

[眼看招架不住，大老鼠率领群鼠搭起梯子，让壮壮踩着它们的身躯。

[壮壮高高跃起，一剑刺中蝙蝠王的要害。

[魔宫崩塌，烟雾弥漫，蝙蝠王摇晃着栽倒在王座上。

[硝烟散尽，壮壮剑挑蝙蝠王躯壳，大吃一惊。

壮壮：不好，蝙蝠王逃跑了。

大老鼠：它太狡猾了，只留下一副躯壳。

群鼠：怎么办呐？

壮壮：没翅膀的蝙蝠跑不远，大家分头去找。

群鼠：是。

壮壮：台下的小朋友们，要是你们遇见了蝙蝠王，千万不要被他的甜言蜜语所蒙骗，一定要告诉我们，好不好？

小观众：好。

[脱壳变小的蝙蝠王，出现台下讨好观众。

蝙蝠王：各位小朋友你们好，我就是刚才那个蝙蝠王呀，嘘，请不要告诉壮壮，我就藏在这里哦，我给你们糖果和礼物。

小观众：壮壮，蝙蝠王在这里……

壮壮：谢谢小朋友们，(吩咐大老鼠)快把它抓上来。

[群鼠涌下，将蝙蝠王押到台上。

蝙蝠王：叛徒，快放开我。

壮壮：蝙蝠王，我要把你关起来，永远无法出来害人。

蝙蝠王：哼，你怎么关我？

壮壮：我把你……(灵机一动)也吸进水晶瓶里。

蝙蝠王：痴心妄想，你们永远都找不到水晶瓶，我敢保证……

跟屁虫：谁说找不到的？(手举水晶瓶，从王座后冒出来)水晶瓶在这儿呢。

蝙蝠王：跟屁虫太棒啦，快把水晶瓶拿来，我把他们……(环视四周)还有台下的小朋友们，统统收进去。

跟屁虫：给你？

蝙蝠王：对对对，快拿来。

跟屁虫：跟你以后(来到蝙蝠王跟前，突然半途收手)你会接着打我。

蝙蝠王：不打了，不打了，我向你保证。

跟屁虫：你这个大骗子！谁不知道，蝙蝠王说话是从来都不算数的……(转手将水晶瓶交给壮壮)拿着。

壮壮：(不敢相信)给我？(赶紧接过水晶瓶)谢谢……

蝙蝠王：跟屁虫！(勃然大怒)你吃我的喝我的穿我的用我的，关键的时候又背叛我。我算是看透你了，你这辈子是跟屁虫，下辈子还是跟屁虫，老小上下祖宗十八代都是跟屁虫！

跟屁虫：(怒打蝙蝠王脑袋)我讨厌你叫我跟屁虫……我更讨厌你总是打我的脑袋，(变本加厉地暴打对方)从现在起，我要跟邪恶势力一刀两断划清界限，站在正义的一边。

壮壮：欢迎你，知错就改就是好样的！

跟屁虫：壮壮，快把水晶瓶打开吧。

壮壮：是不是打开了水晶瓶，关在里边的人就能回家了？

跟屁虫：对，所有小朋友们的梦想，也可以放飞啦。

蝙蝠王：不要啊……

壮壮：我偏要。

[壮壮打开手中的水晶瓶，半空所有水晶瓶都被点亮放飞。

[群鼠欢呼，蝙蝠王想要趁机溜走。

跟屁虫：不好，蝙蝠王想要逃跑……

壮壮：哪里逃！(将蝙蝠王吸进水晶瓶)你们听，不可一世的蝙蝠王，终于求饶啦。

蝙蝠王：(画外音)我的头好晕，我的胸好闷，求求你们啦，快放我出去吧……

壮壮：蝙蝠王啊蝙蝠王，

群鼠：你也有今天！

[群鼠欢呼，当当跑上拥抱壮壮。

当当：成功了，是你拯救了梦想王国，壮壮，你是我们的英雄。

壮壮：千万不要这么说，没有你和大家的帮助，我什么也做不到的，你们才是真正的英雄。

群鼠：英雄？

壮壮：对呀，还有台下的小朋友们，是你们帮我拔出了诚实宝剑，抓到邪恶狡诈的蝙蝠王，你们都是我心目中的英雄！

[歌曲十二：《你就是我的英雄》

合唱：因为有你同行，
一路脚步匆匆。
穿过黑暗风雨，
迎来美丽彩虹。
只要永不放弃心中的梦

你就是我的英雄。

[收光。

[暗转现实。

[客厅，一弯月牙儿，繁星点点。

合唱：星星眼睛眨，
月亮不说话。
黑夜看不透，
儿子想妈妈。
妈妈你在哪儿，
一切都好吗？
妈妈我想你了，
赶快回家吧。

[壮壮醒来，顿感浑身酸痛，轻轻捶打双腿。

[当当趴在沙发上，捧腮凝望壮壮。

[许愿婆婆浮现。

许愿婆婆：壮壮。

壮壮：许愿婆婆。

许愿婆婆：你用诚实、勇敢和智慧救回妈妈，放飞了小朋友的梦想，现在，我也要为你实现一个愿望。

壮壮：为我实现一个愿望？

许愿婆婆：对，你快说吧孩子。

[壮壮胸膛起伏，眼眶湿润。

[歌曲十三：《我有一个梦想》

[壮壮胸膛起伏，眼眶湿润。

壮壮：(唱)我有一个愿望，
想知道妈妈的模样。
是她给了我生命，
我却看不到那张美丽脸庞。
我有一个梦想，
想看看妈妈的模样。
哪怕只有一分钟，
哪怕只是一眨眼的时光。
我愿付出所有所有，
去实现这个梦想。

许愿婆婆：那你，先把眼睛闭上。

壮壮：(乖乖闭眼)好。

许愿婆婆：(挥动魔杖)睁开眼吧，妈妈的照片就在桌子上。

壮壮：妈妈，(含泪凝视照片，当当近前安慰)当当，过一会儿，我就看不见这么大个的你啦，让我再抱抱你，当当你怎么哭啦？别哭别哭，我们都是男子汉，我都不怕一会儿眼睛看不见，你也别怕再变成小木偶，我会永远记着你高大的模样的……(放下妈妈照片，心满意足地闭上眼睛)许愿婆婆，请把我的光明，收回去吧。

许愿婆婆：孩子，你不想再多看一会儿了？

壮壮：想，可是做人要守信用，说好只看一眼，就看一眼。

许愿婆婆：好。

[当当上前，用手势向许愿婆婆表达着什么。

[许愿婆婆挥动魔杖，当当瞬间消失。

壮壮：许愿婆婆，我能把眼睛睁开了吗？

许愿婆婆：睁开吧。

壮壮：啊，为什么我还能看得见，当当呢？

许愿婆婆：当当，去实现自己的愿望了。

壮壮：(沮丧失望地)当当他肯定是回梦想王国，当他的王子去了。

许愿婆婆：不，就在刚才，当当向我许下的愿望是——从此变成你的眼睛永远给你光明。

壮壮：当当(手捂眼睛，感动落泪)

许愿婆婆：好了壮壮，我该走了，你的妈妈就要下班回来了。记住，只要奋力向前奔跑，总有一天，会到达心中最想去的地方。

壮壮：嗯，我记住啦。

[许愿婆婆隐去，门外响起妈妈的脚步声。

壮壮：妈妈回来了！妈妈！

[壮壮跑出门去，张开双臂，拥抱妈妈。

[一轮红日，冉冉升起。

合唱：速度等于心跳，远方就是目标。
用心把爱寻找，奋力向前奔跑。
为了找到妈妈，
我要争分夺秒克服重重困难不怕路远山高。
壮壮快跑……

[人们紧跟壮壮，越跑越快。

[壮壮奔跑的身影，定格在太阳里。

[剧终。

第四节　新龟兔赛跑

人物：兔子、乌龟、小松鼠、大象、小鸟、小猴子、小鹿、白马、小熊、小野猪、狐狸、小山羊

场景：森林

时间：早晨

[画外音：第 10 届挪威森林奥运会马上要开始，请小动物们加紧训练；第 10 届挪威森林奥运会马上要开始，请小动物们加紧训练。(拉幕前播放)

[幕拉开音乐起：兔子练呼啦圈，小鹿和白马做体操，狐狸跳彩绳舞，小熊和小野猪抬出杠铃，大象举重，小鸟在飞来飞去，小山羊、小猴子练拳击……

小猴子：兔子，你这次还要参加奥运会的跑步比赛吗？

兔子：对，上次我和乌龟比赛，我太骄傲了，结果让乌龟当了冠军，这次我一定好好训练，不再骄傲，争取在奥运会上得冠军！

众动物：好！好！

大象：嗯，这样就对了！

小鸟：你们看，乌龟来了。

[音乐起，乌龟慢吞吞上场。

乌龟：大家好！

众动物：乌龟好！

乌龟：小朋友们好！

小鹿：乌龟，你来了太好了，兔子说它以后不再骄傲，我们想试一试它，你们能再来一次赛跑吗？

乌龟：没问题，没问题。

兔子：好吧，那我就和乌龟再比赛一次，这次我不会再输了。

大象：好！我来当裁判，看谁最先跑到对面的小山坡上，再跑回来谁就是冠军。

众动物：好！好！开始吧！开始吧！快开始比赛吧！

大象：各就各位，预备——跑！(兔子做出快频率的原地跑步动作热身)

众动物：兔子加油！乌龟加油！

[兔子双腿跳，乌龟慢慢爬，动物们分别给兔子和乌龟加油，大家一起看着兔子和乌龟跑向远处。

小野猪：(肯定地)我觉得兔子会拿第一，因为它承认错误，改正错误就是好孩子。

小狐狸：(清清嗓子)我可不这么觉得，我觉得啊，这次乌龟肯定获得第一名。

小野猪：不会的。

小猴子：别吵了，别吵了，走，我们去看看。

[小猴子带领小动物们下场。

[小松鼠提着篮子唱着歌跑步出场。

小松鼠：(很开心)一颗，二颗，三颗，呵呵……哦哩，好大的树哦！

[小松鼠跳着摘松果，不小心从树上摔下来了，随着音乐节奏连续翻滚，很伤心地哭了起来。

小松鼠：呜呜呜(手揉着眼睛大声地哭)，妈妈。

[兔子跑步经过。

兔子：(疑惑)是谁在哭呀？在哪呢？(四处看)呀！是小松！小松鼠，小松鼠，你怎么了？

小松鼠：(带着哭腔地)刚刚我在树上采果子，一不小心从树上滑了下来，屁股可疼了！你瞧！脚都受伤了！

兔子：我看看。(轻轻扭了扭小松鼠的脚)

小松鼠：哎哟！疼！(大声地叫)

兔子：别急别急，我送你去医院。

[兔子正想要背起小松鼠，突然又犹豫起来。

兔子：(自言自语)哎呀，怎么办呢？我走开，比赛就要输了(着急)。今年可不能再输给乌龟！可是小松鼠……哎……

兔子：(转头看小松鼠)灵机一动问场下小朋友。小朋友们，你们说，我要不要帮助小松鼠啊？

小朋友：要！

兔子：嗯！我懂了！(关切地)小松鼠，快，我送你上医院！

小松鼠：(感激地)谢谢你，兔子！(迟疑地)可，可，可是，你的比赛？

兔子：哎呀，没关系，现在你的伤才是最重要的。

小松鼠：真是太感谢你了！

[小松鼠提起篮子，随着背景音乐，兔子背着小松鼠快步下场。

[乌龟吃力地一步一步地爬上场。

乌龟：兔子跑得可真快啊！(气吁吁)连影子都看不见了！(用手擦汗)累——累死我了，还是坐下来休息一会儿吧！

[小鸟飞上场，看见乌龟。

小鸟：(着急地)乌龟，你怎么还在这里啊？(左右飞动)

乌龟：累死我了，我想休息一会儿。

小鸟：乌龟你要加油，坚持到底才能胜利！

乌龟：(略有所思)嗯，对，我不能放弃！(起身)

乌龟：乌龟加油！(说着又继续爬着前进)

小鸟：加油！加油！

[小鸟和乌龟一起退场。

[小野猪和小猴子先出场，其余的小动物们上场，议论着谁会得第一，动物们手上拿着红旗和彩球，并站成左右两排。

小山羊：这次兔子一定得第一！

小熊：不对不对，是乌龟一定得第一！

[两组争吵着：兔子第一！乌龟第一！

小野猪：(肯定地)我说兔子会赢的！

小熊：(不甘示弱)胜利的一定是乌龟！(用身体去撞小野猪)。

小野猪：兔子第一！

小熊：乌龟第一！

[它们争得不可开交，眼看着它们两个就要打起来。

大象：(用力地)安静！安静！都别吵了别吵了，你们看，乌龟来了！咦？怎么不见兔子呢？

狐狸：(嘲笑)兔子肯定又躲到哪个地方睡大觉呢！

小猴子：不会的，不会的，兔子已经不再骄傲了，会不会在路上出了什么事呢？

小鸟：别猜了别猜了，你们看，今天乌龟表现得真不错，快要到终点了！让我们一起为它加油吧！

[乌龟慢慢地上场。

众动物：乌龟加油！乌龟加油！噢！乌龟胜利了，乌龟胜利了！

[乌龟冲向了终点，动物们齐欢呼。乌龟跑得满头大汗，非常累，坐在地上休息。

小熊：快看快看，是兔子！兔子来了，咦？怎么还有小松鼠呢？

[欢快的音乐起，兔子背着小松鼠上场，兔子放下小松鼠，小松鼠踮着脚和小动物们打招呼。

小鹿：兔子，你怎么到现在才来啊？

众动物：对呀，怎么到现在才来啊？

兔子：我，我……(低下了头，想说又不说了)

[支持乌龟的动物们窃窃私语。

狐狸：嘿嘿，一定又是睡着了！我说吧，它就是偷懒！它就是这样。

小熊：(指责)兔子，你又骄傲了吧？(想指责兔子但又欲言又止)

兔子：我……我……

小松鼠：哎呀，大家听我说，大家听我说。刚刚我在树上采摘果子，一不小心从树上滑了下来，屁股可疼了(揉揉屁股)，你们瞧，脚都受伤了，是兔子它帮助了我，这才耽误了时间。

众动物：(相互议论)哦，原来是这样啊！是这样啊！

白马：(上前一步)兔子，我们错怪你了对不起！(兔子摇头)

小野猪：(奖)兔子你做得很对！(兔子难为情摆手)

众动物：兔子做得对，兔子做得对。(大家竖起大拇指)

大象：好，现在我来宣布比赛结果，乌龟有耐心有决心，不怕困难取得胜利获得赛跑金牌！(把乌龟的手举起，大家齐欢呼)兔子关心朋友，帮助朋友，同样值得我们学习，获得爱心金牌(把兔子的手举起，大家齐欢呼)。让我来为它们颁奖！

[音乐起，小鸟拿来了金牌，大象分别给它们颁奖。

众动物：(蹦跳着鼓掌欢呼)哇哇！太好了，太好了！兔子真棒！乌龟真棒！

大象：亲爱的小朋友们，坚持到底就是胜利，乐于助人惹人喜爱。希望所有的小朋友们在今后的日子里能够记住乌龟兔子的故事，做一个坚持到底的小勇士！乐于助人的小天使！

[落幕。

第五节　最甜的滋味

人物：大脸兔、火狐狸、嬉皮猴、嘟嘟猪、森林精灵啾啾、火狐狸表妹

时间：清晨

场景一：田野

[在一片种满作物的田地里，大脸兔正拿着水壶细心地为庄稼浇水。它身后有一座漂亮的蘑菇房子。大脸兔看着长势喜人的庄稼欣慰地点点头，然后擦擦头上的汗。

大脸兔：我的名字叫大脸兔，因为脸儿圆又大。蘑菇房前种庄稼，每天浇水累不怕。热爱劳动好美德，幸福生活人人夸。

大脸兔：(蹲下身，看了看地上的庄稼，惊喜)啦啦啦，啦啦啦，我浇水来哗啦啦，绿苗儿长个齐刷刷。小西瓜，绿油油，大西瓜丰收笑哈哈，劳动生活心里乐开花。

[这时，火狐狸摸着圆鼓鼓的肚子，慢慢悠悠地出场了。

火狐狸：今天吃得真饱啊！哈哈，我不愧是聪明伶俐、漂亮高傲的火狐狸，别人种地我收菜，不劳而获真是天底下最幸福最轻松的事了。(伸出舌头夸张地舔一舔嘴唇)那滋味……太甜啦！

[火狐狸悠闲地散着步，慢慢来到大脸兔家的菜地旁。这时，大脸兔正随意哼着歌“啦啦，啦啦，啦啦啦啦啦”。火狐狸侧着耳朵偷听。

火狐狸：大西瓜丰收笑哈哈？(脑袋一转)原来大脸兔这呆子还种着大西瓜啊，这下我又有口福喽！

[火狐狸偷偷绕到蘑菇房子后面，伸长脖子偷看大脸兔家的西瓜地。

大脸兔：(一边浇水一边自言自语)天灵灵，地灵灵，小皮球喝水胖体型。过几天，等你长大成熟了，我要请所有的朋友来，大家一起开个西瓜盛会。

火狐狸：(自言自语)嘿嘿，不用过几天，晚上我就来一顿西瓜大餐。嘿嘿。大西瓜，甜西瓜，一口一个吃掉你。

[灯光暗。

[在漆黑的夜里，火狐狸鬼鬼祟祟地摸进大脸兔家的西瓜地里。

[火狐狸不时环顾着四周，探头探脑，又伸出手在地上胡乱摸着。

火狐狸：该死的晚上，这么黑，害得我都看不清西瓜，还得靠手摸。

(手似乎摸到什么东西，顿了一下，高兴地)哇，圆滚滚的，这么大个儿啊，哈哈，我真是好运气啊。

[火狐狸捧起大西瓜，正准备举起拳头砸开，忽然手又放了下来。

火狐狸：不行，要是用拳头砸西瓜，肯定会留下我的作案证据啊。这可有损我的正面形象。我得想个好办法。(原地打转了几个圈，一拍脑门)有了！

[火狐狸在西瓜上挖出一个小洞，把长长的嘴巴伸进去，吃完里面的瓜瓤后，又把有洞的那面西瓜朝下放。

火狐狸：(得意地)我的脑筋就是棒，大甜西瓜开天窗。长长嘴巴伸进去，瓜瓤哧溜全吃光。(忽然脚下似乎被什么绊到，用手一摸，咧开嘴笑)哎哟，什么玩意啊？哈哈，好大的西瓜啊。(摸摸鼓鼓的肚子)可惜我今天吃饱了，不过别着急，我明天就来干掉你。来，先给你做个标记，省得我好找。(信手在大西瓜上画了标记)

[火狐狸做完标记后，又偷偷溜出了西瓜地，下场。

[灯亮，大脸兔上，在西瓜地里，大脸兔抱着那个被偷吃过的西瓜，歪着脑袋在思考。

大脸兔：(挠挠头皮)咦？真是奇了怪了，西瓜怎么会是空心的呢？

[嬉皮猴和嘟嘟猪同时上场。

嬉皮猴、嘟嘟猪：大脸兔，我们来看你啦！

大脸兔：哎，嬉皮猴，嘟嘟猪，你们来得正好。快来看哪，为什么我的西瓜会是空心的呀？(把西瓜递给它们看)喏……你们知道吗？

(嬉皮猴低着头在西瓜地里转了几个圈，指着地上的脚印。)

嬉皮猴：你们看，那是火狐狸的脚印！

嘟嘟猪：(愤愤不平)大脸兔，你的西瓜上还有牙印呢。哼哼，那是火狐狸的，上次它偷吃我家的南瓜，也有这样的牙印。没错，这肯定是它干的坏事。

[大脸兔发现了被做过标记的西瓜。

大脸兔：(指出标记西瓜)看，那个西瓜被画过画哎。

嬉皮猴：那肯定是火狐狸准备今天吃的，我们不如将计就计，惩罚一下它，让它吃点苦头。

嘟嘟猪：好啊好啊，它是应该接受惩罚，可是怎么惩罚啊？

嬉皮猴：来来来，我们就这样这样。(三人将头凑在一起，轻声商量着)

[天又黑了，火狐狸又偷偷摸摸地溜进了大脸兔家的西瓜地。它东张西望了一会儿，然后蹲下身开始找西瓜。很快它就找到了那个有标记的西瓜。

火狐狸：(捧着西瓜摇头晃脑)大脸兔呀就是傻，辛苦劳动都为啥？如今西瓜大丰收，火狐狸我就全收下，全收下。哈哈。

[火狐狸得意扬扬地将嘴伸进西瓜的小洞里，突然它惨叫一声，立刻把头缩了回来

火狐狸：(捂着嘴巴，闷声闷气地叫)唔……疼唔……有怪物咬我唔！(慌慌张张地后退，又踩到了什么东西，吓得跳了起来)啊……救命啊……有怪物扎我脚啊！

[火狐狸落荒而逃，而躲在蘑菇房里的大脸兔、嬉皮猴和嘟嘟猪欢呼雀跃着出来。

大脸兔：(夸)嬉皮猴，你真棒！竟然会想到把瓜瓤换成大蝎子，啊哈哈，这样火狐狸想偷吃西瓜的时候，蝎子就会一下咬住了它的嘴巴，哈哈哈。

嘟嘟猪：对啊，对啊，而且还在西瓜地里埋伏了仙人球，这下火狐狸的脚肯定也被刺成了仙人球啦！

[三人高兴地笑成一团，笑声引来了森林精灵啾啾。

啾啾：(欢快地冲到三人面前)呜呼……啾啾来也……你们怎么那么高兴啊？都在笑什么啊？

[嬉皮猴和嘟嘟猪还在笑着，大脸兔在啾啾耳朵边把火狐狸的事说了一遍。

啾啾：哦……原来是这样啊！哈哈，活该。哼，我最讨厌不劳而获的人了，我一定要让火狐狸知道劳动的真正意义。(回头看看仍聚在一起叽里咕噜说笑的三人)

啾啾：趁它们不知道，我偷偷施个咒语……嘛哩嘛哩哄，啾啾有令。除非火狐狸自己体会到劳动的真正意义，否则就让它永远尝不到甜的滋味。

[众动物下场。

[火狐狸无精打采上。

狐表妹：(招呼)嘿，表姐，怎么愁眉苦脸的？身体不舒服吗？

火狐狸：(无精打采)表妹，我最近老觉得嘴里没味儿，吃什么都不甜。我是不是得什么怪病了啊？

狐表妹：啊！没有甜味？(似若有所思)对了，嬉皮猴家的桃子最香了，还有嘟嘟猪家的葡萄最甜了。这可是我长期偷吃得出的经验哦。可甜啦！

火狐狸：(惊喜地睁大眼睛)真的？！快快快，我要吃！

狐表妹：(从篮子里摸出桃子与葡萄)给，这是我昨晚从它们家偷摘的。

火狐狸：(抓起桃子咬了一大口)呸！呸！呸！这是桃子吗？怎么这么苦啊？难吃死了。(顺手将桃子一扔，又捏起颗葡萄扔进嘴里)啊呸……好酸啊……我的牙哟。什么甜葡萄，哼，都是酸的，酸的！

[火狐狸气呼呼地走了。

[狐表妹疑惑地望着它的背影。

狐表妹：(摘了颗葡萄尝尝)明明很甜啊，(摇头)哎，看来真是病了，还不轻啊。

[冬天，寒风呼啸，火狐狸摇摇晃晃地走在路上。

火狐狸：(两手按着瘪瘪的肚子，一脸苦相)好饿啊，好冷啊。(瑟瑟发抖)冬天转眼就来到，没有粮食太难熬。吃的啊，你在哪啊？

[火狐狸摇晃了几下，虚弱地倒在了地上。大脸兔和伙伴们正在路边忙着搬运白菜。

众动物：伙伴们，大白菜又丰收了，真呀真开心，噜啦噜啦噜啦噜啦呦，爱劳动不怕累，噜啦噜啦呦，噜啦噜啦噜啦啦。

[大脸兔发现了倒在地上的火狐狸。

大脸兔：(向众动物招手)你们看哪，这不是火狐狸吗？它怎么晕倒了呀？我们救救它吧。

嘟嘟猪：(摆摆手)哼，不行，万一它是假装晕倒骗我们呢。它的诡计可多着呢，我们可不要上它的当。

大脸兔：不会吧，我看它都瘦成这样了，一定是饿的。而且我们上次惩罚过它了，它应该得到教训了吧。我们还是把它抬到我家吧，我熬白菜粥给它喝。

[大伙儿一起把晕倒的火狐狸抬到了大脸兔家里，火狐狸睁开了眼。

嬉皮猴：哎，醒了醒了。

火狐狸：(疑惑地)这里是？

嬉皮猴：这里是大脸兔家，你饿晕在路上，是我们把你抬回来的。

火狐狸：(惊讶地)是你们救了我？(羞愧地低下头)可是我以前还偷吃过你们的劳动成果，你们，你们都能原谅我吗？

大脸兔：没关系，只要你现在知道错了，勇于改正。我们还是很欢迎啊。不过，(一本正经地)你必须认真劳动，要知道，只有辛勤劳动才能创造美好生活啊。不劳而获是可耻的行为。

火狐狸：(坚定地点头)我一定会的，努力劳动，用自己的双手创造幸福生活我就是因为从来不劳动，没有粮食储备，才会饿晕在路边的。而且最近我吃什么都没滋味，什么也不想吃……(声音越来越低)

大脸兔：(把一碗粥递给火狐狸)好啦好啦，知道错就好了。来，先把这粥喝了吧。

[火狐狸小心地接过碗，喝了一口。

火狐狸：(惊喜地)我好啦。我的病好啦。我尝到甜的滋味啦！

[众动物都很奇怪地我看看你，你看看我。

众动物：(关心地)火狐狸，你得什么病了吗？什么甜味啊？什么意思啊？

[火狐狸正准备张嘴，这时啾啾又不知从哪里冒了出来。

啾啾：呜呼……啾啾来也……这个问题还是让我来回答吧。其实是我下了一个咒语，只有等火狐狸知道劳动的真正意义，才能体会甜蜜的味道。现在它恢复了，就说明火狐狸已经懂得劳动的可贵和真谛。呜呼……啾啾厉害吧，哈哈！

众动物：(恍然大悟)哦，原来如此！

火狐狸：我终于知道了，原来最甜的滋味就是靠自己的双手劳动获得的。哈哈，(得意地)我说的对吧？

众动物：对……(笑)

[歌舞《劳动最光荣》音乐起。

集体：太阳光，晶亮亮。雄鸡唱三唱。花儿醒来了，鸟儿忙梳妆……
[落幕。

第六节　分　　享

人物：小猪豆豆、小猴、松鼠、兔子姐妹、小狗、小猫、小熊、黄莺、魔王
时间：春天的早晨
场景：森林
[画外音：各位请注意！各位请注意！今天晚上森林里要举办分享晚会，请大家带好各自的劳动成果准时出席，到时我们还要对表现特别好的朋友颁奖，以表彰它的分享精神。
[通往森林的小路上，小猪豆豆背着枪，手里抱着蛋糕匆匆忙忙上场。
小猪豆豆：今天晚上森林里要开分享晚会，说什么让大家把好吃的、好玩的都带到晚会上与别人一起分享，真是的，我才不这么傻，分享有什么意思呀，自己的东西给了别人不就变少了，(举起草莓蛋糕)我的草莓蛋糕这么好吃，分给别人，自己不就少吃了吗？对了，趁现在大伙儿没来，我先吃了它。(听到声响，急忙躲在树后)
[音乐声中小猴蹦蹦跳跳上场。
小猴：今天起了个大早，在树林里忙了一早上，累得我手臂都酸了，给你们看看，这是什么？(给观众看)嗯，这么新鲜的桃子，真想马上吃一个。咳不行，还是等晚上分享晚会时与大家一起分享吧。现在，我去把桃子洗洗干净。
(小猴一旁洗桃子。)
[音乐声中松鼠数着松果上场。
松鼠：(兴奋地)哇！今天的收获真不少，这一个个松果又香又脆，真想留着自己慢慢吃，但晚上森林里要开分享晚会，真不舍得给大家，怎么办呢？对了，我问小朋友们，(问观众)小朋友们，你们说我要不要拿去与大家分享？好，你们真棒！就听你们的。(看见小猴)小猴，你是不是也要去参加分享晚会啊？你看，我采了好多松果，晚上让大家吃个够。(看见小猴手里的桃子)哇，你的桃子也好诱人啊，太好了，晚上我也要尝尝。
[音乐声中兔子姐妹拿着萝卜跳上场。
兔姐：小白兔，白又白，两只耳朵竖起来，爱吃萝卜爱吃菜，蹦蹦跳跳真可爱。嗨，你们好！
兔姐：(对着松鼠和小猴)你们有看见小猪豆豆吗？刚才我们去它家找它，想问问它去不去参加分享晚会，但它不在家。
小猴：你们找它干吗？我才不愿意看见它出现在分享晚会上！
松鼠：对对对，它只会要别人的东西，可从来都不愿意与别人分享自己的东西。上次它拿着一把新玩具枪，别人摸一下都不许，太自私了，一点儿也不懂得分享，你们不用找它来参加分享晚会了。
[小猪豆豆生气地从树后冲出。
小猪豆豆：好啊，你们，你们竟敢在背后说我的坏话。

兔姐：哎，原来你在这儿！(看见豆豆手上的蛋糕，高兴地)你已经准备好东西要去参加分享晚会了啊，太好了！

小猴：(羡慕地)这蛋糕真不错，给我吃一点吧？好东西应该大家分享才对。

小猪豆豆：(感觉听到了笑话)分享？分享是什么东西，没听说过。好东西当然是只给自己啦。哎，真不明白现在的人都是怎么想的(小大人的语气)。

兔妹：(生气)豆豆，你太让人失望了，这么自私以后谁也不会和你做朋友的，哼，我们别理它，走吧。

[众动物下场。

小猪豆豆：走就走，才不稀罕呢，我自己一个人慢慢享受这草莓蛋糕不是更好吗？(准备坐下吃蛋糕)

[小猫迈着优雅的步子上场。

小猪豆豆：咦，这不是猫姐姐吗？猫姐姐。猫姐姐，你这是去哪儿啊？

小猫：这你都不知道啊？当然是去参加分享晚会啦。(举起手里的大鱼)看，流口水了吧，这可是我今年钓到最大的一条鱼，能和大家一起分享，真是太高兴了。

小猪豆豆：(感觉莫名其妙)这有什么，鱼能比我的蛋糕好吃吗？再说好不容易钓了一条大鱼，干吗要去与别人分享？到时牙齿缝都不够塞，(对着观众悄悄说)真是个傻帽。

小猫：(白了一眼)说了你也不懂，我急着走呢，再见！

[灯光暗，魔王在恐怖的音乐声中出场。

魔王：哈哈！今天晚上本大王又有的忙了，好不容易等到了这一天，一想到森林分享晚会上有那么多动物要来，有那么多好吃的，嘻嘻，口水都要流出来了。(看见豆豆)咦？那不是不爱分享的小猪豆豆吗？喂，豆豆！

小猪豆豆：(惊疑)你，你怎么知道我是谁？

魔王：我当然知道你是谁，我不但知道你是谁，还知道你是一个很不喜欢分享的人。

小猪豆豆：那你是谁？

魔王：我？我可是这分享森林里唯一的魔王，想当年我还是这森林护卫队队长呢！只不过后来因为不懂得分享就被……

小猪豆豆：就被怎么了？(好奇，语速快)

魔王：(满不在乎)就被赶出去了呗(突然反应过来，捂嘴)哎呀，不小心说漏了嘴，咳咳，(企图掩饰)小孩子别问这么多。其他小动物都去参加分享晚会了，你……

小猪豆豆：我，我怎样？

魔王：(故作神秘)其实吧，我跟你想的一样。你说，分享有什么意思，分享一点少一点，分享一点少一点，这剩下的呀，(语气夸张)我塞牙缝都不够！

小猪豆豆：(点头赞同)嗯嗯嗯，我也最讨厌分享了，在家里，爷爷奶奶、爸爸妈妈的所有好吃的好玩的都归我一个人，干吗要给别人啊！

魔王：(点头转眼珠)是啊，凭什么要与别人分享啊！刚才你也看到了，今天的分享晚会上有好多好吃的好玩的。你，想要不？

小猪豆豆：(迫不及待)想！(又犹豫)可，可，可是我都对它们说了不去参加分享晚会的，因为我不想把草莓蛋糕拿去与它们分享。

魔王：哎呀，谁让你去分享了，我这儿有个好主意，你想知道不？(语气充满诱惑)

小猪豆豆：(迟疑了一下)嗯，想！

魔王：(钩钩手指)过来过来。(豆豆凑上前，魔王耳语，动作起伏大)

小猪豆豆：(边听边点头，语气带着不确定)这，这真的可以吗？

魔王：你不相信我？只要你把这件事办成功了，你不用拿出一点东西，这分享晚会上所有的东西，好吃的，好玩的，全都归你！

小猪豆豆：(惊喜)真的？！

魔王：你看你又不相信我了，放心吧，我拿我当年森林护卫队队长名义担保，一定说到做到！

小猪豆豆：(自信满满)嗯！好，我马上就去！

[灯光暗。

[分享晚会现场，灯光亮，在音乐声中各动物拿着自己的食物分别跳舞出场，音乐结束，各动物围着火把站好。

黄莺：(拿着话筒慢慢飞出场)咳咳，亲爱的boy们，亲爱的girl们，亲爱的父老乡亲们。欢迎大家在百忙之中抽出时间来参加我们的分享晚会(小动物们鼓掌欢呼)说到分享，大家都知道，我们分享森林的小动物们是最懂得分享的了，我们分享，我们的爸爸妈妈分享，我们的爷爷奶奶分享，就连我们爷爷奶奶的爷爷奶奶也分享！

众动物：对，我们都爱分享！

黄莺：作为分享森林的一员，我真是太自豪了！

众动物：对，太自豪了！

黄莺：我宣布，现在分享晚会，正式开始！

[灯光闪动，众动物鼓掌。

松鼠：兔子姐姐，你们都带了什么来参加分享晚会呀？

兔姐：可多啦，有我们最爱吃的胡萝卜、青菜，还有小朋友们最喜欢吃的曲奇，饼干。来，我们的萝卜给你吃。(对着松鼠)

松鼠：太棒了！太棒了！(接过)谢谢你们。

兔姐：那你带了什么呀？

松鼠：(不好意思拿出来)也不是什么了不起的东西，嘿嘿，是我刚晒好的松果(分给兔子等动物)

众动物：谢谢小松鼠！

小猴：(蹦跳着)快来吃这香甜的桃子。(对着小狗)

小狗：(围上去)嗯……好香啊，一定很好吃！

小猫：(举着鱼跑到中间)大家快来吃我的大鱼！很新鲜的大鱼呢！

小猴：我来瞧瞧！

小狗：我带来的西瓜可好吃了，你们尝尝……

小熊：(感动地)真是……真是太感人了真希望我们的孙子，我孙子的孙子，我孙子的孙子的孙子都能感受到这分享的快乐，(抹眼泪)喏，这是我带来的蜂蜜，大家分享吧。

[音乐转变，豆豆突然跑上场，抢走小熊的蜂蜜。

小猪豆豆：你们，你们怎么没请我吃东西！

黄莺：胡闹！你看，大家都把自己的东西拿出来分享，这是一件值得开心的事情，不许你在这里撒野，如果你要参加也必须拿出自己的东西与大家分享，否则，我们不欢迎你！

众动物：(谴责)对，我们不欢迎你！

小猪豆豆：我不管，我不管，(暴跳如雷)气死我啦气死我啦！(跑到舞台中间踢掉火把)让你们吃，让你们分享，看你们怎么办！

小猴：豆豆！你怎么能这样！你这样做是不对的！

松鼠、兔子、小狗：(抱成一团)这可怎么办呀！

[伴随着音乐和恐怖的笑声，魔王再次出场。

魔王：哈哈哈哈哈，豆豆你做得很好。(众动物躲到树丛后)

小猫：(指着魔王，害怕)你，你怎么又来了？你想怎样！

魔王：哟，这不是小花猫嘛，胆子倒挺大的，看本王的厉害，魔王挥挥挥！(袖子动)

小猫：喵……(扔掉鱼，滚到小动物中)

魔王：哈哈哈，这只是一个小小的法术，快，把地上这些东西都打包了。

[刚打包好东西，被魔王一把抢走。

小猪豆豆：(愣了一下)咦？我的东西，哎！你别走啊，你不是说只要我踢了火把，让分享晚会办不下去，就把这里的东西都给我嘛！

魔王：(扛着包裹)哈哈哈，豆豆，你太天真了，你不愿意跟别人分享，我又为什么要把这些好吃的好玩的东西让给你呢？

小猪豆豆：你！你！你骗我！

魔王：现在知道也不算晚，傻豆豆，一个人慢慢流眼泪吧，我先走一步。哈哈哈哈！

小猪豆豆：原来它是个骗子，我居然还傻傻地相信它，这下可怎么办，大家的食物都被抢光了，我什么都没有拿到，它们一定恨死我了，我可怎么办啊。

小猴：(从树丛中钻出来向众动物招手)哎！大家快出来吧，魔王走啦！

[豆豆一听到声音就躲了起来。

[众动物从树丛中走出，四处张望后失落低头。

兔妹：现在我们什么都没有了，呜……

松鼠：是啊，这可是我们辛辛苦苦用劳动得到的呢。

小熊：我的蜂蜜没有了！

小猫：我的大鱼也没了！

松鼠：还有我的松果，我一个都还没吃到呢！

小猴：该死的魔王，我一定不会放过你的！(生气地抓耳挠腮)

小狗：都是豆豆，如果不是它带魔王来，就不会发生这样的事了！

黄莺：(安抚)大家先别急，我们再想想办法，一定会有办法的！

小猴：不行！我们一定要把东西拿回来，不能白白便宜了那个坏魔王！

小猪豆豆：(从草丛中冲出来)行了，你们都别说了，这回算我不对，我去找魔王把大家的东西要回来还不行嘛！

[小猪豆豆说完冲向后台。

兔姐：哎！你要小心啊！

松鼠：不知道豆豆现在怎么样了。

小猴：它能把我们的东西拿回来吗？

兔姐：哎，真叫人担心。
兔妹：是啊是啊，那魔王可厉害了呢。
小狗：(发现晕倒的豆豆)看，那不是豆豆吗？
[众人上前扶豆豆，豆豆还站不稳。
松鼠：豆豆，豆豆，你怎么了？你没事吧？
小狗：那魔王一定对你下毒手了吧！
黄莺：大家的东西有拿回来吗？
小猪豆豆：(试着站稳，睁开眼睛)大家，大家……对不起，我没能把你们的食物拿回来。
众动物：(齐声)没事没事，你能安全回来就好了。
兔妹：我真没想到你这么勇敢，竟然一个人去找大魔王。
小猪豆豆：(自责)可是，都怪我，太自私了，相信了魔王的假话，害得大家的粮食都没了，都怪我。
兔姐：豆豆，不要难过了，只要你知道自己的错误，勇于改正就对了。
兔妹：没错，我们大家都会劳动，一定会有办法的！
小熊：我这儿还有三个馒头，虽然有点小，但是还能给大家垫垫肚子。(拿出口袋里的馒头)
小猫：我口袋里还有两条小鱼干，大家一起吃吧。
黄莺：我这里有几片小饼干，虽然没有曲奇饼好吃，大家凑合着吃吧。
小猴：好吧，既然大家都把自己的食物拿出来了，那，那我也不藏了，喏，这是我准备明天吃的小桃子，现在先给你吃吧，(对着豆豆)你一定饿了吧。
小猪豆豆：(感动地)你们真好，我要向你们学习，学会关心别人，学会分享，那……你们能原谅我吗？
众动物：当然了，我们会成为好朋友的。
小猪豆豆：对了！我还有一个草莓蛋糕，我愿意拿过来和大家一起分享。
小狗：(竖起拇指)豆豆，你真棒！
黄莺：(抹眼泪)真是太感人了……亲爱的小朋友们，你们被感动了吗？这才是真正的分享晚会，我们分享森林的小动物们果然是最善良、最懂友情、最懂得分享的！
小猪豆豆：原来分享的感觉这么美妙，我之前一直不明白，现在我知道了，把好东西与别人分享，就等于把你的快乐传给了别人。我以后一定会这么做的，分享森林一定会越来越美好的。(大喊)我终于学会分享啦！
黄莺：真是太高兴了！各位，分享晚会就要结束了，那么今天谁是晚会的金牌得主呢？
[众动物互相说是对方。
黄莺：好啦好啦，我想，还是听听小朋友的意见吧。
[问小观众金牌应该给谁，请一位小朋友给豆豆戴上金牌。
[欢快的音乐起，小动物们与观众再见。
[幕落。

第七节　新编丑小鸭

人物：丑小鸭、鸭妈妈、大灰狼、狗爸爸、鸡妈妈、小鸭甲、小鸭乙、小猴子、蝴蝶、白小兔、猪弟弟、猫姐姐

场景一：农场

鸭妈妈：(高兴地)小朋友们好，我是鸭妈妈。今天，是我最幸福的日子，因为鸭妈妈呀，我的宝宝就要出生了。

[狗爸爸，鸡妈妈上场。

狗爸爸：鸭妈妈，鸭妈妈，快来呀！

鸡妈妈：哎哟，今天发生了什么，让你这么开心啊。

鸭妈妈：(欣喜地)因为呀，我的宝宝……就要出生了。

[音乐起：小小蛋儿把门开……小鸭们从蛋壳里出来跳舞，簇拥到鸭妈妈身边。

小鸭甲、乙：妈妈，我出来了。嘎嘎嘎，妈妈。

鸭妈妈：哦……你们就是我的小鸭子们。我的乖乖，你们真漂亮、真健康，妈妈太爱你们了。

[音乐起：妈妈呀，爸爸呀……小鸭子们与鸭妈妈一起跳舞，狗爸爸与鸡妈妈在一旁一起跳舞。

狗爸爸：鸭妈妈，鸭妈妈，这就是你的宝宝啊！(羡慕地)真是太可爱，太令人羡慕了！

鸭妈妈：(开心地)对呀，对呀，我的宝宝调皮又捣蛋，真是太让我操心了。(惊讶地)唉？我的宝贝怎么少了一只。(焦急地数小鸭)宝贝，宝贝，你在哪里啊？大家快帮我找找啊！

[台上的动物们一起帮鸭妈妈找不见的小鸭子。

小鸭甲：在这里，在这里，原来它还赖在蛋壳里

鸭妈妈：(慈爱地)宝贝，哥哥姐姐们都已经出来了，你还在等什么呢？

[还在蛋壳里的小鸭子发出声音，以下称它为丑小鸭。

丑小鸭：亲爱的爸爸、妈妈，我也好想你们呀。我也想快点和你们见面呀！(努力地)哎……呀，我会努力的。哎……呀，哎……呀，哎呀(丑小鸭破壳而出，妈妈，妈妈，我终于出来了。

丑小鸭：(高兴地)嘎嘎嘎嘎，嘎嘎嘎嘎，外面世界美极啦。唱歌，跳舞，朋友们啊，(丑小鸭绊了一下)我们终于见面啦。姐姐，姐姐。

小鸭甲：(疑惑地)妈妈，妈妈，它是谁呀，怎么跟我们长得不一样。

小鸭乙：对呀，对呀，它真丑，声音可真难听。

丑小鸭：(疑惑地)妈妈，你……不喜欢我吗？

鸡妈妈：(刻薄地)啧啧啧啧啧啧啧。

(狗爸爸、鸡妈妈打量着丑小鸭)

鸡妈妈：哎哟，怎么会有这么丑的孩子。恐怕是火鸡家的孩子吧！

狗爸爸：是呀，是呀，这也……太丑了！

鸭妈妈：(急切地)唉……你们都别说了，我想……它是我的孩子。

鸡妈妈、狗爸爸：哎……真没想到，怎么会有这么丑的鸭子。我们还是走吧。

[鸡妈妈，狗爸爸下场。

鸭妈妈：孩子，别伤心，其实……其实外表也并不是那么重要。重要的是要有一颗善良勇敢的心。(高兴地)孩子们，妈妈带你们去游泳。

[鸭妈妈下场，小鸭们游泳，丑小鸭跟在小鸭们的身后。

丑小鸭：姐姐，姐姐。

小鸭甲：(推开丑小鸭)不许你跟着我们，丑八怪！

小鸭乙：你走开。你看我们的羽毛多漂亮。(讨厌地)你呢，灰不拉叽的，一定不是妈妈的孩子。

小鸭甲、乙：走开，丑八怪，难看的丑八怪。滚开，不要跟着我们！

[小鸭们下场，音乐起，丑小鸭伤心地哭。全场灯光暗，追光丑小鸭。

丑小鸭：呜呜呜呜……为什么大家都不喜欢我。大家都嫌我丑，我长得是和你们不一样。难道我不是妈妈的孩子吗？我不知道自己从哪里来，更不知道自己要去哪里。我该怎么办呢！我想我还是离开这里吧。

场景二：森林

旁白：丑小鸭一个人在森林里流浪着，没有人愿意跟它做朋友，也没有人愿意给它一点吃的，但是它一直相信妈妈的话，只要有一颗善良勇敢的心，就一定能找到朋友的。

[全场灯光缓缓亮起。

[小猴子上场。

小猴子：(活泼地)小伙伴们，快点过来玩啊，大家快点过来玩呀。

[白小兔、蝴蝶、猪弟弟、猫姐姐上场，音乐起，跳舞。蝴蝶、白小兔、猫姐姐轮流出来表演。丑小鸭在一旁观看。

丑小鸭：(跳出)嘎嘎嘎嘎……嘎嘎……Hi，你们好！

蝴蝶：(嫌弃地)哟哟哟……哪里来的丑八怪，长得可真难看！(骄傲地)你能像我一样在花丛里面飞吗？(丑小鸭摇头)那你有我这么美丽的翅膀吗？(丑小鸭低头)哎哟哟，什么都不会，什么都没有，那你走开！

[小动物们围在一起嘲笑丑小鸭。丑小鸭去和猪弟弟打招呼。

丑小鸭：(友好地)Hi，你好！

[猪弟弟推倒丑小鸭。

猪弟弟：你是谁？这么瘦小，风一吹就倒，哪有我强壮。

蝴蝶：对对对！

猪弟弟：你，走开！

[丑小鸭走向猫姐姐，猫姐姐逼得丑小鸭向后退。

猫姐姐：(骄傲地)你这个丑东西，你看我……多轻盈。走起路来，像风一样你看你……走路都走不稳，哈哈哈哈哈哈……(嘲笑)快滚开，别吓着我的朋友们。

[大灰狼在舞台一侧悄悄出场。

动物们：(嘲笑地)丑东西，丑东西，丑东西……哈哈……真丑……哈哈……

大灰狼：哈哈哈哈……今天可让我逮到你们了，我终于可以饱餐一顿。(狼嚎)亲爱的小乖乖们，我来啦，哈哈哈哈……

[灯光闪烁，大灰狼抓小动物，小猴子、猫姐姐、蝴蝶躲到草丛中，白小兔躲在舞台后方，丑小鸭躲在另一侧的草丛里，猪弟弟跑到舞台另一侧。

大灰狼：肉呢？

[舞台一侧的猪弟弟跑到舞台中间。

大灰狼：哦，亲爱的小猪猪，哈哈……。

[大灰狼抓住猪弟弟，猪弟弟挣扎，把大灰狼推倒在地逃跑。

大灰狼：哎哟，摔死我啦！(恶狠狠地)今天你们一个也别想跑。哼哼，(站起)亲爱的宝贝们，乖乖地站着不要动，我来啦。哈哈……

[大灰狼追着小动物们跑。

白小兔：(害怕地)救命啊，救命啊……哎哟！

[扑倒，哭。接着白小兔被大灰狼抓住。

大灰狼：(得意地)哼哼哼，亲爱的白小兔，这回你可跑不掉了吧！可真香啊！走，跟我回家去。这些小动物们也太不听话了，饿了我三天三夜。今天终于可以饱餐一顿了。啊哈哈哈哈……啊哈哈哈哈……

[大灰狼拉着哭泣的白小兔下场。

蝴蝶：白小兔，白小兔……白小兔被大灰狼抓走了，这可怎么办啊！大家快来想想办法。

小猴子：谁能救救白小兔啊……猪弟弟，猪弟弟……你最强壮了，你去救救白小兔吧！

猪弟弟：(犹豫地)我……我……不行，不行，不行，我的肚子这么大，跑都跑不动还是……还是让猫姐姐去吧，她跑得快！

小猴子：那……猫姐姐，猫姐姐，你快去救救白小兔吧。

猫姐姐：(为难地)我……我……不行，不行。我胆子最小了，看到大灰狼啊，就跑不动了，还是……还是……还是让别人去救吧

[丑小鸭从树后走出。

丑小鸭：我去救。

众动物：(疑惑地)你？

丑小鸭：(坚定地)对，我去救。虽然我长得不漂亮，但是我有一颗善良勇敢的心。我相信我一定可以想出办法，救出白小兔的。你们等着我吧！

[丑小鸭下场。

蝴蝶：那……那我们也赶紧去通知森林里其他的小动物们，让大家也来帮帮忙吧！

众动物：嗯嗯！

[众动物下场，大灰狼带着哭泣的白小兔从另一侧上场。

大灰狼：(恶狠狠地)快蹲下！

白小兔：(害怕地)大灰狼，求求你不要吃了我。我的小伙伴们……还在等着我呢！

大灰狼：放心吧，白小兔。今天你就乖乖地进我的肚子。总有一天你的伙伴们也都会到我的肚子里来陪你的。哈哈，想想我就流口水。(愉快地唱着)我是一只大灰狼，有着尖尖的牙齿。我是森林里的大王，大家都要听我的。哈哈哈哈……

[丑小鸭躲在一旁的草丛中观察。

丑小鸭：这可怎么办啊，我该怎么救出白小兔呢。不行，我一定要想出好办法……有了，我先去变个身。

[白小兔哭，大灰狼在一旁磨刀。丑小鸭穿上披风。

丑小鸭：(厉声地)大灰狼，快放了白小兔。

大灰狼：哇，这是什么东西啊，长得也太奇怪了吧。

丑小鸭：(自豪地)我……我就是丑丑侠，是森林里的大王。

大灰狼：哈哈哈哈……真可笑。(骄傲地)我，我才是森林里的大王，我可从来就没有听说过你的名字。丑丑侠？这也太难听了吧！

丑小鸭：你，不就是一只狼吗。你们狼族早就被我打败了。现在都是我的丑丑侠部下了。

大灰狼：我才不信呢！我们狼族个个都是英雄，怎么会被你打败。看我怎么收拾你！(举刀)

丑小鸭：停！你再乱动，我的狼族士兵就来惩罚你了！

大灰狼：哈哈哈哈……就你？你有什么证据啊。

丑小鸭：证据？我的狼族士兵现在都在山谷底下，听着我的指挥呢！不信，你就对着山谷叫一声，一定会有狼族回应你的。

大灰狼：哼……喊就喊，谁怕谁！

[狼嚎，回音。

大灰狼：(惊慌地)什么，狼族难道真的给它打败了？这丑丑侠，到底是什么来头？不行，我不能认输。我……我……我，我，我才不怕你呢！我们狼族最团结了，他们一定不会伤害我的。

丑小鸭：哼！我不仅有你们狼族的士兵，我还有很多像我一样厉害的丑丑侠。不信，你听。

[丑小鸭喊“快快投降”，回音。

大灰狼：(惊慌失措)你，你，你……站……站，站住。

丑小鸭：害怕了吗！我现在就要你马上离开大森林，不可以再欺负小动物们了，要不然我就来惩罚你！

大灰狼：是……是是是……我马上离开，马上离开。

[大灰狼连滚带爬下场。

白小兔：丑丑侠，你真厉害，本领真大，以后我再也不怕被大灰狼欺负了。

丑小鸭：其实……我不是什么丑丑侠。那些都是山谷的回响声。大灰狼呀是被我骗了。(落寞地)我……我是丑小鸭，一只大家都不喜欢的鸭子。

白小兔：你怎么能这么想呢。走，我们一起去玩啦！

[小猴子带着鸭妈妈上场。

鸭妈妈：(焦急地)我的宝贝，到底在哪里啊！

小猴子：鸭妈妈，您别着急。它们啊，就在那儿，你看！

[动物全体上场。

鸭妈妈：(急切地)宝贝，我的宝贝。你怎么能一个人就跑出来了呢。你知道妈妈有多担心你吗！

丑小鸭：(委屈地)妈妈，因为……因为我长得丑。我怕大家都不喜欢我。

白小兔：不不不……你一点也不丑。你那么勇敢，那么善良，又那么聪明，还救了我一命，我愿意和你做朋友。

众动物：对对对，我们也愿意和你做朋友。

鸭妈妈：好孩子，以前大家都不了解你，只看到了你的外表。但是你有一颗善良勇敢的心，帮助了大家，我相信以后一定有越来越多的人和你做朋友的。

丑小鸭：谢谢妈妈。妈妈说得对，美丽的外表不是最重要的，只要我愿意去帮助大家，总有一天大家都会愿意和我做朋友的。小朋友们记住了吗？要有一颗善良勇敢的心。

众动物：对……一定要有一颗善良勇敢的心。小朋友们，再见！

[落幕。

第八节　智斗大青虫

人物：孩子甲、孩子乙、白菜宝宝、茄子宝宝、土豆宝宝、西红柿宝宝、胡萝卜、大青虫、小青虫若干

地点：菜园里

道具：大蘑菇两朵

主持人：有一个神奇的蔬菜王国，那里呀，住着许许多多各种各样的蔬菜宝宝。小朋友们一定会想蔬菜能有什么故事呢，现在我们就和小朋友一起进入这奇妙的蔬菜世界，看看这里到底发生了什么事。咦，怎么一个蔬菜宝宝也没有呀，噢。我知道了，要让蔬菜宝宝出现，是需要魔法的，小朋友，我们举起小手，一起说“变变变”好吗？一、二、变！变！变！

[大幕拉开，从左到右分别是西红柿宝宝、白菜宝宝、茄子宝宝、土豆宝宝、胡萝卜

茄子宝宝：嗨，小朋友，你们好。你们知道我是谁吗？对，我是茄子宝宝！我身体茄子里的植物杀菌素可以帮助小朋友消化食物(摸摸肚子)让小朋友们胃口大开哦！

土豆宝宝：(提问式)那我是？

小观众：土豆宝宝。

土豆宝宝：对，你们真棒，我就是土豆宝宝！不要小看我哦，我身兼多职，既是粮食又是蔬菜，蔬菜里的维生素 C 大王非我莫属！

西红柿宝宝：我是大家的好朋友西红柿。

白菜宝宝：我是白白嫩嫩香香脆脆的大白菜。

西红柿宝宝与白菜宝宝：我们都有丰富的营养(竖起大拇指)。

白菜宝宝：我的粗纤维排毒润肠道！

西红柿宝宝：我是菜中之果(不服气地抬起头)，我有很多很多的维生素，维生素促进消化，还能让小朋友的脸红润润的！

胡萝卜：好了好了，我们身体里的营养都能帮助小朋友，让小朋友健康快乐地成长，小朋友，你们说对不对呀。(音乐响起)嗯，今天天气真好，我们来活动活动吧。

[音乐响起，众蔬菜歌舞。结束后各摆造型。

[孩子乙端着洒水壶从左边上场，浇水打理菜地。

孩子乙：好宝宝起得早，浇水施肥真勤劳。多吃蔬菜人人爱，长得壮壮又高高。你们呀，

都要快点长大，要像芝麻开花——节节高！(呼唤)亮亮，亮亮！快来帮我浇水呀。

[跑过去拉着孩子甲上。

孩子甲：(不情愿)我才不要呢，浇水能有什么意思呀。我又不喜欢吃蔬菜(舔棒棒糖)，我最爱的就是棒棒糖了，唔，还有薯条、炸鸡、冰激凌！蔬菜难道比它们还要好吃吗？

孩子乙：你说的这些都是垃圾食品，蔬菜才是我们真正的好朋友。

孩子甲：可是，你看(指着土豆)土豆像个大石头，(转向白菜和西红柿)白菜不甜又不咸，茄子的味道最是差，西红柿吃了小手胶黏。(生气地伸出小手)我可看不出它们有那么大的本事呢。哼！

孩子乙：你呀，长不高可不要哭鼻子。(往回走，继续打理蔬菜)

孩子乙：(俯下身子，惊讶)呀，你快来，快来看。

孩子甲：(不屑一顾)什么呀，我才不看。

孩子乙：(急切地)你快来，快过来呀！

孩子甲：(不情不愿走过来，蹲下身子，突然惊讶)啊，这 颗颗白白的是什么呀？

孩子乙：我也没有见过，(提脑袋)我们去《十万个为什么》里找找吧。

孩子甲：嗯。那我们快走。

[孩子甲、乙牵着手跑下场后，蔬菜宝宝们开始活动，伸伸懒腰，打打哈欠，揉揉肩。

白菜宝宝：我是不是生病了，怎么最近这也疼，那也疼。看，我的叶子都变黄了，谁能告诉我到底是怎么了。(捶捶肩)

西红柿宝宝：对啊，对啊，我也是这样，还经常觉得很困，好想睡，(伸懒腰)我的红裙子也一天不如一天鲜艳，这可怎么办呀。

土豆宝宝：这个时候还想着臭美，我最近老感觉有东西在咬我(哭腔)，我不要生病，小朋友们需要我，我得快点长大呀。

胡萝卜：唉，看来大家都生病了。别哭，我明天就去找医生，别害怕，都会好起来的。

众蔬菜：对，我们一定会好起来的。

胡萝卜：来，我们先休息休息吧。

[众蔬菜回到固定的位置蹲下摆造型。

[孩子甲、乙拿《十万个为什么》上场。

孩子乙：原来蔬菜宝宝身上一颗颗白色的是青虫的卵。青虫长大以后，会变成破坏蔬菜的害虫，它们会把蔬菜吃光的。

孩子甲：那怎么办呀？

孩子乙：别急，让我看看书上有没有什么办法

孩子甲：嗯，你快找找。

[灯光暗下来，打出聚光灯，大青虫从左边摇头晃脑地出场。小青虫们也从遮挡物后面走出来。

大青虫：哈哈，瞧这一片新鲜的蔬菜地。我最喜欢吃水嫩嫩的蔬菜了，妈妈说过，蔬菜的营养可是最好的。(深呼吸)我的口水都要掉下来了，今天我可要大开吃戒啦。

小青虫 1：(面对西红柿用力吸了一下口水，转过身来跑到大青虫身边)大王，这些小蔬菜真是香啊。(拿出镜子照)我就快要变成最美丽的人了，不，是最美丽的青虫，哈哈哈哈哈，只要一想到吃了西红柿我的皮肤就会变得水灵灵红彤彤，啊，我都忍不住了。大王，我们可以开动了吗？

小青虫 2：你真是臭美！大白菜更有营养，它的根上都是甜甜的汁，能让我变得又健康又聪明又美丽，多美味都不知道。

小青虫 1：哟，就你不臭美，有本事，你别吃西红柿呀。

大青虫：你们这是在干什么！内讧吗！瞧你们那样，急什么！这些都是我们的。有的是机会给你们慢慢吃。经常听老师告诉小朋友团结就是力量，你们就一点都不知道长进！

小青虫 3：大王，大王，你别为它们生气，你们都别吵，都来听我说。我最爱吃的就是土豆，咬一口都觉得充满了能量(做健美先生姿势)你们看我有这么强壮的身体，跟土豆可分不了关系！

小青虫 4：no，no，no！胡萝卜既明目又可口，这是多好的东西啊！可是很多小朋友却不爱吃，真不知道他们人类怎么这么不珍惜。

大青虫：哈哈，那就让我们来吃吧，哈哈哈哈哈。

[青虫们定住不动，孩子拿着《十万个为什么》从遮挡物后面出来，边走边说话。

孩子甲：原来蔬菜里有这么多的营养，你看大青虫馋得口水都流下来了。

孩子乙：对呀，炸鸡薯条虽然好吃，但是蔬菜里的营养，才能让我们一天天健康地长大。

孩子甲：嗯，我一定会跟你一起消灭大青虫的，可是，我们该怎么办呢？

孩子乙：书上说，大青虫最怕的就是辣椒水，我们去拿，快走。

[孩子下场。

小青虫 3：(惊慌地)大、大、大王……

大青虫：干什么，一惊一乍的！

小青虫 3：刚才那里，好像、好像有人跑过去了。

全部青虫：(惊讶)什么！人类！(各自东张西望)

大青虫：(左顾右盼之后，拍了一下小青虫 3 的脑袋)我看你是乐昏了头，哪里有什么人啊。哈哈，它乐过头了，哈哈，哈哈！

[胡萝卜在大青虫大笑时，伸懒腰站起来，揉揉眼睛，再揉揉眼睛。

胡萝卜：(惊恐)啊！大青虫来了，大家快跑啊。

大青虫：给我追！

[音乐响起，青虫们和蔬菜们打斗。

茄子宝宝：(边跑边叫)哎哟……

[大青虫追着茄子，茄子捡起洒水壶，跑到蘑菇后躲起来。

茄子宝宝：大青虫真可怕，穿着一身绿皮衣，还有长长的触角、尖尖的牙，咬下来该有多疼啊。

大青虫：(东张西望)躲到哪里去了，我的小乖乖，快出来呀，我是不会伤害你的，我们可以做个朋友嘛。(转过头来面对观众)瞧这笨茄子，还跟我玩起捉迷藏了，嘘，让我找找它。(寻找)

茄子宝宝：(躲在蘑菇后面，探出头)看看这个大青虫，身体不小脑不大。它呀还当我是真傻。我才不会上你的当呢，哼，跟你做朋友我还有命吗？

[大青虫走来走去找不到茄子，左边舞台传来了土豆呼唤同伴快跑的声音。

大青虫：这小茄子反正是逃不出我的手掌心，我先去把那几个家伙抓来再说。(做起跑姿势)

茄子宝宝：(坏笑)咦，有了，看我怎么收拾你。
大青虫：(大叫)别跑！
[跑了几步大青虫被茄子宝宝从装饰蘑菇后面伸出的脚绊倒，趴在地上。
大青虫：哎哟，哎哟，疼死我了。
[起来摸摸屁股，走回原来的位置再做起跑状。
大青虫：(大叫)别跑！
[抬腿没跑几步再次被茄子宝宝从装饰蘑菇后面伸出的脚绊倒。趁大青虫疑惑，茄子宝宝快速把腿缩回来。
茄子宝宝：(捂着嘴笑)嘻嘻！
大青虫：(气急败坏)这是怎么回事！
[寻找一番后大青虫突然眼珠一转，冷笑一声，走回原位。
[大青虫再次跑到摔倒的地方突然急刹车，却看见茄子宝宝从蘑菇后面伸出的一只脚横在眼前。大青虫咬牙切齿地抬起一只脚狠狠地踩了下去。
茄子宝宝：(尖叫)哎呀！疼！疼疼疼！
[茄子宝宝一瘸一拐地从蘑菇后面跑了出来，一边跑一边回头看，放下了一只洒水壶在地上，大青虫被水壶绊倒摔倒在地上。
茄子宝宝：哈哈哈哈哈哈哈哈，摔了吧，摔了吧，哈哈哈哈。
[这时候茄子宝宝突然被后面冒出来的两只小青虫给按住了。大青虫站起来揉揉屁股。而另一边，土豆宝宝、白菜宝宝、西红柿宝宝也被绑在一根绳子上，垂头丧气地由两只小青虫一前一后地拉出来，扔在舞台中间。
大青虫：瞧瞧瞧瞧，这都是谁呀。我们今天可以吃一顿丰盛又有营养的大餐啦。
茄子宝宝：大王，等等，我，我有话要说。
大青虫：(疑惑状)嗯？
茄子宝宝：(害羞状)大王，在您吃掉我之前，您能满足我小小的心愿，让我给你唱首歌行吗？我唱歌，可好听了呢，你们说是不是。(对其他蔬菜使眼色)
众蔬菜：对对对，大王，它唱歌可好听了呢。
小青虫 4：(献媚)大王，美食之前来段音乐，这个，可以有！
众青虫：(附和)大王，这个可以有！
大青虫：嗯，那好吧。(凶神恶煞)不过，我丑话说在前头，你要是唱得不好，第一个吃的就是你！
众蔬菜：(附和)对，第一个吃的就是你！
茄子宝宝：好好好，大王，你先把我松开呗。
大青虫：(一挥手)松绑！
[茄子宝宝解开绳子之后，推着大青虫走了几步，用力一按，大青虫一屁股坐在地上，瞪了茄子宝宝一眼。
茄子宝宝：大王，您坐(招呼其他青虫)来来来，你们都坐，都坐。
茄子宝宝：(轻轻摇着大青虫)来，放松，放松，闭上眼睛。
[茄子宝宝哼起了睡眠曲，招手示意其他蔬菜宝宝一起唱，大青虫和小青虫们慢慢地闭上了眼睛，睡着了。茄子宝宝跑过去解开了胡萝卜的绳子，示意胡萝卜去找人帮忙，同时轻轻

哼着歌并帮助其他蔬菜解开绳子。
[胡萝卜跑下场马上和孩子甲一起上场，孩子甲手拿辣椒水，跑上舞台对准大青虫。
孩子甲：辣椒水来啦！
全部青虫：(惊慌状，齐声)啊！辣椒水！快跑！
[孩子甲追上去，两只小青虫拖着大青虫狼狈地逃离。跑进后台后传来大青虫的声音“我一定会回来的”
[大家围在一起欢呼的时候，孩子甲悄悄走到一边，低着头绞着手指，又不时抬头看看大家。茄子宝宝转头看见了孩子甲，眼神示意大家。
众蔬菜：(跑上去围住孩子甲)怎么了？怎么了呀？
孩子甲：(支支吾吾)我以前都不喜欢吃蔬菜，你们一定也不喜欢我。
胡萝卜：(摸摸孩子甲的头)傻孩子，怎么会呢，是你帮助我们打败了大青虫啊！
孩子甲：(急切地)我以后再也不会不爱吃蔬菜了，我相信，小朋友们也会和我一样的。对吗？
西红柿宝宝：是啊，我们永远都是好朋友呀。
[音乐《找朋友》响起，大家手拉手围成圈跳起舞，最后与小观众挥手再见。
[落幕。

第九节　我想和你做朋友

人物：小兔、小猴、小猪、老师、小马、森林精灵啾啾

场景一

时间：早晨

场景：在安静的森林里，有一所美丽的森林学校。一条通往森林学校的小路上，小兔、小猴和小猪嬉笑打闹着上场。
小猪：(一脸沮丧)啊呀，这么快就开学了，我还没睡够呢！
小兔：你呀，还真是只小懒猪，整天就知道吃饭和睡觉。
小猪：(一脸向往憧憬，傻笑)嘿嘿嘿，这可是我最开心的事了。喏，要不要吃糖？可甜了。(递给小兔糖果)
小兔：(摆摆手，拒绝)我才不要呢，妈妈说吃糖会长蛀牙，蛀牙可疼了。
小猴：好啦好啦，别闹了。我告诉你们一个秘密哦，我听说呀——(故意拖长)
小兔、小猪：(凑到前面，好奇)什么？什么？是什么呀？
小猴：我听说啊，今天我们班会来一个新朋友。
小猪：新朋友？真的吗？(歪歪头，一脸好奇)
小兔：(急切地)小猴小猴，那你知道它是谁吗？
小猴：(摇摇头)不知道，不过听说，它长着高高个子，细细腿，长长脸蛋，方方嘴，还很会跑步呢！(边说边比画)
小兔、小猪：(重复)高高个子细细腿，长长脸蛋方方嘴？这会是谁呢？(问台下观众)你们知道吗？

小猴：这还不简单，快点去学校瞧瞧不就知道了。走吧走吧。(带头在前面走)

[小兔和小猪应和，跟上小猴朝学校走。来到森林学校的教室里，上课铃声响起，老师领着新同学小马走进来。

小动物们：老师来了，老师来了，快坐好。(安静下来)

老师：小朋友们，早上好！

小动物们：(齐声)老师，早上好！

老师：今天我们班来了一位新朋友，我们先请它介绍一下自己。

小马：大家好，我是小马，我喜欢跑步，喜欢做游戏。希望大家喜欢我。

小兔：你好，小马，我是小兔。欢迎来到我们的森林学校，以后你就是我们的新朋友了。

小猴：(手舞足蹈地)欢迎欢迎，热烈欢迎。你好，我是小猴。

小猪：(有些紧张)你，你好，小马。我是小猪。你要不要吃糖？

[其他小动物纷纷附和，拿出东西给小马，表示欢迎。

小马：谢谢大家。我真高兴有你们这些朋友。

老师：老师希望你们能好好相处。现在，我们去外面上活动课吧。

[小动物们欢呼着离场，边跑边叫“户外活动啰”，老师跟随其后离场。

场景二

时间：几天后的清晨

场景：小猴家，门前有棵高高的大树

[小猴蹦蹦跳跳着上场，一边欢快地哼着歌，来到树下做早操。

小猴：(边做运动，边喊口号)一二三四，二二三四。多做运动，再来一次。

[小马自言自语地上场。

小马：爸爸说，我们马的蹄子是很坚硬的。如果遇到坏人，我就可以用我的蹄子狠狠把它踢出去，保护自己。可是我还没有碰到什么坏人，都不知道我的蹄子到底有多硬。(在台上转几圈)啊呀，要是能让我狠狠踢几脚试试该多好啊！

(小马环顾四周，抬头，忽然看到了一棵大树。)

小马：(兴奋地)哇，好大的树啊，正好让我练练脚。

[小马做做准备，往树上狠狠踢了几脚，边踢边为自己助威。

小猴：(慢慢停下运动，疑惑)好像有什么声音？(回头，看了一下周围，发现小马，惊讶)小马，你在干吗？

小马：(得意地)小猴，快看，我正在试我的蹄子有多硬呢，嘻嘻，真好玩！

小猴：(急切地去拉开小马)停下停下，快停下！小马，你这是破坏树木的行为！是不对的！

小马：(无所谓)不就是一棵树嘛，它又不会喊疼！

小猴：(生气地)小马，你太过分了。树木是我们的朋友，我们应该爱护它。可是现在，你把树皮都踢掉了，树根也松动了，这样它会枯死的。

小马：这有什么关系，森林里有那么多树，少一棵有什么大不了的。

小猴：你，你，讨厌！我才不要跟破坏树木的人做朋友呢，哼！(气呼呼地离场)

小马：哼，小猴真是小气鬼，我找小兔玩去。

[小兔抱着一盆花乐呵呵地上场。

小马：(招呼)嗨，小兔。

小兔：嗨，小马。你看，我种的小花开了，是不是很漂亮？

小马：这花真好看。(随手摘下一朵花玩)

小兔：(心疼地)我的花！我种了好久的花。(哭)呜呜呜，呜呜呜。

小马：啊呀，小兔，你干吗哭啊？不就是一朵小花嘛？大不了我还你！(把残花递过去)

小兔：(哭着)呜呜呜，呜呜呜，这可是妈妈给我的花，我种了好久它才开的！可是现在花都没了。小马，你太过分了！呜呜呜，呜呜呜，我才不要和破坏花草的人做朋友呢！哼！(哭着下场)

小马：(欲叫住小兔)哎，(停住，不服气地努努嘴)哼，跟小猴一样小气，爱哭鬼(朝小兔做鬼脸)不就是一朵花嘛，有什么大不了。我找小猪玩去。

[小马下场。

场景三

时间：几天后

场景：森林里，有许多花草树木，地上有几块石头

[小马垂头丧气地上场。

小马：无聊无聊真无聊，一个朋友都找不到！(叹气)哎——为什么现在小猴小猪他们都不肯跟我玩呢？没劲！

[小马在场上随意转悠，这儿踢踢树，那儿踩踩花，看到地上有几块石头，又一脚把石头踢飞，砸到了正在草丛里休息的森林精灵啾啾。

啾啾：(捂着脑袋起来)哎哟，谁呀？谁踢我？是谁踢我？(一边叫嚷一边东张西望)

小马：你是谁？

啾啾：(自豪地)我当然是善良可爱的森林精灵，啾——啾——啦！(恍然大悟，指着小马)啊，我知道了，是你，肯定是你踢的，对不对？

小马：我不是故意的，是不小心踢到你的(垂下头，声音低下去)，因为没人跟我做朋友，我很无聊。

啾啾：(绕着小马转了几圈，上上下下左左右右打量，摇摇头)没有朋友？真奇怪！(看看四周被破坏的花草树木)这些都是你干的？

小马：是啊，怎么了？

啾啾：(气急败坏地)怎么了？你毁了我的家！这可是我的家，(指着树)呐，这是我的床。(指着花)喏，这是我的玩具。现在，全被你毁了！

小马：不就是一些花花草草嘛，森林里到处都是。你怎么跟小猴小兔一样这么爱生气啊。

啾啾：原来破坏环境还是你的习惯啊，既然如此，我就让你知道这些花花草草有多大作用。(拿着魔棒挥了几下)叮叮当，叮叮当，啾啾魔法响当当！变！(魔棒一指小马)

小马：(看看自己)没什么变化啊？

啾啾：嘿嘿，好啦，我已经在你身上施了魔法！让你尝尝失去大自然保护作用的苦果。不过，如果你真正知道了保护环境的重要性，魔法就会自动消失。祝你好运哦！拜拜。(挥挥手下场)

小马：(欲叫住啾啾)等等，啾啾——(站住)这么快就不见了。

[天忽然下起大雨。

小马：(抱头)啊呀，怎么忽然就下雨了？我得找个地方躲躲雨。

[小马跑到一棵大树下躲雨

小马：啊呀，怎么躲在树下还是会淋到大雨呀？明明以前，(忽然顿住)啊，一定是啾啾的魔法，让大树不能遮雨。(叹气)哎，真糟糕，我还是赶紧回家吧。

[一阵风迎面吹来，夹杂着树叶沙砾。

小马：(躲在树后，仍然被吹痛)啊，好大的风，明明以前的树可以挡风啊，哎，又是魔法！

[小马跑出来，忽然被石头绊倒，扑在地上。

小马：(惨叫)啊！(慢慢爬起来)好疼啊，摔在这柔软的草地上竟然也疼？一定又是啾啾的魔法，哎！

[小马爬起来，下场。

场景四

时间：第二天早晨

场景：小猴家门前，有棵大树

[小马抱着一盆花和肥料上场，小猴正在家门前的树后玩。小马来到树前停下。小猴刚好看到小马，于是躲在后面偷看。

小马：(摸了摸树干)昨天的教训已经让我知道破坏树木花草的后果了。大树，大树，对不起，我以前踢了你。你疼不疼啊？我现在给你上点肥料，你要快点恢复哦。(给大树施肥)

[这时，小兔快乐地上场。

小马：(抬头看见小兔，叫住它)小兔，请等一下。

小兔：(有点不高兴)小马，你有什么事吗？

[小马把盆花递给小兔。

小马：对不起，小兔，我以前摘了你的花，这是我赔给你的，不知道你喜不喜欢？我想和你做朋友，请你原谅我好吗？

[小兔还没开口，小猴冲出来。

小猴：我都看到了，小马，我原谅你了。

小兔：我也原谅你了。我们还是好朋友。

小马：谢谢你们，我还要谢谢森林精灵啾啾，是它让我明白了原来我们应该和大自然环境做朋友，快乐地相处。

小猴：没错，保护环境，人人有责嘛！

小兔：当然了，大自然就是我们生存的家，我们一定要好好爱护我们的家！我们都是爱护环境的朋友，(向台下)小朋友们，你想和大自然做朋友吗？

[所有演员欢跳着谢幕。

[落幕。

第十节 三只小猪

人物：猪老大、猪老二、猪小弟、大灰狼(以下简称狼)、猪爸爸、猪妈妈、小鸟、老山羊、鸡妈妈、松鼠、猴王吉吉、众小猴、大象警官

第一幕

[大灰狼上。

狼：(独白)哎呀，好饿啊！(唱)

二天没有吃一块肉，肚子饿得咕咕叫，

听说来了三只小猪，等我抓来都吃掉，

听说来了三只小猪，等我抓来都吃掉。

(独白)小猪们，你们就等着吧。只要我躲开那讨厌的大象警官，你们就是我的盘中餐！哈哈哈！

[狼下。

[另一边，猪爸爸、猪妈妈上。

猪爸爸、猪妈妈：(牵手)宝宝们，快出来吧！

[三只小猪上。

[音乐起，众人边唱边跳。

猪爸爸、猪妈妈：你们是乖宝宝。

三只小猪：我们是乖宝宝。

猪爸爸、猪妈妈：(合)大声说，你好！

三只小猪：你好！

猪妈妈：宝贝们，你们长大了，应该到外面自己盖房子住了。你们谁的房子建得最结实，我们就去谁家里住。但是一定要注意，可别碰上大灰狼啦！

三只小猪：放心吧，妈妈！森林里不是有大象警官吗？大灰狼不敢来的。我们这就出发，爸爸妈妈再见。

[音乐响起。猪爸爸、猪妈妈退场。

[小猪们绕场跑跳一圈。

[小鸟上。

小鸟：小猪，你们去干什么呀？

三只小猪：原来是小鸟呀，我们要去盖新房子。

小鸟：你们会盖房子吗？知道用什么材料盖房子最结实吗？

三只小猪：(挠挠脑袋)不知道，这可怎么办呢？小鸟，你知道吗？

[音乐起。

小鸟：(唱)世上的房子千千万，

盖房的材料万万千。

小猪你要想盖房子，

最好去问老山羊！
三只小猪：好吧，谢谢你，再见！
[音乐响起，小鸟退场。老山羊上。
三只小猪：(喊)山羊公公！
老山羊：哦，是小猪呀，有什么事吗？
[音乐起。
猪老大：(唱)山羊公公，山羊公公请问你。
猪老二：(唱)我盖房我想盖房睡觉。
猪小弟：(唱)可是我年少没经验。
三只小猪：(合)不知该用不知该用啥材料？
老山羊：(唱)世上的房子千千万，
盖房的材料万万千。
要是你小猪盖新房，
稻草木头，石头砖！
稻草木头，石头砖！
猪老大：稻草！
猪老二：木头！
猪小弟：石头砖！
三只小猪：我们知道了，谢谢你，山羊公公，再见！
老山羊：再见！
[老山羊退场。三只小猪下。

第二幕

[鸡妈妈上。
[猪老大上。
[音乐起。
鸡妈妈：咯咯哒，这不是猪老大吗？
(唱)喜鹊喳喳叫，
说有贵客到。
猪老大啊，猪老大，
今天为何来到我的家？
[音乐起。
猪老大：鸡妈妈，您是不知道啊！
(唱)烦恼烦恼真烦恼，
要盖新房缺稻草。
听说你这里稻草多，
小猪我过来找一找。
鸡妈妈：我这里有啊，但是用稻草建的房子不怎么牢固哦？
猪老大：稻草房才舒服呢！到时候我要让我的爸爸妈妈，舒舒服服地住在家里。

鸡妈妈：那好吧！那边有堆稻草，我们一起搬过去吧！
[音乐响起，猪老大和鸡妈妈做搬稻草状，退场。

第三幕

[松鼠上。
[猪老二上。
松鼠：吱吱，这不是猪家老二吗？你怎么到这里来了？
[音乐起。
猪老二：唉，松鼠大哥，您是不知道啊！
　　(唱)马上就要盖新房，
　　我真的真的好为难，
　　松鼠木头你在行，
　　不知你能否帮个忙？
松鼠：(唱)老二老二你好忙，
　　原来你要建新房。
　　别的忙我帮不上，
　　木头木头我在行！
　　(独白)你算是来对地方啦！木头建的房子是最好的呢！这里有堆木头，我们一起抬过去吧！
[松鼠和猪老二抬着木头退场。

第四幕

[猴王吉吉和小猴们上。
[猪小弟上。
吉吉：这不是山下的小猪吗？什么风把你吹来了？
[音乐起。
猪小弟：(唱)山路山路十八弯，
　　老三我走在山路上。
　　参见吉吉老猴王，
　　我想要石头来建新房。
[音乐起。
猴王吉吉：(唱)石头石头我家有，
　　像座小山堆墙角。
　　可我为什么要给你？
　　说出理由才可以。
猪小弟：(唱)房子建好那一天，
　　香蕉桃子桌摆满。
　　猪猴本就是好朋友，
　　下山就来我家玩！

下山就来我家玩！
猴王吉吉：那行吧！猴儿们，搬石头去喽！
猪小弟：谢谢你，小猴们！谢谢你，吉吉国王！
[猪小弟、猴王吉吉、小猴们离场。

第五幕

[舞台上从右至左分别是稻草房、木头房和石头房(可由多人搭手拼出房子)。
[猪老大、猪老二、猪小弟上场。
[小动物们上场。
猪老大：瞧，我的房子多漂亮呀！是用金灿灿的稻草盖的，躺一躺，真舒服。
猪老二：瞧，我的房子多漂亮呀！是用好闻的松木盖的，既环保，又美观。
猪老大、猪老二：小弟，你的房子呢？
猪小弟：啊，这可怎么办？我的房子没有大哥的舒服，也没有二哥的环保、美观……
猪老大、猪老二：哈哈，那是当然啊！
猪小弟：不过，我的房子是用石头盖的。遮风挡雨还是不错的！
猪老大：从色调来看，我的才是三个之中最好的！
猪老二：从造型来看，我的才是最好的！
猪小弟：从实用来看，我的才是最好的！
鸡妈妈：(呐喊助威)稻草房、稻草房，舒舒服服往里躺。
松鼠：(呐喊助威)木头房、木头房，环保美观又大方。
猴子们：(呐喊助威)石头房石头房，遮风挡雨你最强。
[猪爸爸、猪妈妈上。
猪小弟：你们快别吵啦，爸爸妈妈来啦！
三只小猪：爸爸妈妈，朋友们，新房建好了，让我们一起来庆祝吧。
[音乐响起，小动物们舞蹈。
[音乐止，动物们退场，留下三座房子和三只小猪。狼上，来到稻草房前。
[音乐起。
狼：(唱)古怪古怪真古怪，
一天没来大变样！
昨天草都没一根，
今天稻草盖成房。
(独白)我闻到了小猪的气味，这稻草房准是哪只小猪盖的。小猪，给我开门！
[音乐起。
猪老大：(用身体堵着门，唱)
门外来了大灰狼，
吓得我心惊又胆战。
幸亏盖了稻草房，
不然小猪要遭殃！
(独白)不开不开，就是不开！我有稻草房保护，才不怕你呢！

狼：(生气，卡腰，唱)

　　小猪小猪味道香，嗷嗷！

　　老狼肚里饿得慌，嗷嗷！

　　眼前虽有稻草房，嗷嗷！

　　老狼一口就吹翻！嗷嗷！

[狼开始用力吹气，草房子倒了。

猪老大：(做寻找状)我的房子呢？我的房子呢？啊大灰狼！

狼：哈哈哈！

[猪老大赶快跑到猪老二的木房子里。

[狼后面紧跟着赶来。

[音乐起。

狼：(卡着腰，恶狠狠，唱)

　　小猪小猪说大话，

　　草房子一吹就垮啦！

　　木头房看似高又大，

　　可是我老狼全不怕。

　　(独白)我闻到了小猪的气味，这木头房准是藏着两只小猪。小猪们，给我开门！

猪老二：不开不开就是不开！我们有木头房保护，才不怕你呢！

[音乐起。

狼：(唱)小猪小猪味道香，嗷嗷！

　　老狼肚里饿得慌，嗷嗷！

　　眼前虽有木头房，嗷嗷！

　　老狼一口就吹翻！嗷嗷！

[狼开始用力吹气，木头房倒了。

猪老二：不好啦，房子被吹跑了，快逃！

狼：哈哈哈！

[猪老大、猪老二赶快跑到猪小弟的石头房里，顶住门。

[狼后面紧跟着赶来。

[音乐起。

狼：(得意地唱)稻草房呀木头房，

　　老狼一口就吹翻。

　　何苦东躲又西藏，

　　最好乖乖来投降。

　　(独白)我闻到了三只小猪的气味，这石头房准是藏着三只小猪。小猪们，给我开门！

三只小猪：不开不开，就是不开！我们有石头房保护，才不怕你呢！

[音乐起。

狼：(唱)小猪小猪味道香，嗷嗷！

　　老狼肚里饿得慌，嗷嗷！

　　眼前虽有石头房，嗷嗷！

老狼一口就吹翻！嗷嗷！

[狼开始用力地吹气，呼哈，呼哈，呼哈……

猪小弟：我的房子是用石头盖的，你是吹不倒的！

猪老大、猪老二：是的，吹不倒！

狼：(气急了)吹不倒，那我就撞。(用力地撞房子，房子没倒。狼被撞倒在地)哎哟哎哟……(气急败坏)我就不信我撞不倒你的房子！(爬起，又更用力地撞，被撞得倒在地上滚了好几个跟头)疼死我了，疼死我了……

[音乐起。

三只小猪：(三重唱)

石头房啊石头房，它最强！
老狼老狼老狼老狼，真可怜！
吹它不倒拿头拿头来撞。
撞得满头都是包呀都是包，
回家还得贴膏药呀贴膏药。

[狼费劲地从地上爬起来急躁地来回走动。低头想办法，忽然心生一计。

[音乐起。

狼：(唱)小猪小猪别得意，
撞不倒房我爬墙。
你们给我等着瞧，
等我进去全吃光！

[狼做爬烟囱的动作。三只小猪制造出滚滚浓烟，大灰狼刚爬上烟囱，就被烟熏到咳嗽个不停，“砰”的一声掉在地上。

狼：痛死我了，痛死我了……哎呀，不好，大象警官来了！

[大灰狼正要逃，大象警官上场，一把抓住。

大象警官：大灰狼，追踪了你这么久，终于抓到你了！

狼：我还会回来的！

[大象警官抓着大灰狼退场。

三只小猪：(高兴地跳了起来)胜利啦，胜利啦！

[猪爸爸、猪妈妈上场。

猪爸爸、猪妈妈：(竖起大拇指)还是猪小弟的房子最结实！

猪老大、猪老二：我们决定向弟弟学习，都盖石头房！

[音乐起，众人舞蹈。

[闭幕。

参 考 文 献

[1]朱自强. 儿童文学概论[M]. 上海：华东师范大学出版社，2021.
[2]于虹. 儿童文学[M]. 2 版. 北京：人民教育出版社，2021.
[3]方卫平，王建昆. 儿童文学教程[M]. 4 版. 北京：高等教育出版社，2022.
[4]李佩颖. 儿童文学赏析[M]. 北京：华文出版社，2022.
[5]沙聪颖，赵莹，张斌. 儿童文学[M]. 北京：航空工业出版社，2014.
[6]高格禔，舒平. 幼儿文学实用教程[M]. 3 版. 北京：高等教育出版社，2021.
[7]林玫君. 儿童戏剧教育概论[M]. 上海：复旦大学出版社，2019.
[8]六 • 一艺术团. 儿童戏剧表演：二级教程[M]. 北京：清华大学出版社，2020.
[9]方先义. 儿童戏剧创编与表演[M]. 南京：南京大学出版社，2019.
[10]伍德 D，格兰特 J. 儿童戏剧：原创、改编、导演和表演手册[M]. 北京：外语教学与研究出版社，2022.
[11]张桂锦. 儿童戏剧创造原理与实践[M]. 浙江：浙江大学出版社，2022.
[12]马亚琼. 中国当代儿童戏剧研究[M]. 北京：作家出版社，2019.
[13]刘锋，刘妮娜，蒋文娟. 学前儿童戏剧教育及创编表演[M]. 长沙：湖南师范大学出版社，2021.
[14]陈淑琴. 幼儿戏剧表演教案集[M]. 上海：上海社会科学院出版社，2021.